Compromise

JUDITH McNAUGHT

Les machinations du destin	*J'ai lu*	3399/7
Compromise	*J'ai lu*	3521/6
L'homme qui haïssait les femmes	*J'ai lu*	3665/4
La scandaleuse	*J'ai lu*	3741/5
Où tu iras, j'irai	*J'ai lu*	3760/6
L'amant de l'ombre	*J'ai lu*	3810/7

Judith McNaught

Compromise

Traduit de l'américain
par Catherine Plasait

Éditions J'ai lu

Titre original :

ALMOST HEAVEN
Published by Pocket Books,
a division of Simon & Schuster, Inc., N.Y.

1

Ce jour-là, quinze valets vêtus de la livrée bleu et argent du comte de Cameron quittèrent Havenhurst à l'aube. M. Julius Cameron, oncle de Lady Élizabeth, les avait chargés de porter le même message dans quinze demeures disséminées à travers l'Angleterre.

Les destinataires de ces missives avaient un seul point commun : tous avaient demandé la main de Lady Élizabeth.

Les quinze gentilshommes, à la lecture de la lettre, exprimèrent une grande surprise. Certains se montrèrent incrédules, d'autres ironiques, d'autres encore ressentirent une satisfaction un peu cruelle.

Douze d'entre eux répondirent immédiatement pour décliner la proposition scandaleuse de Julius Cameron avant de filer retrouver des amis pour leur raconter cette merveilleuse anecdote et s'en moquer.

Trois de ces messieurs réagirent différemment.

Lord John Marchman venait de rentrer de sa partie de chasse quotidienne lorsque le messager de Havenhurst arriva.

– Que je sois damné ! souffla-t-il après avoir pris connaissance de la lettre.

M. Julius Cameron y déclarait souhaiter voir sa nièce, Lady Élizabeth Cameron, mariée le plus vite possible. Dans cette perspective, il était disposé à reconsidérer la demande en mariage de John. Les jeunes gens ne s'étant pas vus depuis un an et demi, Julius Cameron proposait d'envoyer sa nièce, dûment chaperonnée, passer une semaine avec John, afin de « refaire connaissance ».

John, qui n'en croyait pas ses yeux, relut une deuxième fois cette extravagante missive.

– Que je sois damné ! répéta-t-il en passant la main dans sa chevelure cendrée.

Il regardait distraitement ses précieux trophées de chasse accrochés au mur. Un élan le fixait de son regard vitreux, tandis qu'un ours montrait les crocs. Il caressa machinalement l'élan entre les bois, façon dérisoire de le remercier pour la splendide journée qu'il avait passée à traquer ses congénères.

Une vision enchanteresse de Lady Élizabeth dansait dans sa tête. Un visage absolument ravissant, avec de grands yeux émeraude, un teint de lis et des lèvres délicieusement douces. Lorsqu'il l'avait rencontrée pour la première fois, un an et demi auparavant, il s'était dit que jamais il n'avait vu de plus jolie personne. La deuxième fois, il avait été tellement envoûté par cette jeune fille de dix-sept ans qu'il s'était précipité chez son frère pour lui demander sa main. Et il avait essuyé un refus hautain.

De toute évidence, l'oncle d'Élizabeth, qui était à présent son tuteur, jugeait John selon d'autres critères.

Peut-être la ravissante Élizabeth y était-elle pour quelque chose ; peut-être leurs deux entretiens dans le parc avaient-ils été aussi troublants pour elle que pour lui...

Pensif, John se dirigea vers le mur où étaient alignées ses cannes à pêche et en sélectionna une. La truite mordrait à l'hameçon, cet après-midi, décréta-t-il en repensant à la magnifique chevelure couleur de miel d'Élizabeth. Sous le soleil, ses cheveux brillaient comme les écailles d'un poisson sortant de l'eau. Marchman trouva cette comparaison très poétique. Il reposa la canne à pêche. Il se servirait des mêmes termes pour complimenter Élizabeth lorsqu'elle viendrait lui rendre visite le mois prochain, décida-t-il, avant d'aller rédiger une réponse affirmative.

Le message fut remis à Sir Francis Belhaven alors qu'il se trouvait dans sa chambre, vêtu d'un peignoir de satin. Sa maîtresse l'attendait, nue, dans le grand lit.

– Francis chéri, ronronna-t-elle en griffant les draps de soie de ses ongles vernis, que contient donc ce message de si important pour te retenir loin de moi ?

Il se tourna vers elle, les sourcils froncés.

– Ne déchire pas ces draps, ma belle, dit-il. Ils coûtent trente livres pièce.

– Si tu m'aimais, tu ne penserais pas à ça ! protesta-t-elle.

Francis Belhaven était tellement pingre qu'elle se demandait parfois si l'épouser lui rapporterait plus d'une ou deux robes par an.

– Et toi, si tu m'aimais, rétorqua-t-il doucement, tu prendrais plus de soin de mes affaires.

À quarante-cinq ans, Francis Belhaven ne s'était jamais marié, mais il ne manquait pas de compagnie féminine. Il adorait les femmes. Leurs visages, leurs corps...

Néanmoins, il lui fallait maintenant un héritier. Donc une épouse. Depuis un an, il avait longuement réfléchi à ce qu'il exigerait de l'heureuse élue. Il la voulait jeune, belle, dotée de suffisamment de fortune personnelle pour ne pas trop lui coûter.

S'arrachant à la lettre de Julius, il lança un regard concupiscent aux seins généreux d'Éloïse. Et il ajouta une ligne supplémentaire aux qualités de sa future épouse : elle devrait accepter ses appétits sexuels et son besoin de varier les plaisirs. Pas question qu'elle fonde en larmes chaque fois qu'il aurait une petite aventure extra-conjugale. À son âge, il n'avait aucune intention de se laisser diriger par une gamine à peine sortie du couvent, nourrie d'idées pieuses sur le mariage.

Élizabeth s'imposa soudain à son esprit. Quelle petite merveille elle était, quand il avait demandé sa main presque deux ans auparavant ! Des seins hauts et fermes, une taille de guêpe, un visage... inoubliable. Une fortune... confortable. Certes, on avait prétendu qu'elle était presque ruinée, après la mystérieuse disparition de son frère. Pourtant son oncle indiquait qu'elle apporterait une dot non négligeable, ce qui prouvait bien qu'il ne fallait pas croire tous les ragots.

– Francis !

Il vint s'asseoir sur le lit près d'Éloïse. Tout en lui caressant distraitement la hanche, il sonna son valet de chambre.

– Un instant, chérie...

Il tendit la lettre au domestique empressé.

– Dites à mon secrétaire de répondre par l'affirmative.

La dernière invitation, adressée à Charles Thornton, arriva dans son manoir à la campagne, au milieu d'un monceau de courrier qu'on lui avait expédié de sa résidence londonienne.

Charles ouvrit la lettre de Julius Cameron alors qu'il était en train de dicter à toute allure quelques réponses à son nouveau secrétaire.

Il s'interrompit, stupéfait à la lecture de cette étrange requête. Peters, qui ne travaillait pour lui que depuis une quinzaine de jours, bénit cette pause bienvenue et en profita pour essayer de rattraper son retard en écrivant le plus vite possible ce dont il se souvenait.

Charles ne fut pas long à prendre une décision.

– Ce message m'a été envoyé par erreur ou pour plaisanter. De toute façon, c'est d'un goût détestable.

Il eut une rapide vision d'Élizabeth Cameron... Une petite pimbêche superficielle, frivole, dont le visage et le corps lui avaient fait perdre la tête. Elle était fiancée à un vicomte, à l'époque où il l'avait rencontrée. Or visiblement le mariage ne s'était pas fait... elle avait dû l'évincer au profit d'un homme mieux nanti. Les nobles anglais, il était payé pour le savoir, se mariaient uniquement en fonction du prestige et de l'argent. Ils trouvaient ailleurs leurs plaisirs. La famille d'Élizabeth lui cherchait de nouveau un mari et ils devaient avoir diablement envie de la caser, s'ils étaient prêts à renoncer à un titre pour la fortune de Charles ! Tout ceci semblait si invraisemblable qu'il ne s'attarda pas à cette hypothèse. Non, il s'agissait simplement d'une farce stupide, sans doute inventée par quelqu'un qui se rappelait le scandale du week-end et qui se croyait drôle !

Chassant totalement Élizabeth et le mauvais plaisant de son esprit, Charles jeta un coup d'œil à son malheureux secrétaire qui suait sang et eau.

– Pas de réponse ! déclara-t-il en lançant la lettre de Julius en direction de Peters.

Malheureusement, la feuille glissa sur le bois ciré du bureau et tomba au sol. Peters eut un brusque mouvement pour la rattraper, entraînant dans son geste tout le courrier en attente.

Il se précipita aussitôt pour ramasser les douzaines de lettres éparses sur la moquette.

– Je... je suis désolé, balbutia-t-il en rougissant. Vraiment désolé, monsieur.

Il empilait maladroitement contrats, invitations, remerciements...

Charles ne semblait pas lui prêter attention. Il continuait à donner des instructions, tout en lui passant les lettres correspondantes à travers le bureau.

– Refusez les trois premières invitations, acceptez la quatrième, mais pas la cinquième. Mes condoléances pour ce faire-part. Pour celle-ci, expliquez que je pars en Écosse et priez cette personne de venir m'y rejoindre. N'oubliez pas les coordonnées de la maison.

Les papiers serrés sur son cœur, toujours accroupi, Peters releva la tête.

– Bien, monsieur, dit-il d'un ton qu'il voulait assuré.

Mais il était bien difficile d'être sûr de soi quand on était à genoux. Et plus difficile encore quand on ne savait plus très bien quelle réponse correspondait à quelle lettre !

Charles Thornton passa le reste de l'après-midi à inonder le malheureux Peters de courrier et d'instructions diverses.

Le soir, il discuta contrat de mariage avec son futur beau-père, le comte de Melbourne.

Peters, pendant ce temps, essayait désespérément d'apprendre du majordome de Charles quelles invitations son patron était susceptible d'accepter ou de refuser.

2

Avec l'aide de son valet de pied, qui faisait à l'occasion office de palefrenier – et ce n'était pas rare – Lady Élizabeth Cameron, comtesse de Havenhurst, descendit de sa jument.

– Merci Mark, lança-t-elle avec un sourire à son vieux domestique.

À cet instant, la petite comtesse ne ressemblait en rien à une aristocrate, pas même à une femme du monde. Elle portait un foulard bleu noué sur la nuque et une robe toute simple, un peu démodée. Elle avait au bras le panier d'osier dont elle se servait lorsqu'elle allait faire les courses au village.

Pourtant ni le foulard, ni la jument fatiguée, ni le panier d'osier n'auraient pu la rendre « commune ». Ses cheveux cascadaient somptueusement dans son dos, encadrant un visage d'une perfection sans faille, aux pommettes hautes, à la peau laiteuse et aux lèvres généreuses. Ses yeux surtout étaient magnifiques. D'un vert vif, frangés de longs cils recourbés sous des sourcils délicatement dessinés, ils scintillaient comme des émeraudes dans les moments de bonheur et s'assombrissaient lorsqu'elle était pensive.

Le palefrenier jeta un coup d'œil vers le contenu du panier, mais Élizabeth secoua la tête.

– Pas de tartes aujourd'hui, Mark. Elles étaient beaucoup trop chères, et M. Jenkins ne s'est pas montré coopératif. Je lui ai dit que j'en voulais une douzaine, pourtant il a refusé de me faire un prix, alors je ne lui en ai acheté aucune... par principe. Savez-vous, poursuivit-elle en pouffant, que la semaine dernière, quand il m'a vue entrer dans le magasin, il s'est caché derrière ses sacs de farine ?

– Le lâche !

Il était bien connu parmi les commerçants qu'Élizabeth comptait chaque shilling, et que lorsqu'on en venait à discuter les prix – ce qui avec elle finissait toujours par arriver – elle avait presque immanquablement le dernier mot. Son intelligence, et non sa beauté, était son principal atout dans ces marchandages. Non seulement elle était très douée pour le calcul mental, mais de plus elle se montrait tellement raisonnable, elle énumérait si gentiment les raisons pour lesquelles elle estimait avoir droit à une remise qu'elle épuisait ses adversaires ou les embrouillait au point qu'ils ne savaient plus où ils en étaient.

Son sens de l'économie ne s'arrêtait d'ailleurs pas aux achats. À Havenhurst aussi, elle faisait très attention aux dépenses. À dix-neuf ans, elle portait sur ses jeunes épaules le fardeau du domaine ancestral et de dix-huit domestiques, et s'arrangeait, avec l'aide financière fort limitée que lui offrait son oncle, pour accomplir l'impossible. Elle parvenait à préserver Havenhurst de la vente et à nourrir les quelques serviteurs qui ne l'avaient pas quittée. Le seul « luxe » qu'elle s'accordât était la présence de Miss Lucinda Throckmorton-Jones, qui avait été son chaperon et lui servait à présent de dame de compagnie avec des gages sévèrement réduits. Élizabeth se sentait parfaitement capable de vivre seule, mais elle savait que dans ce cas elle perdrait aussitôt le peu de réputation qui lui restait.

Elle tendit le panier à Mark en déclarant joyeusement :

– À la place des tartes, j'ai acheté des fraises. M. Thergood est bien plus raisonnable que M. Jenkins. Lui admet qu'il est normal de payer moins cher quand on achète en quantité.

Mark feignit d'avoir compris aussi.

– Pour sûr ! dit-il en se grattant la tête, perplexe. N'importe quel imbécile serait d'accord avec ça !

– Exactement ! s'écria Élizabeth.

Elle grimpa avec souplesse les marches qui menaient à la demeure en pensant déjà à ses livres de comptes.

Bentner lui ouvrit la porte. Le vieux majordome rayonnait d'excitation. Du ton de quelqu'un qui meurt d'envie d'exploser mais se retient par dignité, il annonça :

– Vous avez une visite, Miss Élizabeth !

C'était la première depuis un an et demi, et Élizabeth fut bouleversée de joie et d'étonnement. Il ne pouvait s'agir d'un créancier : elle les avait tous payés en vendant la plupart des meubles et des objets de valeur du château.

– Qui est-ce ?

Un sourire radieux illumina le visage du brave homme.

– Alexandra Lawrence ! Euh... Townsende, rectifia-t-il, se rappelant que la jeune femme était mariée.

Le cœur battant, Élizabeth se débarrassa de son foulard et courut vers le salon. Elle s'immobilisa sur le seuil en découvrant la ravissante jeune femme brune qui se tenait au milieu de la pièce dans un élégant costume de voyage. Lorsqu'elle se retourna, elles se regardèrent tandis qu'un sourire leur montait aux lèvres.

– *Alex ?* C'est vraiment toi ? murmura Élizabeth d'une voix enrouée par l'émotion.

Elles ne bougeaient pas, chacune notant les changements survenus en un an et demi, se demandant avec quelque appréhension si c'était irrémédiable...

Dans la pièce silencieuse, les deux amies d'enfance firent un pas hésitant, puis encore un, et enfin se précipitèrent en courant dans les bras l'une de l'autre. Elles se serraient très fort, riaient et pleuraient en même temps.

– Ô Alex ! Tu es magnifique. Tu m'as tellement manqué !

Dans le monde, la jeune femme était Alexandra, duchesse de Hawthorne, mais pour Élizabeth elle était tout simplement « Alex », sa plus ancienne amie, qui revenait d'un voyage de noces autour du monde et ne pouvait être au courant du marasme dans lequel elle se débattait.

– Quand es-tu rentrée ? Es-tu heureuse ? Qu'est-ce qui t'amène ici ? Combien de temps restes-tu ?

– Tu m'as manqué aussi, répondit Alex en riant devant le feu soutenu des questions. Nous sommes revenus il y a trois semaines. Je suis *merveilleusement* heureuse. Je suis venue pour te voir, évidemment, et je peux rester quelques jours si tu veux bien de moi !

– Si je le veux ? s'écria joyeusement Élizabeth. Je n'ai rien de prévu ces temps-ci, sauf cet après-midi. Mon oncle vient me voir.

En réalité, l'agenda d'Élizabeth était parfaitement vierge pour les douze mois à venir, et les rares visites que lui rendait son oncle étaient pires que la solitude. Mais cela n'avait plus aucune importance ! Élizabeth était tellement contente de voir son Alex qu'elle ne cessait de sourire.

Comme quand elles étaient petites, elles allèrent s'asseoir sur un sofa, retirèrent leurs souliers et replièrent leurs jambes sous leurs jupes. Elles bavardèrent des heures avec cette simplicité des amis qui ont été séparés pendant longtemps mais demeurent éternellement unis par les souvenirs.

– Te souviens-tu de ces merveilleux tournois que nous organisions chaque fois qu'il y avait un anniversaire chez Mary Ellen ? demandait Élizabeth.

– Bien sûr !

– Tu me désarçonnais à chaque fois !

– C'est vrai, mais tu remportais tous les concours de tir au pistolet. En tout cas, jusqu'à ce que tes parents décident que tu étais trop âgée, et trop raffinée, pour te joindre à nous... Tu nous as beaucoup manqué, après.

– Et vous plus encore ! Je savais toujours précisément quel jour avaient lieu les fêtes, et j'errais ici comme une âme en peine en imaginant combien vous vous amusiez. Puis Robert et moi avons décidé d'avoir nos propres tournois, et nous y avons fait participer les domestiques ! ajouta-t-elle en riant au souvenir de ces jours heureux.

– Où est Robert, à propos ? intervint Alex. Tu ne m'as pas encore parlé de lui.

– Il...

Élizabeth hésita. Elle ne pouvait raconter la disparition de son demi-frère sans révéler tout ce qui avait précédé. D'autre part, il y avait dans le regard d'Alex une lueur de compassion, comme si son amie était déjà au courant de la situation.

– Robert a disparu il y a un an et demi. Cela pourrait avoir un rapport avec... des dettes. Mais laissons ce sujet de côté !

– Parfait ! s'écria Alex avec un sourire un peu forcé. Alors, de quoi allons-nous parler ?

– De toi !

Le temps fila comme l'éclair tandis qu'Alex racontait sa vie avec son époux adoré. Élizabeth, émerveillée, l'écouta décrire les endroits fabuleux qu'elle avait visités durant sa lune de miel.

– Et Londres ? demanda-t-elle quand Alex en eut fini avec les villes étrangères.

– Que veux-tu savoir ?

Élizabeth ouvrit la bouche pour poser les questions qui lui tenaient le plus à cœur, mais son orgueil l'en empêcha.

– Oh, rien de particulier, mentit-elle.

« J'ignore si mes amis se moquent de moi, s'ils me condamnent ou, pire, s'ils ont pitié de moi, pensait-elle. S'ils savent que je suis ruinée. Et par-dessus tout, j'aimerais comprendre pourquoi pas un d'entre eux ne s'est donné la peine de me rendre visite ou de m'envoyer un mot... »

Un an et demi auparavant, quand elle avait fait son entrée dans le monde, elle avait connu un succès immédiat, et de nombreux jeunes gens avaient demandé sa main. À présent, à dix-neuf ans, elle était exclue de cette même société qui l'avait naguère imitée, adorée, choyée. Élizabeth avait violé ses règles et était devenue le centre d'un scandale dont le bruit s'était répandu à la vitesse de l'éclair.

Les gens connaissaient-ils toute l'histoire, ou seulement le scandale ? En riaient-ils encore ? Alex était partie juste avant pour son long voyage ; en avait-elle entendu parler à son retour ?

Les questions se bousculaient dans son esprit, mais elle refusait de les poser pour deux raisons. D'abord, les réponses risquaient de lui faire mal, or elle ne voulait pas pleurer. Ensuite, pour les formuler, elle devrait auparavant tout raconter à son amie. Et à la vérité, Élizabeth se sentait trop seule, trop isolée pour prendre le risque qu'Alex l'abandonne elle aussi.

– Qu'aimerais-tu savoir ? insista Alex avec un sourire engageant destiné à masquer le chagrin qu'elle ressentait pour son amie.

– Tout ! s'écria Élizabeth.

– Alors, allons-y ! Tout d'abord, Lord Dusenberry vient de se fiancer à Cecilia Lacroix.

– Merveilleux ! s'exclama Élizabeth avec une joie sincère. Il est très riche, et d'excellente famille.

– C'est un coureur de jupons invétéré, et il prendra une maîtresse le premier mois qui suivra leur mariage ! protesta Alex avec la franchise qui choquait et ravissait Élizabeth.

– J'espère que tu te trompes.

– Je suis sûre du contraire. Je prends le pari, poursuivit Alex sans réfléchir, tout heureuse de voir la joie revenue dans les yeux de son amie. Disons trente livres ?

Brusquement, le sourire d'Élizabeth se figea. Il fallait qu'elle sache si Alex était venue par pure amitié, ou si elle la croyait encore l'une des jeunes filles les plus en vue de la haute société. Elle regarda Alex droit dans les yeux et annonça avec dignité :

– Je ne possède pas trente livres.

Alex refoula les larmes de compassion qui lui montaient aux yeux.

– Je sais.

Élizabeth avait appris à lutter contre la mauvaise fortune, à dissimuler ses frayeurs, à garder la tête haute. À cet instant pourtant, elle faillit laisser libre cours à ses larmes. La gorge serrée, elle murmura :

– Merci.

– Tu n'as pas à me remercier. J'ai entendu raconter cette sordide histoire et je n'en crois pas un mot. D'ailleurs, je veux que tu viennes à Londres pour la Saison, ajouta-t-elle en prenant la main de son amie. Ne serait-ce que par fierté, tu dois les affronter. Je t'y aiderai... Mieux, je persuaderai la grand-mère de mon mari de te parrainer. Crois-moi, personne n'osera dire du mal de toi si la duchesse douairière de Hawthorne te soutient.

– Je t'en prie, Alex, arrête. Tu ignores de quoi tu parles. Même si j'acceptais ta proposition, ce qui n'est pas le cas, elle ne serait jamais d'accord. Je ne la connais pas, mais elle sait certainement tout sur moi. Sur ce que les gens disent de moi, plus exactement.

Alex soutint son regard sans flancher.

– Tu as raison sur un point : elle a entendu les ragots pendant mon absence. Cependant je m'en suis entretenue avec elle, et elle souhaite te rencontrer avant de prendre une décision. Elle t'aimera, comme je t'aime. Ensuite, elle remuera ciel et terre pour te faire accepter dans la bonne société.

Élizabeth secoua la tête, à la fois émue de gratitude et dévorée d'humiliation.

– J'apprécie ton offre, vraiment, mais je ne pourrais jamais supporter cette épreuve.

– Je suis tout à fait déterminée. Mon époux respecte mes jugements, et il sera de mon avis, j'en suis certaine. Quant aux toilettes, il y en a beaucoup que je n'ai encore jamais portées. Je te prêterai...

– Certainement pas ! s'exclama Élizabeth. Je t'en prie, Alex, laisse-moi au moins un peu de dignité. En outre, ajouta-t-elle avec un tendre sourire, je ne suis pas aussi malheureuse qu'il y paraît. Je t'ai. Et j'ai Havenhurst.

– Je le sais. Pourtant je sais aussi que tu ne peux pas t'y terrer toute ta vie. Tu ne seras pas obligée d'assister aux réceptions si tu n'en as pas envie, quand tu seras à

Londres. Mais nous passerons du temps ensemble. Tu m'as tellement manqué !

– Tu seras bien trop occupée, répliqua Élizabeth en se rappelant le tourbillon incessant des activités mondaines qui marquaient la Saison dans la capitale.

– Pas autant que tu le crois, répondit Alex avec un sourire mystérieux. J'attends un bébé.

Élizabeth la serra contre elle.

– Je viendrai ! cria-t-elle sans réfléchir davantage. Mais je pourrais habiter la résidence de mon oncle, s'il ne s'y trouve pas.

– Non. Tu vivras chez nous.

– Nous verrons, s'entêta Élizabeth avant de murmurer, ravie : un bébé !

À cet instant, Bentner apparut sur le seuil de la porte.

– Excusez-moi, Miss Élizabeth. Votre oncle est arrivé ; il souhaite vous voir *immédiatement* dans son bureau.

Alex regarda le majordome puis Élizabeth d'un air interrogateur.

– Havenhurst me semble plutôt désert. Combien de domestiques as-tu ?

– Dix-huit. À une époque, nous en avions quatre-vingt-dix. Au moment de la disparition de Robert, nous n'en avions plus que quarante-cinq, et ensuite mon oncle les a tous renvoyés. Il a dit que nous n'en avions pas besoin et, après avoir examiné les comptes, il m'a montré que nous ne pouvions plus leur offrir que le vivre et le couvert. Dix-huit d'entre eux sont tout de même restés, conclut-elle avec un sourire pour Bentner. Ils ont vécu toute leur vie à Havenhurst, c'est aussi leur foyer.

Élizabeth se leva, tentant de maîtriser la poussée d'angoisse qui l'envahissait chaque fois qu'elle devait affronter son oncle.

– Je n'en ai pas pour longtemps. Oncle Julius ne s'attarde jamais ici plus qu'il n'est indispensable.

Bentner rassemblait les tasses à thé en prenant tout son temps. Dès qu'Élizabeth fut hors de portée de voix, il se tourna vers la duchesse de Hawthorne qu'il avait connue toute gamine lorsqu'elle courait les bois vêtue comme un garçon.

– Je vous demande pardon, Votre Grâce, commença-t-il, son bon visage crispé par la contrariété. Puis-je vous dire combien je suis heureux de vous voir dans cette demeure, particulièrement en ce moment où M. Cameron s'y trouve ?

– Mon Dieu, je vous remercie, Bentner. Et je suis ravie de vous revoir. Quelque chose ne va pas avec M. Cameron ?

– Ça se pourrait bien...

Le vieil homme s'interrompit pour aller jeter un coup d'œil dans le hall avant d'ajouter sur le ton de la confidence :

– Aaron – c'est notre cocher – Aaron et moi, nous n'aimons pas l'air qu'il a aujourd'hui. Et autre chose : ceux qui demeurent encore ici ne le font pas pour Havenhurst...

Il rougit, embarrassé, et continua d'une voix bourrue :

– Nous sommes restés pour notre jeune maîtresse. Elle n'a plus que nous, voyez-vous.

Devant cette manifestation de loyauté, les larmes montèrent aux yeux d'Alex.

– Nous ne devons pas laisser son oncle la bouleverser, poursuivit-il. Ce qu'il ne manque pas de faire à chacune de ses visites.

– Existe-t-il un moyen de l'en empêcher ?

Bentner se redressa de toute sa hauteur et déclara avec force :

– Moi, je serais d'avis de le pousser du haut du pont de Londres. Aaron préconise le poison.

– Je préfère votre méthode, Bentner, répondit Alex avec un clin d'œil. C'est plus propre.

Alexandra plaisantait, mais ils échangèrent un regard complice. Elle savait que, si besoin était, elle pouvait compter sur la loyauté indéfectible de tout le personnel.

3

Julius Cameron leva la tête lorsque sa nièce pénétra dans le bureau, et une moue de contrariété apparut sur ses lèvres. Même devenue une orpheline pauvre, Élizabeth conservait son port de reine. Elle était noyée jusqu'au cou dans les dettes, et chaque mois en apportait davantage, mais elle continuait à marcher la tête haute, comme son arrogant de père l'avait toujours fait.

À trente-cinq ans, il avait péri dans un naufrage ainsi que son épouse. Il avait déjà dilapidé sa fortune au jeu et secrètement hypothéqué ses propriétés. Malgré tout, il n'avait jamais renoncé à mener la vie d'un aristocrate privilégié.

Fils cadet du comte de Havenhurst, Julius n'avait hérité d'aucun titre, ni d'argent, ni même de domaines substantiels. Pourtant, il s'était arrangé, grâce à un travail acharné et une existence austère, pour amasser une fortune considérable. Parti de rien, il s'était efforcé d'améliorer son sort. Il avait résisté aux tentations de la vie mondaine non par avarice, mais parce qu'il refusait de jouer à l'aristocrate qu'il n'était pas.

Après une vie toute spartiate, le destin lui avait joué un bien mauvais tour : sa femme était stérile. Pour sa plus grande amertume, il n'avait pas d'héritier... hormis le fils qu'Élizabeth porterait une fois mariée.

Tandis qu'elle prenait place en face de lui, il fut de nouveau douloureusement frappé par l'ironie du sort. Il avait passé sa vie à travailler comme un forcené, tout ça pour remplir les poches du futur petit-fils de son insouciant de frère. Et comme si cela ne suffisait pas, il se trouvait également chargé de débrouiller la situation que Robert avait laissée derrière lui à sa disparition.

Et maintenant, Julius n'avait plus qu'à honorer les dernières volontés de son frère aîné : marier la jeune fille à un homme qui possédait à la fois titre et fortune, si possible.

Lorsque Julius s'était lancé, un mois auparavant, dans sa recherche d'un époux, il avait imaginé que ce serait tâche facile. En effet, lors de ses débuts dans le monde, sa grande beauté, son lignage inattaquable et sa fortune supposée avaient valu à Élizabeth le chiffre record de quinze demandes en mariage en quatre semaines.

Au grand étonnement de Julius, sur ces quinze hommes, trois seulement avaient accepté aujourd'hui sa proposition, et plusieurs ne s'étaient même pas donné la peine de répondre. Certes, Élizabeth était pauvre à présent, ce n'était un secret pour personne. Cependant Julius avait offert une dot confortable afin de se débarrasser d'elle. Pour un homme qui raisonnait uniquement en fonction de l'argent, cette somme à elle seule suffisait à rendre sa nièce désirable. Quant au scandale qui entourait la jeune fille, Julius le connaissait à peine et ne s'en souciait guère. Il fuyait la société, ses cancans, sa frivolité, ses excès.

La question d'Élizabeth le tira de son amère rêverie.

– De quoi vouliez-vous m'entretenir, mon oncle ?

Son animosité et la perspective de la réaction d'Élizabeth lui firent répondre d'une voix plus sèche que de coutume :

– Je suis venu parler de ton mariage imminent.

– Mon... mon quoi ?

Élizabeth avait sursauté et, sous le choc, elle perdit un instant sa façade de dignité pour ressembler à une toute petite fille esseulée, perdue, prise au piège.

– Tu m'as bien entendu. J'ai sélectionné trois hommes. Deux sont nobles, mais pas le troisième. Comme les titres étaient fort importants pour ton père, je choisirai parmi les candidats celui qui aura le meilleur rang... à condition toutefois que l'opportunité m'en soit donnée.

– Comment... ?

Elle dut s'interrompre pour rassembler ses esprits avant de poursuivre.

– Comment avez-vous sélectionné ces hommes ?

– J'ai obtenu de Lucinda le nom de ceux qui t'ont demandée en mariage, l'année où tu as débuté dans le monde. Je leur ai envoyé à chacun un message pour leur exprimer ta volonté et la mienne – en tant que tuteur – de reconsidérer leur proposition.

Horrifiée, Élizabeth s'agrippait aux bras de son fauteuil.

– Vous voulez dire, murmura-t-elle d'une voix indignée, que vous avez fait une sorte d'offre publique de ma personne ?

– Oui ! aboya-t-il, furieux de sentir qu'elle lui reprochait de ne pas se conduire comme le rang de la jeune fille l'exigeait. De plus, cela te calmera un peu d'apprendre que le charme légendaire que tu exerçais sur la gent masculine semble ne plus agir. Trois de ces hommes seulement ont manifesté le désir de renouer des relations avec toi.

Humiliée au plus profond de son âme, Élizabeth fixait le mur derrière lui.

– Je ne peux pas croire que vous ayez fait ça...

Il frappa violemment le bureau du plat de la main.

– J'ai agi selon mes droits, ma chère, et en accord avec les instructions de ton père ! Puis-je te rappeler que c'est mon argent qui sera remis entre les mains de ton mari, après ma mort, pour revenir ensuite à ton fils. *Mon* argent !

Depuis plusieurs mois, Élizabeth s'efforçait de comprendre son oncle. Tout au fond de son cœur, elle devinait la raison de son amertume et y compatissait.

– Je regrette que vous n'ayez pas eu la chance d'engendrer vous-même un fils, mais je n'y suis pour rien. Je ne vous ai jamais fait de mal, je n'ai pas mérité que vous me détestiez à ce point.

Elle se tut en voyant l'expression dure de Julius devant ce qu'il prenait pour une supplique. Alors elle redressa la tête et s'accrocha à ce qui lui restait de dignité.

– Qui sont ces hommes ?

– Sir Francis Belhaven.

Élizabeth le regarda, complètement désorientée.

– J'ai rencontré des centaines de personnes, cette année-là, et ce nom ne me dit absolument rien.

– Le deuxième est Lord John Marchman, comte de Canford.

La jeune fille secoua la tête.

– Le titre m'est vaguement familier, mais je serais incapable de lui attribuer un visage.

Son oncle s'agaça de sa réaction.

– Tu as bien mauvaise mémoire ! Si tu ne te rappelles pas un chevalier ou un comte, je doute que tu te souviennes d'un simple roturier.

– Qui est le troisième ? demanda-t-elle froidement.

– M. Charles Thornton. Il est...

À ce nom, Élizabeth bondit de son siège, à la fois furieuse et terrifiée.

– *Charles Thornton !* cria-t-elle en s'appuyant au bureau pour garder son équilibre. Charles Thornton ! répéta-t-elle d'une voix haut perchée, au bord de la crise de larmes. Mon oncle, si Charles Thornton a parlé d'un mariage avec moi, c'était quand Robert le menaçait de son arme ! Ce n'était pas m'épouser qu'il voulait, et Robert l'a provoqué en duel à cause de son comportement à mon égard. Il l'a même blessé !

Au lieu de se montrer ennuyé, son oncle l'observait avec une froide indifférence.

– Vous ne comprenez donc pas ? s'exclama-t-elle.

– Je comprends qu'il m'a répondu par l'affirmative en termes tout à fait courtois. Peut-être regrette-t-il son attitude passée et souhaite-t-il se racheter.

– Se racheter ! J'ignore s'il me hait ou s'il me méprise simplement, mais je puis vous assurer qu'il n'a pas, et qu'il n'a jamais eu la moindre intention de m'épouser ! C'est à cause de lui que je fuis la société !

– Si tu veux mon avis, tu es bien mieux loin de la mauvaise influence de la capitale. Mais là n'est pas le problème. Il a accepté mes conditions.

– Quelles conditions ?

Ignorant l'indignation de sa nièce, Julius répondit le plus naturellement du monde :

– Chacun des trois candidats est d'accord pour que tu lui rendes une courte visite afin de voir si vous vous plaisez. Lucinda t'accompagnera. Tu pars dans cinq jours. Tu commenceras par Belhaven, puis Marchman, et enfin Thornton.

La pièce semblait tourner autour d'Élizabeth.

– Je ne peux y croire ! répéta-t-elle.

En désespoir de cause, elle se rabattit sur ce qu'elle trouvait :

– Lucinda a pris ses premières vacances depuis des années. Elle est chez sa sœur, dans le Devon.

– Alors, emmène Berta et ordonne à Lucinda de te rejoindre plus tard en Écosse, chez Thornton.

– Berta ? Berta est une servante. Ma réputation sera en lambeaux si je passe une semaine dans la demeure d'un homme avec une simple femme de chambre pour chaperon.

– Alors ne le dis pas ! cria-t-il, exaspéré. Comme j'ai déjà parlé de Lucinda Throckmorton-Jones dans mes lettres, tu prétendras que Berta est ta tante. Plus d'objections, ma nièce, c'est décidé. Tu peux te retirer.

– Ce n'est pas décidé ! Il y a eu une épouvantable erreur, je vous l'ai dit. Charles Thornton ne voudra pas me voir, et je n'ai aucune envie de le rencontrer.

– Il n'y a pas d'erreur, décréta Julius. Charles Thornton a reçu ma lettre et accepté notre proposition. Il a même envoyé des instructions pour que tu te rendes dans son manoir en Écosse.

– *Votre* proposition ! rectifia Élizabeth. Pas la mienne !

– Je n'entrerai pas dans ces détails avec toi, Élizabeth. L'entretien est terminé.

4

Élizabeth se dirigea vers le salon, mais ses genoux tremblaient tellement qu'elle dut s'arrêter et s'appuyer au mur. Charles Thornton. Dans quelques jours, elle serait confrontée à Charles Thornton...

La tête lui tournait et, au lieu d'aller retrouver Alex, elle entra dans le boudoir où elle se laissa tomber sur un sofa. Elle fixait sans la voir la trace plus claire sur la tenture murale, là où un Rubens était naguère accroché.

Elle n'avait jamais imaginé une seconde que Charles Thornton ait envie de l'épouser, et elle se demandait ce qui pouvait bien l'avoir poussé à accepter la proposition insensée de son oncle.

En y repensant, elle ne comprenait plus comment elle avait pu se montrer si légère, si insouciante, durant ce fameux week-end. Elle était sûre alors que l'avenir lui sourirait...

Elle avait traversé une période douloureuse au moment de la mort de ses parents, mais elle avait Robert pour la consoler, la cajoler, lui assurer qu'elle connaîtrait des jours meilleurs. Elle avait onze ans, Robert dix-neuf, et bien qu'étant seulement son demi-frère – né d'un premier mariage de sa mère – aussi loin qu'elle se souvienne, elle s'en était remise à lui. Ses parents étaient si peu souvent à la maison qu'elle se les rappelait plutôt comme de lointains amis qui apparaissaient dans sa vie trois ou quatre fois par an, chargés de présents, et se volatilisaient aussitôt.

Hormis ce drame, Élizabeth avait passé une enfance très agréable. Sa gentillesse et sa gaieté la faisaient aimer de tous, et les domestiques étaient fous d'elle. Cook la gavait de sucreries, le majordome lui enseignait les échecs. Aaron lui apprit à se servir d'un fusil, au cas où elle aurait besoin de se défendre.

Mais de tous ces proches de Havenhurst, celui avec lequel elle passait le plus de temps était Oliver, le jardinier en chef du domaine, qui était arrivé l'année où elle s'était retrouvée orpheline. Calme et doux, Oliver avait l'habitude de parler à ses plantes.

– Elles ont besoin d'affection, expliqua-t-il un jour où la petite fille l'avait surpris dans la serre en train d'encourager une violette qui piquait du nez. Elles sont comme les gens. Essayez. Dites quelques mots gentils à cette jolie violette.

Élizabeth obéit, tout en se sentant un peu ridicule. Elle se pencha vers la petite fleur.

– J'espère que tu guériras bien vite, et que tu redeviendras aussi belle qu'avant...

Puis elle recula, s'attendant presque à voir les feuilles jaunies se dresser vers le soleil.

– Je lui ai administré une dose de mon médicament spécial, déclara Oliver en portant la fleur sur le banc où il rangeait ses pots malades. Dans quelques jours, elle sera heureuse de vous montrer qu'elle se porte mieux.

Le lendemain, Élizabeth constata que la violette avait toujours aussi piteuse allure... Cinq jours plus tard, elle l'avait complètement oubliée quand elle se rendit à la serre pour partager un gâteau avec Oliver.

– Votre amie a hâte de vous voir, mademoiselle, annonça le jardinier.

La petite fille, ravie, s'aperçut que les fragiles fleurs violettes avaient retrouvé toute leur vigueur.

– Oliver, comment avez-vous réussi ce miracle ?

– Ce sont vos paroles gentilles et un peu ma médecine qui lui ont permis de guérir.

Comme il voyait l'enfant fascinée, et sans doute aussi pour la distraire de son malheur, il lui fit visiter toute la serre, lui indiqua le nom des plantes, lui montra les croisements qu'il tentait de réaliser. Plus tard, il lui demanda si elle aimerait avoir un jardin à elle et ils sélectionnèrent ensemble les fleurs qu'elle y planterait.

Cette journée marqua le début d'une véritable histoire d'amour entre Élizabeth et le monde végétal. Grâce à Oliver elle en apprit énormément sur les boutures, les greffes, les « médicaments ».

Quand le jardinier lui eut enseigné tout ce qu'il savait, elle devint le professeur. Car elle avait sur lui un avantage certain : elle savait lire. Or la bibliothèque de Havenhurst, orgueil de son grand-père, contenait de nombreux ouvrages de botanique.

Au bout de cinq ans, le « petit » jardin d'Élizabeth était absolument magnifique. Dès que la jeune fille se penchait vers la terre, les fleurs les plus splendides semblaient s'épanouir comme par magie.

– Elles savent que vous les aimez, répétait Oliver. Et elles veulent vous prouver qu'elles vous aiment aussi en se parant de leurs plus jolies couleurs.

Lorsque la santé déclinante d'Oliver exigea son départ pour des climats plus doux, la jeune fille fut très affectée. Mais elle n'en passa que plus de temps avec ses chères plantes et créa de nouvelles terrasses fleuries dont elle était très fière.

Outre le jardinage, l'amitié d'Alexandra Lawrence avait beaucoup d'importance pour Élizabeth. Elles étaient voisines et, bien qu'Alex soit un peu plus âgée, elles adoraient se raconter la nuit de terrifiantes histoires de fantômes, ou se retrouver dans la cabane d'Élizabeth, construite dans un arbre, pour partager leurs secrets et leurs rêves de petites filles.

Même après le mariage d'Alex et son départ, Élizabeth ne s'était jamais sentie seule. Elle avait Havenhurst pour occuper son temps et son esprit. Autrefois château fort entouré de douves et de hautes murailles, la demeure avait été assignée en douaire à une grand-mère d'Élizabeth entrée dans la famille au XIIe siècle. Son époux, proche du roi, avait obtenu des codicilles pour s'assurer que Havenhurst appartiendrait à sa femme et à ses descendants – qu'ils soient hommes ou femmes – tant qu'ils le désireraient.

Aussi, à la mort de son père, Élizabeth était-elle devenue comtesse de Havenhurst. Si le titre signifiait peu pour la petite fille, le château, avec son passé glorieux, représentait beaucoup. À dix-sept ans, elle n'ignorait pas un détail de son histoire : les sièges soutenus, le nom des attaquants, les tactiques utilisées pour les écraser. Elle connaissait tout de ses précédents occupants, depuis le premier comte dont le courage au combat était devenu légendaire, mais qui avait été secrètement terrorisé par son épouse.

Les douves avaient été comblées plusieurs siècles auparavant, les murailles abattues et la demeure agrandie au point de ne plus guère garder de ressemblance avec la place forte d'origine. Mais Élizabeth, grâce aux parchemins soigneusement conservés dans la vaste bibliothèque, connaissait l'ancienne bâtisse par cœur.

À dix-sept ans, Élizabeth était différente des autres jeunes aristocrates. Fort cultivée, posée, elle avait un sens pratique très affirmé et apprenait déjà de son régisseur comment diriger son domaine. Entourée d'adultes depuis sa plus tendre enfance, elle était persuadée, dans son optimisme naïf, que tous les gens étaient aussi gentils et fiables que les habitants de Havenhurst.

Aussi, le jour fatal où Robert fit irruption au château pour lui annoncer avec un large sourire qu'elle allait faire son entrée dans le monde à Londres six mois plus tard, réagit-elle avec plaisir et sans la moindre appréhension.

– Tout est arrangé ! s'exclama-t-il d'un ton joyeux. Lady Jamison accepte de te parrainer, en souvenir de notre chère maman. Cette affaire coûtera une sacrée fortune, mais le jeu en vaut la chandelle.

– Tu ne m'as jamais parlé d'argent, s'étonna Élizabeth. Nous n'avons pas de difficultés financières, n'est-ce pas ?

– Plus maintenant. Nous disposons d'une véritable petite fortune, mais je ne m'en étais jamais rendu compte !

– De quoi parles-tu ? demanda Élizabeth, stupéfaite et vaguement inquiète.

En riant, il l'attira devant un miroir et l'obligea à se regarder.

Elle obéit, puis s'écria gaiement :

– Tu aurais pu me dire que j'avais une trace de terre sur la joue !

– Élizabeth, c'est tout ce que tu vois ? Une tache sur ta joue ?

– Je vois mon visage.

– Comment le trouves-tu ?

– C'est mon visage ! rétorqua-t-elle un peu agacée.

– Il représente notre fortune, à présent ! J'y ai pensé seulement hier, quand Bertie Krandell m'a appris l'offre somptueuse que Lord Cheverley a faite à sa sœur !

La jeune fille tombait des nues.

– De quoi parles-tu ?

– De ton mariage, répondit Robert avec son charmant sourire. Tu es infiniment plus jolie que la sœur de Bertie. Avec ta beauté et Havenhurst comme dot, tu seras capable de faire un mariage que toute l'Angleterre t'enviera. Il t'apportera des bijoux, des robes, de belles demeures, et à moi il offrira des relations, qui sont bien plus utiles que la fortune. De plus, ajouta-t-il gaiement, si je suis à court d'argent de temps en temps, je sais que tu n'hésiteras pas à me dépanner de quelques centaines de livres...

– Nous avons des difficultés financières, n'est-ce pas ? insista Élizabeth, bien trop alertée pour penser à ses débuts dans le monde.

Robert détourna les yeux et soupira.

– Nous sommes un peu dans le pétrin... En réalité, avoua-t-il à contrecœur, comprenant qu'il ne pourrait la berner, nous sommes dans une situation délicate. Voire catastrophique.

– Comment est-ce possible ?

Malgré la peur qui la taraudait, elle s'efforçait de paraître calme.

Robert rougit, embarrassé.

– D'abord, père nous a laissé une quantité de dettes. De jeu pour la plupart. Et j'en ai accumulé moi aussi, du même genre. J'ai réussi à tranquilliser nos créanciers ces dernières années, mais ils commencent à se lasser sérieusement. Et il n'y a pas que ça. Havenhurst coûte une petite fortune, Élizabeth. Nous avons plus de dépenses que de recettes, et de loin ! Résultat, nous sommes endettés jusqu'au cou, toi et moi. Nous allons devoir vendre une partie des objets d'art pour rembourser les dettes les plus criantes, sinon nous ne pourrons jamais nous montrer à Londres. Et ce n'est pas le pire. Havenhurst t'appartient, mais si tu n'épouses pas un beau parti, bientôt le domaine sera mis en vente par adjudication.

Élizabeth était complètement bouleversée, pourtant elle parvint à garder une voix à peu près ferme.

– Tu disais que la Saison à Londres coûterait une fortune. Or visiblement, nous ne possédons plus grand-chose.

– Les créanciers se calmeront dès qu'ils apprendront tes fiançailles avec un homme riche, et je puis t'assurer que tu n'auras aucun mal à en dénicher un !

Élizabeth trouvait ce plan froidement calculateur, mais Robert secoua la tête, pratique pour une fois.

– Tu es une femme, ma douce. Tu dois te marier, tu le sais... Ce n'est pas ici que tu rencontreras un parti digne de toi. Et je n'ai pas l'intention d'accepter n'importe qui pour beau-frère. Je choisirai quelqu'un que tu pourras aimer et je demanderai une longue période de fiançailles, compte tenu de ta jeunesse. Aucun homme digne de ce nom ne voudrait bousculer une jeune fille avant qu'elle ne soit prête pour le mariage. C'est le seul moyen... conclut-il en la voyant sur le point de discuter.

En fait, les parents d'Élizabeth lui avaient fait comprendre, avant leur mort, que son destin était de se marier selon les vœux de sa famille. Son demi-frère se trouvait chargé de la sélection, et Élizabeth devait lui faire confiance.

– Avoue, plaisanta-t-il gentiment. N'as-tu jamais rêvé de porter des toilettes luxueuses et d'être courtisée par de beaux jeunes gens ?

– Parfois, peut-être... confessa-t-elle avec un petit sourire de biais.

Puis elle reprit avec un petit rire :

– Très bien, nous pouvons toujours essayer...

– Il faudra faire plus qu'essayer, ma douce. Il faudra y arriver. Sinon tu te retrouveras gouvernante des enfants des autres au lieu d'être comtesse et d'élever les tiens.

Plutôt que de voir Robert enfermé dans un cachot pour dettes et elle-même dépossédée de Havenhurst, Élizabeth aurait accepté n'importe quoi.

Durant le semestre qui suivit, Robert se démena comme un beau diable pour que l'entrée de sa sœur dans le monde soit spectaculaire.

Il engagea une certaine Mme Porter afin de lui enseigner les règles compliquées de la bonne société. Élizabeth apprit alors qu'elle devait bien se garder de montrer son intelligence, sa culture... et son goût pour le jardinage.

Une couturière vint exprès de Londres confectionner toutes les robes que Mme Porter jugeait nécessaires pour la Saison.

Miss Lucinda Throckmorton-Jones, dame de compagnie de plusieurs jeunes filles ayant réussi dans le monde les années passées, vint séjourner à Havenhurst. Avec son petit chignon serré et son dos bien droit, elle avait toujours l'air pincé. Et elle réussissait l'exploit de demeurer des heures assise au même endroit sans bouger le petit doigt.

Élizabeth refusa de se laisser impressionner par son allure rébarbative et chercha un moyen de percer sa cuirasse. Elle commença par l'appeler « Lucy », mais reçut pour toute récompense un froncement de sourcils courroucé. Elle ne tarda pas cependant à l'amadouer.

Quelques jours après son arrivée, Miss Throckmorton-Jones la trouva lovée dans un fauteuil de la bibliothèque, un livre sur les genoux.

– Vous aimez la lecture ? demanda-t-elle d'un ton revêche.

– Oui, répondit Élizabeth avec son plus aimable sourire. Et vous ?

– Connaissez-vous Christopher Marlowe ?

– Bien sûr. Mais je lui préfère Shakespeare.

À partir de cette date, elles prirent l'habitude de commenter chaque soir leurs lectures respectives de la journée. Élizabeth comprit bientôt qu'elle avait gagné le respect de la vieille dame. Quant à son affection, elle n'aurait su le dire. Lucinda dissimulait soigneusement toute manifestation d'émotion. Sauf une fois où elle se mit en colère contre un commerçant du village. Mais alors, quel spectacle ! Armée de son parapluie, qui ne la quittait jamais, elle pourchassa le malheureux dans sa propre boutique en l'insultant d'une voix haut perchée.

– Mon caractère emporté est mon *seul* défaut, déclara-t-elle ensuite, sans doute pour excuser sa conduite.

Élizabeth se dit que Lucinda ressemblait aux volcans qui crachaient de la lave quand la pression interne devenait trop forte.

Quand Élizabeth, Lucinda et les indispensables servantes arrivèrent à Londres, la jeune fille avait appris de Mme Porter tout ce qu'il y avait à savoir sur les us et coutumes de la capitale. Cela dit, elle était un peu étonnée par un tel remue-ménage pour si peu. En six mois elle avait appris à danser et elle parlait sans difficultés depuis l'âge de trois ans. Or, tout ce qu'on lui demandait était de s'entretenir gracieusement de sujets banals, de ne jamais montrer son intelligence, et de savoir danser.

Le lendemain de leur installation dans une demeure louée pour l'occasion, sa protectrice, Lady Jamison, vint lui rendre visite, accompagnée de ses deux filles, Valérie et Clarissa. Valérie, qui avait un an de plus qu'Élizabeth, avait débuté dans le monde l'année précédente. Quant à Clarissa, de cinq ans son aînée, elle était veuve du vieux Lord Dumont qui était décédé un mois après les noces, laissant sa petite épouse riche, soulagée et indépendante.

Il restait deux semaines avant le début de la Saison, et Élizabeth passa énormément de temps avec les jeunes débutantes qui se rassemblaient dans le salon des Jamison pour y raconter les derniers potins. Toutes étaient à Londres dans le même but : trouver un mari qui convienne à leur famille, aussi riche et titré que possible.

C'est ainsi qu'Élizabeth compléta son éducation. Elle découvrit, à sa grande surprise, qu'il était permis de parler de la fortune de quelqu'un – surtout s'il s'agissait d'un célibataire. Le premier jour, elle fut horriblement choquée de la conversation qui allait bon train autour d'elle.

– Lord Peters est un excellent parti. Il touche vingt mille livres de rentes et a toutes les chances d'hériter de son oncle, quand celui-ci mourra d'un souffle au cœur, ce qui ne saurait tarder...

– Shoreham possède une splendide propriété dans le Wiltshire, et maman est sur des charbons ardents en attendant qu'il se déclare... Pensez, les émeraudes Shoreham !... Roselby se pavane dans un superbe carrosse bleu, mais papa affirme qu'il est criblé de dettes et que je ne dois en aucun cas m'intéresser à lui... Élizabeth, attendez un peu de rencontrer Richard Shipley ! Ne vous laissez surtout pas abuser par son charme : c'est un vaurien et, bien qu'il s'habille toujours à la dernière mode, il n'a pas un penny en poche.

Élizabeth avait volontiers accepté l'amitié de toutes ces jeunes filles, mais elle se sentait de plus en plus gênée de leur attitude vis-à-vis de ceux qu'elles jugeaient comme inférieurs... Ce qui n'était pas surprenant de la part d'une personne qui se considérait l'égale de son majordome et de son palefrenier.

Cependant, elle était tombée amoureuse de Londres avec ses rues animées, ses parcs impeccablement tenus, et elle appréciait beaucoup ses joyeuses compagnes lorsqu'elles cessaient de colporter des ragots.

Pourtant, le soir de son premier bal, Élizabeth sentit sa belle assurance la déserter. Tandis qu'elle montait les marches de la demeure des Jamison au bras de Robert, elle fut saisie d'une terreur jusqu'alors inconnue. Dans sa tête tourbillonnaient tous les impératifs et les interdits qu'elle avait l'impression d'oublier soudain, et elle était absolument certaine qu'elle allait faire tapisserie toute la soirée.

Or dès qu'elle pénétra dans la salle de bal, elle fut tellement émerveillée par le spectacle que ses craintes s'envolèrent. Des centaines de milliers de bougies éclairaient la grande pièce dans laquelle se promenaient des hommes superbes et de ravissantes femmes vêtues de soie et de satin.

Sans voir les regards masculins qui se tournaient vers elle, elle leva sur son frère des yeux brillants de joie.

– Robert, aurais-tu pu imaginer qu'il existait tant de jolies personnes et un endroit aussi somptueux au monde ?

Dans sa robe de tulle blanc pailleté d'or, avec des roses blanches dans sa chevelure dorée, Élizabeth ressemblait à une princesse de conte de fées.

Et à la fin de la soirée, elle se *sentait* vraiment dans un conte de fées. Les jeunes gens se disputaient l'honneur de lui être présentés, de danser avec elle ou d'aller lui chercher un rafraîchissement. Elle souriait, elle dansait, mais elle ne jouait pas les coquettes comme certaines de ses amies. Au contraire, elle écoutait ses cavaliers avec un réel intérêt. En vérité, elle était gagnée par la gaieté ambiante, enchantée par la musique, étourdie par l'attention qu'on lui portait, et toutes ces émotions se reflétaient dans son regard brillant. Elle était une princesse tourbillonnante sous les lustres scintillants, et elle n'imaginait pas que cela puisse cesser un jour.

Élizabeth Cameron, avec sa beauté angélique, ses cheveux d'or et ses yeux verts avait séduit le Tout-Londres en une soirée.

Les visiteurs se bousculèrent à sa porte dès le lendemain, et ce fut dans son salon qu'elle fit ses plus grandes conquêtes. Non seulement elle était belle, mais elle était de compagnie simple et agréable.

En trois semaines, quatorze gentilshommes demandèrent sa main, record sans précédent dont le bruit se répandit comme une traînée de poudre.

Douze de ses prétendants étaient jeunes, fous d'elle et célibataires. Les deux autres étaient nettement plus vieux mais tout aussi amoureux. Robert, avec une grande fierté et un manque de tact certain, les éconduisit brutalement. Fidèle à sa parole, il espérait trouver pour sa sœur le mari *idéal,* avec qui elle serait heureuse.

Le quinzième chevalier servant possédait toutes les qualités requises. Vingt-cinq ans, extrêmement riche, fort beau et plein de charme, le vicomte Mondevale était sans aucun doute l'un des meilleurs partis de la Saison.

Robert annonça à Élizabeth ce soir-là qu'il avait failli oublier tout savoir-vivre lorsque le vicomte lui avait formulé sa demande, et lui sauter au cou pour le féliciter de ses prochaines fiançailles.

La jeune fille fut fort heureuse que l'un de ses soupirants préférés ait été choisi par son frère.

– Oh Robert, il est tout à fait charmant. Je... je ne l'aurais pas cru suffisamment épris pour demander ma main.

– Princesse, tout homme qui pose les yeux sur toi finit par perdre la tête. C'est une simple question de temps.

Élizabeth haussa les épaules. Elle était un peu lasse d'entendre parler de son joli visage comme si c'était tout ce qu'elle possédait. De plus, les réjouissances frénétiques et la gaieté superficielle de Londres commençaient à perdre de leur intérêt à ses yeux. En fait, elle était extrêmement soulagée que son mariage soit enfin décidé.

– Mondevale te rendra visite cet après-midi, poursuivait Robert, mais je n'ai pas l'intention de lui donner ma réponse avant une ou deux semaines. L'attente renforcera encore son amour, et tu mérites bien encore quelques jours de liberté avant de t'engager définitivement.

S'engager... À ce mot, Élizabeth se sentit un peu mal à l'aise.

– Je redoutais de lui avouer que ta dot n'est que de cinq mille livres, mais il semble s'en moquer. C'est toi qu'il veut. Il souhaite te couvrir de rubis gros comme le poing.

– C'est... merveilleux, murmura Élizabeth.

– *Tu* es merveilleuse ! s'exclama son frère. Tu nous tires une belle épine du pied.

Le vicomte arriva à trois heures, et Élizabeth le reçut dans le petit salon. Il lui prit les mains et sourit en la regardant au fond des yeux.

– La réponse est oui, n'est-ce pas ?

C'était plus une affirmation qu'une question.

– Vous venez de parler à mon frère ? s'étonna-t-elle.

– Non.

– Alors comment connaissez-vous ma réponse ?

– L'omniprésente Miss Throckmorton-Jones à l'œil de lynx n'est pas à vos côtés pour la première fois en un mois...

Il déposa un baiser sur le front de la jeune fille qui rougit.

– Savez-vous combien vous êtes belle ?

Elle commençait à s'en douter, à force de se l'entendre répéter, et elle eut envie de rétorquer : « Savez-vous combien je suis intelligente ? » Non pour se vanter, car elle aimait réellement lire, réfléchir, discuter. Mais elle n'était pas certaine qu'il apprécierait ce trait de sa personnalité.

– Vous êtes charmante, murmura-t-il.

Élizabeth se demanda très sérieusement *pourquoi* il le pensait. Il ignorait qu'elle aimait pêcher à la ligne, rire, et qu'elle maniait le pistolet comme un tireur d'élite. Il ignorait qu'elle avait organisé des courses de charrettes dans la grande cour d'Havenhurst et que les plantes s'épanouissaient miraculeusement sous ses doigts. Écouterait-il seulement ses histoires sur Havenhurst et ses pittoresques propriétaires ? Il ne savait rien d'elle, et elle ne savait rien de lui.

Elle aurait aimé demander l'avis de Lucinda, mais celle-ci était au lit avec une forte fièvre.

Élizabeth était encore tracassée par ce problème le lendemain après-midi lorsqu'elle partit pour le sinistre week-end qui allait bouleverser le cours de son existence.

La réception se tenait dans le ravissant manoir de la sœur de Valérie, Lady Clarissa Dumont.

Lorsque Élizabeth arriva, de nombreux couples se promenaient sur les pelouses en se contant fleurette, riant et buvant sans compter le champagne qui ruisselait des fontaines de cristal. Il y avait environ cent cinquante personnes, et une trentaine seulement, parmi lesquelles Élizabeth et trois de ses amies – Valérie bien sûr, mais aussi Pénélope et Georgina –, devaient rester deux jours. Si elle avait été moins naïve, Élizabeth aurait remarqué tout de suite que les invités étaient plus âgés, beaucoup plus expérimentés et beaucoup plus libertins que ceux qu'elle rencontrait habituellement. Et elle serait partie...

Assise dans son salon de Havenhurst, Élizabeth se demandait comment elle avait pu se montrer si crédule, si sotte.

Elle ferma les yeux, ravalant un gros sanglot d'humiliation. Pourquoi fallait-il que les bons souvenirs pâlissent et se fanent, alors que les mauvais gardaient une si cruelle vivacité ? Aujourd'hui encore, elle se rappelait cette soirée avec une intensité effrayante. Elle la voyait, elle l'entendait, elle la sentait...

Des roses. Il y en avait à foison dans les jardins qu'elle traversait à la recherche de ses amies. De la salle de bal s'élevait un air de valse.

Le soir tombait, des serviteurs allumaient des torches le long des allées empierrées. Toutefois, les sentiers situés sous les terrasses étaient laissés dans l'ombre pour les couples à la recherche de quelque intimité, à l'abri d'une haie ou dans la serre. Mais cela, Élizabeth le comprit seulement plus tard.

Elle trouva ses amies en train de papoter au fond du jardin, à demi dissimulées par une haie de troènes. En s'approchant, elle s'aperçut qu'en réalité, elles épiaient à travers les arbustes quelqu'un qui semblait fort exciter leur curiosité

– Voilà ce que ma sœur appelle une « allure virile », pouffait Valérie.

Les trois jeunes filles observaient celui qui avait eu l'honneur de plaire à la très sophistiquée Clarissa.

Élizabeth, qui venait de tacher un de ses souliers, se désolait. Lui serait-il possible d'en racheter un seul ?...

– Je ne peux pas croire qu'il soit là, murmura Valérie. Les autres vont mourir de jalousie quand nous leur raconterons que nous l'avons vu !

Elle aperçut alors Élizabeth et lui fit signe de s'approcher.

– Regardez, Élizabeth, n'est-il pas absolument *divin*, avec son air mystérieux, un peu moqueur ?

La jeune fille contourna la haie. Des hommes et leurs élégantes compagnes se dirigeaient nonchalamment vers la salle de bal. Son regard s'attarda aux hommes vêtus de culottes de satin pastel et de jaquettes aux couleurs vives.

– Qui suis-je supposée voir ? demanda-t-elle.

– M. Charles Thornton, sotte ! Non attendez, il s'est éloigné dans l'ombre.

– Qui est Charles Thornton ?

– C'est le problème : personne ne le sait... ou pas précisément... On pense qu'il pourrait être le petit-fils du duc de Stanhope.

Comme toutes les débutantes, Élizabeth avait dû étudier le Bottin mondain, véritable bible de la haute société.

– Le duc de Stanhope est très âgé, fit-elle remarquer, et il n'a pas d'héritier.

– Certes. Mais on raconte que Thornton est son petit-fils... *illégitime*, chuchota Valérie.

– Voyez-vous, intervint Pénélope avec autorité, le duc de Stanhope avait bien un fils, mais il l'a déshérité il y a des années. D'après maman, ce fut un véritable scandale à l'époque. Le fils du vieux duc a épousé une paysanne écossaise qui avait même du sang irlandais. Une rien du tout, en somme. Charles pourrait donc être le petit-fils du duc...

– J'ai entendu dire qu'il est tellement riche qu'il lui est arrivé de jouer vingt-cinq mille livres sur une seule donne, dans une salle de jeu parisienne.

– Pour l'amour du Ciel, il n'a pas agi ainsi parce qu'il est riche, rectifia Georgina, mais parce qu'il a la passion du jeu ! Mon frère le connaît, et il prétend que c'est le joueur type, quelqu'un sans passé, ni titre, ni relations... ni fortune !

– C'est bien possible, admit Valérie. Regardez, le voilà ! Lady Mary Watterly est littéralement pendue à son bras !

Les jeunes filles faillirent perdre l'équilibre tant elles se penchaient.

– Je me sentirais fondre, s'il m'accordait un regard...

– Moi non ! dit Élizabeth pour participer à la conversation.

– Vous ne l'avez pas encore vu !

C'était inutile. Élizabeth savait exactement quel genre de jeune homme plaisait à ses amies : blond, les yeux bleus, âgé de vingt et un à vingt-quatre ans.

– Élizabeth a sans doute trop de riches prétendants pour s'intéresser à un simple roturier, même séduisant et mystérieux, déclara Valérie d'un ton où Élizabeth crut percevoir une note d'envie et de méchanceté.

Elle repoussa vite cette pensée désagréable. Elle n'avait rien fait pour mériter l'animosité de Valérie. Depuis qu'elle était à Londres, jamais elle n'avait prononcé une parole désagréable sur qui que ce soit. En fait, elle détestait les ragots. À présent encore, elle était très gênée des réflexions de ses compagnes. À ses yeux, chacun avait droit à sa dignité, aristocrate ou non. Mais elle gardait cette extravagante opinion pour elle-même.

Sur le moment, se trouvant déloyale envers ses amies, Élizabeth essaya cependant de se mettre au diapason.

– Je n'ai pas tant de prétendants, dit-elle à Valérie en souriant. Et je suis certaine que si je parvenais à voir cet homme, je serais aussi intriguée que vous.

Valérie et Pénélope échangèrent un coup d'œil conspirateur.

– Dieu merci, vous êtes de notre avis, Élizabeth ! Nous comptions bien sur vous pour nous aider.

– Vous aider à quoi ?

– Eh bien… commença Valérie avec une surexcitation qu'Élizabeth attribua au vin que les domestiques ne cessaient d'offrir, même aux jeunes filles. J'ai eu un mal fou à persuader Clarissa de nous laisser passer le week-end ici.

Élizabeth était au courant.

– Et quand Clarissa nous a dit tout à l'heure que Charles Thornton serait là, nous avons été enchantées. Mais ma sœur a prétendu qu'il ne poserait même pas les yeux sur nous, car nous sommes trop jeunes et pas du tout son style...

– Elle a sans doute raison, concéda Élizabeth un peu distraitement.

– Mais il *faut* qu'il s'intéresse à nous ! s'écria Valérie. Il le faut absolument, parce que nous avons parié avec Clarissa nos rentes de tout un trimestre qu'il inviterait au moins l'une de nous à danser ce soir. Et il a peu de chance de le faire si nous n'éveillons pas son intérêt *avant* le bal !

– La totalité de vos rentes ? s'exclama Élizabeth, horrifiée de cette extravagance. Mais, Valérie, vous deviez acheter ces améthystes, chez le joaillier de Westpool Street !

– Moi, j'avais l'intention de m'offrir la ravissante petite jument que papa m'a refusée, renchérit Pénélope.

– Je... je vais peut-être me retirer du pari, murmura Georgina, mal à l'aise. Je ne crois pas que...

Pénélope l'interrompit en criant :

– Il vient dans notre direction, et seul ! Jamais nous ne trouverons une meilleure occasion d'attirer son attention !

Soudain, l'absurde pari ressembla à un jeu défendu, et Élizabeth éclata de rire.

– Dans ce cas, je désigne Valérie comme volontaire pour cette mission. C'est elle qui en a eu l'idée, et elle l'admire tout particulièrement.

– Nous vous avons désignée, *vous* ! déclara Valérie d'un ton sans réplique.

– Moi ? Mais pourquoi ?

– Parce que vous êtes la seule à avoir reçu quatorze demandes en mariage, vous avez donc toutes les chances de gagner. De plus, le vicomte Mondevale ne manquera pas d'être impressionné quand il apprendra que Charles Thornton – l'homme énigmatique que Mary Jane Morrison a en vain essayé de séduire l'année dernière – *vous* a invitée à danser ! Il se présentera à votre porte sur-le-champ.

Comme l'étiquette l'exigeait, jamais Élizabeth n'avait manifesté le moindre penchant pour le vicomte, et elle fut étonnée que ses amies aient deviné qu'il avait sa préférence. Certes, elles ne pouvaient savoir qu'il s'était déjà déclaré et que sa demande était pratiquement acceptée.

– Dépêchez-vous de vous décider, gémit Pénélope. Il arrive !

– Alors, vous acceptez ? insista Valérie tandis que les deux autres jeunes filles se dirigeaient vers la maison.

Élizabeth but une gorgée du verre de vin qu'un domestique lui avait mis dans les mains dès son arrivée.

– Eh bien, c'est entendu !

– Parfait ! Et n'oubliez pas : il doit danser avec vous ce soir, sinon nous perdrons notre argent !

En riant, elle envoya du bout des doigts un petit baiser d'encouragement à Élizabeth avant de rejoindre les autres.

Cachée par la haie, Élizabeth descendit deux marches et se retrouva sur la pelouse. Elle aperçut un petit banc de pierre et s'y installa. Au même moment des talons de bottes résonnèrent sur les marches.

Sans la voir, Charles Thornton s'approcha d'une torche et sortit un petit cigare de sa poche. Élizabeth l'observait, pleine d'appréhension et d'une curieuse excitation. Il n'était pas du tout comme elle l'avait imaginé. D'abord il était plus âgé – au moins vingt-sept ans, songea-t-elle – et extrêmement grand, avec de larges épaules et de longues jambes musclées. Ses cheveux, d'un châtain profond, avaient tendance à boucler. Contrairement aux autres hommes, il était vêtu de noir de la tête aux pieds, à l'exception de sa chemise et de sa cravate d'un blanc éclatant. On aurait dit un immense rapace au milieu d'une assemblée de perroquets. Il allumait son cigare et, à la lueur de la flamme, elle remarqua que ses mains et son visage étaient hâlés.

Élizabeth, sans s'en rendre compte, avait retenu son souffle, et quand elle expira, il se tourna vivement vers elle. Il plissa les yeux. D'étonnement ou de contrariété ? Élizabeth n'aurait su le dire. Prise en flagrant délit de curiosité, elle prononça la première sottise qui lui vint à l'esprit.

– Je n'ai jamais vu un homme fumer le cigare. Ils se retirent toujours dans une autre pièce...

– Cela vous dérange-t-il ?

Élizabeth fut frappée par la curieuse couleur d'ambre de ses yeux, par la profondeur de sa voix. Elle frémit imperceptiblement.

– Me déranger ? répéta-t-elle.

– Le cigare.

– Oh... non, pas du tout.

Elle avait l'étrange impression qu'il était venu ici pour trouver un peu de solitude et que, si elle lui avait répondu que cela la dérangeait, il se serait éloigné pour fumer plutôt que de rester en sa compagnie.

Un rire juvénile résonna un peu plus loin et, à la lumière d'une torche, Élizabeth aperçut la robe rose de Valérie et celle de Pénélope.

Elle rougit, embarrassée par le comportement puéril de ses camarades. Charles, les mains dans les poches, le cigare vissé entre ses dents très blanches, l'observait. Avec un signe de tête, il demanda :

– Vos amies ?

Élizabeth eut l'horrible impression qu'il avait tout deviné.

– Oui, dit-elle en défroissant nerveusement la jupe de sa robe lavande.

Elle leva les yeux vers lui et risqua un sourire. Ils n'avaient pas été présentés, et elle y remédia avec empressement.

– Je suis Élizabeth Cameron.

Il inclina très légèrement la tête.
– Miss Cameron, fit-il simplement.
Élizabeth n'avait pas le choix. Elle poursuivit.
– Et vous ?
– Charles Thornton.
– Ravie de vous connaître, monsieur Thornton, dit-elle en tendant la main.
Il ébaucha un sourire et prit sa main.
– Enchanté, répliqua-t-il avec un soupçon d'ironie.
Élizabeth regrettait déjà d'avoir cédé à ses amies. Elle cherchait désespérément un sujet de conversation. Du bout de son éventail, elle désigna l'endroit où les jeunes filles avaient disparu.
– Ce sont Miss Valérie Jamison et Miss Georgina Granger. Miss Jamison est la fille de Lord et Lady Jamison, ajouta-t-elle comme il ne répondait pas. Le comte et la comtesse, insista-t-elle, décontenancée par son silence.
– Vraiment ?
– Oui, et les parents de Miss Granger sont le baron et la baronne de Grangerley.
– *Vraiment ?* répéta-t-il.
Elle se rappela soudain ce qu'elle avait entendu dire de son lignage et se sentit confuse d'avoir parlé titres alors qu'il devait se sentir frustré de ne pas en posséder. Elle toussota nerveusement.
– Nous... sommes ici pour la Saison.
Ses yeux d'ambre s'adoucirent, et il y avait de l'amusement dans sa voix quand il demanda enfin :
– Et cela vous plaît ?
– Énormément ! Miss Granger est absolument ravissante, et elle a des douzaines de prétendants.
– Tous nobles, je suppose ?
Élizabeth, très mal à l'aise, se mordit la lèvre.
– Je le crains, murmura-t-elle.

Cette réflexion le fit sourire, de son sourire bouleversant qui impressionna la jeune fille. Elle se leva d'un bond.

– Miss Jamison est également fort jolie, reprit-elle.

– Et combien a-t-elle reçu de demandes en mariage ?

Élizabeth comprit enfin qu'il plaisantait. Elle ne put s'empêcher d'éclater de rire.

– Je tiens de source sûre, dit-elle en s'efforçant de prendre l'air aussi sérieux que lui, qu'elle a battu des records.

Son regard était chaleureux à présent, et Élizabeth eut soudain l'absurde impression de bavarder avec un vieil ami.

– Et vous ?

– Moi ?

– Combien de soupirants pour votre main ?

Elle secoua la tête en riant. Il n'était pas question qu'elle se vante de ses succès, il le savait.

– Ça, dit-elle, ce n'est vraiment pas gentil de votre part...

– Pardonnez-moi.

La nuit était tombée sur les jardins, et Élizabeth aurait dû rentrer, pourtant elle n'en avait aucune envie. Elle leva les yeux vers le ciel étoilé.

– C'est mon heure préférée, murmura-t-elle. Regardez, voici Vénus. Ou est-ce Jupiter ? Je me trompe toujours.

– C'est Jupiter. Et ici la Grande Ourse.

Élizabeth sourit en secouant la tête.

– Elle ressemble peut-être à un ours, mais pour moi c'est simplement une poignée d'étoiles. Au printemps, je reconnais Cassiopée, mais pas parce qu'elle a l'air d'un lion. Et c'est pareil pour le Centaure. Croyez-vous qu'il y ait des êtres vivants, là-haut ?

– Qu'en pensez-vous ? demanda-t-il, amusé.

– À mon avis, oui. Il serait plutôt prétentieux d'imaginer qu'au milieu de ces milliers de planètes et d'étoiles nous soyons les seuls êtres vivants. C'est comme l'ancienne croyance qui voulait que la terre soit le centre de l'univers et que tout tourne autour d'elle. Quoique l'on n'ait pas franchement remercié Galilée d'avoir prouvé le contraire ! Ce doit être épouvantable d'être traîné devant l'Inquisition et forcé de renoncer à ce que l'on sait avec certitude !

– Depuis quand les débutantes étudient-elles l'astronomie ? s'étonna-t-il.

– J'ai eu des années et des années pour lire, répondit-elle ingénument avant d'aller chercher son verre de vin près du banc. Je dois me changer pour la soirée, à présent.

Élizabeth commença à s'éloigner, puis elle se retourna, prise de remords en pensant à ses amies.

– J'ai une curieuse requête... une faveur à vous demander, dit-elle un peu timidement. Accepteriez-vous, pour des raisons que je ne puis vous expliquer...

Elle s'interrompit, au supplice.

– Quelle faveur ?

– Pourriez-vous, s'il vous plaît, m'inviter à danser ce soir ? lança-t-elle d'une traite.

Il ne parut ni flatté ni choqué.

– Non.

Élizabeth fut blessée par ce refus, mais surtout étonnée du regret qui avait percé dans la voix de Charles Thornton. Elle cherchait une explication sur son visage quand des rires retentirent au loin, brisant le charme. Élizabeth dut faire un énorme effort pour prononcer d'une voix calme et digne :

– Bonsoir, monsieur Thornton.

Il jeta son cigare.

– Bonsoir, Miss Cameron, répondit-il avant de s'éloigner à longues enjambées.

Ses amies étaient déjà montées se changer, mais lorsque Élizabeth pénétra dans les chambres qu'on leur avait réservées, la conversation s'arrêta immédiatement, et elle eut la désagréable impression que l'on parlait et se moquait *d'elle*.

– Alors ? attaqua Pénélope. Ne nous faites pas languir... Vous l'avez impressionné ?

Toute gêne quitta Élizabeth devant leurs traits souriants et ouverts. Seule Valérie paraissait un peu renfrognée.

– Je l'ai peut-être impressionné, mais pas très favorablement !

– Il est pourtant resté longtemps avec vous. De quoi parliez-vous ?

Élizabeth sentit le sang lui monter aux joues au souvenir de son beau visage hâlé et de son sourire lumineux.

– Je ne me rappelle plus très bien, répliqua-t-elle.

C'était vrai. Elle savait seulement que ses genoux tremblaient et son cœur s'affolait quand il la regardait.

– Alors, comment est-il ?

– Superbe, répondit-elle rêveusement avant de se ressaisir. Charmant. Et il a une très belle voix.

– Et bien entendu, poursuivit Valérie, sarcastique, il est en train de chercher les coordonnées de votre frère pour se précipiter de demander votre main.

C'était tellement absurde qu'Élizabeth aurait éclaté de rire si elle n'avait été encore sous le choc de la façon abrupte dont il l'avait quittée dans le jardin.

– Mon frère ne sera certes pas dérangé par cet homme, affirma-t-elle. En vérité, je crains que vous n'ayez perdu votre pari, car il n'y a pas la moindre chance pour qu'il m'invite à danser ce soir.

Sur un petit geste désolé, elle se retira pour aller se changer.

Une fois seule dans sa chambre, elle perdit son sourire de façade et s'assit sur son lit afin d'essayer de démêler les émotions que la seule présence de Charles Thornton avait éveillées en elle.

Elle s'était sentie à la fois effrayée et merveilleusement vivante – irrésistiblement attirée par le charme qu'il dégageait. En y repensant, elle frémissait encore.

La musique montait jusqu'à elle, il fallait se préparer. Elle sonna Berta.

– Comment me trouves-tu ? demanda-t-elle à la femme de chambre une heure plus tard en pirouettant devant le miroir.

Berta ne pouvait cacher son admiration pour sa jeune maîtresse radieuse, coiffée d'un savant chignon, qui portait les saphirs de sa mère au cou et aux oreilles.

Élizabeth avait choisi sa robe la plus originale. Des pans de soie bleue tombaient d'un nœud plat sur son épaule gauche, tandis que l'autre était dénudée. Pour le reste, c'était un fourreau droit qui soulignait toutefois ses seins et suggérait la finesse de sa taille.

– Étonnant que Mme Porter vous ait choisi une telle robe, dit enfin Berta. Elle ne ressemble pas du tout à vos autres toilettes

Élizabeth lui lança un clin d'œil malicieux en enfilant ses longs gants.

– C'est la seule qu'elle n'a pas sélectionnée elle-même, avoua-t-elle. Et Lucinda ne l'a pas vue non plus.

– J'en suis sûre !

– Je vais bientôt avoir dix-huit ans ! expliqua la jeune fille. Et je trouve fou de dépenser d'énormes sommes d'argent pour des robes qui se démodent. Celle-ci, je la porterai encore à vingt ans.

Berta leva les yeux au ciel.

– Je doute que le vicomte Mondevale vous autorise à porter la même robe plus de deux fois ! dit-elle en se penchant pour rectifier la tenue de l'ourlet.

5

Ce brusque rappel de sa situation calma instantanément Élizabeth. Elle ne regrettait plus d'avoir été éconduite par Charles Thornton. À dire vrai, elle ne voulait même plus penser à lui du tout.

Elle descendit vers la salle de bal avec sa grâce naturelle, et s'arrêta au milieu de l'escalier, cherchant ses amies. Elle aperçut enfin Pénélope, non loin, qui lui fit un signe de la main. Elle sourit, puis son regard rencontra celui de Charles Thornton. Il la parcourut tout entière des yeux avant de revenir à son visage avec une expression de sincère admiration. Il haussa très légèrement un sourcil et leva son verre comme pour porter un toast à sa beauté.

Élizabeth parvint à rester impassible, mais son cœur battait la chamade. Si un autre homme l'avait regardée ainsi, elle en aurait été outrée, ou amusée, ou les deux. Au lieu de cela, quelque chose dans les yeux de Charles lui donnait l'impression qu'ils venaient de partager un moment d'intimité, et elle lui rendit son sourire.

Lord Howard, le cousin du vicomte Mondevale, l'attendait au pied de l'escalier. Homme du monde aux manières irréprochables, il n'avait jamais fait partie de sa cour, mais il était devenu une sorte d'ami, et il avait tout fait pour favoriser une union entre son cousin et Élizabeth. Près de lui se tenait Lord Everly, l'un des plus assidus soupirants de la jeune fille, fort beau jeune homme qui avait hérité très tôt d'un titre et d'une importante fortune. Il lui offrit son bras avec empressement.

– Vous êtes absolument merveilleuse, ce soir ! s'écria-t-il.

– Merveilleuse ! répéta Lord Howard feignant l'indignation. Everly, en général, on sollicite d'une dame l'honneur de l'escorter, on ne tend pas ainsi son bras. Puis-je ? ajouta-t-il en s'inclinant devant Élizabeth.

Élizabeth, avec un petit rire, plaça une main gantée sur le bras de chacun des hommes. Puisqu'elle était à présent fiancée, elle pouvait s'accorder un peu plus de liberté.

– Avec plaisir, messieurs. J'espère que vous appréciez mes efforts pour vous empêcher de vous quereller ! À présent, j'ai l'air d'une vieille dame trop faible pour se déplacer seule !

Tous trois se mirent à rire. Lorsqu'ils passèrent devant le groupe dont Charles faisait partie, Élizabeth s'efforça de ne pas le regarder. Mais quelqu'un héla Lord Howard qui s'arrêta. Elle ne put résister et jeta un bref coup d'œil à Charles. La tête penchée, il semblait absolument fasciné par la conversation de sa compagne. S'il était conscient de la présence d'Élizabeth, il n'en montra rien.

– Je dois avouer, dit Lord Howard quelques instants plus tard, que j'ai été fort surpris d'apprendre que vous assisteriez à cette réception.

– Pourquoi ?

– Les bals de Clarissa Dumont ne conviennent guère aux jeunes filles.

Étonnée, Élizabeth lui accorda toute son attention.

– Pourtant Miss Throckmorton-Jones n'a élevé aucune objection. De plus, la mère de Clarissa et la mienne étaient d'excellentes amies.

– À Londres, Clarissa est une hôtesse parfaite, mais les soirées qu'elle organise à la campagne ont tendance à être un peu moins... collet monté.

Il s'interrompit pour prendre sur un plateau une coupe de champagne qu'il offrit à la jeune fille.

– Certes, votre présence ne ternira pas votre réputation. Après tout, Everly et moi-même sommes ici, c'est une caution.

– Contrairement à certains autres invités, renchérit Everly avec un petit signe de tête méprisant vers Charles Thornton, qui ne seraient jamais admis dans un salon respectable à Londres !

Élizabeth, à la fois curieuse et inquiète, ne put s'empêcher de demander :

– Vous faites allusion à M. Thornton ?

– Exactement.

Elle but une gorgée de champagne, excellente excuse pour observer l'homme qui faisait battre son cœur depuis qu'elle avait posé les yeux sur lui. D'une élégance parfaite dans ses vêtements remarquablement coupés, il se dégageait de lui, malgré son attitude nonchalante, une puissance et une sorte d'arrogance tout aristocratiques.

– Est-il... si mauvais que vous le dites ?

– Pire encore ! s'exclama Lord Everly. C'est un vulgaire joueur, un aventurier, une canaille !

– J'ai du mal à le croire, répliqua vivement Élizabeth.

Lord Howard lui adressa un coup d'œil rassurant, sans vraiment comprendre la réaction indignée de la jeune fille.

– Ne prenez pas garde à ce que raconte Everly, ma chère. Il est furieux parce que Thornton l'a soulagé voici deux semaines de dix mille livres dans une salle de jeu.

Toujours préoccupée par Charles, Élizabeth eut du mal à comprendre ce que ses amies disaient quand ils s'approchèrent d'elles.

– Je ne sais pas ce que les hommes lui trouvent, déclarait Georgina. Elle n'est pas plus jolie que nous !

– N'avez-vous jamais remarqué, ajouta Pénélope avec philosophie, que les hommes agissent comme des moutons ?

– J'aimerais simplement qu'elle en épouse un et nous laisse les autres ! soupira Georgina.

– Je crois qu'il lui plaît.

– Alors elle perd son temps ! décréta Valérie. Clarissa m'a assuré qu'il n'avait aucun goût pour les « oies blanches ». Pourtant, ce serait merveilleux, si elle tombait amoureuse de lui ! Une danse ou deux, des regards tendres, et nous serions débarrassées d'elle dès que la rumeur atteindrait ses admirateurs... Ciel, Élizabeth ! s'écria-t-elle en s'apercevant soudain que la jeune fille se tenait près d'elle. On vous croyait en train de danser avec Lord Howard !

– Excellente idée ! approuva ce dernier. Si vous n'y voyez pas d'objection, Lady Cameron ?

– Avant que vous ne l'accapariez complètement, coupa Lord Everly avec un regard noir à Lord Howard qu'il prenait à tort pour son rival, une excursion est prévue au village, demain. Me permettrez-vous de vous y accompagner, Élizabeth ?

Embarrassée par la conversation de ses amies, elle accepta avec reconnaissance avant de s'éloigner au bras de Lord Howard.

Sur la piste de danse, il lui sourit.

– Nous allons en quelque sorte devenir cousins, je crois. Mondevale m'a confié que vous alliez bientôt faire de lui le plus heureux des hommes... à condition que votre frère ne s'y oppose pas.

– La décision est entre ses mains, répondit évasivement Élizabeth.

– C'est bien normal.

Une heure plus tard, la jeune fille comprit que Lord Howard s'était institué son ange gardien pour cette soirée où il trouvait quelque peu déplacée la présence d'une innocente jeune fille. Il s'était éloigné pour chercher un verre de punch lorsqu'elle s'aperçut que de nombreux hommes et quelques femmes se dirigeaient vers le salon de jeu. Habituellement réservée aux seuls hommes, c'était une pièce que l'hôtesse mettait à la disposition de ses hôtes souvent mariés ou âgés qui, obligés d'assister à un bal, s'y ennuyaient à mourir. Charles Thornton s'y était réfugié depuis un bon moment.

– Que se passe-t-il de particulier dans ce salon ? demanda-t-elle à Lord Howard quand il lui apporta son rafraîchissement.

– Thornton perd gros, et depuis le début de la soirée, ce dont il n'a guère l'habitude.

Pénélope et les autres jeunes filles se mêlèrent à la conversation avec un intérêt évident.

– D'après Lord Tilbury, toute sa fortune se trouve sur la table, en jetons ou en engagements écrits.

Élizabeth sentit son cœur se serrer.

– Il mise tout ce qu'il possède sur un simple jeu ? Mais pourquoi ?

– Pour le frisson, sans doute. Les joueurs agissent souvent ainsi.

Élizabeth ne parvenait pas à imaginer comment des hommes tels que son père, son frère ou d'autres, pouvaient prendre plaisir à risquer des fortunes sur un jeu de hasard, mais elle n'eut pas le temps de poser la question, car Pénélope suggéra :

– Si vous vouliez nous escorter, Lord Howard, nous aimerions aller voir ce qui se passe là-bas...

Lord Howard n'était pas indifférent aux trois jolis minois qui l'imploraient, et il avait lui-même fort envie d'assister à la partie. Mais il hésitait, tout absorbé par son rôle de chaperon auprès d'Élizabeth.

– Ce serait tout à fait convenable, insista Valérie. Il y a d'autres dames dans ce salon.

Il céda enfin et les précéda dans la pièce des joueurs, Élizabeth à son bras.

Celle-ci faillit protester car elle n'avait aucune envie de voir Charles Thornton perdre toute sa fortune, mais elle s'obligea à se taire. Il y avait deux splendides billards au milieu de la pièce, qui lui parut bien sombre comparée à la salle de bal. Huit tables de jeu étaient réparties autour, mais elles étaient désertées pour l'instant. Les joueurs avaient dû les abandonner provisoirement pour venir se grouper autour de celle où tout se passait.

Au moment où Lord Howard et ses compagnes arrivaient, un homme déclara qu'il était temps qu'il retourne à ses propres cartes, et ils en profitèrent pour se glisser à sa place. Élizabeth se retrouva exactement à l'endroit qu'elle aurait voulu éviter: juste derrière Charles Thornton.

Quatre autres hommes étaient assis autour de la table ronde, dont Lord Everly, rouge de plaisir. Charles Thornton, lui, le visage indéchiffrable, était carré dans son fauteuil, ses longues jambes étendues sous la table, sa veste ouverte sur son gilet.

Le duc de Hammund, assis en face d'Élizabeth, brisa le silence.

– Je crois que vous bluffez, Thorn. Vous n'êtes pas en veine, ce soir. Plus cinq cents, dit-il en avançant cinq jetons.

Ainsi, son surnom était Thorn, et Sa Grâce le duc de Hammund semblait le traiter en ami. Les autres joueurs, par contre, le considéraient froidement tandis qu'ils ajoutaient chacun cinq jetons sur la pile.

Quand ce fut le tour de Charles, Élizabeth s'aperçut avec effroi qu'il ne lui restait plus que cinq jetons. Il les lança au milieu de la table et elle retint son souffle. Comment pouvait-on être assez stupide pour s'adonner aux jeux de hasard ?

Le duc de Hammund montra ses cartes : paire d'as. Deux autres hommes se retirèrent.

– Je vous bats ! s'exclama Lord Everly en retournant trois rois.

Il tendait déjà la main vers la pile de jetons quand la voix profonde de Charles Thornton l'arrêta.

– Je crois que c'est à moi, dit-il calmement en montrant trois neuf et une paire de quatre.

Sans s'en rendre compte, Élizabeth soupira de soulagement, et Charles Thornton se tourna vivement vers elle. Il lui adressa un bref sourire avant de déclarer :

– Peut-être la présence de ces jolies dames a-t-elle fait tourner le sort en ma faveur...

Il avait dit *ces* jolies dames, mais Élizabeth savait que c'était pour elle, et elle seule.

Malheureusement, la chance ne dura pas. Pendant la demi-heure suivante, le cœur serré, Élizabeth le vit perdre pratiquement tout ce qu'il avait gagné. Et il ne manifestait toujours pas la moindre émotion.

Soudain la jeune fille se sentit incapable d'en supporter davantage. Dès que cette donne serait finie, elle quitterait le salon de jeu.

Mais le duc de Hammund s'exclama :

– Quelques rafraîchissements ne nous feraient pas de mal !

Il héla un maître d'hôtel qui s'empressa de remplacer les verres des joueurs. Élizabeth se tourna vers Lord Howard.

– Excusez-moi, dit-elle en faisant mine de partir.

Charles ne lui avait plus accordé un regard, et elle croyait qu'il l'avait oubliée. Mais il leva les yeux vers elle.

– Peur d'assister au massacre final ? demanda-t-il d'un ton léger.

Élizabeth eut l'impression qu'il lui demandait de rester... Elle sourit bravement.

– Je souhaitais seulement un verre de vin, mentit-elle. J'ai toute confiance... Vous vous en sortirez.

Un domestique lui apporta ce qu'elle voulait, et elle demeura au côté de Charles.

À ce moment leur hôtesse arriva et, sur un regard de reproche aux joueurs, elle s'adressa à Charles avec un petit rire de gorge.

– Franchement, Thorn, cela dure trop longtemps. Terminez la partie et venez vite danser. Messieurs, ajouta-t-elle gaiement, je vous supprime les cigares et le cognac dans vingt minutes !

De nombreux invités la suivirent lorsqu'elle quitta la pièce, honteux d'avoir manqué à leurs devoirs, ou lassés d'assister à la ruine de Charles Thornton.

– J'en ai assez pour ce soir ! déclara le duc de Hammund.

– Moi aussi, dit un autre joueur.

– Encore une donne, insista Lord Everly. Thornton a encore un peu d'argent à moi, et j'aimerais le récupérer...

Les joueurs échangèrent un regard résigné.

– D'accord, Everly. Une donne, et nous regagnons la salle de bal.

– Pas de mise limite, puisque c'est la dernière partie ?

Les autres acquiescèrent, et Charles distribua les cartes.

L'ouverture se fit à mille livres, et en cinq minutes, la pile de jetons en représentait vingt-cinq mille. L'un après l'autre, les joueurs passèrent, pour ne laisser face à face que Lord Everly et Charles Thornton. Le silence se fit dans la pièce quand Lord Everly tira sa dernière carte.

Lorsqu'il la regarda, une lueur de triomphe illumina ses yeux.

– Thornton, cette carte va vous coûter mille dollars, si vous voulez la voir.

Élizabeth eut une envie folle d'étrangler le jeune homme et de donner un coup de pied à Charles quand il monta de cinq mille livres !

Comment pouvait-il manquer à ce point d'intuition ? Même elle comprenait qu'Everly avait une main imbattable ! Incapable d'en supporter davantage, elle esquissa un geste pour se retirer, mais ce léger mouvement attira l'attention de Charles. Il la regarda pour la troisième fois de la soirée et, la découvrant pâle et tendue, il se déplaça légèrement afin qu'elle voie son jeu.

Il avait les quatre dix.

Elle fut à la fois soulagée et terrifiée à l'idée que l'on puisse lire sur son visage. Elle se tourna si vivement qu'elle heurta Lord Howard.

– J'ai besoin d'un peu d'air, murmura-t-elle.

Il était tellement pris par la partie qu'il se contenta de hocher la tête et s'effaça sans protester.

En lui montrant son jeu pour la rassurer, Charles avait risqué qu'Élizabeth le trahisse, et elle se demandait la raison de son attitude. Sinon qu'il avait été heureux, elle en était sûre, de l'avoir à ses côtés pendant la partie.

Élizabeth s'attarda cependant dans la salle de jeu et feignit de s'intéresser à une toile représentant une scène de chasse.

– À vous de parler, Everly, disait Charles.

– Vingt-cinq mille livres...

Élizabeth n'osait pas bouger.

– Ne faites pas l'imbécile, disait le duc. Cette somme est trop élevée, même pour vous !

À présent maîtresse d'elle, Élizabeth retourna vers la table.

– Je peux me le permettre, rappela doucement Everly. Ce qui m'inquiète, Thornton, c'est de savoir si vous pourrez honorer votre dette quand vous perdrez.

Élizabeth frémit comme si l'insulte lui avait été adressée, mais Charles se contenta de regarder froidement Everly. Enfin, il déclara, glacial :

– Je peux monter encore de dix mille livres.

– Vous ne les possédez même pas ! cracha Everly. Et je ne miserai pas contre un papier sans valeur signé de votre main !

– Suffit ! coupa le duc de Hammund. Vous dépassez les bornes, Everly. Je me porte garant de Thorn. Maintenant, suivez ou retirez-vous.

Everly jeta un œil mauvais à Hammund et s'adressa à Charles d'un ton méprisant :

– Dix mille de plus. Maintenant, montrez-nous ce que vous avez !

Sans un mot, Charles étala sur la table un éventail de dix.

Everly bondit de son siège.

– Misérable tricheur ! Je vous ai vu tirer la dernière carte du dessous du paquet ! Je le savais, mais je ne voulais pas en croire mes yeux !

Des rumeurs s'élevèrent à cette impardonnable injure, mais Charles resta imperturbable. Seul un petit muscle tressautait sur sa mâchoire.

– Citez-moi vos témoins, espèce de salaud ! siffla Everly en se penchant vers Charles par-dessus la table.

– Vu les circonstances, répondit-il lentement, c'est à moi de décider si j'exige réparation ou non.

Il allait y avoir un duel ! Et pour rien !

– C'est une affreuse erreur ! explosa Élizabeth.

Tous les visages se tournèrent vers elle, incrédules.

– M. Thornton n'a pas triché, expliqua-t-elle. Il avait les quatre dix en main avant de tirer sa cinquième carte. Je les ai vus.

À sa grande surprise, personne ne tint compte de ses paroles, pas même Lord Everly qui tapa du poing sur la table.

– Bon Dieu, cria-t-il, je vous ai traité de tricheur, à présent je vais vous traiter de lâ...

– Pour l'amour du Ciel, coupa Élizabeth, vous n'avez pas entendu ce que j'ai dit ? M. Thornton avait déjà les quatre dix quand...

Elle regarda l'assemblée, mais comprit soudain que personne n'interviendrait. Tous ces lords étaient tellement imbus de leur supériorité qu'ils ne s'abaisseraient pas à défendre un roturier. Everly était des leurs, et ils ne lui donneraient jamais tort contre un étranger à leur caste. En outre, en refusant de relever le défi du jeune homme, Charles semblait juger qu'il ne valait pas l'effort d'un duel, et tous ressentaient l'insulte comme si elle les visait personnellement. Lord Everly étouffait de rage.

– Si vous ne vous présentez pas avec vos témoins demain matin, je viendrai vous chercher, sale...

– C'est impossible, milord ! cria Élizabeth.

Avec une présence d'esprit dont elle se serait crue incapable, elle lui adressa son plus charmant sourire et répliqua :

– Comment pouvez-vous envisager un duel demain, monsieur, alors que vous m'avez promis de m'emmener au village ?

– Eh bien, vraiment, Lady Élizabeth, il s'agit de...

– Je suis désolée, milord, mais j'insiste, poursuivit-elle avec une feinte indignation. Je ne supporterai pas d'être éconduite, comme une... comme une... je ne le supporterai pas ! Vous ne pouvez me traiter avec cette légèreté. Et je suis... outrée que vous envisagiez de trahir votre parole !

Le malheureux semblait horriblement mal à l'aise sous le regard émeraude d'Élizabeth et son irrésistible sourire.

Il répondit d'une voix étranglée :

– Je vous accompagnerai au village, après avoir obtenu réparation de cette canaille à l'aube.

– À l'aube ! répéta-t-elle, contrariée. Mais vous serez un bien triste compagnon si vous vous levez aussi tôt ! En outre, il n'y aura duel que si M. Thornton vous provoque, ce qu'il ne fera certes pas, car il n'aurait pas le mauvais goût de vous blesser. Cela me priverait de vous demain !

Sans laisser à Charles le temps de s'exprimer, elle se tourna vers l'assistance et déclara joyeusement :

– Voilà, c'est réglé. Personne n'a triché, et personne ne se battra.

En récompense, Élizabeth reçut des regards sévères, sauf de la part du duc de Hammund, qui semblait se demander si elle était stupide ou habile diplomate.

Quant à Charles, il l'observait, un sourcil haussé comme s'il attendait sa prochaine sortie.

Personne ne réagissait, et elle prit de nouveau les choses en main.

– Lord Everly, j'entends une valse, or vous m'en avez promis une...

Il y eut des murmures réprobateurs dans la salle, et Lord Everly crut qu'ils lui étaient destinés. Tout rouge, il lança à la jeune fille un regard méprisant et se précipita hors du salon. Lord Howard, revenu de sa surprise, offrit son bras à Élizabeth.

– Permettez-moi de vous inviter à la place de Lord Everly.

Une fois sortie, Élizabeth se mit à trembler de tous ses membres.

– Vous êtes nouvelle venue à Londres, dit Lord Howard, et j'espère que vous ne m'en voudrez pas si je vous réprimande. Vous avez commis un impair en vous mêlant d'affaires qui ne vous regardaient pas.

– Je le sais, soupira Élizabeth. Mais je n'ai pas pris le temps de réfléchir.

– Mon cousin est un homme très compréhensif, et je ferai en sorte de le convaincre de votre bonne foi à son égard.

Élizabeth aurait adoré pouvoir se retirer dans sa chambre avant le souper, mais cette retraite aurait été fort mal interprétée. Un sourire plaqué sur le visage, elle sortit sur la terrasse.

Elle descendit les marches et respira avec plaisir l'air frais de la nuit, saluant au passage quelques couples. Puis elle pénétra sous une tonnelle, loin du bruit. Elle s'y trouvait depuis quelques minutes quand une voix de velours s'éleva près d'elle :

– Dansez avec moi, Élizabeth.

La jeune fille frémit et se retourna, la main sur la gorge. Elle avait cru Charles fâché contre elle dans le salon de jeu, mais il la regardait avec tendresse. Il ouvrit les bras.

– Dansez avec moi, répéta-t-il.

Comme dans un rêve, Élizabeth fit un pas vers lui et sentit son bras droit autour de sa taille, sa main gauche autour de ses doigts. Il l'emporta doucement avec toute la grâce d'un danseur expérimenté.

L'épaule, sous sa main gantée, était musclée, solide, et il la tenait plus serrée qu'il n'était décent. Elle aurait dû se sentir menacée, surtout dans ce lieu isolé et sombre, mais elle avait l'impression au contraire d'être infiniment en sécurité. Elle décida cependant qu'il était convenable de parler.

– Je vous croyais en colère... murmura-t-elle contre son cou.

– Pas en colère, assura-t-il d'une voix douce. Stupéfait.

– Je ne pouvais tout de même pas le laisser vous traiter de tricheur, alors que je savais que c'était faux !

– J'ai déjà entendu pire, de la part de votre jeune ami Everly.

Élizabeth avait du mal à imaginer pire insulte, mais sa bonne éducation l'empêcha d'interroger Charles plus avant. Elle leva les yeux vers lui.

– Vous n'allez pas exiger réparation plus tard, n'est-ce pas ?

– Je ne suis pas assez ingrat pour gâcher tout votre travail. D'autre part, il serait fort grossier de ma part de le tuer alors qu'il s'est engagé à vous servir d'escorte demain.

– J'ai dû paraître bien sotte, mais c'est le seul prétexte que j'ai trouvé sur le moment. Mon frère a lui aussi un caractère impétueux, et je me suis aperçue depuis longtemps qu'il s'amadoue bien mieux si je le flatte que si j'essaie de le raisonner.

– Je crains fort, cependant, que vous ne deviez vous passer de la compagnie d'Everly demain...

– Parce qu'il est furieux de mon intervention ?

– Parce que à l'heure qu'il est, il a dû réveiller son valet de pied pour lui ordonner de boucler en vitesse ses bagages. Il ne peut rester ici, Élizabeth, après la scène de ce soir. Vous l'avez blessé en tentant de lui sauver la vie, et je l'ai humilié en refusant de me battre.

Élizabeth baissa les yeux et il ajouta, réconfortant :

– Néanmoins, il vaut mieux qu'il soit vivant et humilié que fier et mort.

C'était sans doute toute la différence entre Lord Everly et Charles Thornton. Un vrai gentilhomme préférait la mort à la honte... selon Robert, en tout cas.

– Vous n'êtes pas de cet avis ?

Absorbée dans ses pensées, Élizabeth répondit étourdiment :

– Lord Everly est un aristocrate... en tant que tel il préférerait sans doute la mort au déshonneur.

– Lord Everly est un jeune fou insouciant, s'il risque sa vie pour un jeu, rétorqua-t-il. L'existence est un bien trop précieux pour qu'on la traite ainsi. Un jour il me remerciera de l'avoir épargné.

– Mais le code de l'honneur...

– Mourir pour une discussion n'est pas un honneur, c'est gâcher la vie d'un homme. On peut souhaiter mourir pour une cause à laquelle on croit, ou pour protéger les siens. Toute autre raison n'est qu'enfantillage.

– Si je n'étais pas intervenue, auriez-vous relevé le défi?

– Non.

– Vous l'auriez laissé vous traiter de tricheur sans bouger le petit doigt pour défendre votre honneur et votre nom ?

– Je ne considère pas que mon honneur était en jeu, et même dans le cas contraire la mort d'un gamin ne l'aurait certes pas restauré. Quant à mon nom, il en a subi bien d'autres...

– Dans ce cas, pourquoi le duc de Hammund vous soutient-il, comme il l'a fait ce soir ?

– Quelle importance ? demanda-t-il sèchement.

Les yeux perdus dans son regard d'ambre, Élizabeth ne savait plus très bien ce qui avait de l'importance, hormis sa voix chaude et rassurante.

– Aucune, sans doute, murmura-t-elle.

– Si cela peut vous prouver que je ne suis pas un lâche, je veux bien lui assener un coup de poing sur le nez... La musique a cessé, ajouta-t-il tranquillement.

Élizabeth s'aperçut qu'ils ne valsaient plus mais se contentaient de se mouvoir doucement dans les bras l'un de l'autre. À regret, elle se dégagea, mais déjà les musiciens attaquaient un autre air, et ils s'enlacèrent à nouveau.

– Puisque je vous ai privée de votre escorte pour demain, puis-je vous proposer une solution de rechange ?

Son cœur fit un bond, mais il avait deviné ses pensées et secoua la tête.

– Je ne puis vous accompagner au village.

– Pourquoi ?

– Réfléchissez un peu. Être vue en ma compagnie n'est pas bon pour la réputation d'une débutante.

Elle essaya en vain de trouver une bonne raison de protester. Après tout, il était l'ami du duc de Hammund, mais celui-ci portait une étiquette de libertin qui le faisait redouter des futures belles-mères... D'autre part, Clarissa Dumont était considérée comme une hôtesse parfaitement respectable, et sa partie de campagne était tout à fait convenable... Même si Lord Howard n'était pas vraiment de cet avis.

– Est-ce pour cela que vous avez refusé tout à l'heure de m'inviter à danser ?

– En partie.

– Et le reste ? insista-t-elle, curieuse.

Il eut un rire un peu amer.

– Appelons cela l'instinct de conservation.
– Pardon ?
– Vos yeux sont plus dangereux que des pistolets de duel, ma douce. Ils feraient damner un saint !

Élizabeth avait écouté bien des compliments avec une certaine indifférence, mais celui-ci la fit rire. Plus tard, elle s'apercevrait qu'elle avait commis sa plus grande erreur. Elle avait considéré Charles comme un égal, une personne bien élevée à qui elle pouvait faire confiance.

– Quelle sorte de compensation vouliez-vous me proposer pour demain ?
– Un déjeuner. Dans un endroit privé où nous pourrions bavarder sans être vus des autres.

Un pique-nique avec un homme n'était sûrement pas dans les distractions que Lucinda aurait acceptées, mais Élizabeth en avait tellement envie…

– Dehors... près du lac ?
– Il pleuvra probablement, demain. De plus nous risquerions d'être surpris.
– Alors où ?
– Dans la forêt. Je vous attendrai au pavillon de chasse à la limite sud de la propriété, près du ruisseau. À onze heures. Un chemin y mène, à deux kilomètres de la route principale.

Élizabeth était trop effrayée par ce projet pour se demander comment Charles Thornton connaissait si bien la propriété de Clarissa Dumont.

– Certainement pas, dit-elle en tremblant.

Elle n'était tout de même pas assez naïve pour envisager de se trouver seule avec un homme dans une maison, et elle était terriblement déçue de cette proposition. Un gentilhomme ne l'aurait jamais osée, et une jeune fille comme il faut se devait de refuser. Lucinda avait été fort claire sur ce point.

Élizabeth tenta de se dégager d'une brève secousse. Mais il resserra légèrement son étreinte pour la garder contre lui et caressa ses cheveux de la joue.

– Ne vous a-t-on jamais dit qu'il était très discourtois d'abandonner son cavalier au milieu d'une danse ? plaisanta-t-il.

– C'est terminé. Je ne suis pas l'oie blanche que vous imaginez, ajouta-t-elle en fronçant sévèrement les sourcils.

– Je vous donne ma parole de ne pas vous importuner demain.

Curieusement, Élizabeth lui faisait confiance. Néanmoins elle ne pouvait accepter cette invitation.

– Je vous donne ma parole de gentilhomme, insista-t-il.

– Si vous étiez un gentilhomme, jamais vous ne me feriez une telle proposition.

– Logique indiscutable ! Cependant, c'est le seul choix qui s'offre à nous.

– Il n'est pas question de choix. Nous ne devrions même pas nous trouver ici en ce moment.

– Je vous attendrai jusqu'à midi.

– Je ne viendrai pas.

– Jusqu'à midi, répéta-t-il.

– Vous perdrez votre temps. Lâchez-moi, je vous prie. Tout ceci est une erreur !

– Alors, autant en commettre une autre, dit-il d'une voix un peu rauque. Regardez-moi, Élizabeth...

Une sonnette d'alarme résonna dans la tête de la jeune fille. Si elle levait la tête vers lui, il allait l'embrasser.

– Je ne veux pas que vous m'embrassiez, déclara-t-elle, pas tout à fait sincère.

– Alors dites-moi au revoir.

Elle affronta enfin son regard.

– Au revoir, fit-elle d'une voix à peu près ferme.

Il la regardait intensément, comme pour fixer ses traits dans sa mémoire, et s'arrêta à ses lèvres. Puis il la lâcha brusquement.

– Au revoir, Élizabeth.

Elle s'éloigna d'un pas, et se retourna. Séparés par un mètre physiquement mais par un gouffre socialement, ils s'observèrent en silence.

– Ils ont dû remarquer notre absence, dit-elle sans bien savoir si elle trouvait ainsi une excuse pour le quitter ou si elle espérait qu'il tenterait de la retenir.

– Sans doute, répondit-il d'une voix détachée comme s'il était déjà hors de portée.

– Je dois vraiment rentrer.

– Bien sûr.

– Vous comprenez, n'est-ce pas ?...

Sa voix s'éteignit tandis qu'elle contemplait cet homme superbe que la société jugeait indigne d'elle, simplement parce qu'il était roturier. Brusquement, elle haïssait les stupides règles qui l'enchaînaient. Elle déglutit et fit une nouvelle tentative.

– Vous comprenez que je ne puis vous retrouver demain...

– Élizabeth, coupa-t-il dans un murmure, la main tendue. Venez là...

Elle obéit sans même se rendre compte qu'il avait gagné, et il caressa sa bouche de ses lèvres chaudes, douces, insistantes. Elle gémit doucement et son baiser s'intensifia. Elle s'accrocha à lui, perdue dans un univers sombre et sensuel, où rien d'autre ne comptait que ce corps et cette bouche collés aux siens.

Quand il releva enfin la tête, Élizabeth posa la joue contre sa chemise empesée.

– C'était encore une plus grosse erreur que je ne l'imaginais, dit-il dans ses cheveux. Que Dieu nous vienne en aide !

Curieusement, cette remarque ramena Élizabeth à la raison. Le fait qu'il réclame l'assistance divine lui fit l'effet d'une douche froide. Elle recula, lissa sa robe et déclara d'une petite voix froide :

– Rien de tout ceci n'aurait dû se produire. Cependant, si nous retournons dans la salle de bal et passons le reste de la soirée avec les autres, ils ne s'apercevront peut-être pas que nous nous sommes absentés. Au revoir, monsieur Thornton.

– *Bonne nuit,* Miss Cameron.

Élizabeth était trop troublée pour remarquer qu'il l'avait appelée Miss Cameron et non Lady Cameron comme les convenances l'exigeaient.

Elle regagna la maison en utilisant une porte latérale et se glissa dans un petit salon heureusement désert.

Après le silence de la nuit, la demeure crépitait de rires, de musique, de conversations. Elle traversa la pièce sur la pointe des pieds pour se retrouver dans un corridor également désert. Elle décida d'aller se rafraîchir dans sa chambre, et elle arrivait sur le palier quand elle entendit Pénélope s'écrier :

– Personne n'a vu Élizabeth ? Le souper va être servi, et Lord Howard tient à l'y escorter.

La jeune fille rectifia rapidement sa coiffure et pria pour ne pas avoir l'allure de quelqu'un qui vient d'un rendez-vous clandestin.

– Je crois qu'on l'a aperçue dans le jardin, répondait Valérie d'une voix glaciale. Et M. Thornton semble avoir lui aussi disparu...

Elle s'interrompit soudain en voyant Élizabeth descendre posément l'escalier qu'elle avait grimpé quatre à quatre quelques secondes auparavant.

– Dieu, fit-elle en souriant à ses amies, je ne sais pourquoi la chaleur me semble accablante, ce soir. J'ai voulu me rafraîchir un peu dans le jardin, mais finalement je suis montée me reposer quelques instants dans ma chambre.

Les jeunes filles traversèrent la salle de bal et passèrent devant le salon de jeu où quelques hommes jouaient au billard. Le cœur d'Élizabeth fit un bond quand elle aperçut Charles, une canne à la main. Il leur adressa un signe de tête courtois avant de jouer. Élizabeth, en s'éloignant, entendit les boules heurter la bande avant de tomber dans le filet, tandis que le duc de Hammund lançait un petit rire admiratif.

– Il est merveilleusement séduisant, à sa manière, murmura Georgina. Cependant, il y a quelque chose de... dangereux en lui, ajouta-t-elle avec un frisson de plaisir.

– Certes, renchérit Valérie. Toutefois, comme vous le disiez plus tôt, il n'est pas noble.

Élizabeth ne les écoutait guère. Il existait bien un Dieu et il veillait sur elle, parfois... Elle lui promit de ne plus jamais se mettre dans une situation aussi délicate. Elle venait de terminer sa prière quand elle se rendit compte qu'elle avait entendu quatre boules tomber dans les poches du billard. *Quatre !* Robert n'en avait jamais réussi plus de trois d'un coup, or il se prétendait excellent joueur.

Le sentiment de soulagement d'Élizabeth se dissipa tandis qu'elle parlait avec ses voisins de table au souper. Malgré leur brillante conversation, elle avait un mal fou à s'empêcher de faire le tour de la vaste salle à manger du regard pour voir où était placé Charles. Quand un maître d'hôtel vint lui proposer du homard, elle profita de sa présence pour hasarder un coup d'œil autour d'elle, et elle le vit, à la table du duc de Hammund, près de Clarissa. Le duc s'entretenait avec une ravissante blonde dont on disait qu'elle était sa maîtresse, et Charles écoutait attentivement Clarissa qui posait sur son bras une main possessive. Il se mit soudain à rire, et Élizabeth eut l'impression de recevoir une gifle. Ils allaient si bien ensemble... Elle planta son couteau et sa fourchette dans le homard.

– Il est mort, vous savez... murmura Lord Howard à son oreille.

Elle leva vers lui un regard distrait, et il désigna le homard sur lequel elle s'acharnait.

– Il est mort, répéta-t-il. Inutile de le trucider une deuxième fois.

Elle sourit et fit un effort pour s'intéresser à la conversation. Les hommes, qui étaient tous au courant de l'esclandre dans la salle de jeu, demeuraient glacials, et elle s'appliqua à les faire changer d'attitude. C'était la seconde fois de sa vie qu'elle se servait de ses charmes pour séduire – la première fois avec Charles dans le jardin – et elle fut étonnée d'y réussir aussi facilement. L'un après l'autre, ses compagnons s'adoucirent au point de bavarder et rire avec elle. Durant cette longue épreuve, Élizabeth eut tout le temps l'impression que le regard de Charles pesait sur elle. Vers la fin du souper, n'y tenant plus, elle leva les yeux dans sa direction. Il la fixait, et elle n'aurait su dire s'il était agacé ou étonné de sa coquetterie.

– Me permettrez-vous de remplacer mon cousin pour vous accompagner au village demain ? demanda Lord Howard quand les convives commencèrent à quitter la table.

C'était le moment de prendre une décision, mais en réalité la jeune fille n'avait pas le choix.

– Avec plaisir, répondit-elle avec un lumineux sourire.

– Nous partirons vers dix heures et demie. Un déjeuner est prévu à l'auberge locale, puis nous ferons une promenade à cheval pour jouir du paysage.

Tout cela semblait horriblement ennuyeux, pourtant Élizabeth s'écria :

– Quel excellent programme !

Elle y mit tant d'enthousiasme que Lord Howard s'inquiéta. Ses joues étaient rouges et ses yeux trop brillants.

– Vous ne vous sentez pas bien ?

– Je ne me suis jamais sentie aussi bien, assura-t-elle. À présent, si vous voulez m'excuser, j'aimerais me retirer. J'ai une horrible migraine.

Elle s'éloigna, laissant derrière elle un Lord Howard complètement déconcerté par la logique féminine.

– Réveille-moi à huit heures, s'il te plaît, dit-elle un peu plus tard à Berta qui l'aidait à se déshabiller.

La femme de chambre ne répondit pas. Elle s'affairait en silence, avec une rare maladresse.

– Qu'y a-t-il ? demanda enfin Élizabeth.

– Tout le personnel parle de votre attitude dans la salle de jeu, et je vais me faire gronder par Miss Throckmorton-Jones, répondit la malheureuse Berta. Pour une fois qu'elle vous laisse sous ma responsabilité, vous vous fourrez dans les ennuis !

– Je lui raconterai ce qui s'est passé...

– En fait, que s'est-il passé exactement ? s'écria Berta en se tordant les mains d'angoisse.

Élizabeth le lui raconta, et l'expression de la brave femme s'adoucit au fur et à mesure.

– Vois-tu, conclut la jeune fille en se glissant dans son lit, je ne pouvais laisser tous ces gens dire que c'était un tricheur, ce qu'ils auraient certainement fait parce qu'il n'est pas de leur caste.

Un éclair illumina alors le ciel et le tonnerre fit trembler les vitres. Élizabeth, les yeux clos, pria pour que l'excursion au village ait lieu le lendemain, car l'idée de passer toute la journée sous le même toit que Charles Thornton – sans pouvoir le regarder ni lui parler – lui semblait intolérable. « Je suis obsédée par lui », songea-t-elle avant de sombrer dans un profond sommeil.

Elle rêva d'orages, de bras vigoureux qui venaient à son secours, qui l'attiraient, pour ensuite la jeter dans une mer déchaînée.

6

Un pâle soleil inondait la pièce, et Élizabeth ouvrit les yeux à contrecœur. Elle était de ces personnes qui ont le plus grand mal à se réveiller. Contrairement à Robert qui bondissait hors de son lit dans une forme éblouissante, il fallait une bonne demi-heure à la jeune fille pour reprendre ses esprits. En revanche, elle pouvait jouer au billard ou aux cartes tard dans la nuit. En fait, la vie londonienne lui convenait parfaitement, où l'on dormait jusqu'à midi et se couchait à l'aube.

Elle avait la tête lourde et s'obligea en soupirant à se redresser pour agripper la tasse de chocolat qui l'attendait comme d'habitude sur sa table de nuit.

Cela lui fut particulièrement pénible, ce matin-là. Elle avait la vague impression qu'il s'était passé un événement fâcheux.

Après la première gorgée – froide – tout lui revint en mémoire. Un homme aux cheveux bruns l'attendrait au pavillon de chasse pendant une heure. Puis il partirait, car elle ne s'y rendrait pas. C'était impossible. Absolument *impossible* !

Berta s'affairait dans la chambre, l'air préoccupé. Quand elle vit Élizabeth éveillée, elle sourit.

– Enfin ! J'ai cru que vous étiez malade !

– Pourquoi ?

– Je n'arrivais pas à vous...

– Quelle heure est-il ? s'écria la jeune fille.

– Presque onze heures.

– Mais je t'avais demandé de me réveiller à huit heures !

Elle cherchait désespérément une solution. Si elle se dépêchait, elle parviendrait peut-être à rejoindre les autres.

– J'ai essayé, protesta la domestique, blessée par le ton inhabituellement dur de sa maîtresse. Vous refusiez d'ouvrir les yeux.

– Je ne veux jamais ouvrir les yeux, Berta, tu le sais bien !

– Vous disiez que vous aviez mal à la tête.

– Je dis toujours des choses comme ça ! N'importe quoi pour gagner quelques minutes... Il y a des années que cela dure.

– Vous prétendiez qu'il avait tant plu cette nuit que l'excursion au village n'aurait pas lieu, donc que vous n'aviez pas besoin de vous lever.

– Berta, bon sang ! Je t'ai raconté un jour que j'avais la diphtérie, et ça n'a pas marché ! cria Élizabeth en sautant de son lit avec une énergie tout à fait surprenante.

– Cette fois-là, répliqua la brave femme, vous n'étiez pas si pâle, ni si chaude. Et vous ne vous étiez pas couchée complètement épuisée à seulement une heure et demie du matin !

Élizabeth se laissa retomber sur le lit.

– Excuse-moi. Ce n'est pas ta faute si je dors comme une marmotte. De plus, s'ils ne sont pas partis au village, peu importe que je sois en retard.

Elle se résignait à l'idée de passer la journée dans la même maison que l'homme qui la troublait d'un simple regard.

– Ils sont bel et bien partis, répondit Berta. L'orage d'hier a fait plus de bruit que de mal.

Élizabeth soupira. Charles devait déjà se trouver au pavillon.

– Parfait. Je les rejoindrai là-bas, dit-elle tandis que Berta allait ouvrir la porte aux servantes qui apportaient de l'eau chaude pour le bain d'Élizabeth.

Il était plus de midi quand la jeune fille descendit enfin, vêtue d'une tenue d'amazone rose pâle. Un petit chapeau orné d'une plume dissimulait ses cheveux, et elle portait de courts gants, roses également.

Quelques voix masculines montaient de la salle de jeu, et Élizabeth faillit y jeter un coup d'œil pour vérifier si Charles Thornton était déjà rentré de sa vaine attente dans les bois. Mais elle y renonça et se dirigea vers les écuries.

Elle attendit qu'un palefrenier lui selle un cheval, le cœur battant à l'idée de l'homme solitaire espérant une femme qui n'était pas venue.

– Vous voulez un valet pour vous accompagner, milady ? demanda le maître d'écurie. Y en a pas beaucoup, ils sont presque tous au village avec ces messieurs dames, mais certains reviendront d'ici une heure, si vous avez la patience d'attendre. Sinon, la route est sûre.

Élizabeth avait juste envie de galoper follement dans la campagne en oubliant tout le reste.

– J'irai seule, dit-elle avec le gracieux sourire qui ravissait les domestiques d'Havenhurst. C'est tout droit au bout de la grand-route, à environ huit kilomètres, n'est-ce pas ?

Un éclair zébra le ciel, et la jeune fille leva des yeux inquiets.

– M'est avis qu'il pleuvra pas avant ce soir, affirma le bonhomme. On a souvent des orages secs, à cette époque de l'année.

Il n'en fallait pas plus pour décider Élizabeth.

Elle sentit les premières grosses gouttes alors qu'elle chevauchait depuis un moment sur la grand-route. Après un regard au ciel menaçant, elle éperonna sa jument et fila ventre à terre vers le village. Au bout de quelques minutes, un vent violent se leva, et la température fraîchit sérieusement. La pluie tombait à présent à verse. Lorsqu'elle aperçut un chemin latéral qui s'enfonçait dans le sous-bois, elle y dirigea sa monture pour s'abriter quelque peu.

Les éclairs se multipliaient, le tonnerre grondait, et elle comprit que, malgré les prédictions du maître d'écurie, elle était prise dans une énorme tempête. Heureusement, la petite jument demeurait docile, malgré quelques frémissements de crainte.

– Tu es un véritable trésor, murmura Élizabeth en flattant son encolure.

Le pavillon de chasse se trouvait au bout du chemin, et elle se mordit la lèvre, perplexe. Il était plus d'une heure, à présent, Charles serait sûrement parti depuis longtemps.

De toute façon, elle s'était sans doute exagéré l'importance qu'elle avait à ses yeux. La nuit précédente, il avait flirté avec Clarissa peu de temps après avoir embrassé Élizabeth... Quelle sotte de l'avoir imaginé arpentant le pavillon, anxieux, l'œil rivé sur la porte ! C'était un joueur... et sans doute un coureur. Il avait dû renoncer dès midi et rentrer chercher une compagne plus complaisante, ce qu'il n'aurait aucun mal à trouver. D'autre part, si par hasard il s'était attardé, elle verrait son cheval à l'extérieur et tournerait bride.

Quelques minutes plus tard, elle aperçut la petite maison, nichée sous les arbres. Et aucun signe de vie autour du cottage au toit de chaume. « Voilà pour la profondeur des sentiments de Charles à mon égard ! » songea-t-elle avec un curieux petit pincement au cœur.

Elle attacha la jument sous un auvent à l'arrière du bâtiment.

– As-tu remarqué comme les mâles sont volages ? lui demanda-t-elle... Et combien les femmes sont folles ? ajouta-t-elle, consciente de se montrer tout à fait illogique.

Elle n'avait pas voulu venir, elle n'avait pas souhaité le retrouver, pourtant elle avait presque envie de pleurer !

Elle ôta nerveusement son chapeau, poussa la porte, entra et... s'arrêta soudain, pétrifiée.

De l'autre côté de la petite pièce, le dos tourné, se tenait Charles Thornton. Il fixait le feu qui crépitait joyeusement dans la cheminée, les mains dans le dos, un pied posé sur le foyer. Il avait ôté sa veste et Élizabeth, immobile, ne put s'empêcher d'admirer ses larges épaules, son dos puissant, ses hanches étroites.

Il l'avait attendue, et il semblait d'humeur fort sombre. Peut-être, après tout, comptait-elle réellement pour lui ? Elle en fut davantage persuadée en voyant la table couverte d'une nappe damassée et deux couverts dressés avec porcelaine et cristaux sans doute empruntés à Clarissa. Un chandelier en occupait le centre, près d'une bouteille de vin à demi vide et un plat de viandes froides et de fromage.

Jamais Élizabeth n'avait connu d'homme capable de s'occuper d'un déjeuner... C'était la tâche des femmes et des domestiques.

Elle avait l'impression d'être plantée là depuis plusieurs minutes quand il se raidit brusquement, comme s'il sentait sa présence. Il se retourna et esquissa un sourire.

– Vous n'êtes guère ponctuelle !

– Je n'avais pas l'intention de venir, avoua la jeune fille. J'ai été prise par l'orage en me rendant au village.

– Vous êtes trempée.

– Oui.

– Venez près du feu.

Comme elle ne bougeait pas, il s'approcha d'elle. Elle resta clouée au sol tandis que lui revenaient à l'esprit les mises en garde de Lucinda.

– Que voulez-vous ? demanda-t-elle, le souffle court.

– Votre veste.

– Non... Je préfère la garder.

– Ôtez-la, insista-t-il d'un ton paisible. Elle est mouillée.

– Pas question ! cria-t-elle en reculant vers la porte.
– Élizabeth, j'ai promis que vous seriez en sécurité, si vous veniez...
La jeune fille ferma un instant les yeux.
– Je sais. Je sais aussi que je ne devrais pas me trouver là. Il faudrait que je m'en aille. Il le faudrait *vraiment*, n'est-ce pas ?
Elle ouvrit les yeux et le regarda, candide.
– Vu les circonstances, ce n'est pas à moi que vous devriez demander cela...
– Je reste, décida-t-elle enfin.
Elle lui confia sa jaquette et son chapeau, qu'il alla suspendre près de la cheminée.
– Approchez-vous du feu, dit-il en emplissant deux verres de vin.
Élizabeth ôta les peignes qui retenaient sa chevelure, s'ébroua et passa ses doigts dans la lourde masse bouclée.
Immobile, Charles la contemplait, et quelque chose dans son expression poussa Élizabeth à suspendre son geste. Le charme était brisé, mais l'effet de ce regard intime s'attarda, vibrant, alarmant. Élizabeth se mit à trembler intérieurement. Elle ne connaissait pas cet homme, elle l'avait rencontré quelques heures auparavant, et déjà il posait sur elle un regard beaucoup trop... personnel. Et possessif. Il lui tendit son verre en désignant le petit sofa près de l'âtre.
Elle s'y lova, les pieds repliés sous sa jupe. Il avait affirmé qu'elle serait « en sécurité ». Mais comment interpréter ces paroles ?
– Si je reste, il nous faut respecter les convenances, déclara-t-elle.
– Par exemple ?
– Eh bien, pour commencer, vous ne devez en aucun cas m'appeler par mon prénom.

– Compte tenu du baiser que nous avons échangé sous la tonnelle, je trouve un peu ridicule de vous appeler Miss Cameron.

C'était le moment de lui dire qu'elle était *Lady* Cameron, mais Élizabeth était trop choquée de l'entendre rappeler ces moments inoubliables – et parfaitement répréhensibles – pour se soucier d'autre chose.

– Ce qui s'est passé hier, reprit-elle d'un ton ferme, ne doit aucunement influencer notre comportement d'aujourd'hui. Au contraire, il faut nous montrer deux fois plus sages pour nous racheter !

Les yeux de Charles brillaient d'amusement.

– Je ne vous aurais pas imaginée si soumise aux convenances...

Pour un joueur sans attaches ni responsabilités, l'étiquette était sûrement ennuyeuse à l'extrême. Pourtant, Élizabeth devait absolument rallier Charles à son point de vue.

– Mais si, je le suis ! Les Cameron sont les gens les plus conventionnels du monde ! Je crois à la mort plutôt qu'au déshonneur, je vous l'ai dit. Et nous sommes aussi fidèles à Dieu, à notre patrie, au roi et... et à tout le reste. À vrai dire, nous sommes terriblement vieux jeu.

– Je vois... Expliquez-moi alors comment une personne aussi... conventionnelle que vous a pu affronter une salle hostile simplement pour défendre la réputation d'un inconnu ?

– Oh, ça... C'était juste, disons... ma conception « conventionnelle » de la justice. En outre, ajouta-t-elle en sentant la colère remonter en elle, j'étais furieuse quand j'ai compris qu'aucun d'entre eux n'empêcherait Everly de vous tirer dessus, pour la simple raison que vous n'êtes pas socialement leur égal.

– Égalité sociale ? répéta-t-il avec un sourire désarmant. Quel mot étrange dans la bouche d'une jeune fille si conventionnelle !

Élizabeth était prise au piège.

– À la vérité, avoua-t-elle d'une toute petite voix, je suis morte de peur.

– Je le sais. Mais je suis bien la dernière personne sur terre dont vous devriez avoir peur, murmura-t-il d'une voix chaude qui la fit frémir.

Elle but une grande gorgée de vin, dans l'espoir de calmer ses nerfs. Gentiment, Charles changea de sujet de conversation.

– Avez-vous repensé à l'injustice subie par Galilée ?

– J'ai dû vous paraître bien sotte. C'était stupide de ma part...

– J'ai au contraire trouvé cela rafraîchissant, comparé aux banalités d'usage.

– Vraiment ? demanda Élizabeth, ravie et soulagée.

– Vraiment.

– J'aimerais que la bonne société pense comme vous.

– Depuis quand êtes-vous obligée de cacher que vous avez un cerveau ?

– Quatre semaines ! lança-t-elle en riant. Vous ne pouvez imaginer combien il est pénible de proférer des platitudes quand vous mourez d'envie d'interroger les gens sur ce qu'ils connaissent, sur ce qu'ils ont vu... Si ce sont des hommes, de toute façon, ils ne répondraient pas.

– Que diraient-ils ?

– Qu'une femme est incapable de comprendre... ou qu'ils craignent d'offenser sa sensibilité.

– Quel genre de questions avez-vous posé ?

Les yeux verts d'Élizabeth pétillaient d'amusement.

– J'ai demandé à Sir Elton Greeley s'il avait séjourné aux colonies, et il m'a répondu oui. Mais quand j'ai voulu qu'il me décrive les indigènes et leur mode de vie, il a toussoté et déclaré qu'il n'était pas du tout « convenable » de parler de « sauvages » avec une jeune fille.

– Leur apparence et leurs coutumes dépendent de la tribu à laquelle ils appartiennent, commença Charles. Certaines tribus sont « sauvages » à nos yeux mais pas aux leurs, et d'autres sont pacifiques quels que soient les critères.

Il passa deux heures à raconter à Élizabeth tout ce qu'elle désirait savoir, et elle l'écoutait, fascinée. Pas une fois il ne se moqua de ses commentaires. Il lui parlait comme à une égale et semblait apprécier ses opinions. Après le déjeuner, ils se réinstallèrent sur le sofa. La jeune fille savait qu'elle aurait dû partir, mais elle répugnait à mettre fin à ces merveilleux instants.

Quand il eut terminé de répondre à une de ses questions sur les femmes voilées aux Indes, elle lui confia :

– Je ne puis m'empêcher de penser qu'il est profondément injuste de naître femme et ne jamais connaître toutes ces aventures, visiter tous ces endroits. Même si je séjournais là-bas, on me permettrait tout juste de circuler dans les quartiers aussi civilisés que... ceux de Londres !

– Il existe en effet une extrême inégalité de privilèges entre les sexes.

– Cependant, chacun a un devoir à remplir, déclara Élizabeth, faussement solennelle. Et chacun y trouve de grandes satisfactions.

– Comment envisagez-vous votre euh... devoir ? rétorqua-t-il avec un sourire nonchalant.

– C'est simple. Une femme doit être parfaite et mettre son époux en valeur. L'homme a le devoir de faire ce qu'il veut quand il veut, du moment qu'il est prêt à défendre son pays le cas échéant. Ce qui n'arrive pas souvent. Les hommes gagnent leur honneur en se sacrifiant sur le champ de bataille, tandis que nous gagnons le nôtre sur l'autel du mariage.

Il éclata de rire, et Élizabeth l'imita, ravie.

– Ce qui si l'on y réfléchit bien, poursuivit-elle, prouve tout simplement que notre sacrifice est de loin le plus grand et le plus noble.

– En quoi ?

– C'est évident : les guerres durent quelques semaines, quelques mois tout au plus. Le mariage dure toute la vie ! Ce qui me rappelle un sujet sur lequel je me suis beaucoup interrogée.

Elle se sentait à présent parfaitement libérée de toute contrainte.

– Lequel ?

– Pourquoi, à votre avis, nous appelle-t-on le sexe faible ?

Ils se regardèrent en souriant, et Élizabeth songea soudain qu'il devait juger certaines de ses remarques choquantes.

– Je n'ai pas l'habitude de formuler ce genre d'opinions, dit-elle, un peu honteuse. Vous devez me trouver horriblement mal élevée.

– Je vous trouve splendide, murmura-t-il.

La chaleur de sa voix lui coupa le souffle. Elle ouvrit la bouche, cherchant désespérément une phrase qui les ramènerait au mode amical, mais se contenta de soupirer.

– Et je crois que vous le savez, continuait-il.

Ce n'était pas du tout le genre de compliment qu'elle entendait de la part de ses prétendants, et elle en fut aussi terrifiée que par l'éclat sensuel de ses yeux dorés.

– À mon avis, répliqua-t-elle avec un petit rire étranglé, pour vous toutes les femmes sont splendides.

– Qu'est-ce qui vous fait penser ça ?

Elle haussa les épaules.

– Votre attitude au dîner d'hier soir, par exemple.

Il fronça les sourcils comme si elle parlait chinois.

– Vous vous rappelez quand même Clarissa Dumont, notre hôtesse, cette ravissante jeune femme brune ? Vous étiez pendu à ses lèvres pendant tout le souper.

Un sourire éclaira soudain les traits de Charles.

– Jalouse.

Élizabeth releva le menton.

– Pas plus que vous de Lord Howard.

Elle fut très satisfaite de le voir s'assombrir.

– Cet individu qui ne pouvait vous parler sans toucher votre bras ? À dire vrai, mon amour, j'ai passé tout le repas à me demander si j'allais lui écraser le nez ou la mâchoire.

Un rire cristallin échappa à Élizabeth.

– Mais vous ne l'avez pas fait. D'ailleurs vous avez refusé de vous battre en duel avec Lord Everly quand il vous a traité de tricheur. Vous n'auriez pas frappé ce malheureux Lord Howard simplement parce qu'il me touchait le bras...

– Croyez-vous ? Ce sont deux sujets bien différents.

Une fois de plus, Élizabeth ne le comprenait pas. Sa présence redevenait vaguement inquiétante : quand il cessait de jouer les hommes galants, il était sombre, mystérieux.

– Il doit être plus de trois heures. Il faut que je parte, dit-elle en bondissant sur ses pieds. Merci pour ces moments charmants. J'ignore pourquoi je suis restée, mais je ne le regrette pas....

Il se leva aussi.

– Vraiment ? souffla-t-il.

– Vraiment quoi ?

– Vous ne savez vraiment pas pourquoi vous êtes encore ici avec moi ?

– Je ne vous connais même pas ! s'écria-t-elle. Je sais seulement que vous jouez d'énormes sommes d'argent, or j'ai horreur de ça !

– Je mise aussi d'énormes sommes sur des bateaux et des marchandises... Cela me rachète-t-il à vos yeux ?

– Et je sais aussi, continua-t-elle, que vous me mettez terriblement mal à l'aise quand vous me regardez ainsi.

– Élizabeth, déclara-t-il tendrement, vous êtes ici parce que nous sommes déjà amoureux l'un de l'autre.

– Comment ?

– Quant à savoir qui je suis, dit-il en posant sa main sur son cou, c'est très simple : je suis l'homme que vous allez épouser.

– Mon Dieu !

– Il est trop tard pour se mettre à prier, ma douce.

– Vous... vous êtes fou, balbutia-t-elle.

– C'est exactement ce que je pense...

Il posa ses lèvres sur le front de la jeune fille et l'attira à lui, sans plus bouger, comme s'il pensait qu'elle se dégagerait s'il insistait.

– Vous ne faisiez pas partie de mes plans d'avenir, Miss Cameron.

– Je vous en prie, supplia Élizabeth, impuissante. Je ne comprends rien. J'ignore ce que vous voulez de moi...

– Vous.

Il lui releva le menton.

– Et vous me voulez aussi, ajouta-t-il.

Élizabeth frissonna de tout son être quand il pencha la tête vers ses lèvres. Elle se dépêcha de parler pour tenter de reprendre ses esprits.

– Une jeune fille anglaise comme il faut ne ressent qu'affection, déclara-t-elle, citant Lucinda. Nous ne tombons pas amoureuses.

Il murmura contre sa bouche :

– Je suis écossais. *Nous*, nous tombons amoureux.

– Écossais ! s'écria-t-elle.

– Oui. Je n'ai pas dit « criminel », répondit-il en riant devant son air affolé.

Un Écossais, joueur de surcroît ! Havenhurst ne tarderait guère à être mis en vente et les domestiques congédiés...

– Je ne peux pas vous épouser !

– Mais si, Élizabeth, vous le pouvez.

Ses lèvres jouaient avec son oreille délicate, en suivaient le contour, et Élizabeth tremblait d'émoi. Il la serra plus fort, lui caressa la nuque, promena sa bouche sur son visage, tout en chuchotant :

– N'ayez pas peur. Je m'arrêterai quand vous voudrez...

Rassurée, bouleversée par la tendresse de sa bouche et de ses caresses, Élizabeth s'accrocha à lui, se laissa glisser vers l'abîme du désir où il l'entraînait.

Quand il prit enfin ses lèvres, elle ne résista pas et s'enfonça plus profondément encore dans cet univers inconnu.

Soudain il l'enleva dans ses bras pour l'allonger sur le sofa, sans quitter sa bouche. Sa langue parcourait doucement les lèvres d'Élizabeth, et quand elles s'ouvrirent enfin, il y plongea, insistant, caressant.

Élizabeth sursauta sous la force des sensations nouvelles qui s'éveillaient en elle, puis elle s'abandonna entièrement au plaisir de ce baiser de feu. Mieux, elle attisait encore le désir de Charles et le sien en s'offrant ainsi à lui.

Lorsqu'il quitta enfin sa bouche, ils étaient à bout de souffle. La jeune fille fut lente à redescendre sur terre et à ouvrir les yeux. Étendu près d'elle, appuyé sur un coude, Charles la regardait intensément. Il lui sourit et repoussa une mèche de ses cheveux. Elle contempla sa bouche, si sensuelle, si tentante...

– Ne faites pas ça, conseilla-t-il d'une voix rauque.

Naïvement, elle leva le visage vers lui, et il ne put résister à la douce tentation.

– Posez votre main sur ma nuque, souffla-t-il.

Elle obéit, et ce fut elle qui l'attira vers ses lèvres. Cette fois, sa langue alla à la rencontre de celle de Charles, et bientôt elle le sentit frémir.

Elle se tourna pour être plus proche de lui et sentit son cœur qui battait follement dans sa poitrine tandis que leur baiser passionné s'éternisait. Lorsqu'il posa la main sur son sein, elle eut un mouvement pour se redresser, choquée.

– Non, dit-il. Dieu, non. Pas déjà...

Pétrifiée par le désir qui perçait dans sa voix, elle le vit relever la tête. Il ne bougeait plus, respectant sa promesse de cesser quand elle le souhaiterait. Incapable de faire un mouvement, elle regardait sa main hâlée et un petit gémissement lui échappa.

Il n'en fallait pas plus à Charles. Il commença à la caresser sans quitter des yeux le ravissant visage d'Élizabeth qui exprima d'abord la peur, puis le plaisir. Pour la jeune fille, les seins n'étaient qu'une partie du corps comme une autre. Jamais elle n'aurait imaginé qu'ils puissent offrir de telles sensations. Aussi ne protesta-t-elle pas lorsque Charles défit ses boutons et la dénuda. Elle eut tout juste le réflexe de les couvrir de ses mains, qu'il repoussa de quelques baisers avant de prendre le bout d'un sein dans sa bouche. Parcourue d'une onde de plaisir pur, elle gémit et glissa la main dans les cheveux de l'homme.

Tandis qu'il saisissait l'autre sein entre ses lèvres, elle se cambra contre lui, agrippée à sa nuque.

Soudain il releva la tête et inspira profondément.

– Élizabeth, il faut nous arrêter...

Elle mit quelques secondes à reprendre ses esprits. Puis la passion fit place à la peur. Et à la honte de se trouver à demi nue dans les bras d'un inconnu. Elle ferma les paupières pour lutter contre les larmes qui lui piquaient les yeux et se redressa.

– Laissez-moi me lever, je vous prie, murmura-t-elle.

Il voulut refermer son chemisier, mais elle bondit sur ses pieds et se rajusta vivement en lui tournant le dos. Puis elle saisit sa veste et son chapeau. Il s'approcha et posa ses mains sur ses épaules.

– N'ayez pas peur de ce qui nous arrive. J'ai largement de quoi vous procurer...

Toute l'angoisse d'Élizabeth explosa en une fureur mêlée de sanglots, dirigée surtout contre elle-même mais dont elle se libéra sur lui. Elle se dégagea d'une secousse.

– Me procurer quoi ? hurla-t-elle. Un... un taudis en Écosse où je me morfondrai pendant que vous irez parader en parfait gentleman dans les salles de jeu ?

– Si tout se passe bien, coupa-t-il, tendu mais calme, je serai l'un des hommes les plus riches d'Angleterre dans moins d'un an... deux au plus. Si ce n'est pas le cas, vous vivrez de toute façon largement à l'abri du besoin.

Elle recula, effrayée autant par lui que par sa propre faiblesse.

– C'est de la folie. De la pure folie, dit-elle en se dirigeant vers la porte.

– Je le sais, répliqua-t-il doucement.

Elle s'apprêtait à franchir le seuil quand sa voix l'arrêta.

– Si vous changez d'avis, vous pourrez me joindre dans la résidence londonienne du duc de Hammund avant mercredi matin. Ensuite, je pars pour les Indes jusqu'à l'hiver.

– Je... je vous souhaite un bon voyage, lança-t-elle, trop bouleversée pour s'interroger sur le curieux pincement au cœur que cette nouvelle lui procurait.

– Si vous vous décidez assez vite, reprit-il, je vous emmène avec moi.

Élizabeth s'enfuit, affolée par la certitude qu'elle avait décelée dans sa voix.

Tandis qu'elle galopait à bride abattue dans le sous-bois humide, elle ne se sentait plus du tout la jeune femme calme et posée d'avant. Elle n'était plus qu'une petite fille terrifiée, accablée d'une montagne de responsabilités, convaincue que l'irrésistible attraction qu'elle ressentait pour Charles Thornton était un péché mortel.

En arrivant aux écuries, elle s'aperçut avec horreur que les autres étaient déjà rentrés du village et elle n'eut plus qu'une idée en tête : envoyer un message à son frère pour qu'il vienne la chercher le soir même plutôt que le lendemain comme prévu.

Elle soupa dans sa chambre. À deux reprises, elle se mit à la fenêtre et aperçut Charles. La première fois, il se tenait seul sur la terrasse, un cigare entre les dents, et elle eut le cœur serré. Il semblait tellement solitaire ! La deuxième fois, il était entouré de femmes qui venaient sans doute d'arriver, car elle ne les avait pas vues la veille. Toutes les cinq paraissaient trouver Charles absolument irrésistible. Elle se persuada que cela lui était tout à fait indifférent. Elle avait des devoirs envers Havenhurst, envers Robert, et cela seul comptait. Elle ne pouvait en aucun cas lier son sort à celui d'un joueur impénitent, fût-il l'Écossais le plus séduisant que la terre ait jamais porté... et le plus tendre.

Élizabeth ferma les yeux pour tenter de chasser ces pensées importunes. Elles étaient stupides. Stupides et dangereuses.

La jeune fille se rappela la réaction de ses amies quand elle était rentrée au manoir.

– Ciel, vous êtes trempée ! s'était écriée Valérie. Le maître d'écurie prétend que vous vous êtes absentée tout l'après-midi. Ne me dites pas que vous avez erré sous la pluie tout ce temps !

– Non. Je... j'ai trouvé une petite maison dans les bois. Je m'y suis abritée jusqu'à ce que la pluie cesse.

Sur le moment, la réponse lui avait paru sûre, puisque le cheval de Charles n'était pas près de la cabane alors que la présence de sa propre monture était parfaitement visible.

– Vers quelle heure ?

– Aux environs d'une heure, je pense.

– Et vous n'avez pas rencontré M. Thornton ? avait demandé Valérie avec un mauvais sourire, tandis que tout le monde semblait s'être arrêté de parler pour les écouter. Le garde-chasse a aperçu un grand homme vêtu de sombre se diriger vers la cabane

– Je... je ne l'ai pas vu. Il y avait énormément de brouillard. J'espère qu'il ne lui est rien arrivé.

– Nous l'ignorons. Il n'est pas encore rentré. Clarissa est un peu soucieuse, bien qu'il lui ait dit de ne pas s'inquiéter. Il a demandé à la cuisine un repas froid pour deux personnes.

Élizabeth, au supplice, expliqua à son amie qu'elle avait décidé de partir le soir même et, sans lui laisser le temps de la questionner plus avant, elle se retira sous prétexte de se changer.

Un seul regard au visage défait de sa maîtresse suffit à Berta pour comprendre qu'il y avait eu un drame, et elle en fut plus certaine encore quand la jeune fille rédigea un message à l'adresse de son frère.

Elle parvint à lui faire raconter les grandes lignes de l'affaire, et Élizabeth dut passer la fin de l'après-midi à réconforter sa femme de chambre effondrée...

7

– Ça ne sert pas à grand-chose d'arpenter ainsi la chambre, fit remarquer Berta. Ce n'est pas ce qui empêchera Miss Throckmorton-Jones de nous passer un bon savon.

– Elle n'entendra parler de rien, déclara Élizabeth avec une assurance qu'elle était bien loin de ressentir.

Elle se laissa tomber dans un fauteuil en froissant nerveusement la jupe verte de son costume de voyage. Ses bagages étaient bouclés, et elle attendait impatiemment l'arrivée de son frère.

Bien qu'étant préparée, elle sursauta quand on frappa à la porte. Ce n'était pas Robert, mais un valet de pied qui lui remit un message.

Elle l'ouvrit, les mains tremblantes, et demeura un moment stupéfaite devant l'écriture en pattes de mouche qui disait : « *Me retrouver dans la saire. Besoin de vous parler.* »

Elle rattrapa le domestique dans le couloir.

– Qui vous a confié cette lettre ?

– Miss Valérie, madame.

Elle fut d'abord soulagée qu'il ne s'agisse pas de Charles, puis inquiète à la pensée que son amie en avait peut-être appris davantage sur son escapade de l'après-midi.

– Valérie veut me voir dans la serre, annonça-t-elle à Berta.

– Elle sait tout, n'est-ce pas ? Cela ne me regarde pas, mais je n'aime pas du tout cette jeune personne. Elle a le regard mauvais.

Sans répondre, Élizabeth jeta un coup d'œil à la pendule.

– Robert ne peut matériellement pas arriver avant une heure, dit-elle. Je vais en profiter pour rejoindre Valérie.

Elle se rendit à la fenêtre et observa les invités qui se promenaient dans le jardin. Elle ne voulait surtout pas être vue de Charles, ni suivie jusqu'à la serre. Soulagée, elle l'aperçut sur la terrasse, près d'une torche, entouré de trois ravissantes jeunes femmes, tandis qu'un serviteur s'approchait de leur groupe. Il tendit quelque chose à Charles. Un verre, sans doute.

La jeune fille sortit discrètement par une porte latérale et se dirigea vers la serre, en prenant grand soin d'éviter les lumières.

Sur le seuil, elle hésita.

– Valérie ? appela-t-elle à voix basse.

Comme personne ne répondait, elle s'avança et, grâce au clair de lune, étudia les lieux autour d'elle.

Il y avait des pots partout, soigneusement rangés sur des bancs et des tables. Pour se calmer, Élizabeth examina quelques fleurs particulièrement rares.

La pièce, plus grande que la serre de Havenhurst, servait apparemment aussi de jardin d'hiver, car il y avait dans toute une partie des arbres et quelques bancs de pierre ornés de coussins de couleurs vives.

Élizabeth continua sa promenade, sans se rendre compte qu'une haute silhouette se rapprochait sans bruit. Elle se pencha pour humer un gardénia.

– Élizabeth ?

Elle fit volte-face, le cœur battant, la main sur la gorge.

– Qu'y a-t-il ? s'inquiéta Charles.

– Vous... vous m'avez fait peur. Je ne m'attendais pas à vous voir ici...

– Vraiment ? ironisa-t-il. Et qui pensiez-vous voir arriver, après ce message ? Le prince de Galles ?

Le message ! Stupidement, dès qu'elle comprit que la lettre venait de lui et non de Valérie, sa première pensée fut qu'il avait une écriture bien enfantine pour un homme de son âge. Ensuite, elle remarqua qu'il semblait contrarié.

– Si vous me disiez pourquoi, durant tout le temps que nous avons passé ensemble, vous n'avez pas jugé bon de m'informer que vous étiez *Lady* Élizabeth ?

Comment réagirait-il s'il apprenait, en plus, qu'elle était comtesse ?

– Expliquez-vous, mon amour, je vous écoute.

Élizabeth recula.

– Si vous ne voulez pas parler, dit-il en avançant vers elle, est-ce *un baiser* que vous cherchez ?

– Non ! s'écria-t-elle vivement. Je préfère parler.

Il avança encore, elle recula de nouveau.

– Je veux dire, reprit-elle aussitôt, il y a tant de sujets de conversation passionnants !

– Ah oui ?

Elle sauta sur la première idée qui lui vint à l'esprit.

– Ces jacinthes ne sont-elles pas ravissantes ?

– Ravissantes, répéta-t-il sans leur accorder un regard.

Il saisit ses épaules, mais elle se dégagea d'un bond.

– Les jacinthes, continua-t-elle précipitamment sans cesser de reculer devant lui, appartiennent au genre *Hyacinthus,* bien que la jacinthe cultivée, comme celle que nous avons ici, soit communément appelée jacinthe de Hollande, qui se rapporte au genre *H. orientalis*...

– Élizabeth, coupa-t-il doucement, je ne m'intéresse pas aux plantes.

Il tendit la main vers elle et, sans réfléchir, la jeune fille y posa un pot de fleurs.

– Les jacinthes ont un passé mythologique que vous trouverez peut-être plus intéressant que la fleur elle-même, reprit-elle à toute allure. Leur nom, voyez-vous, vient d'un beau jeune homme de Sparte – Hyacinthus – qui fut aimé d'Apollon et de Zéphyr, le dieu du vent d'ouest. Un jour, en lui enseignant le lancer du disque, Zéphyr le tua accidentellement. On raconte que du sang du jeune homme est née cette fleur.

Il posa le pot sur une table, et elle termina, d'une voix un peu tremblante :

– En... en réalité, il pourrait s'agir de l'iris ou du pied-d'alouette, plutôt que de notre moderne jacinthe...

– Fascinant !

Elle était incapable de faire un geste.

– Littéralement fascinant, répéta-t-il dans un murmure en caressant doucement ses épaules. Hier soir, vous étiez prête à vous battre contre je ne sais combien d'hommes parce qu'ils osaient croire que j'avais triché, mais aujourd'hui vous avez peur. Est-ce de moi, ma chérie ? Ou de quelque chose d'autre ?

Sa voix de baryton avait autant d'effet sur elle que la douceur de ses lèvres.

– J'ai peur des sensations que vous éveillez en moi, avoua-t-elle. Je sais pourtant qu'il s'agit d'un simple badinage.

– Menteuse !

Il s'empara de ses lèvres en un rapide baiser. Dès qu'il releva la tête, elle se mit à babiller de nouveau.

– Merci, dit-elle stupidement. Les... les jacinthes ne sont pas les seules fleurs à posséder un passé intéressant. Les lis, qui font partie du genre...

Il souriait, les yeux fixés sur sa bouche. Un frisson parcourut le dos d'Élizabeth. Après tout, il ne s'agissait que d'un baiser d'adieu. Elle se mit alors sur la pointe des pieds pour le lui rendre avec une ardeur qui la laissa elle-même confuse. La douceur de son abandon trahissait soit un amour naissant, soit une longue expérience des hommes. Naïve et très jeune, Élizabeth agissait par pur instinct, sans se douter qu'elle donnait à Charles une preuve de son amour pour lui.

Elle se ressaisit néanmoins.

– Écoutez-moi, je vous en prie. Mon frère ne va pas tarder à venir me chercher...

– Alors je lui parlerai. Il risque cependant d'opposer quelques objections, même lorsqu'il comprendra que je peux assurer votre avenir...

– Mon avenir ! coupa la jeune fille, sincèrement terrorisée à l'idée de vivre avec un joueur !

Elle vit en un éclair les pièces déjà presque vides de Havenhurst, ses fidèles domestiques, elle pensa à ses ancêtres… À ce moment, elle aurait dit n'importe quoi pour qu'il cesse de la courtiser et renonce à l'épouser.

Elle s'appuya contre lui en tentant de prendre une voix légère et amusée.

– Et que m'offrirez-vous, monsieur ? D'énormes rubis, comme le vicomte Mondevale ? Du vison pour me réchauffer et de l'hermine en guise de tapis, comme me l'a proposé Lord Seabury ?

– C'est ce que vous désirez ?

– Évidemment ! lança-t-elle avec une feinte gaieté qui faillit se terminer en sanglot. N'est-ce pas là tout ce que souhaitent les femmes ?

Le visage de Charles se transforma en un masque indéchiffrable, tandis qu'il la regardait au fond des yeux comme s'il ne parvenait pas à croire à sa frivolité.

– Je vous en prie, lâchez-moi ! cria-t-elle soudain en le repoussant de toutes ses forces.

Ils étaient tous deux tellement tendus qu'ils ne remarquèrent pas l'homme qui se rapprochait d'un pas décidé.

– Misérable ! tonna Robert. Vous avez entendu ce qu'elle a dit ? Ôtez vos sales mains de ma sœur !

Charles voulut protéger la jeune fille, mais elle se dégagea et courut vers son frère en pleurant.

– Robert, écoute-moi ! Ce n'est pas ce que tu crois !

Il l'enlaça tandis qu'elle essayait de s'expliquer…

– C'est M. Charles Thornton, et…

– Et malgré les apparences, poursuivit Charles avec calme, mes intentions envers Miss Cameron sont parfaitement honorables.

– Fils de garce ! explosa Robert. Ma sœur est la *comtesse* Cameron, et je n'ai pas besoin de présentations, je sais tout de vous. Quant à vos intentions – ou plus exactement vos prétentions – jamais je ne la laisserais épouser un vaurien de votre espèce, même si elle n'était pas déjà fiancée !

Charles se tourna vers Élizabeth dont le petit visage portait la marque de la culpabilité, et elle frémit devant le mépris qu'elle lisait dans ses yeux.

– Vous avez compromis ma sœur, espèce de sale bâtard, et vous m'en rendrez raison sur le pré !

Charles adressa à Robert un regard dénué de toute expression et répondit calmement, presque poliment :

– Bien sûr.

Puis il fit mine de sortir.

– Non ! cria Élizabeth en s'accrochant au bras de son frère. Je ne le permettrai pas, Robert. Tu m'entends ? Ce n'est pas...

– Ne t'occupe pas de ça, Élizabeth ! Berta est déjà dans ma calèche. Va la rejoindre. Cet individu et moi avons à discuter.

– Tu ne peux...

– Sortez d'ici, ordonna Charles Thornton d'une voix glaciale.

Elle tremblait de tous ses membres. Elle regarda alternativement les deux hommes. Sa présence était-elle apaisante, ou envenimait-elle les choses ? Elle tenta une dernière fois d'amadouer Robert.

– Je t'en supplie... Promets-moi de ne rien faire avant demain, quand nous aurons eu le temps de parler...

Il fit un gros effort pour ne pas l'effrayer davantage.

– Entendu, dit-il entre ses dents serrées. Maintenant, monte vite dans ma voiture avant que ceux qui se sont massés à l'extérieur ne décident d'entrer pour voir de plus près ce qui se passe. Je te suis.

Élizabeth se mordit la lèvre en voyant la foule groupée devant la porte. Il y avait Pénélope, Georgina, et bien d'autres encore, certains visages amusés, d'autres sévèrement réprobateurs.

Son frère ne tarda pas à la rejoindre. Il semblait un peu calmé.

– La question est réglée, déclara-t-il.

Elle eut beau le supplier, elle n'en tira plus un mot.

– Tu as dû recevoir mon message il y a seulement deux heures, murmura-t-elle enfin. Comment as-tu pu arriver si vite ?

– Je n'ai jamais reçu ton mot, répondit-il sèchement. Cet après-midi, Lucinda s'est sentie assez bien pour descendre quelques minutes. Quand je lui ai dit où tu étais, elle m'a ouvert les yeux sur le libertinage que ton amie Clarissa laisse régner lors de ses parties de campagne. Je suis parti aussitôt te chercher. Malheureusement, je suis quand même arrivé trop tard...

– Ce n'est pas aussi catastrophique que tu le crois, mentit Élizabeth.

– Nous en discuterons demain ! Comment as-tu osé te conduire ainsi, Élizabeth ? Tu aurais dû comprendre que cet homme était un vaurien ! Il ne convient pas à...

Il s'interrompit, ivre de colère.

– Le mal est fait, reprit-il ensuite un peu plus sobrement. Et c'est ma faute... Tu es trop jeune et trop inexpérimentée pour sortir sans Lucinda. J'espère sincèrement que ton fiancé aura la même indulgence sur ce problème.

C'était la deuxième fois que Robert parlait de ces fiançailles comme si elles étaient officielles.

– Notre engagement n'ayant pas encore été annoncé, je ne vois pas en quoi ma conduite pourrait porter tort au vicomte Mondevale, dit-elle sans grande conviction. S'il y a un léger scandale, il voudra sans doute attendre un peu avant de rendre nos fiançailles publiques, mais ce n'est pas très grave.

– Nous avons signé le contrat aujourd'hui, rétorqua Robert. Il s'est d'ailleurs montré fort généreux. Il était tellement content que je n'ai pas eu le cœur de l'empêcher de communiquer sa joie. La nouvelle sera demain dans la *Gazette*.

Berta poussa un gémissement avant de s'effondrer contre le dossier de son siège en se mouchant bruyamment. Élizabeth ravala ses larmes...

La jeune fille fut longue à trouver le sommeil, ce soir-là. Son esprit était torturé par les souvenirs du week-end, et par la peur de ne pas parvenir à dissuader Robert de se battre en duel. Lord Howard avait laissé entendre la veille que Charles était un tireur redoutable, pourtant il avait refusé de se battre lorsque Everly l'avait traité de lâche. Sa réputation était-elle usurpée ? Dans ce cas, Robert allait le tuer... Non ! Tout cela était impossible !

Le duel était illégal. Dans une telle circonstance, le code de l'honneur exigeait que Charles se présente – ce qu'il avait accepté dans la serre – et que Robert tire en l'air. Ainsi, Charles admettrait sa culpabilité en remettant sa vie entre les mains de Robert et celui-ci aurait la satisfaction du duel sans faire couler de sang.

Elle sombra peu avant l'aube dans un sommeil agité mais fut bientôt réveillée par des pas dans l'escalier. Sans doute un domestique... Elle se dressa en entendant la porte d'entrée se fermer.

L'aurore... les duels... Pour une fois, Élizabeth n'eut aucun mal à bondir de son lit. Elle descendit en courant et arriva juste à temps pour voir la voiture de Robert disparaître au bout de l'allée.

Trop bouleversée pour attendre seule l'issue du combat, elle monta réveiller l'unique personne qui possédait un jugement sain sur toutes les situations, même les plus embrouillées.

Avant de se coucher, elle avait raconté à Lucinda pratiquement tout ce qu'il y avait à savoir sur le scandale du week-end – hormis l'épisode du pavillon de chasse.

– Lucinda, murmura-t-elle.

Les yeux de la gouvernante s'ouvrirent immédiatement, clairs et vifs.

– Robert vient juste de partir. Je suis sûre qu'il va se battre avec M. Thornton.

Miss Throckmorton-Jones, qui avait impeccablement éduqué les filles de trois ducs, onze comtes et six vicomtes, s'assit bien droite contre ses oreillers et regarda la jeune personne qui venait de ternir sa brillante carrière.

– Dans la mesure où Robert n'est généralement pas très matinal, cela semble une conclusion judicieuse.

– Mais que puis-je faire ?

– Je suggère que vous commenciez par cesser de vous tordre les mains de cette façon inesthétique et que vous alliez faire un peu de thé.

– Je n'ai pas envie de thé.

– Moi, j'en aurai besoin si nous devons attendre le retour de votre frère, ce qui je suppose est dans votre intention.

– Ô Lucy ! Que deviendrais-je sans vous ?

– Vous vous mettriez dans de terribles embarras. D'ailleurs c'est déjà fait !

Devant le visage décomposé d'Élizabeth, elle s'adoucit quelque peu.

– Les bons usages exigent que ce Thornton se présente pour donner satisfaction à votre frère qui, de son côté, tirera en l'air. Les choses ne *peuvent* pas se passer autrement.

Pour la première fois de sa vie, la duègne d'Élizabeth se trompait.

Huit heures venaient de sonner quand Robert rentra, en compagnie de Lord Howard. En traversant rapidement le salon, il aperçut sa sœur lovée dans un sofa en face de Lucinda qui brodait. Il revint sur ses pas.

– Que fais-tu debout si tôt ? demanda-t-il sèchement.

– Je t'attendais, répondit-elle en se levant, un peu étonnée de la présence de Lord Howard.

Mais bien sûr, c'était son témoin !

– Tu t'es battu en duel, Robert ?
– Oui !
– Est-il blessé ? murmura-t-elle.
Il alla se servir un verre de whisky.
– Robert, cria-t-elle. Que s'est-il passé ?
– Je l'ai touché au bras ! répondit-il d'un ton rageur. Je visais le cœur, mais je l'ai manqué. Voilà ce qui s'est passé.
Il avala le contenu de son verre qu'il remplit aussitôt. Élizabeth chercha son regard.
– C'est tout ?
– Non, ce n'est pas tout ! explosa Robert. Ensuite, ce salaud a levé son arme et il est resté ainsi à me regarder transpirer. Puis il a fait voler la boucle de mon soulier !
Élizabeth ne comprenait rien.
– Il... quoi ? Tu n'es tout de même pas fâché qu'il t'ait manqué !
– Bon Dieu, tu ne comprends donc rien ! Il ne m'a pas manqué ! C'était une insulte. Il était là, du sang ruisselant de son bras, le pistolet braqué vers mon cœur et, au dernier moment, il a tiré sur la boucle de mon soulier. Il voulait me montrer qu'il aurait pu me tuer, s'il l'avait voulu, et tout le monde l'a constaté ! Qu'il soit maudit !
– Non seulement vous avez refusé de tirer en l'air, mais de plus, vous avez fait feu avant le signal, intervint Lord Howard, aussi furieux que Robert. Vous vous êtes déshonoré, et moi avec ! En outre, si on entend parler de ce duel, bon nombre d'entre nous seront arrêtés pour complicité. Charles Thornton vous a donné satisfaction en se présentant ce matin et en refusant d'abord de lever son arme. Il reconnaissait sa culpabilité. Que vous fallait-il d'autre ?
Comme s'il ne pouvait supporter davantage la vue de Robert, Lord Howard pivota sur ses talons. Élizabeth le suivit dans le hall, cherchant désespérément un moyen de défendre son frère.

– Vous devez être fatigué, dit-elle pour gagner du temps. Désirez-vous une tasse de thé ?

– Je suis revenu seulement pour chercher ma voiture, répondit-il sans s'arrêter.

– Alors je vous accompagne, insista la jeune fille.

À la porte, elle crut qu'il allait partir sans la saluer. Cependant, une fois sur le seuil, il se retourna.

– Au revoir, Lady Élizabeth, dit-il d'une voix teintée de regret.

Élizabeth n'y prêta pas garde. Elle venait juste de comprendre qu'en ce moment même un chirurgien, quelque part, était en train d'extraire la balle du bras de Charles. Elle se sentit défaillir à l'idée du mal qu'elle lui avait fait. La veille, tout absorbée par le duel, elle ne s'était pas demandé s'il avait souffert en apprenant qu'elle était fiancée... Il avait envisagé de l'épouser, il l'avait embrassée, serrée contre lui, il avait parlé d'amour... En échange, Robert avait fait irruption et lui avait lancé avec mépris qu'elle était trop bien pour lui et déjà engagée. Et ce matin, il l'avait blessé.

La jeune fille étouffa un gémissement. Charles n'était peut-être pas un gentilhomme aux yeux de la haute société, mais il était fier, cela se voyait à ses traits, à son attitude. Or Robert et elle avaient réduit cette fierté en miettes...

À cet instant, si elle avait su où le trouver, Élizabeth aurait bravé sa colère pour tenter de lui expliquer Havenhurst, ses responsabilités. Elle lui aurait dit que c'était la raison pour laquelle elle ne pouvait l'épouser, non parce qu'il n'était pas assez bien pour elle.

Élizabeth regagna lentement le salon où Robert, assis, se tenait la tête entre les mains.

– Ce n'est pas fini, grogna-t-il. Un jour, je le tuerai !

– Non ! cria la jeune fille. Bobbie, écoute-moi. Tu n'as pas compris. Charles Thornton n'a rien fait de mal, pas vraiment. Vois-tu, il... il disait qu'il était amoureux de moi. Il souhaitait *m'épouser*...

Robert éclata d'un rire cynique qui fit tressaillir sa sœur.

– C'est ce qu'il a raconté ? Alors laisse-moi rectifier, petite sotte ! Pour reprendre ses propres paroles, il espérait simplement t'attirer dans son lit !

Élizabeth pâlit, puis elle secoua lentement la tête.

– Non. C'est faux. Quand tu nous as surpris dans la serre, il a commencé par affirmer que ses intentions étaient honnêtes. T'en souviens-tu ?

– Il a diablement vite changé d'avis lorsque je lui ai annoncé que tu n'avais pas un sou, lança Robert, méprisant.

Élizabeth se laissa tomber sur le sofa à côté de son frère.

– Je suis navrée, murmura-t-elle. Tu as risqué ta vie pour moi, et je ne t'ai même pas remercié. Nous nous en sortirons, promit-elle sans conviction. Nous nous en sommes toujours sortis.

– Pas cette fois-ci... Je crois que nous sommes ruinés, Élizabeth.

– Il y a une chance pour que cette affaire ne s'ébruite pas, insista-t-elle. Et Lord Mondevale a de l'affection pour moi, il saura entendre raison.

– En attendant, intervint Lucinda, Élizabeth doit continuer à se montrer comme si de rien n'était. Et c'est vous, monsieur, qui l'accompagnerez.

– Cela ne changera rien. Je vous l'ai dit, nous sommes ruinés.

Robert avait raison. Ce soir-là, comme Élizabeth assistait à un bal en compagnie de son fiancé, qui ne semblait pas au courant des malheureux événements du week-end, diverses versions de ses activités se répandaient dans la bonne société commme des traînées de poudre. On parlait de la serre et du message qu'elle avait envoyé à Charles pour l'inviter à l'y rejoindre. Et on commençait à murmurer qu'elle avait passé l'après-midi avec lui dans la cabane du bûcheron.

– C'est ce salaud qui propage de tels racontars ! explosa Robert le lendemain. Il essaie de se disculper en te chargeant de tous les torts. Tu n'es pas la première à perdre la tête pour lui, tu sais. Tu es simplement la plus jeune et la plus naïve. Les autres n'auraient jamais agi avec autant d'imprudence.

Élizabeth était trop humiliée pour songer à protester. Maintenant qu'elle n'était plus sous l'influence du magnétisme sensuel de Charles, elle comprenait ce que sa conduite avait de choquant. Au bout de quelques heures, il avait déclaré être tombé amoureux d'elle et souhaiter l'épouser... exactement le mensonge d'un séducteur sans scrupules. Et Élizabeth qui l'avait plaint d'être la victime d'un préjugé social !

Les conventions, finalement, existaient pour protéger les jeunes filles naïves des coureurs de dot !

Cependant, Élizabeth n'eut guère le temps de s'apitoyer sur son sort. Des amis du vicomte Mondevale trouvèrent de leur devoir d'avertir l'heureux fiancé du comportement de celle à qui il désirait offrir son nom.

Il se présenta le surlendemain du bal pour reprendre sa parole. Robert n'était pas là, et Élizabeth le reçut au salon. Un seul coup d'œil à son visage fermé lui suffit.

– Inutile de nous lancer dans une scène déplaisante, dit-il, raide comme un piquet.

Étouffée par des larmes de honte et de chagrin, Élizabeth se contenta de hocher la tête. Il la prit par les épaules.

– Pourquoi, Élizabeth ? demanda-t-il d'une voix où perçaient la colère et le regret. Dites-moi pourquoi. Vous me devez bien ça.

– Pourquoi ? répéta-t-elle.

Elle mourait d'envie de se jeter dans ses bras pour implorer son pardon.

– J'admets que vous ayez pu rencontrer cet homme par hasard en voulant vous abriter de la pluie. C'est ce qu'affirme mon cousin Lord Howard. Pourquoi alors lui avoir envoyé ce message le priant de vous retrouver dans la serre ?

– Je ne l'ai pas fait ! cria-t-elle.

– Vous mentez. Valérie a vu le message quand il l'a froissé et jeté avant de venir vous rejoindre.

– Elle se trompe !

Mais Mondevale était déjà sorti de la pièce...

Élizabeth croyait avoir atteint le fond de l'humiliation, mais le pire était à venir. La décision de Mondevale fut interprétée comme une preuve de sa culpabilité, et à partir de ce jour, plus aucun message, plus aucun visiteur n'arriva à la résidence de Ripple Street.

Cédant à l'insistance de Lucinda, Élizabeth se montra encore une fois à une manifestation mondaine à laquelle elle avait été invitée avant le scandale. Elle n'y resta qu'un quart d'heure. Personne ne daignait lui adresser la parole, hormis ses hôtes, fort gênés de sa présence.

Aux yeux de la haute société, elle était devenue une fille perdue, souillée. Elle avait brisé les règles sacrées de la morale...

Une semaine après le duel, Robert disparut sans un mot d'explication. Élizabeth en fut terrifiée. Il n'était tout de même pas parti à cause d'elle !

Elle ne fut pas longue à comprendre. Tandis qu'elle priait pour qu'il ne lui soit rien arrivé, le bruit de sa fuite se répandait dans la Cité, et les créanciers se présentèrent en masse chez elle, exigeant le paiement de dettes extravagantes dues non seulement à ses débuts dans le monde, mais à l'accumulation des pertes au jeu de Robert et même de son père.

Enfin, par un bel après-midi ensoleillé, Lucinda et Élizabeth fermèrent pour la dernière fois la porte de la maison louée et montèrent en voiture. Comme elles traversaient le parc, ceux-là même qui avaient adulé la jeune fille lui tournèrent le dos. À travers ses larmes,

Élizabeth aperçut Lord Mondevale en compagnie de Valérie. Celle-ci lui jeta un regard qui se voulait compatissant, mais Élizabeth y lut surtout du triomphe.

De retour à Havenhurst, Élizabeth vendit tous ses objets de valeur pour rembourser les dettes et tenta de reprendre son existence en main. Courageusement, elle se mit en devoir de sauvegarder son domaine et les dix-huit domestiques qui avaient choisi de ne pas la quitter.

Elle retrouva peu à peu son sourire. Elle apprit à ne plus se lamenter sur ses erreurs passées, cela faisait trop mal.

À dix-sept ans, elle se retrouvait sa propre maîtresse, et elle était rentrée chez elle. Elle recommença à jouer aux échecs avec Bentner et à manier les armes avec Aaron.

Heureuse et fort occupée, elle refusait absolument de penser à Charles Thornton et aux événements qui lui avaient imposé cet exil. Elle voyait parfois son oncle, sans l'aide duquel elle aurait été incapable de garder Havenhurst. Tant qu'elle n'aurait pas économisé assez d'argent pour irriguer correctement le domaine, elle ne trouverait pas de fermiers, et Havenhurst ne pourrait se suffire à lui-même.

Élizabeth ouvrit les yeux en soupirant et se leva lentement. Elle avait surmonté des problèmes plus graves, songea-t-elle avec vaillance, elle trouverait une solution. Et Alex était là. À elles deux, elles découvriraient bien un moyen de contrecarrer les projets d'oncle Julius.

Elle prendrait cette aventure comme un défi à relever, décida-t-elle en partant à la recherche de son amie. À dix-neuf ans, elle avait besoin de se secouer de sa routine. Quelques voyages – en tout cas deux sur les trois – apporteraient un peu d'animation dans son existence !

8

Alexandra ne fut pas dupe une seconde du sourire forcé de son amie, et Bentner non plus, qui avait entraîné la jeune fille dans le jardin pour lui raconter les difficultés d'Élizabeth. Ils arboraient tous deux la même expression inquiète.

– Que s'est-il passé ? demanda Alex.

– Je ne sais trop comment vous le dire, avoua Élizabeth en s'asseyant près d'elle, tandis que le majordome s'attardait à débarrasser un rosier de ses fleurs fanées. Mon oncle a l'intention de me trouver un mari.

– Vraiment ?

– Oui. En fait, il serait même juste d'ajouter qu'il a eu recours à des moyens extraordinaires pour y parvenir !

– De quoi s'agit-il ?

Élizabeth ravala un éclat de rire tout à fait inattendu.

– Il a envoyé une lettre aux quinze personnes qui m'ont demandée en mariage pour savoir si je les intéressais toujours...

– Ô mon Dieu !

– ... et s'ils l'étaient, il proposait que j'aille passer quelque temps avec eux, chaperonnée par Lucinda, conclut Élizabeth de la même voix étranglée.

– Mon Dieu ! répéta Alex, stupéfaite.

– Douze ont décliné l'offre, mais trois ont accepté, et je dois me rendre chez eux. Comme Lucinda ne rentrera pas du Devon avant que je parte chez le troisième... prétendant, qui vit en Écosse, je ferai en attendant passer Berta pour ma tante.

– Berta ? s'indigna Bentner. Mais cette sotte a peur de son ombre !

De nouveau menacée par le fou rire, Élizabeth continua :

– Berta est le moindre de mes problèmes. Il faudrait un miracle pour que je survive à cette épreuve.

– Qui sont ces hommes ? demanda Alex.

– Il y en a deux dont je ne me souviens pas. C'est étonnant, n'est-ce pas ? Ces messieurs ont rencontré une toute jeune fille, demandé sa main, et elle ne se les rappelle absolument pas.

– C'est assez normal, répondit prudemment Alex. Tu étais, tu es toujours, extrêmement belle, voilà tout. Il n'est guère raisonnable de fiancer ainsi une très jeune fille en espérant que l'affection se développera plus tard dans son couple, mais c'est ainsi que doit se faire un mariage « *civilisé* », aux yeux de la bonne société.

– En fait, c'est plutôt *barbare,* quand on y réfléchit, déclara Élizabeth pour lancer une discussion moins personnelle.

– Qui sont ces hommes ? insista Alex. Je les connais peut-être...

– Le premier est Sir Francis Belhaven.

Alex bondit sur son siège.

– Tu plaisantes ! s'écria-t-elle avec colère. C'est... c'est une vieille canaille. Il n'existe pas de mots polis pour le désigner. Il est gros, il est chauve, et c'est un débauché notoire. Et en outre, un pingre, un radin !

– Au moins un point commun entre nous ! s'exclama Élizabeth qui observait le majordome, toujours affairé près du rosier. Bentner, ajouta-t-elle gentiment, on distingue les fleurs fanées des boutons à leur couleur...

– Qui est le second ? poursuivit Alex, inquiète.

– Lord John Marchman... Le comte de Canford, précisa-t-elle.

Alex hocha la tête.

– Je ne le connais pas personnellement, mais j'ai entendu parler de lui, il me semble.

– Alors, ne me fais pas languir. Que sais-tu exactement ?

– C'est là le problème. Je n'arrive pas à... Attends, j'y suis !

Elle jeta un regard navré à son amie.

– C'est un chasseur invétéré, qui vient rarement à Londres. On prétend que tous les murs de sa demeure sont couverts des têtes empaillées de ses victimes. Et il adore la pêche aussi. Je me rappelle une plaisanterie à son sujet : s'il n'est pas marié, c'est qu'il n'a pu s'arracher assez longtemps à ses sports favoris pour dénicher une épouse. Pas du tout ce qu'il te faut, conclut-elle avec tristesse.

– Peu importe, je n'ai aucune intention de me marier. Dans deux ans, je recevrai l'héritage de ma grand-mère. Le problème est qu'entre-temps, je ne puis joindre les deux bouts sans l'aide financière de mon oncle, or il menace chaque semaine de me couper les vivres. Et il le fera si je ne donne pas l'impression d'entrer dans son jeu.

– Élizabeth, je pourrais peut-être t'aider. Mon mari...

– Non, je t'en prie. Jamais je n'accepterais. D'ailleurs, je serais incapable de te rembourser. L'héritage de ma grand-mère couvrira tout juste les dépenses de Havenhurst. Pour l'instant, il faut à tout prix que je me sorte de la mauvaise situation où mon oncle m'a fourrée.

– Je ne parviens pas à comprendre pourquoi il a choisi des hommes qui te conviennent si peu !

– Nous savons qu'ils ne me conviennent pas, mais eux l'ignorent...

Élizabeth se pencha pour arracher une mauvaise herbe et se redressa, pensive. Une idée se formait peu à peu dans son esprit. Alex ouvrit la bouche pour parler, puis y renonça. Dans leurs esprits imaginatifs était né le même plan.

– Alex, souffla Élizabeth, je n'ai qu'à...

– Élizabeth, murmura Alex en même temps, ce n'est pas si catastrophique. Il suffit que tu...

Elles se regardèrent et se retrouvèrent comme les deux petites filles d'autrefois dont les histoires débutaient toujours par « et si... ».

– Et si, commença Élizabeth avec un sourire, si je parvenais à les convaincre que je ne suis pas l'épouse idéale pour eux...

– Ça ne devrait pas être difficile ! s'écria Alex. C'est la vérité !

Élizabeth sauta sur ses pieds en riant.

– Pauvre Sir Francis ! Je crains qu'il n'ait la déception de sa vie lorsqu'il s'apercevra que je suis une... une véritable puritaine.

– Et une terrible dépensière, ajouta Alex.

– Exactement ! Je lui indiquerai clairement que je suis les deux ! Quant à ce pauvre comte de Canford...

– Quel dommage ! Tu ne pourras pas lui montrer comment tu arrives à ferrer n'importe quel poisson.

– Poisson ? s'écria Élizabeth avec un air dégoûté. Rien que de penser à leurs écailles gluantes me donne la nausée !

– Sauf l'énorme truite que vous avez pêchée hier, rappela Bentner avec humour.

– Sauf celle-là ! acquiesça Élizabeth avec un sourire complice pour celui qui lui avait appris à manier une canne à pêche. Voudriez-vous aller prévenir Berta qu'elle doit partir avec moi ? Elle va piquer une crise de nerfs, mais le temps que nous arrivions, elle sera sans doute calmée et je lui ferai entendre raison.

Bentner s'éloigna en trottinant, sa queue de pie flottant derrière lui.

– Il ne nous reste plus que le troisième, déclara joyeusement Alex. Qui est-il, que savons-nous de lui ?

– Tu n'as sans doute jamais entendu prononcer son nom... du moins jusqu'à ton retour, il y a quelques semaines.

– Pardon ?

Élizabeth prit une profonde inspiration.

– Je crois que je ferais mieux de te raconter tout ce qui s'est passé il y a un an et demi... avec Charles Thornton.

– Inutile de m'en parler si cela te fait encore souffrir. Pour l'heure, nous devons nous occuper de ton troisième prétendant...

– Le troisième homme est Charles Thornton.

– Grand Dieu ! Pourquoi ? Je veux dire...

– Je l'ignore, répondit Élizabeth avec irritation. Il a accepté la proposition de mon oncle, c'est tout. Soit il y a un malentendu, soit c'est une bonne plaisanterie...

– Une plaisanterie ? Il t'a ruinée ! C'est un monstre s'il trouve ça drôle !

– La dernière fois que je l'ai vu, il ne semblait guère amusé, crois-moi.

Élizabeth entreprit de raconter toute l'histoire à son amie...

9

– Nous sommes arrivées, Berta, déclara Élizabeth alors que leur attelage s'arrêtait devant la somptueuse demeure de Sir Francis Belhaven.

La femme de chambre avait les yeux fermés depuis une heure, mais à son souffle saccadé la jeune fille savait qu'elle ne dormait pas. Elle était terrifiée à l'idée de jouer le rôle de la tante de sa maîtresse...

– Tante Berta ! insista Élizabeth tandis qu'un valet de pied se précipitait pour leur ouvrir la portière.

En désespoir de cause, la brave femme ouvrit de grands yeux angoissés.

– Ne me fais pas ça, Berta ! Tu dois te conduire comme une parente, pas comme une petite souris apeurée.

Berta hocha la tête et rectifia les plis de sa jupe de faille noire.

– Comment suis-je ? demanda Élizabeth.

– Sinistre, répondit Berta avec un coup d'œil sur la robe gris anthracite à col montant de la jeune fille.

Pour compléter le tableau, Élizabeth avait noué ses cheveux en un petit chignon sévère sur la nuque. Autour du cou, elle portait un affreux crucifix de fer emprunté à la chapelle de Havenhurst.

– Absolument sinistre, madame, répéta Berta avec plus de force.

– Tant mieux ! s'écria Élizabeth. Toi aussi !

Le valet déplia le marchepied, et Élizabeth descendit, suivie de sa « tante ». Puis elle se tourna vers Aaron, toujours sur le siège du cocher. Julius l'avait autorisée à emmener six domestiques avec elle, qu'elle avait soigneusement choisis.

– N'oubliez pas, rappela-t-elle. Parlez de moi à tous les serviteurs qui vous prêteront l'oreille. Vous savez quoi leur dire...

– Oui, assura-t-il avec un grand sourire. Nous leur expliquerons que vous êtes une véritable grenouille de bénitier...

Élizabeth acquiesça et se dirigea vers la maison, la tête haute mais le cœur battant. Le maître d'hôtel lui ouvrit et l'examina de bas en haut, cherchant visiblement à savoir où se trouvaient ses seins sous la toilette informe qu'elle portait. Il s'effaça devant elle.

– Mon maître est en compagnie de quelques invités, mais il ne tardera pas à vous rejoindre, expliqua-t-il. En attendant, Forbes va vous montrer vos chambres.

Son regard s'attarda, complaisant, sur les formes généreuses de Berta, puis il héla le valet.

Très pâle, les lèvres serrées, Élizabeth monta le vaste escalier, Berta sur ses talons. Le tapis avait dû être somptueux, mais on en voyait par endroits la trame. Les bougies des candélabres n'étaient pas allumées et le palier supérieur se trouvait dans le noir. La chambre qu'on lui avait attribuée également, remarqua-t-elle quand on lui ouvrit la porte.

– La chambre de Lady Berta communique avec la vôtre, dit le domestique en se dirigeant dans l'obscurité vers une autre porte qu'on entendit grincer sur ses gonds.

– Il fait noir comme dans un four ici, déclara Élizabeth. Voudriez-vous allumer les bougies, je vous prie, s'il y en a ?

– Il y en a, madame, près du lit, répondit l'homme en désignant une forme qui devait en effet être un lit.

– Pouvez-vous les allumer ? insista-t-elle. Je... je ne vois rien.

– Sa Seigneurie ne veut pas plus d'une bougie par pièce. Il dit que c'est du gaspillage.

Élizabeth cligna des yeux, hésitant entre le rire et les larmes.

Le valet alluma une bougie puis s'éclipsa.

– Madame ? murmura Berta dans la pénombre. Où êtes-vous ?

– Par ici, répliqua Élizabeth en avançant prudemment, les bras tendus devant elle, vers ce qu'elle espérait être une fenêtre.

– Où ?

Élizabeth entendait Berta, terrorisée, claquer des dents.

– Là, sur ta gauche...

La domestique se dirigea au son et poussa un cri d'effroi en distinguant une forme sombre se déplacer.

– Levez un bras, pour que je sois sûre qu'il s'agit bien de vous...

Élizabeth obéit pour la calmer. Malheureusement, du coup, elle heurta une console surmontée d'un buste en marbre. Tous deux se mirent à osciller dangereusement.

– Bon sang ! s'exclama-t-elle en essayant de les rattraper. Berta, aide-moi, je te prie. Il y a des rideaux par là, juste devant moi. Va les ouvrir, ensuite nous y verrons enfin quelque chose.

– J'arrive, madame ! répondit vaillamment Berta. Je les ai trouvés ! déclara-t-elle au bout de quelques minutes. Ils sont lourds. Du velours, sans doute. Et il y a des persiennes derrière.

La lumière inonda enfin la pièce. Élizabeth, éblouie, cligna des yeux. Après s'être assurée que la console était bien droite, elle allait remettre le buste en place quand un hurlement de Berta l'arrêta.

– Que Dieu nous protège !

Le buste toujours serré contre sa poitrine, la jeune fille regarda autour d'elle. Elle se trouvait dans la pièce la plus scabreuse qu'elle eût jamais vue, entièrement décorée en rouge et or, avec d'énormes chérubins dorés qui semblaient soutenir un gigantesque lit drapé de velours rouge sombre, aux boiseries sculptées d'autres amours.

Élizabeth ouvrit de grands yeux incrédules avant de pouffer de rire.

– Berta, tu as vu ?

Au-dessus de la cheminée trônait un immense portrait en pied d'une jeune personne tout juste vêtue d'un pagne transparent. Il y avait des cupidons rebondis absolument partout : autour des miroirs, sur les tables de chevet, ornant un chandelier à douze branches – dont une seule bougie était allumée.

– C'est... c'est... je ne trouve pas mes mots... souffla la brave Berta.

– Indescriptible ? suggéra Élizabeth. In... incroyable ?

Berta émit un petit son étranglé, et soudain, c'en fut trop. La tension accumulée explosa en un irrésistible fou rire. Elles en pleuraient. Berta fit mine de saisir le coin de son tablier, puis se rappela sa promotion sociale et tira un mouchoir de dentelle pour se tamponner les yeux. Élizabeth, le menton posé sur le crâne de la statue, n'en pouvait plus. Elles riaient tellement qu'elles n'entendirent pas Sir Francis entrer.

– Lady Élizabeth et Lady Berta ! s'écria-t-il, jovial.

Élizabeth jeta un coup d'œil à l'homme vêtu de satin qui ressemblait vaguement à ces chérubins qu'il aimait tant, et toute envie de rire la quitta aussitôt. Elle baissa les yeux. Il fallait que son plan marche, sinon elle risquait fort de se retrouver mariée à ce vieillard lubrique.

– Mes chères amies ! continua-t-il. Quelle joie de vous voir !

Par courtoisie, il baisa d'abord la main de Berta. À son grand étonnement, celle-ci n'eut aucune formule de politesse à son égard, ne lui demanda même pas comment il allait. Elle se contentait de lui faire révérence sur révérence.

– Je vous en prie, je suis seulement chevalier, ni duc ni même comte.

Lady Berta continuait, et Élizabeth lui envoya un petit coup de coude dans les côtes.

– Ma tante est très... timide, risqua-t-elle.

La voix douce et musicale d'Élizabeth troubla fort Sir Francis. Il se tourna pour constater que c'était un buste de lui qu'elle tenait affectueusement serré contre son sein.

– Je savais que cela se passerait ainsi entre nous, dit-il, rayonnant. Pas de faux-semblants, de feinte pudeur... Mais, ma très charmante, il n'y a pas de raison de caresser cet objet alors que je suis là en chair et en os !

D'abord stupéfaite, Élizabeth lui tendit le buste qu'il replaça soigneusement sur son socle avant de se tourner de nouveau vers elle avec l'intention évidente de la serrer contre son torse grassouillet.

– Je... j'ai une faveur à vous demander, Sir Francis, balbutia-t-elle.

– Tout ce que vous voudrez, ma chère...

– J'aimerais... me reposer un peu avant le repas.

Il sembla déçu mais se reprit bien vite.

– Nous soupons à vingt heures trente, expliqua-t-il à contrecœur.

Il prit enfin le temps de la regarder vraiment. Ses souvenirs de la radieuse Lady Élizabeth Cameron étaient si vifs qu'il n'avait pas remarqué la triste robe sombre, la coiffure austère ni la vilaine croix de fer.

– Oh, ma chère, continua-t-il, j'ai invité quelques amis. Je préfère vous prévenir, au cas où vous souhaiteriez vous changer...

Une fois la porte fermée derrière lui, Élizabeth se laissa tomber dans un fauteuil.

– Berta ! Ne pouvais-tu t'empêcher de faire toutes ces révérences ? Si tu agis ainsi, jamais il ne pourra te prendre pour ma tante !

– En tout cas, protesta Berta, vexée, ce n'est pas moi qui tenais son buste contre ma poitrine quand il est entré !

– Nous nous efforcerons de mieux nous comporter ce soir. Je tiens à ce que nous soyons parties demain. Au plus tard, après-demain.

– Le maître d'hôtel a regardé mes hanches, gémit Berta. Je l'ai vu !

– Et le valet de pied les miennes. Nous ne sommes pas en sécurité, ici. Allons ! Nous avons simplement eu un peu... le trac jusqu'à présent. Nous n'avons pas l'habitude de jouer la comédie, mais ce soir, nous nous en sortirons, aie confiance.

Élizabeth descendit avec deux heures de retard. Volontairement.

– Par Dieu, ma chère, nous commencions à désespérer ! déclara Sir Francis en se précipitant à sa rencontre. Venez faire la connaissance de mes amis, ajouta-t-il avec un regard désapprobateur à sa robe austère. Comme vous le recommandiez dans votre petit message, nous avons débuté le souper sans vous. Qu'est-ce qui vous a retenue si longtemps ?

– J'étais en train de prier, répondit Élizabeth.

Sir Francis lui présenta ses invités : deux hommes qui avaient à peu près le même âge que lui et deux femmes d'environ trente-cinq ans vêtues de robes scandaleusement impudiques.

La jeune fille accepta une tranche de viande froide, tandis que les deux femmes l'examinaient avec un mépris évident.

– Votre toilette est... étrange, remarqua Éloïse. Est-ce la mode chez vous ?

– Pas vraiment. En fait, je ne trouve pas convenable de trop dépenser pour soi. Les robes coûtent tellement cher, n'est-ce pas ? ajouta-t-elle avec un regard innocent à Sir Francis.

– Je suis bien de cet avis ! s'exclama-t-il, rayonnant. Il est inutile de gaspiller l'argent.

Élizabeth grignotait du bout des dents.

– Absolument. Je préfère donner tout ce que je possède à des œuvres de charité.

– Donner ? répéta-t-il, horrifié.

Il commençait à se demander s'il était bien judicieux d'épouser une telle femme. Elle était jolie, certes, et même sa coiffure sévère ne pouvait gâcher la splendeur de ses grands yeux verts. Quant à son corps, il aurait préféré pouvoir le deviner sous la robe informe...

– J'espérais, ma chère, vous voir porter une toilette plus seyante, comme je vous l'avais suggéré, dit-il affectueusement.

Elle lui lança un regard candide.

– Je n'en ai pas apporté d'autre.

– Mais... j'ai entendu mes valets monter plusieurs malles à l'étage.

– Elles appartiennent à ma tante. Une seule est à moi, improvisa-t-elle.

– Alors que contient-elle, si ce ne sont des robes ?

Élizabeth arbora un sourire angélique.
– Des objets de valeur. Inestimables !
Tout le monde la dévisageait avec avidité.
– Ne nous faites pas languir, ma douce. De quoi s'agit-il ?
– Les reliques de saint Jacob.
Les deux femmes poussèrent un cri d'horreur tandis que Sir Francis s'étranglait avec son verre de vin. Mais Élizabeth n'en avait pas terminé. Elle attendit la fin du repas pour porter le coup fatal.
Alors que tout le monde se levait, elle demanda que l'on se rassoie pour rendre grâces à Dieu. Les mains jointes, elle adressa au Seigneur une interminable prière dans laquelle elle fustigeait le péché de chair et appelait sur ceux qui le pratiquaient toutes les foudres du Jugement dernier. Des tourments qui s'abattraient sur les libertins, elle fit une description fantasmagorique où elle mêla religion, mythologie, dragons et sorcières.
Quand elle en eut terminé, elle ferma les yeux, espérant s'être montrée suffisamment convaincante.
Après le souper, Sir Francis la raccompagna à sa chambre et lui déclara qu'à son profond regret, il ne pensait pas qu'ils soient faits l'un pour l'autre.
Élizabeth et Berta partirent le lendemain à l'aube.
De la fenêtre de sa chambre, Sir Francis regardait la jeune fille monter en voiture lorsqu'un coup de vent lui dévoila une jambe absolument parfaite. Il suivit des yeux l'attelage qui s'engageait dans l'allée et aperçut Élizabeth qui dénouait en riant ses longs cheveux. Sir Francis se mordit les lèvres d'un air pensif...

10

Le domaine de Lord John Marchman, comte de Canford, était si simplement beau et authentique qu'Élizabeth faillit en oublier le but de sa visite. La maison était immense, mais ce fut le parc qui la ravit particulièrement. Des saules pleureurs bordaient une rivière, et de superbes lilas fleurissaient, mêlant leurs couleurs à celles des ancolies et des lis sauvages.

Lorsque la voiture s'arrêta devant le perron, un homme grand et solidement bâti descendit les marches en courant.

– L'accueil est beaucoup plus enthousiaste ici, fit remarquer Élizabeth d'une voix qui tremblait d'appréhension.

On ouvrit la portière avec une force herculéenne.

– Lady Élizabeth ! tonna Lord Marchman, le visage tout rouge d'excitation – ou d'alcool ? Quelle excellente surprise !

Étonné lui-même par cette remarque absurde, il secoua la tête.

– Je veux dire quel plaisir ! Et quelle excellente surprise de vous voir arriver si tôt !

Élizabeth chassa un vague sentiment de compassion devant son embarras, ainsi que l'idée qu'après tout il était plutôt sympathique.

– J'espère que notre avance sur la date prévue ne vous dérange pas.

– Pas trop. C'est-à-dire, se reprit-il vivement, furieux de se montrer aussi maladroit, *pas du tout* !

Élizabeth sourit et présenta sa tante Berta.

L'intérieur de la demeure semblait presque triste, à côté de la splendeur ensoleillée du parc. La jeune fille aperçut un salon dans des tons de marron et brun. Lord Marchman, qui observait attentivement Élizabeth, parut soudain voir sa maison avec les mêmes yeux qu'elle.

– Cet endroit a besoin d'une touche féminine. Je suis un vieux célibataire, voyez-vous. Comme mon père.

Berta le foudroya du regard. Était-il bâtard ?

Lord Marchman s'expliqua aussitôt :

– Je veux dire que ma mère est morte lorsque j'étais enfant, et que jamais mon père ne s'est remarié. Nous vivions tous les deux.

Au pied de l'escalier, il demanda :

– Aimeriez-vous quelques rafraîchissements, ou préférez-vous monter directement ?

Élizabeth avait besoin de repos après le long voyage, et elle souhaitait surtout passer le moins de temps possible avec Lord Marchman.

– J'aimerais mieux aller dormir un peu.

– Dans ce cas, fit-il avec un large geste, allons-y !

Berta poussa un petit cri outragé.

– Je vous en prie, monsieur ! Nous n'avons certainement pas besoin de vous pour nous mettre au lit !

Elle gâcha sa réplique péremptoire en ajoutant avec une révérence :

– Si cela ne vous ennuie pas, monsieur...

Lord Marchman comprit enfin ce qu'elle avait voulu dire et il rougit jusqu'à la racine des cheveux.

– Mais je... je voulais seulement vous montrer comment...

Il ferma les yeux, effondré par sa propre façon de s'exprimer.

– Je voulais juste vous montrer le chemin, conclut-il dans un soupir.

Élizabeth était secrètement touchée par sa sincérité et sa maladresse. En d'autres circonstances, elle aurait tout fait pour le mettre à l'aise.

Elle ouvrit les yeux à contrecœur. Le soleil inondait la chambre, et elle eut un petit sourire en repensant au souper de la veille. Lord Marchman s'était montré aussi charmant, aussi lourdaud et aussi empressé qu'à leur arrivée.

Berta s'affairait dans la pièce.

– Cet homme ne peut pas aligner deux mots sensés ! dit-elle, un peu vexée.

Elle aurait aimé rencontrer des gens plus intéressants, pendant son incursion dans la haute société.

– Je crois qu'il a peur de nous... Quelle heure est-il ? Il voulait que je l'accompagne à la pêche, ce matin.

– Il est dix heures et demie. Il vient seulement de partir. Il a emporté deux cannes, et a demandé que vous le rejoigniez dès que vous le souhaiterez. Quelle robe choisirez-vous ?

– Celle de mousseline rose, décida Élizabeth.

Le comte de Canford n'en crut pas ses yeux quand il la vit arriver. Elle était vêtue de rose de la tête aux pieds ! Il avait décidément bien du mal à comprendre les femmes. Il reporta vite son attention sur l'énorme vieille truite qu'il essayait en vain d'attraper depuis cinq ans. Le gros poisson nageait autour de l'appât et soudain il se précipita dessus. Marchman faillit lâcher prise. Il remontait sa ligne quand sa future fiancée poussa un cri perçant.

– *Un serpent !*

John tourna la tête et la vit courir vers lui comme si elle avait le diable à ses trousses en poussant des cris d'orfraie.

Déconcentré, il donna du mou, et la truite se dégagea, comme l'avait espéré Élizabeth.

– J'ai vu un serpent, mentit-elle, hors d'haleine.

Elle mourait d'envie d'essayer à son tour de ferrer ce gros poisson.

– Désirez-vous pêcher, ou préférez-vous vous remettre doucement de votre frayeur ? demanda Lord Marchman.

Élizabeth prit l'air horrifié.

– Par Dieu, monsieur, je ne pêche pas !

– Alors asseyez-vous, dit-il, vaguement irrité.

– Avec plaisir. Il me semble que la pêche n'est pas une occupation très féminine. Mais je serai absolument *ravie* de vous regarder !

Elle demeura deux heures sur le gros rocher près de lui, sans cesser de se plaindre du soleil, de la chaleur, de l'humidité... Quand elle en eut terminé avec ses jérémiades, elle se mit à bavarder sur les sujets les plus sots, tout en jetant de temps en temps de petits cailloux dans l'eau pour effrayer les poissons.

Lorsqu'il en attrapa enfin un, malgré les efforts de la jeune fille, elle bondit sur ses pieds et recula en hurlant :

– Vous lui faites mal !

– À qui ? Au poisson ? demanda-t-il, incrédule.

– Oui !

– Absurde ! décréta-t-il en jetant sa prise sur l'herbe.

– Il ne peut pas respirer, je vous dis !

– Il n'a pas besoin de respirer, nous allons le déguster au déjeuner.

– Certainement pas moi ! s'écria-t-elle en le considérant comme s'il était le dernier des assassins.

– Lady Cameron, déclara-t-il sévèrement, voulez-vous me faire croire que vous n'avez jamais mangé de poisson ?

– Bien sûr, j'en ai mangé.

– Et d'où venait-il, à votre avis ?

– D'un joli papier d'emballage, répondit-elle d'un air niais.

– Ils ne sont pas nés dedans, quand même !

Élizabeth l'admirait sincèrement pour sa patience et le ton ferme qu'il employait avec elle.

Tout compte fait, il n'était pas du tout insignifiant.

– Avant, insista-t-il, où se trouvait-il ? Comment est-il arrivé sur le marché ?

Élizabeth leva la tête et le toisa.

– On avait dû le pêcher avec des filets, certainement pas de cette manière honteuse.

– Quelle manière ?

– Vous faites intrusion dans son petit domaine aquatique, vous cachez votre hameçon sous cet horrible appât, puis vous l'arrachez à sa famille pour le lancer sur la rive et l'y laisser mourir. C'est inhumain !

Lord Marchman secoua la tête, abasourdi. Quelques minutes plus tard, il proposa de rentrer.

Élizabeth le pria de tenir le panier à poisson à bout de bras, pour qu'il soit aussi éloigné d'elle que possible.

Elle ne s'étonna pas que Lord Marchman s'excuse pour le reste de la journée, ni de son air sombre durant le souper. Elle passa le repas à babiller sur la mode, à décrire toutes les toilettes dont elle se souvenait. À la fin du dîner, Marchman semblait étourdi et agacé. Élizabeth avait dépensé une énergie folle, mais elle était fort contente d'elle.

– À mon avis, déclara Berta quand elles se retrouvèrent seules au salon, il est en train de revoir sa proposition, madame.

– Je crois qu'il cherche le meilleur moyen de me faire disparaître ! s'écria Élizabeth en riant.

Un valet vint annoncer que Lord Marchman souhaitait s'entretenir en privé avec Lady Cameron.

Élizabeth se prépara de nouveau à jouer au plus fin... ou à la plus sotte, songea-t-elle avec un petit sourire, et elle suivit docilement le domestique.

– Vous désiriez me voir... commença-t-elle en pénétrant dans la sombre bibliothèque.

Elle sentit quelque chose lui effleurer les cheveux, et se retourna. Le petit cri qui lui échappa n'était pas feint, cette fois-ci : elle se trouvait nez à nez avec une tête d'ours empaillée.

– Il est absolument mort, soupira le comte, résigné.

Élizabeth lui jeta un regard accusateur, tout en se mordant les lèvres pour ne pas éclater de rire. Elle avait terriblement envie de savoir quand il avait chassé toutes ces énormes bêtes, mais cela aurait ruiné son plan.

– Je vous en prie, monsieur, dites-moi que ces malheureuses créatures n'ont pas péri de vos mains !

– Je crains que si... ou en tout cas à la pointe de mon fusil. Mais asseyez-vous, ajouta-t-il en désignant un profond fauteuil de cuir brun. Dites-moi, s'il vous plaît, comment vous envisageriez notre vie commune, au cas où nous nous marierions.

Élizabeth ne s'attendait pas à une attaque de front. Elle n'en respecta que plus Lord Marchman. Néanmoins, elle se lança dans la description d'une existence qu'il ne pourrait que mépriser.

– Nous vivrions à Londres, évidemment ! s'écria-t-elle. J'adore positivement notre capitale et les distractions qu'elle offre !

Il fronça les sourcils.

– De quelles distractions parlez-vous ?

– De fêtes, d'opéras, répondit-elle avec entrain. J'ai une passion pour les réceptions, et je ne supporte pas d'en manquer une. Pendant mes débuts, il m'est arrivé d'assister à quinze bals différents le même soir. Et je raffole du jeu, continua-t-elle pour bien lui faire comprendre qu'elle lui coûterait horriblement cher. Hélas, je n'ai jamais de chance et je me retrouve sans cesse obligée d'emprunter de l'argent.

– Je vois... Quoi d'autre ?

Élizabeth fut décontenancée par son regard incisif.

– Que souhaiter, outre les bals, le jeu et des amis raffinés ?

Le comte paraissait fort songeur, et Élizabeth se garda bien de le déranger dans ses réflexions. Il cherchait sans doute un moyen de décliner l'offre de son oncle. Il se décida enfin à parler, en bafouillant quelque peu comme de coutume.

– Lady... euh...

Il se passa nerveusement la main dans les cheveux.
– ... Cameron, précisa-t-elle gentiment.
– C'est ça, Cameron... Lady Cameron, reprit-il après un bref silence, je ne suis qu'un simple gentilhomme campagnard, et je me rends à Londres le moins souvent possible. Je vois que cela vous déçoit...
Elle hocha tristement la tête.
– Je crains donc que nous ne soyons guère assortis, Lady... euh...
– Cameron.
– Mais oui, je le savais. J'essaie simplement de vous dire que...
– Nous ne nous convenons pas mutuellement ? suggéra Élizabeth, pleine d'espoir.
– Voilà, acquiesça-t-il, soulagé. Je suis heureux de constater que vous êtes de mon avis.
– Je le regrette néanmoins, dit doucement la jeune fille. Et mon oncle sera aussi très désappointé. Allez-vous lui écrire pour lui faire part de votre décision ?
– *Notre* décision, rectifia-t-il.
– Certes, cependant... mon oncle sera tellement ennuyé... Je ne voudrais pas qu'il m'en tienne rigueur.
Sir Francis avait peut-être déjà rapporté son étrange comportement dans son inévitable message à oncle Julius. Or celui-ci risquait de deviner la supercherie si cela se reproduisait une seconde fois.
– Je comprends, dit-il en saisissant une plume d'oie.
Il rédigea une courte missive.
– Maintenant que cette corvée est terminée, reprit-il, puis-je vous poser une question ?
Elle acquiesça vivement.
– Pourquoi êtes-vous venue ici ? Je veux dire, pour quelle raison avez-vous reconsidéré mon offre ?
Elle fut à la fois étonnée et inquiète. Elle ne pouvait tout de même pas lui expliquer que son oncle risquait de lui couper les vivres !
Comme elle ne répondait pas, il suggéra :

– Me suis-je comporté, durant nos brefs entretiens à Londres, comme quelqu'un qui apprécie les mondanités ?

– C'est difficile à dire, répondit honnêtement Élizabeth.

– Lady Cameron, vous souvenez-vous seulement de moi ?

– Bien sûr ! s'exclama-t-elle. C'était dans la salle de bal de Lady Markham, précisa-t-elle à tout hasard.

– Non, c'était au parc.

– Au... au parc ? balbutia-t-elle.

– Vous vous étiez arrêtée pour contempler des fleurs, et le jeune homme qui vous accompagnait nous a présentés.

– Ah... fit-elle en détournant les yeux.

– Aimeriez-vous savoir de quoi nous avons parlé, ce jour-là, et le lendemain lorsque vous m'avez autorisé à vous escorter de nouveau au parc ?

La curiosité d'Élizabeth l'emporta sur sa gêne.

– Oui...

– Nous avons discuté pêche à la ligne. Je vous ai dit tout de suite que je n'étais pas à Londres pour la Saison, que je ne faisais qu'y passer en me rendant en Écosse pour pêcher, et que je partais le lendemain.

Un froid glacial envahit la jeune fille tandis que la mémoire lui revenait peu à peu.

– Nous avons eu une conversation charmante, continuait-il, imperturbable. Vous m'avez parlé d'une truite que vous étiez particulièrement fière d'avoir enfin pu attraper. Votre malheureux cavalier a été complètement oublié pendant que nous partagions nos points de vue sur le sujet.

Il se tut. Très calme, il attendait une explication.

– Y a-t-il... autre chose ? demanda-t-elle d'une toute petite voix.

– Pas vraiment. Je suis resté à Londres le lendemain. Quand je me suis présenté chez vous, vous avez congédié quelques amis qui étaient venus vous chercher pour une réception mondaine, et vous avez préféré retourner au parc avec moi.

Élizabeth était incapable de croiser son regard.

– Et aimeriez-vous savoir de quoi nous nous sommes entretenus ce jour-là ? insista-t-il, impitoyable.

– Non, je ne pense pas...

Il eut un petit rire.

– Vous avez déclaré être lasse de la vie superficielle de la capitale. Vous avez avoué que votre maison à la campagne vous manquait terriblement. C'était une journée fort agréable.

– Et nous avons parlé pêche à la ligne ? demanda Élizabeth, résignée.

– Non. Chasse à l'ours.

Élizabeth ferma les yeux, au comble de la honte.

– Vous m'avez raconté comment votre père en avait un jour tué un. Vous assistiez à la chasse – sans permission – du haut de l'arbre sous lequel l'animal s'était réfugié. Et c'est votre bruyant enthousiasme qui vous a valu d'être repérée... et sérieusement réprimandée par votre père.

Il y avait une étincelle d'amusement dans les yeux du comte, et la jeune fille pouffa.

– Je me rappelle aussi votre rire. Je n'avais jamais rien entendu de plus ravissant.

Se rendant compte qu'il venait de lui adresser un compliment, il tirailla sa cravate en rougissant.

– Je me souviens de vous aussi, dit gentiment Élizabeth, cherchant cette fois son regard. C'est vrai. Mais je l'avais oublié jusqu'à tout à l'heure.

– Si j'avais disparu de votre mémoire, j'ignore ce qui vous a poussée à reconsidérer ma proposition...

Il était si émouvant qu'elle décida de lui avouer la vérité. D'autre part, contrairement à sa première impression, elle le trouvait tout à fait intuitif.

– Racontez-moi tout, continua-t-il avec un sourire. Je ne suis pas aussi benêt que j'en ai l'air. C'est simplement que... je suis mal à l'aise quand il s'agit de courtiser une femme. Mais puisque je ne serai jamais votre mari, peut-être pourrions-nous être amis ?

– C'était l'idée de mon oncle, commença-t-elle, comprenant qu'il ne renoncerait pas. Il n'a pas d'enfant, et il a hâte de me voir bien mariée. Il connaissait les hommes qui m'avaient demandée en mariage, et il... c'est-à-dire...

– Il m'a sélectionné ? suggéra le comte.

Elle acquiesça.

– Vous aviez reçu de nombreuses propositions, si ma mémoire est bonne. Comment se fait-il que le choix de votre oncle se soit porté sur moi, et non sur un homme plus jeune ? Excusez-moi d'insister... dit-il en l'observant attentivement.

Elle faillit bondir de son siège lorsqu'il ajouta :

– Qui d'*autre* a-t-il choisi ?

Profondément humiliée, elle se mordit la lèvre.

– Voulez-vous que je devine ?... Ou plutôt, je vous avoue franchement que j'ai entendu votre tante et votre cocher évoquer un bref séjour passé chez Sir Francis Belhaven. S'agit-il de lui ?

Élizabeth pâlit.

– Par le diable ! explosa le comte. Que l'on puisse livrer une innocente jeune fille à ce vieux...

– Je l'ai dissuadé, coupa aussitôt Élizabeth, sincèrement touchée par la réaction de Lord Marchman.

– Vous en êtes certaine ?

– Je le crois.

Il sourit, rassuré.

– Et puis-je savoir comment vous vous êtes sortie de ce guêpier ?

– Je préfère ne pas en parler...

Les yeux du comte pétillaient d'amusement.

– Me tromperais-je beaucoup en imaginant que vous avez utilisé avec Belhaven la même tactique qu'avec moi ?

– Je... je ne suis pas sûre de saisir votre question...

– Eh bien, si l'intérêt que vous montriez naguère pour la pêche était réel, je suppose que votre horreur pour les poissons n'est pas tout à fait... aussi profonde que vous désiriez le faire croire...

Ils échangèrent un sourire complice.

– Peut-être en effet, reconnut Élizabeth.

– Aimeriez-vous exercer vos talents sur la truite que vous m'avez fait rater ce matin ? Elle est toujours là à me narguer, vous savez.

Cette fois, ils éclatèrent franchement de rire. La jeune fille se sentait bien, près de cet homme. Et elle mourait d'envie d'aller taquiner ce fameux poisson récalcitrant. Cependant, elle ne voulait pas imposer sa présence au comte, ni risquer de le voir changer d'avis au sujet du mariage.

– Malheureusement, dit-elle avec douceur, je crois qu'il vaut mieux que ma tante et moi nous mettions en route dès demain matin.

Il faisait un temps magnifique, le lendemain, lorsque Élizabeth et Berta montèrent dans la calèche. Hélas, cela ne suffisait pas à résoudre le dilemme d'Élizabeth... Elle ne pouvait s'attarder chez le comte. D'autre part, elle ne tenait pas à se présenter chez Charles Thornton avec une quinzaine de jours d'avance, en compagnie de Berta au lieu de Lucinda. Cette dernière ne redoutait personne et elle était toujours de bon conseil.

Finalement, la solution était de se rendre directement à l'auberge, sur la frontière écossaise, où elle devait retrouver Miss Throckmorton-Jones et de l'y attendre. Certes Julius lui avait attribué une somme restreinte pour ce voyage, mais elle avait aussi un petit pécule « en cas d'urgence ». Ceci en était un, décida la jeune fille. Elle trouverait bien une explication plus tard.

Aaron attendait qu'on lui indique la direction à prendre.

– À Carrington, Aaron ! Nous attendrons Lucinda à l'auberge.

Elle sourit au comte et lui tendit la main par la portière.

– Merci, dit-elle, émue. Merci pour ce que vous êtes.

Il rougit de plaisir et suivit la voiture des yeux jusqu'à ce qu'elle ait disparu sur la route. Puis il retourna d'un pas lent dans son bureau.

Il s'assit et tapota pensivement sur la table en relisant le mot qu'il avait écrit pour Julius. Il se rappelait les paroles d'Élizabeth lorsqu'il lui avait demandé si elle avait dissuadé Belhaven de l'épouser. « Je le crois », avait-elle répondu.

Avec le sentiment de se comporter comme un stupide chevalier en armure volant au secours de sa belle, il rédigea un nouveau message pour Cameron. Comme toujours lorsqu'il s'agissait de sentiments, il perdit toute capacité à s'exprimer. Et il écrivit :

« Si Belhaven se déclare, faites-le-moi savoir. Je veux la priorité. »

11

Charles Thornton était dans sa maison natale, en Écosse. Il l'utilisait surtout comme pavillon de chasse, mais elle représentait bien plus à ses yeux. Il y trouvait toujours la paix, la vérité. Il s'y reposait de la vie harassante qu'il menait habituellement.

Les mains dans les poches, il regardait autour de lui.

– Chaque fois que je reviens, je la trouve plus petite que dans mon souvenir, dit-il à l'homme qui entrait avec de gros sacs de provisions.

– C'est toujours comme ça ! répondit Jake en posant les sacs sur une commode. Voilà, on a tout. Je vais m'occuper des chevaux, ajouta-t-il en posant son pistolet sur la table.

Charles hocha distraitement la tête. La même nostalgie le prenait lorsqu'il repensait à ses années d'enfance. Il entendait encore la voix grave de son père, le rire cristallin de sa mère. Près de la cheminée trônaient les fauteuils à haut dossier où ses parents avaient passé tant de soirées à converser à voix basse pour ne pas déranger Charles et sa sœur qui dormaient à l'étage.

Rien n'avait changé. Charles promena ses doigts sur la table au lourd plateau de chêne. Il trouva enfin les initiales maladroitement gravées dans le bois : C. G. B. T. Il avait à peine trois ans quand il avait fait cette bêtise, et sa mère l'avait grondé vertement avant de s'apercevoir qu'il avait appris ces lettres tout seul – ses initiales.

Elle avait commencé à lui donner des leçons le lendemain et, plus tard, son père avait pris la relève, lui enseignant tout ce qu'il avait tiré de ses propres études à Eton et Cambridge.

Charles avait quatorze ans lorsque Jake était venu vivre avec eux comme homme à tout faire. Grâce à lui, l'adolescent avait entendu parler de mer, de navires, de terres lointaines. Plus tard tous deux étaient partis explorer le monde.

Il était rentré au bout de trois ans pour apprendre que ses parents et sa sœur avaient péri quelques jours plus tôt dans l'incendie de l'auberge où ils attendaient son retour. À présent encore, Charles ressentait durement la perte de sa mère et de son père, cet homme fier qui avait sacrifié son héritage pour épouser la sœur d'un pauvre vicaire de campagne. Il avait sciemment renoncé à un duché... et ne l'avait jamais regretté.

Charles ferma les yeux et revit son père lui serrer la main alors qu'il préparait son voyage avec Jake.

– Prends bien soin de toi, avait-il dit. Et rappelle-toi que où que tu sois, nous sommes avec toi.

Charles était parti ce jour-là sans presque un sou en poche. Et maintenant, quatorze ans plus tard, des flottes entières portaient son pavillon. Il possédait des mines d'argent et d'étain, des entrepôts pleins de précieuses marchandises. Il avait d'abord fait fortune grâce à la terre, un vaste terrain apparemment stérile qu'il avait gagné au jeu. Le propriétaire affirmait qu'il contenait une mine d'or, et c'était vrai. Avec cet or, Charles avait acheté d'autres mines, des bateaux, des palais en Italie et aux Indes.

De judicieux investissements avaient sans cesse augmenté sa fortune. La société qui le traitait naguère de vulgaire joueur le considérait à présent comme une sorte de génie de la finance. La bourse flambait dès qu'il achetait quelque chose. Les gens qui l'avaient rejeté le courtisaient et il était devenu un fort beau parti.

Toutes ces richesses lui avaient apporté le luxe mais il n'en tirait guère de joie. C'était le jeu qu'il appréciait, le défi, le frisson lorsqu'on risquait une grosse somme sur une entreprise en espérant sa réussite. En contrepartie, il avait perdu toute vie privée, et cela lui manquait.

L'attitude de son grand-père ajoutait encore à sa notoriété. Le vieux duc avait eu de douloureux remords à la mort de son fils, et depuis douze ans il écrivait régulièrement à Charles. D'abord, il l'avait prié de lui rendre visite à Stanhope. Le jeune homme ne lui avait jamais répondu, alors le duc avait tenté de l'appâter en lui promettant d'en faire son héritier. Ces lettres étaient également restées sans réponse, et le vieil homme ne s'était plus manifesté durant deux ans. Jusqu'au jour où Charles avait reçu une nouvelle missive portant le sceau ducal.

Le duc, cette fois, donnait impérativement quatre mois à Charles pour se présenter à Stanhope afin de discuter du transfert de six domaines – qui auraient représenté l'héritage du père de Charles s'il n'avait été déshérité. Si Charles ne se rendait pas à cette convocation, le duc se passerait de lui et annoncerait publiquement qu'il le reconnaissait comme héritier légitime.

Furieux, Charles avait pour la première fois de sa vie répondu à son grand-père. Ce fut sec et définitif.

« En faisant cela, vous vous ridiculiserez. Je nierai tout lien de parenté avec vous, et si vous persistez, je laisserai votre titre et vos terres tomber en décrépitude. »

Le délai de quatre mois était expiré, et Charles n'avait plus entendu parler du duc. Cependant, le bruit courait dans Londres qu'il était sur le point de nommer un héritier. Il en était résulté pour Charles une avalanche d'invitations à toutes sortes de réceptions. Devant cette hypocrisie, il était tour à tour amusé et exaspéré.

– Ce cheval noir est le plus mal luné que je connaisse, grommela Jake en se frottant le bras.

– Il t'a mordu ?

– Ouais ! Il en avait envie depuis le moment où nous avons quitté le coche à Clayborn et que nous l'avons chargé de nos paquets pour monter jusqu'ici.

– Je t'avais prévenu ! Il mord tout ce qui passe à sa portée. Gare à ton bras quand tu le selles.

– C'est pas après mon bras qu'il en avait, mais après mon derrière. Il a ouvert la gueule pour en attraper un morceau, mais je me méfiais et je l'ai esquivé. Il a eu que le bras.

Jake fronça les sourcils en voyant Charles sourire.

– Je comprends pas pourquoi vous le nourrissez depuis tant d'années. Il est pas digne de partager l'étable de vos autres chevaux, qui sont tous beaux et dociles.

– Essaie de leur mettre des charges sur le dos, tu comprendras. Il est le seul à accepter de servir de mule de bât.

– Et il est plus lent qu'une mule. Plus têtu aussi, et agressif... Je croyais que vous aviez engagé des femmes du village pour nettoyer un peu la maison avant notre arrivée et faire la cuisine, ajouta-t-il en regardant autour de lui d'un air dégoûté.

– J'ai dicté une lettre à Peters pour le régisseur. Je lui demandais de m'acheter des provisions et de trouver deux servantes. La nourriture est là, il y a des poules dans la grange, mais il a dû avoir des difficultés à trouver des femmes de ménage.

– J'espère que vous lui avez précisé de les choisir jolies !

– Tu me vois demander cela à un vieux bonhomme à demi aveugle ?

– On risque rien à le préciser, marmonna Jake, déçu.

– Le village n'est qu'à une quinzaine de kilomètres. Si tu manques vraiment de femme, tu pourras toujours en trouver là-bas. Évidemment, le trajet de retour pourrait bien avoir raison de tes forces ! plaisanta Charles en évoquant l'étroit sentier qui grimpait sur la falaise escarpée.

– Au diable les femmes ! s'exclama Jake avec un grand sourire. Je suis là pour aller à la pêche et me reposer, c'est suffisant. Comme au bon vieux temps, Charles. Le calme, la paix. Pas de serviteurs qui écoutent aux portes, pas de jeunes filles à marier. Je vous le dis, mon garçon, j'aime pas votre façon de vivre, depuis quelque temps. C'est pour ça que je viens moins souvent vous voir. Votre majordome à Montmayne se tient la tête si haute que je suis pas sûr qu'il respire de l'oxygène, et ce satané chef français m'a jeté à la porte de ses cuisines. C'est comme ça qu'il les appelle, *ses* cuisines, et...

Il eut soudain l'air catastrophé.

– Charles... poursuivit-il, anxieux, avez-vous appris à cuisiner, depuis que nous sommes séparés ?

– Non, et toi ?

– Non plus ! Enfer et damnation !

– Lucinda, je ne sais comment vous dire à quel point je suis désolée de tout ceci ! répétait Élizabeth pour la troisième fois en une heure.

Lucinda était arrivée cinq jours auparavant à l'auberge où elle devait rejoindre Élizabeth. Or le coche qu'elles avaient loué ayant brisé un essieu, elles se retrouvaient assises à l'arrière d'un char à foin sur lequel un fermier avait bien voulu les prendre, leurs bagages bringuebalant au rythme des cahots de ce qui devait passer pour une route en Écosse. Attitude indigne pour des ladies. L'idée d'arriver chez Charles Thornton dans cet équipage était si horrible qu'Élizabeth préférait ne pas y penser...

– Comme je vous l'ai déjà dit, Élizabeth, ce n'est pas votre faute, vous n'avez donc pas à vous excuser pour l'état déplorable des routes de ce pays arriéré.

– Oui, mais sans moi, vous ne vous y trouveriez pas !

Lucinda soupira, agrippée au montant de la charrette.

– Mais si je n'avais pas donné le nom de Thornton à votre oncle, nous ne serions là ni l'une ni l'autre. Vous êtes simplement nerveuse à l'idée de rencontrer cet homme, et il n'y a aucune raison pour que vous continuiez à vous excuser. Vous feriez mieux de vous préparer à cette pénible confrontation.

– Vous avez raison, évidemment, reconnut Élizabeth.

– Évidemment ! Je ne me trompe jamais, vous savez. Presque jamais, rectifia-t-elle en se rappelant comment

Julius était parvenu à lui faire évoquer Charles Thornton.

Il avait prétendu désirer tout connaître sur les débuts de la jeune fille et, pour atténuer les rumeurs de scandale qui auraient pu lui parvenir, elle avait cité ce nom parmi ceux des prétendants à la main d'Élizabeth.

– J'aimerais mieux rencontrer le Diable que cet individu, dit la jeune fille en frissonnant.

– Je m'en doute !

Plus elles approchaient, plus Élizabeth avait peur. Durant les quatre premiers jours du voyage, elle avait été tellement émerveillée par la splendeur du paysage qu'elle n'y avait pas trop songé. Mais à présent, ni la beauté des montagnes, ni les fleurs de couleurs vives, ni les lacs scintillants ne parvenaient à l'apaiser.

– De plus, je n'arrive pas à comprendre pourquoi il souhaite me voir...

– Nous ne tarderons pas à le découvrir.

Au-dessus d'elles, dans les pâturages, un berger resta bouche bée devant le vieux char cahotant.

– Tu vois ce que je vois, Will ? demanda-t-il à son frère.

Celui-ci ouvrit de grands yeux en découvrant les deux dames – chapeaux, gants et tout – perchées au bord de la charrette de Sean MacLaesh, le dos droit, les pieds dans le vide.

– Impayable ! s'écria Will en agitant son bonnet en direction des passagères. Il paraît que Charles Thornton est là. Ces deux doivent venir le rejoindre pour réchauffer son lit et s'occuper de lui.

Dieu merci, les voyageuses n'entendirent pas la conversation des bergers ! Miss Throckmorton-Jones épousseta rageusement – et en vain – sa jupe marron.

– Jamais de ma vie je n'ai été soumise à un tel traitement ! siffla-t-elle, courroucée, quand un nouveau nid-de-poule faillit lui faire perdre l'équilibre. Croyez-moi, je ne me priverai pas de dire à ce M. Thornton ce que je pense de son invitation dans cet endroit sauvage. Il aurait au moins pu nous prévenir que la route était trop étroite pour un fiacre.

Élizabeth ouvrit la bouche pour la réconforter, mais un autre cahot l'envoya heurter le montant de bois.

– D'après le peu que je sais de lui, dit-elle enfin, il se soucie comme d'une guigne de notre confort. Il est brutal et inconsidéré – et ce ne sont que ses défauts les plus insignifiants !

– Ho ! Ho ! cria le fermier en tirant sur les rênes.

Le char à foin s'arrêta en grinçant.

– C'est la maison de Thornton, là-haut, sur la falaise, expliqua-t-il.

Lucinda jeta un coup d'œil à la vaste demeure qu'on apercevait à peine entre les arbres.

– Vous vous trompez, mon brave, affirma-t-elle. Aucun gentilhomme digne de ce nom n'habiterait un lieu si isolé. Ayez l'obligeance de faire faire demi-tour à votre… véhicule, et ramenez-nous au village, pour que nous demandions des renseignements sur notre destination. Il y a visiblement un malentendu.

Le fermier et son cheval secouèrent la tête avec le même air maussade. Le paysan ne supportait plus les récriminations incessantes de Lucinda.

– Voyez-vous, madame...

– Appelez-moi simplement Miss Throckmorton-Jones, coupa-t-elle.

– Ouais. Eh bien, qui que vous soyez, je ne vous emmènerai pas plus loin. Et c'est bien la maison de Charles Thornton.

– Vous n'avez tout de même pas l'intention de nous abandonner ici ! s'indigna Lucinda tandis que l'homme, ragaillardi à l'idée de se débarrasser de cette mégère endimanchée, sautait à terre.

Il entreprit de poser leurs bagages sur le talus.

– Et s'il n'y a personne ? protesta-t-elle.

– Nous redescendrons et nous attendrons qu'un autre fermier ait la gentillesse de nous prendre dans sa charrette, intervint Élizabeth avec un courage un peu feint.

– J'y compterais pas trop, à votre place, déclara le paysan tandis qu'elle lui glissait une pièce dans la main. Merci, madame, merci beaucoup, ajouta-t-il en souriant à la ravissante jeune fille aux cheveux dorés.

– Et pourquoi ne devrions-nous pas y compter ? interrogea Lucinda, hautaine.

– Parce que personne ne passera par là avant une semaine, peut-être deux. Il va pleuvoir demain, ou après-demain, dit-il en remontant sur son siège. Les charrettes passent plus quand c'est mouillé. D'ailleurs, continua-t-il pour rassurer la petite dame qui était devenue très pâle, je vois de la fumée sortir de la cheminée. Alors, ils sont là.

Il lâcha les rênes et le chariot s'éloigna. Élizabeth et Lucinda le regardèrent disparaître dans un nuage de poussière. Enfin, la jeune fille décida de prendre la situation en main :

– Lucy, à nous deux, nous devrions pouvoir monter au moins cette malle jusqu'à la maison.

– Vous n'y pensez pas ! Thornton enverra ses domestiques chercher tous nos bagages !

– La montée semble rude et cette malle n'est pas très lourde. Cela leur évitera un voyage. Je vous en prie, Lucy, je suis trop fatiguée pour discuter.

Devant le visage inquiet d'Élizabeth, Lucinda acquiesça.

La montée était vraiment escarpée, et la malle paraissait plus lourde de minute en minute.

À quelques mètres de la maison, elles s'arrêtèrent, épuisées. Puis Élizabeth reprit la poignée de son côté.

– Allez à la porte, Lucy, dit-elle, tout essoufflée. Je vais traîner cette malle à présent.

Miss Throckmorton-Jones jeta un regard mauvais à la malle puis ajusta énergiquement ses gants et se détourna, l'air martial, le parapluie levé. Se servant du manche comme d'un heurtoir, elle frappa violemment à la porte.

– J'espère qu'il y a quelqu'un... soupira Élizabeth en tirant la malle.

– Ils sont sourds ! rugit Lucinda en frappant de plus belle. Ouvrez ! cria-t-elle à plein gosier.

La porte s'ouvrit brusquement, et un homme apparut, l'air ébahi. Aussitôt, il reçut un bon coup de parapluie sur la tête.

– Par le diable ! jura-t-il. Qu'est-ce qui vous prend ?

– Nous sommes attendues ! décréta Lucinda qui pénétra dans la maison en tirant Élizabeth derrière elle.

Encore un peu étourdi, Jake crut qu'il s'agissait des deux servantes que l'on devait leur envoyer. Un grand sourire éclaira son visage tanné. Il en oublia la bosse sur son front.

– Bienvenue, bienvenue ! s'écria-t-il, jovial. Par où voulez-vous commencer ?

– Un bain chaud. Suivi d'un thé.

Du coin de l'œil, Élizabeth aperçut un autre homme dans la pièce, et elle se mit à trembler de tous ses membres.

– J'ai pas vraiment envie d'un bain pour le moment, répondit Jake.

– Pas pour vous, imbécile. Pour Lady Cameron.

– *Vous* voulez un bain ? répéta Jake en regardant Lucinda.

– Certainement, mais Lady Cameron d'abord. Et ne restez pas planté là ! Envoyez des domestiques chercher nos bagages sur la route.

Elle pointa le bout de son parapluie sur le ventre de Jake.

– Et auparavant, prévenez votre maître que nous sommes arrivées, conclut-elle.

– Son maître le sait déjà ! déclara une voix grave.

Élizabeth le regarda enfin. Si elle avait un moment rêvé de le voir tomber à genoux pour implorer son pardon, elle comprit au premier coup d'œil que les choses ne se passeraient pas ainsi.

Il était nonchalamment appuyé au montant de la porte, les bras croisés, sa veste de daim mettant en valeur ses larges épaules. Élizabeth le trouva plus brun que dans son souvenir, et elle lut dans ses yeux dorés une froideur qui la pétrifia. Il se dégageait de lui une force presque brutale. Était-ce le même homme qui l'avait embrassée et caressée avec tant de douceur ?

– M'avez-vous suffisamment regardé, comtesse ? demanda-t-il sèchement. Vous êtes étonnante, Lady Cameron. Vous devez avoir le flair d'un chien de chasse pour m'avoir traqué jusqu'ici. Maintenant, la porte est là...

D'abord paralysée par la surprise, Élizabeth sentit une incontrôlable colère monter en elle.

– Je vous demande pardon ?

– Vous m'avez fort bien entendu.

– J'ai été *invitée* ici.

– Sans aucun doute, ironisa Charles.

Il comprenait soudain que la lettre n'était pas une plaisanterie, et que Julius avait dû considérer le silence de Charles comme un assentiment, ce qui était absurde.

Il l'observait en silence. La jeune fille impulsive s'était transformée en une jeune femme froide et distante. Même dans ses vêtements poussiéreux, avec une trace de noir sur le visage, elle était magnifique. Pourtant, c'était une intrigante et une menteuse.

Il s'approcha enfin.

– J'en ai assez de cette histoire, Miss Cameron. Personne ne vous a invitée ici, vous le savez parfaitement.

Ivre de rage et d'humiliation, Élizabeth saisit dans son sac la lettre manuscrite que son oncle avait reçue et la lui plaqua contre la poitrine. Il la prit machinalement.

– Expliquez-vous, ordonna-t-elle.

Elle attendit sans bouger, mais il n'esquissa pas un geste pour déplier la feuille. Elle se tourna alors vers Jake, qui était profondément désolé : ces deux femmes étaient certainement capables de cuisiner, songeait-il.

– Dites-lui de lire à haute voix ! déclara-t-elle.

– Allons, Charles, pourquoi vous ne voulez pas lire, comme la dame vous le demande ?

Charles ignora cette remarque, et Élizabeth perdit le contrôle de ses nerfs. Sans réfléchir, elle saisit un pistolet sur la table, l'arma et le pointa vers Charles.

– Lisez !

Jake leva les mains comme si l'arme était dirigée contre lui.

– Il doit y avoir un malentendu, Charles. Faut pas être désagréable avec ces dames. Lisez, et après nous... souperons gentiment tous les quatre.

– Inutile ! aboya le jeune homme. La dernière fois que j'ai lu un message de Lady Cameron, j'y ai gagné une balle dans le bras.

– Vous voulez dire que *je* vous ai invité à me rejoindre dans la serre ? fulmina Élizabeth.

– Si vous êtes vraiment décidée à faire un drame, finissons-en. Mais ensuite, vous partirez, soupira-t-il, impatienté.

– Vous niez m'avoir fait parvenir un message ?

– Évidemment !

– Alors pourquoi *vous* trouviez-vous dans la serre ?

– J'y suis venu en réponse à la lettre pratiquement illisible que vous m'aviez envoyée. Puis-je vous suggérer à l'avenir de soigner un peu plus votre écriture ?... Et posez cette arme avant de vous blesser.

– Vous m'avez humiliée et insultée à chacune de nos rencontres. Si mon frère était là, il défendrait mon honneur. En son absence, je m'en chargerai moi-même.

– Vous êtes ridicule.

– Peut-être, mais je tire parfaitement. Maintenant allez-vous m'accompagner dehors, ou devons-nous en découdre ici ?

Dans sa colère, elle ne se rendait pas compte de la futilité de sa menace. Elle tirait parfaitement sur une cible, mais jamais elle n'avait visé un être vivant.

– Il n'en est pas question !

Élizabeth rajusta son arme.

– Alors j'exige des excuses immédiatement !

– Des excuses pour quoi ? demanda-t-il, toujours calme.

– D'abord pour m'avoir attirée dans la serre.

– Je n'ai rien fait de tel. C'est *vous* qui m'y avez convoqué.

– Vous avez visiblement un problème pour vous souvenir des messages que vous envoyez. Ensuite, vous me présenterez des excuses pour m'avoir séduite, en ruinant du même coup ma réputation...

– Charles ! intervint Jake, scandalisé. Insulter une femme à cause de sa mauvaise écriture, c'est une chose. Mais ternir sa réputation ! Sa vie entière peut en dépendre !

– Merci de l'information, Jake. Maintenant, veux-tu l'aider à appuyer sur la détente ?

Brusquement, Élizabeth passa de la colère à l'hilarité à l'idée du côté cocasse de la situation. Elle tenait un homme en joue sous son propre toit, tandis que Lucinda pointait son parapluie contre l'autre, ce dernier désireux d'arranger la situation et ne faisant que mettre de l'huile sur le feu. Puis elle s'aperçut qu'une fois de plus ce méprisable individu l'avait ridiculisée, et la rage l'envahit à nouveau.

Malgré son calme apparent, Charles ne cessait de l'observer, et il devina qu'elle était soudain plus furieuse encore. Il désigna l'arme d'un geste de la tête et déclara froidement :

– Je suggère que vous considériez certaines choses avant de vous en servir. D'abord il vous faudra être très rapide et très sûre de vous si vous voulez me tirer dessus et recharger avant que Jake ne vous saute dessus. Ensuite, il y aura du sang partout. Je ne me plains pas, mais sachez que vous ne pourrez plus porter cette jolie robe. Et enfin, vous serez pendue, évidemment... continua-t-il sur le ton de la conversation. Et ce ne sera rien à côté du *scandale* que vous devrez affronter auparavant !

– Cela suffit, monsieur Thornton. Vous êtes encore plus discourtois que lors de notre dernière rencontre. Néanmoins, j'ai des scrupules à attaquer un être plus faible que moi, or vous êtes désarmé. Partons, Lucinda.

Charles avança d'un pas, menaçant, et elle poursuivit avec une extrême courtoisie :

– Je vous en prie, monsieur, ne prenez pas la peine de nous raccompagner à la porte. C'est inutile. D'autre part je souhaite garder de vous cette image d'impuissance que vous affichez à présent.

Au point où elle en était, Élizabeth se réjouissait : elle vengerait au moins son orgueil.

Lucinda était déjà sur le perron. La jeune fille craignait que Charles ne s'emparât du pistolet si elle le lâchait.

– Je sais que vous répugnez à nous laisser partir ainsi, reprit-elle. Cependant, réfléchissez vous aussi : la joie de me tuer vaut-elle d'être pendu ?

Elle se précipitait vers la porte quand elle reçut un violent coup sur le poignet. L'arme vola au loin et elle se retrouva le bras tordu derrière le dos.

– Oui, murmura Charles à son oreille. Je crois que cela en vaudrait la peine.

Il la poussa brutalement et elle se retrouva trébuchante, au milieu de la cour. Il claqua la porte derrière elle.

– C'est la première fois de ma vie... ! s'écria Lucinda, folle de rage.

– Moi aussi, répliqua Élizabeth en époussetant sa robe, bien décidée à battre en retraite avec toute la dignité possible. Mais ne nous attardons pas ici. Voulez-vous, je vous prie, prendre la poignée de la malle ?

Lucinda obéit avec un regard noir, et elles s'engagèrent sur le chemin, le dos bien droit.

Près de la fenêtre, Jake enfonça ses mains dans ses poches sans quitter des yeux les deux visiteuses qui s'éloignaient.

– Dieu tout-puissant ! Les femmes vous pourchassent jusqu'en Écosse ! Tout cela cessera dès l'annonce de vos fiançailles. La petite blonde a du cran, en tout cas ! Elle vous menaçait d'une arme, tout en vous traitant de misérable !

– Elle est capable de tout, dit Charles, l'air sombre.

Il se rappelait la jeune fille qui l'avait prié de la faire danser, le premier soir. Qui avait affronté une assemblée d'hommes. Qui avait risqué sa réputation pour le rencontrer dans un pavillon de chasse – pour un simple badinage, avait-elle précisé ensuite. Depuis, elle avait dû collectionner les aventures, pour que son oncle fût si pressé de la marier. Car c'était bien la seule explication plausible à la lettre de Julius, qui manquait tellement d'élégance et de tact.

– Je me demande où elles vont aller, poursuivait Jake, inquiet. Il y a des loups par ici, et d'autres bêtes sauvages.

– Aucun loup digne de ce nom ne se risquerait à affronter cette duègne avec son redoutable parapluie, lança Charles, qui se sentait pourtant un peu mal à l'aise.

Jake éclata de rire.

– C'était donc ça ! Je croyais qu'elles étaient venues vous courtiser toutes les deux. Pour ma part, j'aurais peur de fermer les yeux la nuit, avec cette mégère dans mon lit.

Distraitement, Charles déplia enfin la lettre. Il reconnut bien vite les mots familiers :

« Votre proposition m'intéresse. Je pars pour l'Écosse le premier du mois prochain, et j'aimerais que nous nous rencontrions là-bas. Veuillez trouver sous ce pli une carte de la région. Cordialement, Charles. »

– Si jamais je retrouve cet imbécile sur mon chemin ! explosa-t-il.

– Qui ?

– Peters !

– Peters ? Votre secrétaire, celui que vous avez renvoyé parce qu'il mélangeait tout ?

– J'aurais dû l'étrangler ! Cette lettre était destinée à Dickinson Verley, et il l'a expédiée à Élizabeth Cameron !

Furieux, Charles se passa la main dans les cheveux. Il n'avait aucune envie de revoir Élizabeth, mais l'idée des deux femmes couchant dehors l'embarrassait terriblement.

– Va les chercher, dit-il à Jake.

– Moi ? Pourquoi moi ?

– D'abord parce qu'il commence à pleuvoir. Ensuite parce que si tu ne les ramènes pas, tu seras obligé de faire la cuisine.

– Alors il me faut un verre d'alcool pour me donner des forces. Elles traînent une malle, elles ne doivent pas être bien loin.

– À pied ? s'étonna Charles.

– Comment croyez-vous qu'elles sont arrivées ici ?

– J'étais trop en colère pour me poser la question...

Au bout du chemin, Élizabeth et Lucinda lâchèrent la malle et s'assirent dessus. Un petit rire nerveux échappa à la jeune fille, causé par la peur, la fatigue, et l'amertume d'avoir revu l'homme qui avait ruiné sa vie.

Elle se secoua : elle ne devait plus penser à lui. Jetant un coup d'œil à Lucinda assise à côté d'elle, elle sourit en se souvenant de son attitude chez Charles. Lucinda jugeait toute manifestation d'émotion absolument inconvenante, pourtant elle se mettait facilement en colère.

Néanmoins, si Élizabeth laissait paraître la moindre peur concernant leur situation précaire, sa compagne s'empresserait de le lui reprocher.

La jeune fille regarda les nuages noirs porteurs d'orage, mais ce fut d'une voix légère qu'elle déclara :

– Il commence à pleuvoir, Lucinda.

– On dirait, en effet.

La vieille demoiselle ouvrit son parapluie d'un coup sec et le tint au-dessus de leurs têtes.

– Heureusement que vous avez pris votre parapluie.

– Il ne me quitte jamais.

– Nous n'allons pas fondre pour quelques gouttes de pluie.

– C'est peu vraisemblable.

– Pensez-vous qu'il y ait des loups par ici ? demanda Élizabeth sur un ton toujours serein.

– Oui, et ils constituent sans doute un plus grand danger pour notre santé que la pluie.

Le soir tombait, et l'air fraîchissait sérieusement.

– Il fait un peu frais, fit remarquer Élizabeth.

– Plutôt.

– Mais nous avons des vêtements confortables dans la malle...

– Dans ce cas, nous ne serons pas trop frigorifiées.

– Nous serons bien au chaud quand les loups viendront nous encercler, plaisanta Élizabeth.

– Certainement.

– Et évidemment, s'ils comprennent combien *nous* avons faim, il y a une chance pour qu'ils s'enfuient.

– Rassurante perspective.

– Nous allons faire un feu. Je crois que cela suffira à les tenir à distance.

Lucinda ne répondit pas et, pour oublier sa peur, Élizabeth continua avec le même humour :

– Vous savez, Lucinda, je crois que je n'aurais voulu manquer cette journée pour rien au monde !

Lucinda lui jeta un regard étonné.

– C'est sûrement bizarre, poursuivit la jeune fille. Mais pouvez-vous imaginer le plaisir intense qu'on ressent à tenir un homme au bout d'une arme ?

– Ce que je trouve surtout bizarre, répondit sa compagne d'un ton nettement réprobateur, c'est que vous provoquiez une telle hostilité chez cet homme.

– Je le crois complètement fou.

– Je dirais plutôt amer.

– À quel sujet ?

– Question intéressante.

Élizabeth soupira. Quand Lucinda s'appliquait à résoudre un problème, elle ne renonçait jamais. Elle ne supportait pas que quelque chose lui échappât. Plutôt que de s'interroger sur Charles Thornton, la jeune fille s'appliqua à réfléchir à la situation actuelle. L'oncle Julius avait catégoriquement refusé qu'elles gardent un cocher et une voiture pendant leur séjour chez Charles, et elles avaient renvoyé Aaron dès la frontière écossaise. Il reviendrait les chercher dans quinze jours. Certes, elles pouvaient retourner à l'auberge et l'y attendre, mais Élizabeth n'avait plus assez d'argent pour payer une chambre.

Louer une voiture de poste qu'elles paieraient de retour à Havenhurst serait encore bien cher, même si elle discutait âprement le prix...

Et il y avait le problème de Julius. Il serait furieux si elle rentrait plus tôt que prévu...

Mais pour l'instant, que faire ? Elles étaient deux femmes perdues dans la nature.

Des bruits de pas se firent entendre sur le gravier derrière elles, et elles redressèrent instinctivement le dos, parfaitement imperturbables.

– Bon, tonna Jake. Je vous ai enfin rattrapées, et...

Il oublia ce qu'il voulait dire devant le spectacle comique qu'offraient ces deux femmes assises bien droites sous leur parapluie.

– Euh... où sont vos chevaux ?

– Nous n'en avons pas, rétorqua Lucinda d'une voix méprisante.

– Et comment êtes-vous arrivées ?

– Un engin à roues nous a transportées tant bien que mal jusqu'à cet endroit oublié de tous.

– Je vois...

À cet instant la vieille demoiselle intervint :

– Vous êtes venu, je présume, nous supplier de revenir ?

– Euh... oui. C'est ça, oui.

– Alors faites-le. Nous n'avons pas toute la nuit devant nous...

Jake semblait complètement perdu. Lucinda vint à son secours.

– Je suppose que M. Thornton regrette profondément sa conduite inqualifiable ?

– Ouais, je crois. D'une certaine façon.

– Et il a sans aucun doute l'intention de nous le dire dès que nous serons de retour ?

Jake savait pertinemment que non, mais il songeait à la cuisine. Qui d'autre que ces deux femmes pourrait préparer un repas ?

– Si on le laissait s'exprimer lui-même ? suggéra-t-il.

Grande et généreuse, Lucinda acquiesça d'un signe de tête.

– Prenez les bagages, ordonna-t-elle. Venez, Élizabeth.

En entrant dans la pièce principale, cette dernière fut vivement soulagée de voir que leur hôte ne s'y trouvait pas.

Il ne tarda pas cependant à paraître, chargé d'une brassée de bûches qu'il déposa près de la cheminée où flambait déjà un bon feu.

– Il semblerait qu'il y ait eu un malentendu, dit-il à l'intention d'Élizabeth.

– Vous vous rappelez avoir envoyé le message ?

– Il vous a été envoyé par erreur. Il était destiné à quelqu'un d'autre.

Jamais la jeune fille ne s'était sentie aussi humiliée

– Comment êtes-vous venues ici ? poursuivait Charles.

– Nous avons trouvé une carriole. Mais elle est repartie, à présent.

Elle vit son visage se fermer à la perspective de devoir les garder.

De peur de ne pouvoir retenir ses larmes, Élizabeth leva les yeux au plafond. Elle s'aperçut alors que la demeure semblait ne pas avoir été nettoyée depuis longtemps.

Lucinda, les yeux plissés, arrivait visiblement à la même conclusion.

Craignant quelque réflexion désagréable, Jake s'écria avec une feinte jovialité :

– Eh bien, maintenant que tout est arrangé, si nous faisions les présentations ? Ensuite, nous nous occuperons du souper.

– Élizabeth Cameron... Jake Wiley, fit Charles avec raideur.

– Enchantée, monsieur Wiley, dit aimablement Élizabeth.

– Appelez-moi Jake, répondit-il joyeusement avant de se tourner vers la plus âgée. Et vous êtes... ?

– Ma dame de compagnie, intervint la jeune fille. Miss Lucinda Throckmorton-Jones.

– Un nom composé ! Bon, inutile de se montrer guindé. Comment puis-je vous appeler ?

– Miss Throckmorton-Jones, répliqua la vieille demoiselle d'un ton pincé.

– Euh... très bien, marmonna Jake en fourrageant dans ses cheveux, gêné. Si... si nous avions su que nous aurions des invitées de cette... qualité, nous aurions...

– Épousseté les chaises ? Ciré le parquet ? suggéra Lucinda, acide.

– Lucinda, murmura Élizabeth, ils n'étaient pas au courant de notre venue...

– Aucune personne sensée ne dormirait ne serait-ce qu'une seule nuit dans un endroit aussi sordide ! rétorqua la redoutable demoiselle en s'en prenant directement à leur hôte. Vous êtes responsable de notre présence ici, volontairement ou non. Je vous suggère d'ordonner à vos serviteurs de nous faire monter sur-le-champ des draps propres. Il semble évident que vous n'êtes pas un gentilhomme, cependant nous sommes des dames et nous espérons être traitées comme telles.

Élizabeth observait Charles du coin de l'œil. Un petit muscle jouait sur sa mâchoire de manière inquiétante.

Quant à Lucinda, elle ramassa ses jupes et se dirigea vers l'escalier.

– Montrez-nous nos chambres. Nous désirons nous retirer !

– Vous retirer ! répéta Jake, effondré. Mais... le souper ?

– Vous pourrez nous le monter.

Élizabeth tenta d'atténuer la brusquerie de sa dame de compagnie.

– Miss Throckmorton-Jones veut dire que nous sommes épuisées, et que nous préférerions dîner dans nos chambres...

– Vous dînerez à condition de cuisiner vous-même, madame, trancha Charles d'une voix glaciale. Si vous voulez des draps propres, allez les chercher dans l'armoire à linge, et si vos chambres sont trop sales, nettoyez-les. Suis-je clair ?

– Est-ce à dire que nous devons faire le travail des domestiques ? s'indigna Lucinda.

Charles détestait les jeunes personnes imbues d'elles-mêmes, égoïstes, qui ne pensaient qu'aux toilettes et aux bijoux. Il s'adressa à Élizabeth :

– Je suggère que pour une fois dans votre existence stupide et vaine, vous vous preniez en charge. En contrepartie, je vous autoriserai à demeurer sous mon toit et à partager notre nourriture, jusqu'à ce que je puisse vous ramener au village. Si pour vous c'est insupportable, vous savez où est la porte.

Il était inutile de discuter davantage.

– Lucinda, dit Élizabeth résignée, ne vous donnez pas la peine d'expliquer à M. Thornton que c'est *son* erreur qui *nous* crée des désagréments, et non l'inverse. Vous perdriez votre temps. Un gentilhomme s'excuserait dans une telle circonstance, mais M. Thornton n'est pas un gentilhomme. Il prend simplement plaisir à nous humilier, et il continuera tant que nous resterons là. Bonne nuit, monsieur. Bonne nuit, monsieur Wiley, ajouta-t-elle d'une voix plus douce.

Quand elles se furent retirées, Jake se mit à fouiller dans les provisions. Il avala un morceau de fromage avec du pain puis se tourna vers Charles.

– Vous devriez manger un peu.

– Je n'ai pas faim.

Jake fixa son compagnon qui, devant la fenêtre, regardait la nuit.

– Je leur monte quelque chose ? risqua-t-il.

– Non. Si elles ont faim, elles n'ont qu'à descendre.

– Nous ne nous montrons pas très accueillants, Charles.

– Pas accueillants ? Au cas où tu ne l'aurais pas remarqué, elles occupent deux chambres, ce qui signifie que l'un de nous devra dormir sur le sofa, cette nuit.

– Il est trop petit. J'irai dans la grange, comme autrefois. Ne vous inquiétez pas, j'aime l'odeur du foin. Votre régisseur a monté une vache et des poules pour que nous ayons du lait et des œufs. Dommage qu'il n'ait trouvé personne pour le ménage...

Charles ne répondit pas.

– Est-ce que vous voulez me dire comment ces femmes ont atterri ici ? Qui est-ce ?

Avec un soupir impatienté, Charles répondit :

– J'ai rencontré Élizabeth à une partie de campagne, il y a un an et demi. Elle se lançait dans le monde, était fiancée à un malheureux vicomte et a voulu essayer ses charmes sur moi.

– Mais si elle était fiancée...

– Les débutantes sont bien différentes des femmes que tu connais. Deux fois par an, les mamans amènent leurs petites merveilles à Londres où elles paradent durant la Saison comme des chevaux à la foire. Puis elles sont vendues comme épouses au plus offrant. Celui qui possède le plus haut titre et le plus d'argent.

– Coutume barbare ! s'indigna Jake.

– Ne t'attendris pas, elles adorent ça. Tout ce qu'elles attendent du mariage, ce sont des toilettes, des bijoux et la possibilité de s'offrir de discrètes liaisons dès qu'elles ont pondu l'inévitable héritier. Elles ignorent toute notion de fidélité ou d'humanité.

– J'avais jamais remarqué que vous aimiez aussi peu les femmes ! objecta le brave homme en repensant à toutes celles qui avaient partagé le lit de Charles. À propos de débutantes, détestiez-vous particulièrement celle qui est parmi nous, ou est-ce une généralité ?

Charles se servit un whisky.

– Miss Cameron était plus inventive que ses frivoles petites camarades. Elle m'a abordé dans le parc à une soirée.

– J'imagine combien ça a dû être pénible, plaisanta Jake. Qu'une femme comme elle essaie de vous séduire !... Et ça a marché ?

– Ça a marché, répliqua Charles d'un ton sec en posant brutalement son verre sur la table.

Pour ne plus penser à Élizabeth, il sortit des documents de sa sacoche et se mit à les étudier.

– Et après ? ne put s'empêcher de demander Jake quelques minutes plus tard.

Absorbé dans son travail, Charles raconta distraitement, sans lever la tête :

– Je lui ai proposé de m'épouser. Elle m'a envoyé un mot pour me prier de la retrouver dans la serre. Là, son frère nous est tombé dessus, m'a informé qu'elle était comtesse et déjà fiancée.

– Et ?

– Et quoi ?

– Que s'est-il passé ensuite ?

– Il s'est senti offensé que j'aie pu un instant envisager d'épouser sa sœur et m'a provoqué en duel, continua Charles, tout en griffonnant quelques notes en marge d'un contrat.

– Alors qu'est-ce qu'elle fait ici ?

– J'aimerais le savoir. Sans doute s'est-elle lancée dans une aventure quelconque qui a définitivement ruiné sa réputation.

– Quel rapport avec vous ?

Charles jeta à Jake un regard exaspéré.

– Je suppose que ses parents, se rappelant combien j'ai été amoureux d'elle voilà deux ans, ont espéré que je les en débarrasserais.

– Ça aurait quelque chose à voir avec la volonté du vieux duc de vous déclarer publiquement son héritier, à votre avis ?

Cette fois, Charles ne se donna pas la peine de répondre. Frustré, Jake prit un bougeoir et se dirigea vers la porte. Il s'arrêta sur le seuil, frappé par une idée soudaine.

– Elle a dit qu'elle vous avait pas envoyé cette lettre au sujet de la rencontre dans la serre.

– C'est une menteuse et une excellente comédienne. Demain je chercherai un moyen de la renvoyer dans ses foyers.

– Pourquoi si vite ? Vous avez peur de succomber de nouveau à ses charmes ?

– Sûrement pas !

– Alors vous devez être en bois. Elle est si belle qu'elle rendrait fou n'importe quel homme qui passerait seulement une heure avec elle... même moi. Pourtant c'est pas mon genre.

– Alors arrange-toi pour ne pas passer une heure avec elle...

– J'y verrais pas d'inconvénient pourtant ! assura Jake en riant.

À peine déshabillée, Élizabeth s'était glissée au lit et endormie aussitôt.

Dans la chambre voisine, Lucinda Throckmorton-Jones n'avait pas jugé bon de renoncer à ses habitudes. Elle n'allait tout de même pas céder à la fatigue sous prétexte qu'elle avait été rudement secouée à l'arrière d'une carriole, honteusement chassée d'un cottage pour se retrouver sous la pluie, puis envoyée au lit sans même un morceau de pain ! Après avoir retiré et soigneusement plié sa robe, elle défit ses cheveux, leur infligea les cent coups de brosse réglementaires, les natta et se coiffa de son bonnet de nuit.

Cependant, deux choses empêchèrent la vieille demoiselle de s'endormir. D'abord il n'y avait pas de broc de toilette dans la chambre, et ensuite le lit aux draps rugueux possédait un matelas inconfortable.

Elle resta donc allongée dans le noir, immobile, à écouter les voix qui lui parvenaient, faibles mais distinctes. Jamais Miss Throckmorton-Jones n'avait cherché à surprendre des conversations qui ne lui étaient pas destinées. Elle réprimandait sévèrement les domestiques qu'elle surprenait l'oreille collée aux portes.

Elle avait dû tomber bien bas, car cette fois, elle entendit... et écouta.

Un peu plus tard, elle repassait en esprit les paroles de Charles Thornton. Les mains croisées sur sa maigre poitrine, elle essayait de distinguer le vrai du faux. Il était possible que Charles mentît à Jake quand il prétendait être tombé amoureux d'Élizabeth et avoir voulu l'épouser – simplement pour se montrer sous un meilleur jour. Robert Cameron avait bien dit qu'il n'était qu'un coureur de dot, une fripouille, et qu'il avait déclaré qu'Élizabeth était pour lui une simple passade. Cependant, Lucinda se méfiait des paroles de Robert. D'ailleurs, sa brusque disparition prouvait assez qu'il était lâche.

Lucinda, d'autre part, ne doutait pas un instant que Charles fût le petit-fils du duc. Elle avait eu la chance d'être la dame de compagnie de la nièce du duc de Stanhope, et un seul regard l'avait persuadée que Charles Thornton descendait bien du vieux monsieur, car leur ressemblance était stupéfiante. Vu l'âge de Charles et la date du scandale qui avait frappé le marquis de Stanhope quand il avait épousé cette femme écossaise, il ne pouvait s'agir que de lui.

Elle ignorait seulement s'il avait été conçu avant le mariage ou après. Cependant, le duc le voulait pour héritier et cela témoignait de sa légitimité.

Ceci posé, deux questions demeuraient en suspens. Élizabeth profiterait-elle d'un mariage avec un futur pair du royaume ? Lucinda n'hésita pas plus de deux secondes : la réponse était un oui sans restriction.

Mais la seconde était plus difficile à résoudre. Lucinda était la seule à se montrer favorable à cette union, et le temps jouait contre elle. Soit elle se trompait – or Lucinda ne se trompait jamais dans ce genre d'affaires – soit Charles Thornton n'allait pas tarder à devenir l'un des partis les plus prisés d'Europe. Bien qu'elle fût restée cloîtrée à la campagne près de deux ans avec cette pauvre Élizabeth, Lucinda correspondait avec deux autres duègnes qui lui racontaient les potins de la capitale. Or la position du marquis de Kensington promettait d'être fort enviée. Compte tenu de ce qu'il avait fait subir à Élizabeth, Lucinda considérait qu'il lui devait bien un anneau nuptial, et le plus vite possible.

Restait un terrible dilemme. Lucinda avait passé sa vie à empêcher des jeunes gens de sexe différent de se trouver seuls ensemble, et elle était obligée d'envisager de déroger à ce principe. Charles Thornton avait été autrefois séduit par Élizabeth, or celle-ci était encore plus belle à présent. Plus sage aussi, et elle ne se laisserait pas aller à des folies si elle passait quelques heures avec Charles, la vieille demoiselle en était certaine.

Mais comment savoir si Charles était devenu aussi indifférent qu'il le prétendait aux charmes d'Élizabeth ? Et comment Lucinda allait-elle bien pouvoir leur ménager les quelques heures de tête-à-tête nécessaires ?

Elle remit ces deux derniers problèmes pour plus tard, et sombra enfin dans un sommeil paisible.

12

Jake cligna des yeux, réveillé par un rayon de soleil qui tombait de la lucarne juste au-dessus de lui. Désorienté, il roula sur le côté pour se trouver face à un énorme animal noir qui rejetait ses oreilles en arrière et découvrait ses immenses dents jaunes. Il essayait de le mordre à travers les planches disjointes de son box.

– Maudite bête ! jura-t-il. Suppôt de Satan !

Il lança un coup de pied dans la cloison et poussa un cri de douleur : il était en chaussettes.

Il se redressa, passa la main dans ses cheveux pleins de paille et fit la grimace : la bouteille de vin de la veille lui avait donné la migraine.

Après avoir enfilé ses bottes, il épousseta sa chemise en frissonnant. Quinze ans plus tôt, quand il était venu travailler à la petite ferme, il avait l'habitude de dormir dans les granges. À présent, grâce à l'argent qu'il avait gagné lors de ses voyages et aux investissements que Charles lui avait conseillés, il avait amassé un petit pécule et connaissait le luxe des bons matelas, des chaudes courtepointes. Cela lui manquait aujourd'hui cruellement.

Comme il passait en maugréant devant la stalle d'Attila, l'animal lança une ruade qui faillit bien l'atteindre.

– Ça te coûtera ton petit déjeuner, sale bête !

Il prit un malin plaisir à nourrir les autres chevaux, tandis qu'Attila le regardait d'un œil torve.

– Tu m'as mis de mauvaise humeur, mon vieux. Peut-être que je te donnerai à manger tout à l'heure, si ça va mieux...

Il s'interrompit, inquiet, en voyant que le superbe étalon de Charles se tenait une jambe repliée. Il lui flatta la croupe.

– Allons, Mayhem, montre-moi ce sabot... Ah, il y a un caillou.

Attentif, le cheval le regardait, les oreilles dressées. Jake s'empara d'une sorte de pic et s'accroupit, le pied de l'animal sur son genou. La pierre était profondément enfoncée. Pour avoir plus de force, Jake s'appuya aux planches de la stalle voisine. Une fois sa tâche terminée, il eut un grognement de satisfaction qui se transforma en un hurlement de douleur quand il sentit de grandes dents lui entamer le postérieur.

– Espèce de sale bête ! cria-t-il en se penchant au-dessus de la barrière pour assener quelques coups à Attila.

Le cheval, prudent, s'était éloigné et le considérait d'un œil goguenard.

– Je te revaudrai ça ! rouspéta Jake en montrant le poing avant de se rendre compte qu'il était absurde de menacer ce stupide animal.

En se frottant le bas du dos, il revint s'assurer que le sabot de Mayhem était propre, mais au moment où il toucha la plante du pied de la bête, celle-ci tressaillit de douleur.

– Tu as encore mal, n'est-ce pas ? Mais tu es courageux, tu ne t'es pas plaint hier, ajouta-t-il en le flattant. Tu es un véritable aristocrate, toi, pas comme ce misérable canasson qui ne mérite pas de dormir à côté de toi !

Si Attila fut vexé par l'insulte, il se garda de le montrer, et Jake était encore plus furieux quand il pénétra dans la maison.

Charles était assis, une tasse de café fumant entre les mains.

– Bonjour ! dit-il.

– Non, c'est pas un bon jour, grommela Jake. J'ai passé la nuit à me geler auprès d'une carne qui me prend pour son petit déjeuner. Et votre cheval boite, poursuivit-il en se servant à son tour du café.

– Comment ?

– Il avait un gros caillou coincé dans le sabot avant gauche.

Charles se leva.

– Inutile, ce n'est rien de grave, assura Jake.

Mais Charles était déjà sorti.

Élizabeth terminait sa toilette lorsqu'elle entendit des voix dans la pièce du bas. Drapée dans une serviette, elle alla ouvrir la malle qu'on avait déposée devant sa porte ainsi que deux brocs d'eau.

Les tenues qu'elle avait emportées ne convenaient guère à la rusticité de l'endroit, et elle choisit la plus simple : une robe de batiste blanche à taille haute, ornée de roses brodées.

Elle l'enfila et passa un long moment à attacher les nombreux petits boutons dans son dos, puis elle se regarda dans le miroir de la coiffeuse. Le corsage était nettement trop ajusté.

– Merveilleux ! murmura-t-elle avec une grimace en essayant en vain de remonter le décolleté qui s'obstinait à glisser dès qu'elle le lâchait. Oh, et puis tant pis : on portait des robes encore plus osées, pendant la Saison.

Elle prit le ruban, également brodé de roses, qui allait avec la robe. Comment se coiffer ? À Londres, Berta tressait des rubans dans ses cheveux, mais à Havenhurst elle les laissait libres et ils tombaient dans son dos en lourdes boucles dorées.

Haussant les épaules, elle se contenta de se faire une raie au milieu et d'attacher sa chevelure sur la nuque par un simple nœud.

Avec un soupir, elle s'observa de nouveau dans le miroir. Inconsciente de sa beauté, de l'éclat de ses grands yeux verts, de la pureté de son teint, elle vérifiait seulement que tout allait bien.

Elle s'assit ensuite sur le lit pour repenser aux événements de la veille. Curieusement, elle était surtout ennuyée que Charles prétendît avoir reçu un mot d'elle chez Clarissa. Il mentait peut-être pour se disculper devant M. Wiley... Mais vu son caractère, cela semblait bien peu probable. Les yeux clos, elle tenta de se remémorer ses paroles quand il était arrivé dans la serre. Quelque chose comme : « Qui vous attendiez-vous à trouver, après ce message ? Le prince de Galles ? »

Sur le moment, elle avait cru qu'il parlait de la missive qu'*il* lui avait envoyée. Or la veille, il avait prétendu le contraire, et s'était moqué de son écriture, alors que ses précepteurs l'avaient toujours trouvée « lisible et élégante ». Pourquoi Charles aurait-il parlé de sa façon d'écrire s'il n'était persuadé d'avoir reçu un mot d'elle ? Ou alors il était vraiment fou !

Elle n'avait jamais rien compris à cet homme. La veille encore, quand il avait posé sur elle ses yeux d'ambre, elle avait eu bien du mal à réfléchir correctement. Sans doute était-il simplement encore furieux parce que Robert n'avait pas respecté les règles du duel. Oui, c'était forcément ça.

Mais il y avait un problème plus grave. Lucinda et elle étaient forcées de rester chez lui. Et Élizabeth détestait la perspective de devoir lui expliquer pourquoi. Il lui fallait trouver un moyen de s'attarder encore une semaine, et de vivre en relative harmonie. Pour cela, le mieux était d'ignorer son inexplicable antipathie, de prendre chaque instant comme il viendrait. Et quoi qu'il arrive, se promit-elle, ne plus jamais perdre son sang-froid.

Elle se montrerait posée, courtoise et imperturbable, même s'il la traitait brutalement. Elle n'était plus une petite jeune fille entichée de lui qu'il pouvait à son gré terroriser, séduire ou mettre en colère. Elle allait le lui prouver en se comportant comme un modèle de parfaite éducation.

Ceci décidé, elle se dirigea vers la chambre de sa compagne.

Vêtue de sa triste robe marron, ses cheveux noués en un chignon serré, Lucinda était assise toute droite sur une chaise près de la fenêtre. Elle semblait préoccupée.

– Bonjour, lança Élizabeth en fermant la porte derrière elle.

– Oh... Bonjour, Élizabeth.

– Je voulais vous dire combien je suis désolée de vous avoir amenée ici et soumise à une telle humiliation. L'attitude de M. Thornton est inexcusable, impardonnable !

– Je dois avouer qu'il semblait... surpris de notre arrivée.

– *Surpris ?* Il était plutôt fou de rage ! Vous vous demandez certainement comment j'ai pu avoir la moindre relation avec lui naguère, et honnêtement, je ne le comprends pas non plus !

– Oh, je ne trouve pas cela tellement étrange, répliqua Lucinda. Il est particulièrement bel homme.

Élizabeth n'aurait pas été plus stupéfaite si Lucinda lui avait dit qu'il était l'amabilité incarnée.

– Bel homme ! s'écria-t-elle en secouant la tête. Vous êtes fort indulgente et trop bonne avec lui.

Lucinda se leva.

– Bonne n'est pas le mot approprié. Disons plutôt « pratique ». À part cela, le corsage de votre robe est un peu serré, mais elle vous va bien. Si nous descendions, à présent ?

13

– 'jour ! s'écria Jake quand elles pénétrèrent dans la pièce de séjour.

– Bonjour, monsieur Wiley, répondit Élizabeth avec son plus gracieux sourire. Ça sent bon...

– Café ? lança brièvement Charles.

– Asseyez-vous, asseyez-vous ! s'exclama Jake, jovial.

On avait dépoussiéré les chaises depuis la veille, mais il sortit son mouchoir pour recommencer.

– Merci, répliqua gentiment Élizabeth avant de fixer Charles, assis en face d'elle. Bonjour...

Il leva un sourcil, étonné de son changement d'attitude.

– Vous avez bien dormi, on dirait.

– Merveilleusement.

– Un peu de café ? proposa Jake.

Il en versa deux tasses, puis hésita, ne sachant quelle femme servir en premier.

– Le café, déclara Lucinda quand il s'approcha d'elle, est une boisson de sauvage. Je préfère le thé.

– Moi, j'en prendrai avec plaisir, dit vivement Élizabeth.

Jake lui adressa un sourire reconnaissant et retourna à ses fourneaux, tandis que la jeune fille sirotait son café.

Se frottant nerveusement les mains sur son pantalon, Jake considéra tour à tour les œufs, le morceau de bacon et la poêle de fonte qui fumait déjà, comme s'il ne savait par où commencer.

– Bon, faut y aller, marmonna-t-il.

Il saisit un couteau et entreprit de découper le bacon.

Élizabeth l'observait, intéressée. Il jeta de grosses tranches de bacon dans la poêle et une délicieuse odeur envahit bientôt la pièce. La jeune fille en avait l'eau à la bouche. Jake cassa ensuite huit œufs dans la poêle, sur le bacon encore presque cru.

– Vous croyez que j'ai mis les œufs trop tôt, Lady Élizabeth ? demanda-t-il.

– Je... je ne sais pas exactement, avoua Élizabeth en ignorant résolument le sourire ironique de Charles.

– Vous voulez pas jeter un coup d'œil et me dire ce que vous en pensez ?

Élizabeth le rejoignit et regarda par-dessus son épaule.

– Ça vous paraît comment ?

Les œufs se figeaient dans la graisse du bacon.

– Délicieux ! mentit Élizabeth.

Avec un grognement satisfait, Jake prit les tranches de pain qu'il venait de couper.

– Je les mets avec ?

– Non ! s'écria Élizabeth. Je suis persuadée que le pain doit être servi... euh...

– Seul, conclut Charles.

Elle se retourna et s'aperçut qu'il l'observait.

– Pas forcément seul, répliqua-t-elle pour ne pas avoir l'air trop ignorante. Nous pouvons le servir avec... avec du beurre !

– Ouais, j'aurais dû y penser ! Si vous voulez bien surveiller les œufs, je vais en chercher dans le garde-manger.

– Volontiers.

Comme rien ne se passait dans la poêle, Élizabeth se mit à arpenter la pièce, les mains derrière le dos, cherchant désespérément à lancer une conversation. Elle fixait les toiles d'araignée quand l'idée lui vint. Elle s'efforça de se composer une expression aimable et fit volte-face.

– Monsieur Thornton !

Sa voix sembla exploser dans le silence. Charles la contempla de la tête aux pieds. Nerveuse mais déterminée, elle continua :

– On dirait que personne n'a habité cette demeure depuis un bon moment.

– Bravo pour votre sens de l'observation, Miss Cameron.

Avec un plaisir non dissimulé, Charles constatait qu'elle était émue, tendue. Il n'arrivait pas à comprendre ce qu'elle faisait là, ni pourquoi elle se montrait si aimable, soudain...

– Quand on ne s'occupe pas du ménage, les maisons sont facilement envahies de poussière.

– Autre intéressante remarque. Vous avez décidément l'esprit très vif.

– Faut-il vraiment que vous rendiez tout si difficile ? s'exclama Élizabeth.

– Pardonnez-moi. Que disiez-vous ?

– Eh bien, je pensais que puisque nous sommes bloquées ici, Lucinda et moi, sans rien à faire, je pourrais nettoyer un peu...

– Excellente idée ! s'écria Jake qui rentrait avec le beurre en jetant un regard plein d'espoir à Lucinda.

Il reçut en retour un coup d'œil meurtrier.

– Il faudrait une armée de servantes protégées par des masques, protesta-t-elle.

– Je ne parlais pas de vous, Lucinda, expliqua Élizabeth. Mais moi, je...

Charles se leva et la saisit énergiquement par le coude.

– Lady Cameron, je crois que nous avons à discuter en privé, vous et moi.

Il désigna la porte et l'entraîna à l'extérieur. Au bout de quelques pas, il la lâcha et poursuivit :

– Eh bien, je vous écoute.

– Écouter quoi ?

– Une explication. Vraie, si possible. Hier soir vous me teniez au bout d'une arme, et ce matin vous vous montrez folle de joie à l'idée de balayer ma maison. Pourquoi ?

– Mais vous étiez extrêmement désagréable ! se défendit-elle.

– Je le suis encore, précisa-t-il. Je n'ai pas changé. Ce n'est pas moi qui fais preuve d'une étonnante bonne volonté, ce matin.

Élizabeth cherchait une explication qui la dispenserait de lui raconter l'humiliante vérité.

– Ce silence est assourdissant, Lady Cameron. Et assez étonnant. La dernière fois que nous nous sommes rencontrés, vous étiez nettement plus bavarde.

Il faisait référence à son discours sur les jacinthes...

– Je ne sais pas par où commencer, avoua-t-elle enfin.

– Tenons-nous-en aux points principaux. Que fabriquez-vous ici ?

– C'est un peu difficile à expliquer...

Elle était tellement troublée par son allusion à la scène de la serre qu'elle ne parvenait pas à rassembler ses esprits. Elle se lança quand même :

– Mon oncle est mon tuteur, à présent. Il n'a pas d'enfant, donc tout ce qu'il possède ira au mien. Je ne puis en avoir, puisque je ne suis pas mariée. Or il veut que ce problème soit réglé au plus vite. C'est un homme impatient. Il trouve que je suis longue à me... m'installer. Il n'a pas très bien compris qu'on ne pouvait ainsi sélectionner certaines personnes et m'obliger à choisir entre elles.

– Mais pourquoi diable s'imagine-t-il que je pourrais avoir envie de vous épouser ?

Élizabeth aurait aimé disparaître sous terre. Elle choisit soigneusement ses mots pour préserver le peu de fierté qui lui restait.

– À cause du duel, sans doute. Il s'est mépris sur sa cause. J'ai essayé de lui expliquer qu'il s'agissait d'une... amourette de week-end, ce qui est vrai, mais il a refusé de m'écouter. Il est plutôt entêté et... vieux jeu. En tout cas, quand il a reçu la lettre m'invitant à séjourner chez vous avec Lucinda, il m'a obligée à venir.

– Vous avez perdu votre temps, mais ce n'est pas tragique. Vous n'avez qu'à repartir.

Elle cueillit un brin d'herbe et feignit de s'y intéresser.

– J'espérais un peu, si cela ne vous dérange pas trop, pouvoir rester le temps prévu...

– C'est hors de question ! décréta-t-il sèchement. D'autre part, je crois me souvenir que vous étiez déjà fiancée lorsque nous nous sommes connus. Et à un pair du royaume, de surcroît.

Malgré sa colère, son humiliation et sa frayeur, Élizabeth parvint à lever le menton et croiser le regard interrogateur de Charles.

– Il... Nous avons décidé que nous n'étions pas faits l'un pour l'autre.

– Vous vous en portez certainement mieux, ironisa-t-il. Les maris sont parfois très pointilleux quand leurs épouses s'autorisent de petites... amourettes de week-end. Les rencontres clandestines dans des pavillons de chasse ou des serres sont ainsi facilitées, n'est-ce pas ?

Élizabeth ferma les poings. Ses yeux lançaient des éclairs.

– Je ne vous ai pas invité à venir me rejoindre, vous le savez !

Il posa sur elle un regard las et méprisant.

– D'accord, allons jusqu'au bout. Si vous ne m'avez pas écrit, expliquez-moi donc ce que vous faisiez dans la serre.

– Je vous l'ai déjà dit. J'ai reçu un mot, j'ai cru qu'il était de mon amie Valérie, et je suis allée dans la serre voir ce qu'elle me voulait. Mon Dieu ! explosa-t-elle en tapant du pied devant son air incrédule. J'avais terriblement peur de vous, ce soir-là !

Charles se souvint brusquement de l'ensorcelante jeune fille qui lui mettait des pots de fleurs dans les mains pour l'empêcher de l'embrasser, puis qui fondait dans ses bras quelques minutes plus tard. Il eut l'impression que c'était hier.

– Vous me croyez, maintenant ?

Charles était incapable de se prononcer. Son instinct lui disait qu'elle n'avouait pas toute la vérité. D'autre part, il ne comprenait pas pourquoi elle tenait tant à rester en Écosse. Et elle semblait au bord du désespoir, malgré toute sa fierté.

– Ce que je crois n'a guère d'importance.

Ils sentirent en même temps l'odeur qui s'échappait par une fenêtre ouverte de la maison et s'y rendirent en courant.

Ils arrivèrent devant la porte en même temps que Jake.

– J'étais allé chercher du lait, et...

Ils se précipitèrent à l'intérieur, pour trouver Lucinda assise exactement au même endroit. Indifférente à l'odeur de bacon carbonisé, elle s'éventait vigoureusement.

– J'ai pris la liberté de retirer cet ustensile du fourneau, annonça-t-elle. Mais il était trop tard pour sauver ce qui était censé y cuire.

– Vous n'auriez pas pu vous en occuper avant que ça brûle ? s'exclama Jake.

– Je ne sais pas cuisiner, monsieur.

– Et sentir non plus ? demanda Charles.

Jake leva les mains en signe d'apaisement.

– Charles, peu importe. Je vais me rendre au village et ramener deux servantes qui nous aideront pour la cuisine et le ménage...

– Excellente idée, approuva Lucinda. Je viens avec vous !

– Comment ? s'écria Élizabeth.

– Comment ? Pourquoi ? balbutia Jake.

– Les femmes savent mieux choisir les domestiques. Est-ce loin ?

L'expression embarrassée de Jake était du plus haut comique.

– On peut être de retour en fin de journée, mais je... commença le pauvre homme.

– Alors nous ferions mieux de nous mettre en route ! décréta Lucinda.

Elle jeta à Élizabeth un regard qui signifiait : « Taisez-vous, je sais ce que je fais. »

– Élizabeth, si vous voulez bien nous excuser, j'aimerais m'entretenir seule avec M. Thornton.

La jeune fille sortit docilement, tout en se demandant quel pouvait bien être le plan de sa dame de compagnie.

Charles fixait attentivement la vieille demoiselle.

– Monsieur Thornton, j'ai décidé que vous étiez un gentilhomme, déclara-t-elle enfin du ton d'une reine qui élève un serf au rang de chevalier.

Agacé et fasciné à la fois, Charles s'appuya au bord de la table en attendant la suite.

– Ne me laissez pas languir. Qu'ai-je donc fait pour obtenir un tel honneur ?

– Absolument rien ! Je base cette opinion sur mon infaillible intuition, et sur le fait que vous êtes bien né.

– D'où vous vient cette idée ? demanda-t-il.

– Je ne suis pas stupide. Je connais votre grand-père, le duc de Stanhope. Je m'occupais de sa nièce quand le scandale a éclaté au sujet du mariage de votre père. Vous lui ressemblez de façon stupéfiante. Je n'ai aucun doute quant à votre parenté.

Charles était habitué aux allusions sur ses origines, mais personne n'avait eu ainsi le front de lui *dire* qui il était ! Réprimant sa colère, il répondit froidement :

– Si vous en êtes certaine...

– Exactement le ton paternaliste que prendrait votre grand-père ! triompha-t-elle. Mais ce n'est pas le propos.

– Alors quel est-il ?

– Je suis parfaitement au courant de ce qui s'est passé entre Élizabeth et vous. Néanmoins, j'inclinerais à attribuer votre comportement à un manque de jugement plutôt qu'à un manque de caractère. Un manque de jugement des deux côtés ! précisa-t-elle.

– Vraiment ?

– Évidemment ! assura-t-elle en passant le doigt sur une étagère avant de grimacer de dégoût. Sinon, qu'est-ce qui aurait pu pousser une jeune fille de dix-sept ans à courir au secours d'un joueur invétéré, s'attirant ainsi l'opprobre de la bonne société ?

Lucinda se frotta les mains l'une contre l'autre en évitant le regard de Charles.

– En effet, qu'est-ce qui l'y aurait poussée ? répéta Charles, agacé.

– Vous êtes les seuls à le savoir, vous et Élizabeth. Sans doute est-ce aussi ce qui l'a fait rester dans le pavillon de chasse alors que vous vous y trouviez.... Quoi qu'il en soit, il a coulé de l'eau sous les ponts, depuis. Elle a payé cher son imprudence, ce qui est normal. Et bien qu'elle en supporte encore les conséquences, ce n'est que justice.

Elle réprima un sourire en voyant Charles plisser les yeux. Etait-ce l'effet de la culpabilité ? Elle ne tarda pas à déchanter.

– Madame, je n'ai guère de temps à perdre. Si nous en venions au fait ?

– Très bien, dit Lucinda les dents serrées. J'ai le devoir de veiller au bien-être physique de Lady Cameron autant que de la chaperonner. Dans le cas actuel, le premier point me semble le plus urgent. D'autant que vous ne me paraissez pas du tout avoir besoin d'un chaperon. Un arbitre me semblerait plus approprié, puisque vous êtes sur le point de vous entre-tuer en permanence... Je me sens donc chargée d'aller chercher des domestiques pour assurer la survie de Lady Élizabeth. À ce titre, je vous demande votre parole de gentilhomme que vous n'abuserez d'elle ni verbalement ni physiquement en mon absence. Son oncle la traite déjà fort mal, je ne tolérerai pas que quelqu'un d'autre la bouleverse dans cette période difficile de sa vie.

– Qu'appelez-vous exactement une « période difficile » ?

– Il ne me revient pas d'en discuter. Je tiens seulement à m'assurer de votre parfait comportement. M'en donnez-vous votre parole ?

Charles n'hésita pas une seconde :
– Elle sera tout à fait en sécurité avec moi.
– C'est précisément ce que je désirais entendre, mentit Lucinda avec aplomb.
Quelques minutes plus tard, Élizabeth les rejoignit alors qu'ils sortaient de la maison. De quoi diable avaient-ils parlé ?
Jake apparut alors en tenant deux chevaux par la bride. Il arborait un sourire radieux. Avec un grand geste du bras, il désigna un vieux cheval noir avec une selle d'amazone.
– Votre monture, madame, déclara-t-il solennellement à l'adresse de Lucinda. Il s'appelle Attila.
Lucinda jeta à l'animal un regard de mépris et, le parapluie sous un bras, entreprit d'enfiler ses gants.
– Vous n'avez rien de mieux ?
– Non, madame. L'étalon de Charles s'est blessé au pied.
– Soit, je me contenterai de celui-là !
Lucinda se dirigea vers le cheval qui montra les dents et rua. Elle lui assena un bon coup de parapluie entre les oreilles.
– Suffit ! ordonna-t-elle.
Il émit un hennissement de protestation.
– Tu l'as bien cherché ! répliqua-t-elle tandis que Charles l'aidait à se mettre en selle.
Quand il tendit les rênes à la vieille demoiselle, Attila se mit à se cabrer et à tourner en rond pour se débarrasser d'elle.
– Je ne supporte pas les chevaux mal élevés ! l'avertit-elle de son ton le plus sévère.
Comme il continuait à s'agiter dans tous les sens, elle tira un bon coup sur les rênes en le frappant sur le flanc. Attila gémit puis commença à trotter docilement en direction du sentier.
– C'est un comble ! explosa Jake. Cette bête ignore le sens du mot loyauté !

Furieux, il sauta en selle et s'engagea à son tour dans le sentier.

Un peu déconcertée, Élizabeth se tourna vers son silencieux compagnon... et resta bouche bée. Les mains dans les poches, un cigare entre les dents, il regardait Lucinda s'éloigner avec un grand sourire.

– Je crois que l'oncle de Lucinda était éleveur, expliqua-t-elle.

– Une femme étonnante ! Existe-t-il des situations qu'elle ne peut maîtriser ?

– Pas à ma connaissance, répondit Élizabeth dans un rire.

Elle s'interrompit en remarquant que Charles reprenait son visage froid et impassible. Puis elle respira un bon coup et se lança :

– Monsieur Thornton, devons-nous forcément rester ennemis ? Je sais que ma présence est... une gêne pour vous, mais c'est votre faute... votre erreur, corrigea-t-elle prudemment. Et vous comprendrez bien que c'est encore plus ennuyeux pour nous que pour vous. La solution serait donc que...

– La meilleure solution, coupa-t-il, serait que je vous présente mes excuses pour cette « erreur » et que vous partiez dès que j'aurai trouvé un véhicule.

– C'est impossible ! cria-t-elle.

– Pourquoi donc ?

– Eh bien... mon oncle est un homme sévère, qui n'aime pas être contrarié. J'étais supposée rester au moins une semaine.

– J'écrirai pour tout lui expliquer.

– Non ! gémit la jeune fille en imaginant la réaction de Julius quand il apprendrait qu'un troisième homme l'avait congédiée au bout de vingt-quatre heures. Il m'en tiendrait responsable, voyez-vous.

Malgré sa résolution de ne pas s'attendrir sur les problèmes d'Élizabeth, Charles était un peu ému par son évidente détresse. Il ne voulait pas lui créer de nouveaux ennuis. Ce qui s'était passé entre elle et lui était pure folie, mais appartenait au passé. Il était sur le point d'épouser une jolie femme sensuelle, qui lui convenait parfaitement. Alors pourquoi traiter Élizabeth comme s'il ressentait le moindre sentiment pour elle, fût-ce de la colère ?

Elle le sentit fléchir un peu et profita de son avantage.

– Rien de ce qui est arrivé ne peut nous inciter à nous comporter méchamment l'un envers l'autre. Je veux dire, ce n'était rien de plus qu'une attirance passagère, n'est-ce pas ?

– Absolument.

– Nous n'en avons souffert ni l'un ni l'autre ?

– Non.

– Alors pourquoi ne pas nous conduire normalement ? proposa-t-elle avec son plus joli sourire. Si toutes les amourettes devaient finir dans l'hostilité, bien des gens ne se parleraient plus !

Elle l'avait doucement attiré dans ses filets : à présent, soit il était de son avis, soit il avouait qu'elle avait été plus pour lui qu'un flirt passager. Charles devait bien reconnaître que son habileté l'impressionnait.

– Les amourettes, rappela-t-il, ne se terminent pas toutes par des duels...

– Je sais. Je suis désolée que mon frère vous ait touché.

– N'en parlons plus, dit-il, bourru. Et restez si cela vous plaît.

Élizabeth avait envie de danser de joie, mais elle se contenta de sourire.

– Pourrions-nous faire la paix, tant que je serai là ?

– Ça dépend.

– De quoi ?

– De la qualité du petit déjeuner que vous allez me préparer.

– Allons étudier cela...

Charles à ses côtés, Élizabeth regardait le pain, le bacon, les œufs, le fourneau.

– Je vais y arriver, affirma-t-elle avec un sourire.

– En êtes-vous sûre ?

– Mais oui ! répondit-elle en nouant un grand torchon à sa taille.

Elle était tellement charmante qu'il se détourna pour ne pas céder à l'envie de lui sourire.

Une heure plus tard, Élizabeth disposait le bacon sur un plat. Qu'allait-elle faire de l'énorme biscuit qu'étaient devenus les quatre petits gâteaux quand elle les avait placés dans le four ? Elle les mit au milieu. Puis, ne parvenant pas à décoller les œufs, elle apporta la poêle sur la table.

– Je... j'ai pensé que vous aimeriez servir, bégaya-t-elle.

– Certainement, répondit Charles avec le plus grand sérieux. Qu'y a-t-il là-dedans ?

– Des œufs, déclara la jeune fille en prenant place en face de lui. Mais je crains que les jaunes ne soient cassés.

– Ce n'est pas grave.

Il s'empara de la cuiller en bois et tenta de se servir. En vain.

– Ils ont attaché, expliqua Élizabeth.

Il parvint enfin à en décoller une lamelle qu'il déposa dans l'assiette d'Élizabeth. Puis une autre pour lui-même.

Respectant la trêve, ils se montrèrent scrupuleusement polis. Charles lui tendit le plat et elle se servit une tranche de bacon carbonisé. Il fit de même.

– Qu'est-ce que c'est ? demanda-t-il courtoisement en désignant le gâteau tout marron. C'est original.

– Il s'agit d'un biscuit.

– Vraiment ?

– Je... je l'appelle biscuit plat.

Ils observaient leurs assiettes en s'interrogeant sur ce qui était le plus comestible, et choisirent tous deux le bacon.

Ils mâchèrent consciencieusement en évitant de se regarder. Enfin Élizabeth attaqua une bouchée d'œuf.

Cela ressemblait à du papier d'emballage salé, et la jeune fille ravala des larmes d'humiliation. Elle s'attendait à quelques commentaires acides de la part de son compagnon, mais il ne manifestait aucune émotion. Ce qu'elle regrettait : cela lui interdisait d'avoir recours à la colère pour se soulager.

Elle eut un mal fou à se découper une part de biscuit. Il était si dur qu'elle ne parvenait pas à l'entamer.

– Voudriez-vous du café ? demanda-t-elle d'une toute petite voix étranglée.

– Avec plaisir, merci.

Aveuglée par les larmes, Élizabeth se dirigea vers le fourneau et emplit une tasse de café fraîchement moulu qu'elle apporta à Charles avant de se rasseoir.

Il hésitait entre la consoler et éclater de rire, mais il avait tellement de mal à mâcher qu'il ne pouvait faire ni l'un ni l'autre.

– C'était... nourrissant, dit-il enfin.

Élizabeth leva les yeux.

– Je... je n'ai pas beaucoup d'expérience en matière de cuisine, murmura-t-elle.

Elle le regarda avaler une gorgée de café et ouvrit des yeux ronds en le voyant... mâcher !

Elle bondit sur ses pieds.

– Je me promène toujours un peu après le petit déjeuner. Excusez-moi.

Charles la regarda sortir, avant de cracher, soulagé, le café moulu qu'il avait dans la bouche.

14

Le petit déjeuner d'Élizabeth avait ôté tout appétit à Charles. À vrai dire, la simple idée de nourriture lui donnait la nausée...

Il se rendait à la grange pour vérifier la blessure de Mayhem quand il aperçut la jeune fille assise au milieu des campanules, les bras croisés autour des genoux, la tête penchée. Elle était l'image même de la désolation. Avec un soupir irrité, il se dirigea vers elle.

De près, il remarqua qu'elle sanglotait. Inutile de tenter de la consoler en déclarant que le repas avait été excellent, aussi lança-t-il, amusé :

– J'admire votre ingéniosité... Me tirer une balle dans le cœur hier aurait été une mort trop rapide !

Élizabeth sursauta et releva la tête sans toutefois lui montrer son visage en pleurs.

– Vous voulez quelque chose ?

– Un dessert, peut-être ? plaisanta-t-il tout en s'agenouillant afin de la regarder en face. Nous pourrions battre de la crème pour agrémenter le biscuit. Ensuite nous mélangerions le reste avec les œufs et l'utiliserions pour boucher les trous du toit.

Un petit rire étranglé échappa à la jeune femme.

– Je m'étonne de votre indulgence.

– Il est absurde de pleurer sur quelques tranches de bacon brûlées.

– Ce n'est pas pour ça que je pleure !

Il lui tendit un mouchoir qu'elle accepta.

– Alors pourquoi ?

Elle fixa les collines environnantes.

– Je pleure sur mon ineptie et mon incapacité à contrôler ma propre vie.

« Pour une petite écervelée, elle possède un vocabulaire bien étendu », ne put s'empêcher de penser Charles. Elle le regarda enfin, ses yeux avaient la couleur des feuilles sous une pluie de printemps. Avec ses cils encore mouillés, sa chevelure brillante simplement nouée sur la nuque et sa robe trop ajustée, elle était à la fois attendrissante et terriblement sensuelle.

– Je vais couper du bois, déclara-t-il d'un ton un peu brutal. Puis j'irai pêcher pour notre souper. Vous trouverez bien un moyen de vous occuper, je suppose.

Surprise, Élizabeth acquiesça et se leva. Charles s'était déjà éloigné, mais il se retourna pour ajouter :

– Ne vous mettez pas au ménage. Jake sera de retour avant ce soir avec de la main-d'œuvre.

De retour au cottage, Élizabeth chercha en effet comment employer son énergie. Elle commença par ranger la vaisselle du petit déjeuner. Tandis qu'elle grattait vigoureusement le récipient où avaient cuit les œufs, elle entendait le son régulier de la hache audehors. Elle jeta un coup d'œil par la fenêtre et rougit. Charles était torse nu. Les muscles jouaient sous sa peau bronzée chaque fois qu'il levait sa hache en un geste harmonieux. La jeune fille n'avait jamais assisté à un tel spectacle, et elle fut à la fois fascinée et choquée par sa propre curiosité. Elle s'interdit absolument de continuer à l'observer. Où avait-il appris à couper du bois ? Il semblait tellement à l'aise en tenue de soirée à la réception de Clarissa qu'elle l'avait cru exclusivement mondain. Or il paraissait encore davantage dans son élément en pleine nature. Il se dégageait de lui une vitalité, une puissance qui correspondaient parfaitement à ce paysage rigoureux.

Elle se rappela soudain avec quelle grâce il valsait. Il possédait une merveilleuse capacité d'adaptation, et elle en fut troublée – parce qu'elle l'admirait davantage ou parce que cela la faisait douter de son aptitude à juger les autres ? Elle se mit à repenser à leur histoire. Pas aux événements, mais aux causes. Jusqu'à présent, elle était arrivée à supporter sa disgrâce en considérant

Charles comme le seul responsable, exactement comme l'avait fait Robert.

Aujourd'hui, plus sage, elle réagissait différemment. Elle se voyait comme elle était à l'époque : légère, dangereusement amoureuse et aussi coupable que lui de leur conduite inconvenante.

D'abord, elle avait été folle de vouloir à tout prix le protéger... et être protégée par lui. À dix-sept ans, alors qu'elle aurait dû trembler à la seule idée de le rencontrer au pavillon de chasse, elle avait juste craint de se laisser aller aux sentiments qu'il éveillait en elle.

Elle avait surtout eu peur d'elle-même, redoutant de gâcher l'avenir de Robert et celui de Havenhurst. Si elle était restée vingt-quatre heures de plus, songea-t-elle avec amertume, elle aurait été capable d'envoyer toute raison au diable et d'épouser Charles. C'est pourquoi elle avait demandé à Robert de venir la chercher plus tôt que prévu.

Non, rectifia-t-elle, elle n'avait pas failli l'épouser car, en dépit de ce qu'il avait prétendu sur le moment, ce n'était pas le mariage qu'il espérait. Il l'avait clairement dit à Robert.

Elle allait se remettre en colère quand un autre souvenir la calma. Lucinda, avant ses débuts, lui avait expliqué que c'était à la femme, par son attitude, de faire comprendre à ses compagnons qu'ils devaient se comporter en gentlemen...

Et Élizabeth se demanda si elle n'avait pas eu le comportement inverse. Dès le premier soir, il l'avait sans doute considérée comme une jeune fille légère... Elle l'avait invité à danser !

Et Charles avait réagi comme bien d'autres auraient réagi à sa place. Il l'avait crue plus expérimentée qu'elle ne l'était et avait envisagé une aventure passagère.

Élizabeth avait souvent vu des femmes mariées se faire courtiser à des bals. Elle avait même assisté à quelques baisers volés pour lesquels le chevalier servant recevait simplement un petit coup d'éventail sur la main. Charles, lui, avait été puni avec une balle dans le bras...

Après tout, si on ne l'avait pas surprise dans la serre avec Charles, rien de fâcheux ne se serait passé.

Rétrospectivement, elle se reprochait sa propre naïveté.

La colère latente qui l'habitait depuis presque deux ans s'évanouissait, et elle se sentait légère, soulagée.

Cherchait-elle des excuses à Charles ? Non, en vérité, elle avait tant de problèmes à résoudre pour le moment qu'elle était heureuse de se débarrasser de celui-là, gardant l'esprit libre pour régler les autres.

Quand elle eut tout rangé, elle alla vider le baquet dehors et réfléchit à quoi s'occuper.

Elle décida d'écrire à Alexandra mais, au bout de quelques minutes, elle se rendit compte qu'elle était trop agitée pour rester assise.

Elle sortit, rendit visite à Mayhem, puis entreprit de désherber un carré de fleurs envahi par le chiendent, munie d'une paire de gants d'homme trouvée dans la maison et d'une serviette pour ne pas salir ses genoux.

Par moments, quand elle levait la tête, elle apercevait Charles près du ruisseau, qui lançait sa ligne ou demeurait tout simplement debout à contempler les montagnes.

Vers le milieu de l'après-midi, elle s'adressa aux campanules qu'elle venait de transplanter :

– Voilà, vous avez de l'air, maintenant. Vous allez être très heureuses et devenir très belles.

– Vous parlez aux fleurs ? demanda Charles qu'elle n'avait pas entendu approcher.

Elle sursauta et eut un petit rire gêné.

– Elles aiment bien ça. Notre jardinier disait que tous les êtres vivants ont besoin d'affection, y compris les plantes.

Elle termina de répartir l'engrais qu'elle avait fabriqué avec des feuilles mortes et le reste de café du matin.

– J'espère que cela ne vous ennuie pas, mais elles étouffaient sous les mauvaises herbes. Elles demandaient désespérément un peu d'air et de nourriture.

– Vous les avez *entendues* ?

– Bien sûr que non ! pouffa Élizabeth. Mais j'ai pris la liberté de leur préparer un repas spécial – on appelle ça compost. Cela ne changera pas grand-chose cette année, mais vous verrez le résultat dès le printemps prochain...

Elle s'interrompit. Au mot « repas », il avait jeté un regard inquiet aux malheureuses campanules.

– Non, elles ne vont pas mourir sous nos yeux ! s'exclama-t-elle en riant. Je suis nettement meilleure en jardinage qu'en cuisine !

Il l'observa un moment, pensif.

– Je vais faire un brin de toilette, déclara-t-elle.

Élizabeth mit à chauffer assez d'eau pour prendre un bain et se laver les cheveux.

Une heure plus tard, elle brossait sa chevelure encore humide, assise sur son lit, vêtue d'une robe couleur pêche. Elle n'avait décidément pas emporté la garde-robe qui convenait à un séjour dans les montagnes d'Écosse...

Elle tenta d'élaborer un vague chignon souple qui ne résisterait sûrement pas à la brise la plus légère. Puis elle haussa les épaules et renonça à discipliner sa chevelure. Elle se sentait légère et insouciante.

Lorsqu'elle descendit, Charles se dirigeait vers la porte avec un plaid.

– Nos amis ne sont pas rentrés, mais nous pourrions tout de même grignoter quelque chose. Dehors, si vous voulez bien ?

Il portait une chemise blanche, un pantalon fauve, et ses cheveux étaient humides.

Il étendit la couverture dans l'herbe, y déposa un panier avec du pain et du fromage.

– Quelle heure est-il, à votre avis ? demanda-t-elle quand ils furent installés.

– Environ quatre heures.

– Ne devraient-ils pas être de retour ?

– Ils ont sans doute eu du mal à persuader des femmes de quitter leur maison pour venir nettoyer la mienne.

Elle hocha la tête et se perdit dans la contemplation du splendide paysage qui se déployait devant elle. Situé sur un plateau, le cottage surplombait une ravissante vallée où sinuait une rivière. Les collines verdoyantes étaient parsemées de fleurs sauvages, et Élizabeth sentait une grande paix l'envahir.

– Avez-vous pris du poisson ?

– Oui, et je l'ai déjà vidé.

– Mais saurez-vous le faire cuire ?

– Certainement.

– Quel soulagement !

Appuyé sur un coude, Charles la regarda avec curiosité.

– Depuis quand les débutantes connaissent-elles le jardinage ?

– Je ne suis plus une débutante... D'autre part, mon grand-père maternel était un grand amateur d'horticulture. Il avait composé lui-même les jardins de Havenhurst, et je les ai agrandis, j'ai ajouté de nouvelles espèces.

Ses yeux s'étaient adoucis en citant Havenhurst.

– Qu'est-ce que Havenhurst ? demanda Charles, intrigué.

– Ma maison, répondit-elle en souriant. Elle est dans notre famille depuis sept siècles. Quand le premier comte a construit le château fort, il était si beau qu'il excitait la convoitise de ses voisins. Quatorze agresseurs différents en ont fait le siège, mais aucun n'a pu le prendre. Quelques siècles plus tard, il a été transformé par un autre de mes ancêtres qui désirait un manoir de style classique. Puis il a été agrandi et modernisé jusqu'à devenir ce qu'il est à présent. Parfois c'est un peu effrayant de penser que j'en suis responsable à présent.

– Cette tâche n'incombe-t-elle pas à votre oncle ou à votre frère ?

– Le domaine revient naturellement au fils aîné. S'il n'y en a pas, il revient à la fille, puis à ses enfants. Mon oncle était le cadet, il n'a donc pu hériter. C'est sans doute pourquoi il n'y attache aucune importance et se contente de se plaindre amèrement du coût de son entretien.

– Mais vous avez un frère...

– Robert est seulement mon demi-frère, expliqua Élizabeth. Ma mère s'est trouvée veuve à vingt et un ans, alors que Robert était encore bébé. Quand elle a épousé mon père, celui-ci l'a adopté, mais cela n'a rien changé sur le plan de l'héritage. L'héritier légal a le droit de vendre la propriété, cependant il ne peut la transférer à un parent. Il s'agit d'une précaution au cas où l'un des membres de la famille exercerait des pressions sur l'héritier pour qu'il renonce à son droit. L'une de mes aïeules avait une fille qui est tombée amoureuse d'un aventurier irlandais. Celui-ci convoitait le château, pas la jeune fille. Pour l'empêcher de l'obtenir, mon ancêtre a ajouté un codicille à ce règlement.

– Que prévoit-il ? continua Charles, sincèrement intéressé.

– Si l'héritier est une femme, elle ne peut se marier contre l'avis de son tuteur. En théorie, ceci est destiné à empêcher les jeunes filles de devenir la proie d'escrocs. Il n'est pas toujours facile pour une femme de garder ses domaines, voyez-vous.

Charles demeura songeur. Cette jeune fille magnifique qui avait bravé pour prendre sa défense une assemblée d'hommes, qui l'avait embrassé avec ardeur, semblait maintenant passionnée pour un tas de pierres.

Deux ans plus tôt, il l'avait prise pour une petite comtesse frivole – et fiancée, sans doute à un jeune homme insignifiant – qui cherchait une aventure un peu plus excitante auprès d'un autre.

À présent, il se sentait curieusement gêné qu'elle ne fût pas mariée. Il s'apprêtait à lui en demander la raison, quand elle reprit :

– L'Écosse est bien différente de ce que j'avais imaginé.

– En quoi ?

– C'est plus sauvage, plus primitif. Je sais que des gentilshommes y viennent chasser, mais je pensais qu'ils avaient plus de confort, des domestiques... Comment était votre demeure ?

– Sauvage et primitive, répondit-il.

Devant l'air étonné d'Élizabeth, il ramassa ce qui restait de leur collation et se leva.

– Vous y êtes ! ajouta-t-il.

– Où ?

– Chez moi.

Élizabeth se leva à son tour, rouge de confusion. Elle ouvrit la bouche pour s'excuser, mais après l'avoir observé un moment, les cheveux dans le vent, le regard farouche et fier, elle remarqua seulement avec douceur :

– Cela vous va bien.

Il la regardait, lui aussi, et elle s'obligea à demeurer impassible. Son joli visage était mis en valeur par le halo de ses cheveux dorés qui dansaient dans la brise. Ils évoquaient la lumière près de l'ombre, la fragilité face à la force, l'orgueil et la détermination – deux personnalités opposées. Naguère leurs différences les avaient rapprochés, à présent elles les séparaient. Tous deux étaient plus mûrs, plus sages...

– Mais cela ne vous va pas, à vous, fit-il remarquer d'un ton neutre.

Ses paroles brisèrent le charme.

– Non, convint-elle sans amertume.

Elle devait sembler étrangement sophistiquée, avec ses robes trop légères et ses souliers fins.

Elle plia la couverture, tandis que Charles entreprenait de nettoyer ses fusils en vue de la chasse du lendemain. Apercevant la lettre qu'elle avait commencée pour Alexandra, Élizabeth s'installa dans la maison pour la terminer.

Un coup de feu à l'extérieur la fit sursauter. Elle sortit et le vit recharger le pistolet dont elle l'avait menacé la veille. Il pointa de nouveau son arme et tira.

– Avez-vous touché la cible ? demanda-t-elle en s'approchant.

– Oui. Voulez-vous essayer ?

– Tout dépend de la taille de la cible...

– Qui vous a appris à tirer ?

– Notre cocher.

– Ça vaut mieux que votre frère, ironisa Charles en lui tendant l'arme chargée. La cible est cette branche, là-bas, où pendent quelques feuilles.

Élizabeth avait frémi à l'évocation du duel. Elle concentra toute son attention sur le petit rameau.

Appuyé à un arbre, Charles la regarda prendre le pistolet à deux mains et viser en se mordant la lèvre.

– Votre frère n'est guère doué pour le tir.

Elle fit feu, coupant une feuille au ras de la tige.

– Moi si, dit-elle avec un demi-sourire. Si j'avais été là, j'aurais...

– Attendu le signal, j'espère !

– Bien sûr...

Elle s'attendait à une rebuffade, or Charles était persuadé qu'elle se serait conduite loyalement. Elle avait bien des défauts, mais elle était courageuse. Elle lui rendit le pistolet, et il lui en donna un autre.

– Ce n'était pas mal, mais vous deviez viser la branche, pas la feuille.

Elle ajusta son arme.

– Vous l'avez sans doute manquée aussi, puisqu'elle est toujours là.

– Elle est plus petite que lorsque j'ai commencé...

Élizabeth se tourna vers lui, étonnée.

– Vous voulez dire que vous l'avez raccourcie ?

– Un peu à chaque fois.

Elle atteignit une autre tige.

– Pas mal.

En fait, elle était excellente, et il l'encouragea d'un sourire en lui tendant une arme rechargée. Elle secoua la tête.

– À vous, dit-elle.

– Vous doutez de moi ?

– Disons que je suis légèrement sceptique.

Charles s'empara de l'arme et tira sans prendre le temps de viser.

Dix centimètres de branche sautèrent. Élizabeth éclata de rire.

– Voyez-vous, s'exclama-t-elle, je n'avais pas vraiment cru jusqu'à présent que vous aviez volontairement atteint la boucle du soulier de Robert.

Il lui adressa un clin d'œil et lui donna de nouveau le pistolet.

– Sur le moment, j'étais fort tenté de viser une partie de son corps plus vulnérable !

– Vous ne l'auriez pas fait.

– Qu'en savez-vous ?

– Vous m'avez affirmé qu'il était stupide de tuer quelqu'un pour une simple mésentente. J'ai une excellente mémoire.

Elle rata cette fois complètement la cible.

– Je suis surpris de l'entendre, déclara Charles. Vous aviez oublié que vous étiez fiancée, quand nous nous sommes rencontrés... Qui était le bellâtre, au fait ?

Tout en parlant, il avait une nouvelle fois tiré et atteint son but.

Élizabeth, qui rechargeait un pistolet, s'interrompit un instant avant de reprendre sa tâche. Le ton indifférent de Charles la confortait dans son opinion que les gens plus adultes ne prenaient pas les flirts au sérieux. Ils en parlaient ensuite légèrement, comme lui en ce moment. Et c'était vraiment plus agréable que de se consumer de remords. Elle avait été stupide. Cependant, il lui semblait un peu cocasse d'aborder le sujet de cette façon. Elle esquissa un sourire.

– Le vicomte Mondevale est tout sauf un bellâtre, répliqua-t-elle en visant de nouveau la cible.

– Mondevale ?

Élizabeth atteignit enfin le bout de la branche et éclata d'un rire joyeux.

– Je l'ai eue ! Trois à un !

– Cela fait six pour moi, rectifia Charles.

– Peu importe ! Je remonte, alors attention !

Elle recommença à viser.

– Pourquoi avez-vous rompu ?

La jeune fille se raidit. Hésitant un instant, elle finit par répondre d'une voix insouciante :

– Le vicomte Mondevale s'est montré plutôt pointilleux sur le fait que sa fiancée batifole avec vous dans des pavillons de chasse et des serres.

Elle tira et manqua son but.

– Combien de prétendants, cette saison ? demanda Charles sur le ton de la conversation.

Impossible d'avouer qu'il n'y en avait eu aucun, c'était trop vexant !

– Mon Dieu... soupira-t-elle en réprimant une grimace au souvenir de son chevalier servant dont la maison était remplie de chérubins.

Comme il ne fréquentait guère les hautes sphères, il y avait de fortes chances que Charles ne le connût pas.

– ... Il y a Sir Francis Belhaven, d'abord, poursuivit-elle.

– Belhaven est un vieil homme, rétorqua-t-il en tirant.

Il la regarda ensuite froidement, comme si elle avait perdu un peu de son estime. Elle s'efforça néanmoins de demeurer d'humeur badine.

– Qui est l'autre ?

– Lord John Marchman.

Charles partit d'un grand rire.

– Marchman ? Vous vous moquez de moi !

– Vous m'avez fait manquer ma cible ! protesta-t-elle, pincée.

– Recommencez, alors.

– C'est impossible tant que vous riez. Et de toute façon, Lord Marchman est un homme charmant.

– Sûrement, acquiesça Charles avec un sourire exaspérant. Et c'est une chance que vous aimiez les armes, parce qu'il dort avec ses fusils et ses cannes à pêche, à ce que l'on raconte. Vous passerez le reste de vos jours dans les bois et au bord des rivières.

– J'aime pêcher, figurez-vous ! Quant à Sir Francis, il est certes un peu plus âgé que moi, mais cela le rend davantage tolérant.

– Il aura intérêt à l'être, ou à se montrer bon tireur !

Élizabeth fut soudain furieuse de se sentir attaquée alors qu'ils essayaient de parler du passé avec détachement et bonne humeur.

– Vous n'êtes pas très mature, ni cohérent ! lança-t-elle.

Il fronça les sourcils.

– Quoi ? Que voulez-vous dire ?

Élizabeth se redressa de toute sa taille pour le toiser, hautaine, aristocratique.

– Cela signifie que vous n'avez aucun droit de me reprocher quoi que ce soit, alors que vous-même considériez notre rencontre comme une aventure sans lendemain ! Inutile de nier, vous l'avez dit !

– Apparemment, ma mémoire me joue des tours. À qui ai-je dit cela ?

– À mon frère, pour commencer.

– Ah, le respectable Robert !

Il visa et tira, mais il était loin de la cible.

– Vous n'avez même pas touché le bon arbre ! s'étonna Élizabeth.

Charles rangea les armes dans leurs gaines.

– Je croyais que vous vouliez les nettoyer, ajouta la jeune fille.

Il leva vers elle un regard inexpressif.

– J'ai décidé de le faire demain, répliqua-t-il distraitement en se dirigeant vers la maison.

Pensif, il rangea machinalement les armes sur le manteau de la cheminée avant de se servir un verre de madère. Que lui importait ce qu'Élizabeth avait pu ressentir ce fameux soir ? D'une part, elle était déjà fiancée. Son orgueil seul avait dû en souffrir, et c'était bien fait pour elle. D'autre part, se rappela Charles avec irritation, lui-même allait épouser une femme ravissante, et il n'avait aucune raison de penser sans cesse à Élizabeth Cameron.

Cependant, le vicomte Mondevale l'avait sans doute rejetée à cause de lui, et il ne pouvait s'empêcher d'en ressentir quelque culpabilité. Il tendit la main vers la bouteille pour aller en offrir un peu à Élizabeth, mais son regard fut attiré par la lettre que la jeune fille avait commencé à rédiger. « Ma très chère Alex... » Ce ne furent pas les mots qui le surprirent, mais l'écriture. Fine, précise, cultivée. Rien à voir avec les pattes de mouche qu'il avait eu tant de mal à déchiffrer chez Clarissa.

Il vida son verre d'un trait et sortit.

Élizabeth se tenait au bord du plateau, le vent jouant avec sa magnifique chevelure. Il s'immobilisa, se souvenant de la jeune déesse en robe bleue qui avait descendu l'escalier de la salle de bal, lointaine, intouchable. Puis il la revit, ange vengeur, affrontant une salle remplie d'hommes. Sensuelle et tentatrice quand elle faisait sécher ses cheveux au pavillon de chasse. Enfin apeurée et nerveuse en lui tendant des pots de fleurs, de peur d'être embrassée.

Il soupira et s'approcha d'elle, les mains bien enfoncées dans les poches.

– La vue est magnifique, dit-elle.

– Je souhaiterais que vous me racontiez de nouveau ce qui s'est passé ce fameux soir. Pourquoi vous trouviez-vous dans la serre ?

– Vous le savez ! s'écria Élizabeth. J'ai reçu une note de vous. Je l'ai crue de Valérie, la sœur de Clarissa, et je suis venue.

– Élizabeth, je ne vous ai pas envoyé de message, j'en ai reçu un.

Lassée, la jeune fille s'adossa à un arbre.

– Pourquoi revenir sur cette histoire ? Vous ne me croyez pas, et je ne vous crois pas.

– Je vous crois à présent, rectifia-t-il gravement. J'ai vu la lettre que vous avez commencée. Votre écriture est fort belle.

Complètement prise de court, elle ne put que répondre :

– Merci.

– Le mot que vous avez reçu, comment était-il rédigé ?

– Abominablement. Et vous avez fait une faute d'orthographe à « serre ».

Il esquissa un sourire un peu amer.

– Je vous assure que j'écris d'une façon correcte et lisible.

La jeune fille le dévisagea un instant, troublée.

– Quelqu'un s'est arrangé pour que nous soyons découverts ensemble, continuait Charles.

– Personne ne serait assez cruel ! protesta Élizabeth en secouant la tête. Je ne veux pas le croire. C'était forcément une erreur...

Mais des scènes de cette partie de campagne lui revenaient à l'esprit. Valérie qui insistait pour qu'Élizabeth invitât Charles à danser... qui posait des questions sur le pavillon de chasse... Le valet de pied qui avait précisé que la note lui avait été remise par Valérie... Valérie qu'elle avait considérée comme son amie, Valérie avec son regard vif, sans cesse en éveil.

La jeune fille serra ses bras autour d'elle, brisée.

– C'était Valérie, souffla-t-elle. J'ai pensé que vous l'aviez chargée de me remettre la note et qu'elle l'avait confiée à un domestique.

– Jamais je n'aurais eu cette imprudence !

Même Charles ne pouvait plus aborder la question sur le mode badin, à présent. Élizabeth revit Valérie dans le parc avec Mondevale. Sa vie avait été bouleversée parce que son amie convoitait son fiancé.

Les yeux brûlants de larmes contenues, elle murmura :

– C'était un coup monté.

– Pourquoi vous a-t-elle fait ça ?

– Elle voulait Mondevale, et...

Élizabeth secoua la tête, incapable d'en dire davantage.

Charles saisit ses épaules et l'attira contre lui. Il la serra davantage quand elle chercha à se dégager.

– Non, souffla-t-il. Ne bougez pas. Elle n'est pas digne de vos larmes.

Elle se mit enfin à pleurer, immobile, toute raide. Il aurait voulu chasser sa peine et la tenait fort dans ses bras. Comme elle ne se consolait pas, il essaya l'humour :

– Si elle avait su quelle tireuse émérite vous êtes, jamais elle n'aurait osé... Vous pourriez toujours la provoquer en duel ! Ou alors, demandez à Robert de s'en charger. Il est beaucoup moins bon que vous, mais nettement plus *rapide* !

Un petit rire échappa à Élizabeth, et Charles, encouragé, poursuivit :

– D'autre part, si vous teniez l'arme, vous auriez des choix cruciaux à faire...

– Lesquels ?

– Où viser, par exemple, dit-il en lui caressant doucement le dos. Robert portait des boucles à ses souliers, donc c'était facile. Vous, vous pourriez choisir un ruban de la robe de Valérie.

Élizabeth rit de nouveau. Soulagé, Charles lui releva la tête. Ses yeux lumineux étaient toujours mouillés de larmes, mais un petit sourire tremblait sur ses lèvres.

– Un ruban n'est pas assez difficile à atteindre pour vous. Vous feriez mieux d'exiger qu'elle tienne une boucle d'oreille entre le pouce et l'index...

Sans vraiment s'en rendre compte, Charles effleurait les lèvres d'Élizabeth du bout des doigts. Soudain, il se raidit et arrêta.

La jeune fille comprit alors qu'il avait failli l'embrasser. Déjà il desserrait son étreinte, se détachait d'elle. Presque inconsciemment, parce qu'elle s'était sentie bien dans ses bras, elle murmura :

– S'il vous plaît...

Charles haussa un sourcil interrogateur.

– Je...

– Oui ? insista-t-il vivement.

– Non, rien.

– Élizabeth, si vous désirez être embrassée, posez simplement vos lèvres sur les miennes.

– *Pardon ?*

– Vous avez parfaitement compris.

– Vous êtes un mufle... !

– Épargnez-moi vos protestations puériles. Si vous avez envie, comme moi, de découvrir si c'est toujours aussi agréable que dans notre souvenir, dites-le.

Ses paroles provoquèrent à la fois colère et confusion chez la jeune fille. Elle plongea dans son regard, puis descendit vers ses lèvres où s'ébauchait un sourire de défi.

– Peur ? demanda-t-il d'une voix légèrement rauque qui la prit sous son charme, comme autrefois. Décidez-vous, murmura-t-il en laissant glisser une main jusqu'au creux de sa taille.

Elle ne protesta pas quand il inclina la tête, et un violent frisson la parcourut lorsque ses lèvres se posèrent doucement sur les siennes. Pétrifiée, elle attendait que son ardeur se déchaînât. Mais son baiser demeurait léger, il l'effleurait à peine.

– Ce n'était pas tout à fait comme dans mon souvenir, se moqua-t-il.

– En effet, répondit-elle, sans comprendre qu'il faisait allusion à son manque de participation.

– Voulez-vous essayer encore ? proposa-t-il.

Elle réalisa enfin qu'il plaisantait et lui lança un regard indigné.

– Est-ce un... un concours ?

– Ça pourrait le devenir. Le souhaitez-vous ?

– Je ne crois pas, non, répliqua-t-elle avec un mélange d'agacement et de tristesse.

– Pourquoi ?

– Vous jouez, et j'ignore les règles de ce jeu.

– Elles n'ont pas changé. Ce sont les mêmes qu'avant. Je vous embrasse et... *vous* m'embrassez.

Cette critique brutale lui donna envie de lui envoyer un grand coup de pied dans le tibia. Mais il caressait doucement sa nuque.

– De quoi vous souvenez-vous ? demanda-t-il, tentateur. Montrez-moi.

De nouveau il effleura sa bouche, et cette fois il y avait un peu plus d'exigence, de défi. Élizabeth s'assouplit entre ses bras, ses mains glissèrent sur la chemise de soie. Il entrouvrit ses lèvres et Élizabeth sentit son cœur s'accélérer. Quand sa langue s'aventura plus loin, elle perdit tout contrôle et lui rendit son baiser sans retenue.

Le désir embrasait Charles à présent. Il s'ordonnait intérieurement de lâcher Élizabeth, de cesser, mais son corps ne lui obéissait plus. Il redressa enfin un instant la tête, mais ne put résister à l'appel de ses lèvres si douces. Il la serra sauvagement contre lui.

– Mon Dieu ! gémit-il.

Élizabeth le regarda au fond des yeux, et il l'embrassa de nouveau avec fièvre. Elle répondit de tout son corps quand leurs langues se rencontrèrent, l'accepta avec joie, tout en caressant sa nuque et ses tempes. Il la plaqua contre lui, contre ses hanches, et elle se laissa aller, sans remarquer l'évidence de son désir.

Machinalement, ses mains montèrent vers les seins d'Élizabeth. Alors il se rendit compte de ce qu'il faisait et s'arracha de sa bouche. Aucune femme ne l'avait jamais rendu fou à ce point.

– C'est comme je me rappelais, murmura Élizabeth, vaincue.

Pour Charles, c'était encore meilleur. Plus fort, plus violent...

Pourtant, il venait de décider de ne plus la toucher. C'était une pure folie !

– Grand Dieu ! Que se passe-t-il, ici ? s'exclama une voix masculine non loin d'eux.

Élizabeth se dégagea d'un mouvement brusque pour découvrir un homme d'âge mûr, vêtu d'un habit de pasteur, qui traversait la cour dans leur direction. Charles posa une main sur sa taille et elle s'immobilisa, paralysée.

– J'ai entendu des coups de feu, dit l'inconnu en s'appuyant à un arbre, la main sur le cœur. Cela résonnait dans la vallée, et j'ai cru...

Il s'interrompit, observant le visage en feu d'Élizabeth, ses cheveux en désordre et la main de Charles sur sa taille.

– Qu'avez-vous cru ? demanda Charles d'une voix étonnamment calme pour quelqu'un qui venait d'être surpris par un prêtre en train d'embrasser une femme.

L'homme commençait à comprendre.

– J'ai cru, dit-il ironiquement en s'approchant, que vous tentiez de vous entre-tuer. Ce qui, d'après Miss Throckmorton-Jones, n'était pas du tout invraisemblable.

– Lucinda ? balbutia Élizabeth.

– C'est bien cela, acquiesça le pasteur en lançant un regard de reproche sur la main de Charles.

Mortifiée jusqu'au fond de l'âme, Élizabeth s'écarta de quelques pas. Elle se préparait à recevoir un sermon bien senti sur sa conduite inqualifiable, mais le nouveau venu, les sourcils froncés, attendait une explication. Élizabeth jeta un coup d'œil suppliant à Charles qui, à sa grande surprise, ne semblait pas du tout honteux. Il considérait le prêtre avec un mélange d'amusement et d'agacement.

– Alors, insista le pasteur. Qu'as-tu à me dire ?

– Bonjour, par exemple... Je ne vous attendais pas avant demain, mon oncle.

– Apparemment...

– Oncle ! s'écria Élizabeth, incrédule.

Une étincelle dansa dans les yeux bruns de l'homme d'Église.

– Étonnant, n'est-ce pas, ma chère ? Cela me persuade que Dieu a le sens de l'humour, déclara-t-il comme s'il avait lu dans ses pensées.

Un petit rire nerveux échappa à Élizabeth quand l'oncle de Charles commença à raconter tous les méfaits de son neveu.

– Vous ne pouvez imaginer le mal que j'ai eu à consoler toutes les belles éplorées qui ont jeté leur dévolu sur Charles, expliqua-t-il. Et ce n'est rien à côté du jour où il organisait une course à cheval, et où l'un de mes paroissiens m'a demandé si c'était moi qui tenais les paris !

Le rire d'Élizabeth résonna, frais et clair, dans les collines.

– J'ai les genoux tout abîmés, poursuivait le prêtre, d'avoir tant prié pour le repos de l'âme immortelle de ce...

– Quand vous en aurez terminé avec mes péchés, je vous présenterai ma compagne, coupa Charles sèchement.

Au lieu de se sentir blessé par le ton de son neveu, le prêtre sembla fort satisfait.

– Quoi qu'il en soit, Charles, nous devons toujours respecter autrui, conclut-il.

Élizabeth réalisa en un éclair que le sermon auquel elle s'était attendue venait d'être administré... avec tact et talent. Et dirigé contre Charles, afin d'épargner toute humiliation à la jeune fille.

Charles le comprit aussi et il tendit la main à son oncle.

– Vous avez l'air en bonne forme, Duncan, malgré vos genoux douloureux. Et je vous assure que vos sermons sont toujours aussi remarquables, que je sois assis à l'église ou debout devant vous.

– C'est que tu as une fâcheuse tendance à t'endormir au milieu, grommela Duncan.

– Mon oncle, puis-je vous présenter Lady Élizabeth Cameron, mon invitée ?

Élizabeth trouva ce dernier mot aussi compromettant que d'avoir été vue en train d'embrasser Charles. Elle secoua vivement la tête.

– Non... je suis une...

– Une voyageuse obligée de demeurer ici, suggéra le pasteur, secourable. J'ai eu le plaisir de rencontrer Miss Throckmorton-Jones, et c'est elle qui m'a dépêché ici. J'ai promis de rester jusqu'à demain ou après-demain, quand elle pourra revenir.

– Mais... elle devait rentrer aujourd'hui ?

– Elle a eu un petit accident. Ce maudit Attila a tendance à ruer.

– Est-elle gravement blessée ? s'inquiéta Élizabeth.

– Le cheval s'en est pris à M. Wiley, rectifia Duncan. Et c'est surtout son honneur qui a été blessé ainsi que... euh... son arrière-train. Cependant, Miss Throckmorton-Jones, considérant à juste titre que sa monture devait se montrer plus disciplinée, a eu recours au seul moyen de punition dont elle disposait – puisque son parapluie se trouvait malencontreusement par terre. Elle a donné un coup de pied au cheval et y a gagné une belle entorse. On lui a administré du laudanum, ma gouvernante s'occupe de sa blessure. Elle devrait pouvoir mettre le pied dans un étrier d'ici un jour ou deux.... Je sais que je te prends au dépourvu, Charles. Néanmoins, si tu te venges en me privant de ton excellent madère, je te préviens que je m'installe pour un mois !

– Je... je vais sortir les verres, proposa précipitamment Élizabeth.

Elle se dirigeait vers la maison quand elle entendit la voix de Charles :

– Si vous espérez un bon repas, vous êtes mal tombé. Miss Cameron s'est déjà sacrifiée sur l'autel des travaux domestiques ce matin, et nous avons de peu échappé à l'empoisonnement... C'est moi qui cuisine, ce soir, ce ne sera peut-être pas meilleur.

– Je me propose pour le petit déjeuner de demain, rétorqua le prêtre avec bonne humeur.

Quand Élizabeth fut hors de portée de voix, Charles demanda :

– La blessure de Lucinda est-elle importante ?

– Je ne saurais le dire. Elle était trop en colère pour se montrer cohérente. À moins que ce ne soit le laudanum...

Le pasteur s'interrompit un moment pour suivre les évolutions d'un oiseau tout proche.

– Elle était dans un drôle d'état, reprit-il. D'un côté elle craignait que tu ne montres ton affection envers Miss Cameron de façon un peu trop... rapprochée, ce qui était sans aucun doute le cas quand je suis arrivé... D'autre part, elle avait peur que cette jeune personne ne tente de te tuer avec ton propre pistolet. Si j'ai bien compris, elle a déjà essayé ! C'est ce qui m'a effrayé quand j'ai entendu les coups de feu en montant ici.

– Nous nous entraînions.

Duncan observait son neveu en fronçant les sourcils.

– Autre chose ? s'étonna Charles.

– Miss Throckmorton-Jones en avait davantage à dire, mais je ne peux le croire.

– Sans doute le laudanum, suggéra Charles.

– Peut-être. Cependant, *je* n'ai pas pris de laudanum, moi, et j'avais l'impression que tu étais sur le point de te fiancer avec une jeune femme du nom de Christina Taylor.

– C'est vrai.

– Alors quelle excuse as-tu à fournir pour la scène dont je viens d'être l'involontaire témoin ?

– Un coup de folie, décréta brièvement Charles.

Ils se dirigèrent vers la maison, le prêtre pensif, Charles morose. L'arrivée de son oncle ne le gênait en rien, mais il se reprochait beaucoup l'incontrôlable attitude qu'il avait eue avec Élizabeth Cameron. Elle lui faisait perdre la tête. Bien qu'il n'eût aucune illusion sur elle, elle semblait devenir un ange dans ses bras. Et pourtant, deux ans auparavant, elle avait pratiquement trompé Mondevale sans le moindre remords. Aujourd'hui, elle avait froidement parlé d'épouser Belhaven ou Marchman, quelques minutes avant de se serrer contre lui. Le dégoût l'emporta sur la colère. Qu'elle épouse donc Belhaven ! Cette vieille canaille lui conviendrait parfaitement. Marchman, en revanche, méritait mieux.

Malgré son visage angélique, Élizabeth Cameron n'avait pas changé : c'était une enfant gâtée, une habile jeune personne plus habitée par la passion que par la raison.

Un verre de whisky à la main, Charles surveillait le poisson qui grillait sur le feu. Les étoiles scintillaient dans le ciel sans nuages. L'alcool, combiné à l'air frais de la nuit, l'avait calmé. Il regrettait simplement qu'Élizabeth ne fût venue troubler sa retraite. Il travaillait comme un forcené depuis un an, et avait espéré un repos bien mérité.

Enfant, il avait toujours su qu'il quitterait cet endroit pour faire ses preuves dans le monde, et il avait réussi. Il revenait toujours, mais il savait qu'il ne pourrait plus s'y installer. Il avait définitivement fait ce choix en décidant d'épouser Christina. Il ne parvenait pas à l'imaginer dans ce décor, alors qu'elle serait un joyau dans ses autres demeures.

Belle, sophistiquée et ardente, elle lui convenait à merveille. Il avait tout pesé, tout calculé avant de demander sa main, comme c'était le cas pour toute décision. Il avait dérogé une seule fois à ce principe : quand il avait rencontré Élizabeth Cameron.

– C'était vraiment stupide de votre part de me laisser me charger du petit déjeuner ce matin, dit-elle en souriant. Vous cuisinez si bien !

– Je n'irais pas jusque-là ! répondit Charles en servant du cognac dans deux verres. Je ne sais faire cuire que le poisson, et seulement comme nous venons de le déguster.

Il alla s'asseoir près de la cheminée et tendit un verre à Duncan. Puis il prit un cigare, fabriqué spécialement pour lui à Londres.

– Cela ne vous dérange pas ? demanda-t-il à la jeune fille avec une courtoisie machinale.

Élizabeth sourit, et elle allait hocher la tête quand elle le revit en un éclair dans le parc, deux ans plus tôt. Elle se rappelait avec une précision bouleversante son visage illuminé par l'allumette qu'il tenait dans le creux de ses mains pour l'abriter du vent. Le sourire un peu tremblant, elle croisa le regard de Charles. S'en souvenait-il aussi ?

Il l'observait avec une expression d'interrogation polie.

– Non, cela ne me gêne pas du tout, dit-elle, un peu déçue.

Duncan, qui avait suivi l'échange, trouva l'incident aussi surprenant que l'attitude de Charles durant le repas.

Les femmes étaient généralement séduites par Charles. Et le jeune homme, bien qu'il ne s'engageât jamais sentimentalement, ne refusait pas ce qu'on lui offrait volontiers. Il traitait ses conquêtes avec gentillesse et indulgence. Et, à son crédit, il se montrait infailliblement courtois, même après avoir perdu tout intérêt pour elles, qu'elles soient grandes dames ou servantes.

Fort de ces observations, Duncan trouvait suspect de voir Charles ignorer la présence d'Élizabeth alors qu'il l'avait passionnément embrassée quelques heures plus tôt. Il n'y avait rien de critiquable dans son comportement, mais il l'ignorait bel et bien.

Charles s'était plongé dans un livre.

– Tout s'est bien passé pour toi, cette année, je crois ? dit Duncan pour lancer la conversation.

Charles esquissa un bref sourire.

– Pas tout à fait comme je l'espérais, mais tout de même de façon assez satisfaisante.

– Tes coups de poker n'ont pas apporté les résultats escomptés ?

– Pas tous.

Élizabeth, qui lavait une assiette, s'immobilisa un moment. Naguère, Charles lui avait promis que si tout allait selon ses vœux, il pourrait lui offrir une vie confortable. Il avait sûrement échoué, ce qui expliquait pourquoi il vivait retiré dans ce cottage. Elle en fut peinée. D'un autre côté, se consola-t-elle, il n'était pas si mal ici.

Ce n'était certes pas Havenhurst, mais l'endroit possédait une espèce de grandeur sauvage. Et Charles n'était pas obligé de dépenser une fortune en entretien et en gages pour des serviteurs ! Sous cet aspect, la maison au toit de chaume, avec quelques chambres de dimension raisonnable, était parfaite. Elle offrait confort et chaleur sans que son propriétaire n'eût à s'inquiéter de réparer la toiture ou le crépi de la façade...

Charles ne se rendait pas compte de sa chance, sinon il n'aurait pas perdu son temps à essayer de gagner de l'argent dans les salles de jeu de Londres ou d'ailleurs ! Ce lieu à la fois rustique et grandiose lui convenait si bien... Élizabeth se rendit à peine compte qu'elle n'était pas loin d'avoir envie d'y vivre elle-même !

Une fois la vaisselle rangée, elle décida de monter dans sa chambre. L'oncle et le neveu ne s'étaient pas vus depuis longtemps, et elle voulait leur ménager un moment d'intimité.

Lorsqu'elle prit congé, le prêtre lui sourit chaleureusement, tandis que Charles se contenta d'un sec « bonne nuit ».

Duncan posait un regard pensif sur son neveu. Il se rappelait le petit garçon qu'il avait été. Comme son beau-frère, Duncan était fort cultivé. Cependant, dès l'âge de treize ans, Charles avait appris tout ce que les deux hommes avaient à lui enseigner, et il souhaitait en savoir plus. Sa soif d'apprendre était inépuisable, il était incollable en mathématiques et résolvait les problèmes les plus ardus sans même les noter sur le papier.

Cela lui avait permis, entre autres, d'amasser une véritable fortune – il était en effet capable de calculer de tête les probabilités d'un jeu avec une vitesse effarante. Ce qui était une bien mauvaise utilisation des dons que Dieu lui avait attribués, pensait le pasteur.

Charles avait la calme arrogance de ses ancêtres anglais, ainsi que le caractère fier et intraitable de ses aïeux écossais. Grâce à ces deux filiations, c'était un homme brillant, qui savait prendre des décisions et ne permettait à personne de se mettre en travers de son chemin.

Duncan songeait avec appréhension au sujet qu'il devait aborder avec son neveu. Le jugement de Charles était pratiquement infaillible, et le prêtre s'en remettait à lui plus qu'à personne d'autre. Il demeurait cependant un domaine où il se trompait : au sujet de son grand-père. Le seul nom du duc de Stanhope le mettait hors de lui, et Duncan hésitait à parler de ce douloureux problème. Charles avait une fâcheuse tendance à tourner définitivement le dos à ceux qui le blessaient profondément.

Le brave homme fronça les sourcils en se rappelant le jour où Charles était rentré au pays après son premier voyage avec Jake. Il avait alors dix-neuf ans. Ses parents et sa sœur, pour lui faire une surprise, étaient venus attendre à l'auberge de Hernlock l'arrivée de son bateau.

Deux jours avant le retour de Charles, l'auberge avait entièrement brûlé, et tous trois avaient disparu dans l'incendie. Charles était passé devant les ruines sans se douter que sa famille y était ensevelie...

Duncan l'attendait au cottage.

– Où sont-ils tous ? demanda joyeusement Charles en déposant ses bagages.

Seule sa chienne labrador lui fit la fête dans la maison silencieuse. Elle s'appelait Ombre, non à cause de sa couleur, mais parce que depuis qu'elle était toute petite, elle adulait son jeune maître et le suivait partout.

– Tu m'as manqué, ma belle ! s'écria Charles en s'agenouillant pour la caresser. Et je t'ai rapporté un cadeau.

Ombre cessa d'aboyer et, les oreilles dressées, attendit. Il en avait toujours été ainsi : une véritable communication s'était établie entre eux.

– Charles, murmura le prêtre.

L'angoisse perçait dans sa voix. Charles se redressa lentement et se tourna vers son oncle, le chien soudain aussi tendu que lui.

Aussi doucement que possible, Duncan lui apprit l'horrible nouvelle. Et bien qu'il fût habitué au chagrin, jamais le prêtre n'avait vu de peine si intériorisée. Charles ne pleura pas, ne hurla pas. Il se raidit contre la douleur intolérable qui risquait de le détruire. Lorsque Duncan prit congé, Charles était debout près de la fenêtre, sa chienne à côté de lui.

– Emmenez-la au village et donnez-la, dit-il d'une voix sépulcrale.

– Donner qui ?

– Ombre.

– Mais tu as dit que tu avais l'intention de rester au moins six mois pour mettre toutes les affaires en ordre.

– Prenez-la avec vous ! ordonna Charles.

– Pour l'amour du ciel, Charles, elle t'adore. De plus, elle te tiendra compagnie.

– Donnez-la aux MacMurty, à Calgorin, cria le jeune homme.

Duncan obéit à contrecœur. Il lui fallut une corde pour entraîner la bête récalcitrante.

La semaine suivante, l'intrépide Ombre était revenue au cottage. Duncan s'y trouvait alors et il eut la gorge serrée en voyant Charles refuser même de la regarder. Le lendemain, il la ramena lui-même à Calgorin avec Duncan. Après le dîner chez les MacMurty, Charles se mit en selle, tandis qu'Ombre attendait. Mais quand elle s'apprêta à le suivre, Charles lui ordonna fermement de ne pas bouger.

Et Ombre obéit, parce que Charles était son maître.

Lorsque Duncan partit, plusieurs heures après, Ombre était toujours dans la cour, les yeux fixés sur la courbe du sentier par où Charles avait disparu, comme si elle refusait de croire qu'il ait pu l'abandonner.

... Il n'était jamais revenu la chercher. Il avait une telle force de volonté qu'il pouvait surmonter ses émotions les plus violentes. Avec logique, il avait décidé de ne plus jamais s'attacher à quiconque – afin de ne plus souffrir. Il avait soigneusement rangé les portraits et les affaires de sa famille dans une malle. Il ne restait plus d'eux que le cottage. Et les souvenirs.

Trois jours après l'incendie arriva la première lettre du duc de Stanhope. Vingt ans après l'avoir déshérité, il écrivait à son fils pour faire amende honorable. Charles la lut et la jeta au feu. Il fit de même avec toutes les suivantes, qui lui étaient adressées personnellement.

C'était l'être le plus entêté que Duncan eût connu. La calme assurance de Charles, son esprit brillant, son caractère indomptable le déconcertaient parfois. Le père de Charles avait dit un jour, en plaisantant :

– Charles nous autorise à l'éduquer parce qu'il nous aime bien, pas parce qu'il nous trouve plus intelligents que lui. Il sait que nous ne le sommes pas, mais il ne veut pas heurter notre susceptibilité en le montrant.

Duncan savait que Charles n'oubliait jamais une trahison, aussi avait-il peu d'espoir d'adoucir son attitude vis-à-vis du duc.

Perdu dans ses pensées moroses, le pasteur fixait le feu, sans se rendre compte que le jeune homme l'observait depuis un moment. Ce dernier rompit enfin le silence :

– Comme le dîner que j'ai préparé n'était pas plus immangeable que d'habitude, je ne vois pas pourquoi vous froncez les sourcils avec cet air féroce !

Duncan se leva en répétant mentalement ses arguments.

– Charles, ton grand-père m'a écrit, commença-t-il.

Le sourire de Charles s'évanouit instantanément.

– Il m'a demandé, poursuivit courageusement le prêtre, d'intercéder en sa faveur et de te prier d'accepter de le rencontrer.

– Vous perdez votre temps.

– Il est toute ta famille...

– Ma famille se trouve en ce moment dans cette pièce, lança sèchement Charles. Je n'en connais pas d'autre.

– Tu es son seul héritier, insista Duncan.

– C'est son problème, pas le mien.

– Il est mourant, Charles.

– Je n'en crois rien.

– Moi, je le crois. D'autre part, si ta pauvre mère était encore de ce monde, elle te supplierait de te réconcilier avec lui. Toute sa vie, elle a été bouleversée que ton père ait été déshérité à cause d'elle. Je n'ai pas besoin de te rappeler que ta mère était mon unique sœur. Je l'adorais, et si je peux pardonner à l'homme qui lui a fait du mal, tu devrais y parvenir aussi.

– Le pardon est votre métier, rétorqua Charles, sarcastique. Pas le mien. Pour moi, c'est œil pour œil, dent pour dent.

– Il est en train de mourir, je te dis.

– Et moi je vous dis que je m'en fiche complètement !

– Si tu ne veux pas accepter le titre pour toi, fais-le pour ton père. Il y avait droit, et ton fils y aura droit un jour. C'est ta dernière chance, Charles. Ton grand-père m'a accordé deux semaines pour te convaincre, sinon il choisira un autre héritier. Ton arrivée ici a été retardée de quinze jours. Il est peut-être déjà trop tard...

– Il était déjà trop tard il y a onze ans, répliqua Charles, glacial.

Puis, tandis que Duncan le regardait ranger quelques papiers, son expression se transforma du tout au tout. Il se détendit, et ce fut avec un grand sourire qu'il déclara :

– Votre verre est vide, Duncan. En voulez-vous un autre ?

Le pasteur secoua la tête, découragé. Charles avait fait disparaître son grand-père de son esprit et rien ne pourrait y changer. Lorsqu'il se montrait ainsi aimable et calme, Charles était irrévocablement hors d'atteinte...

Comme leur première soirée ensemble était déjà gâchée, Duncan décida d'aborder un second sujet épineux :

– Au sujet d'Élizabeth Cameron, Charles... Sa duègne m'a dit...

– Inutile de gaspiller votre salive, mon oncle, coupa aimablement Charles. C'est terminé.

– La discussion, ou... ?

– Tout !

– Ça ne me semblait pas vraiment terminé, cet après-midi ! protesta énergiquement le prêtre, exaspéré par la sérénité du jeune homme. La scène à laquelle j'ai assisté...

– Vous avez assisté à la scène finale, justement.

Il avait prononcé ces mots avec la même détermination que lorsqu'il s'agissait de son grand-père. Il avait résolu ces problèmes dans sa tête et décidé de ne même plus y penser. Duncan connaissait assez son neveu pour comprendre qu'Élizabeth était reléguée aux oubliettes, comme le duc de Stanhope.

Éxaspéré, il saisit la bouteille de cognac et s'en versa une large rasade.

– Il y a une chose que je ne t'ai jamais dite, déclara-t-il avec colère.

– Qu'est-ce que c'est ?

– Je déteste ton air à la fois charmant et amusé. Je préfère te voir furieux. Dans ce cas, au moins, j'ai une chance que tu m'écoutes.

Toujours souriant, Charles ramassa son livre et reprit sa lecture.

15

– Charles, voudrais-tu voir ce que fait Élizabeth ? demanda le prêtre en retournant habilement des tranches de bacon dans la poêle. Je lui ai demandé d'aller chercher des œufs il y a un quart d'heure.

Charles posa les bûches près de la cheminée, s'essuya les mains et partit à la rencontre de son invitée. À la porte de la grange, il s'arrêta, médusé par le spectacle qui s'offrait à lui. Les poings sur les hanches, Élizabeth regardait d'un air furieux les poules qui caquetaient et voletaient dans tous les sens.

– Ce n'est pas pour moi, criait-elle. Je n'aime pas les œufs ! Je ne supporte même pas l'odeur du poulet rôti.

Elle s'avança sur la pointe des pieds, en continuant d'une voix suppliante :

– Laissez-moi en prendre seulement quatre. Je n'en mangerai pas, je vous le promets. Écoutez, je ne vous dérangerai pas longtemps, je glisse juste ma main, et... ouille !

Une poule venait de lui piquer méchamment le poignet.

– Inutile de leur demander l'autorisation, se moqua Charles.

Elle se retourna d'un bond.

– Montrez-leur simplement qui est le maître, continua-t-il. Comme ça...

Il vola deux œufs à une poule qui n'essaya même pas de protester. Puis il en prit deux autres.

– Vous n'aviez jamais mis les pieds dans un poulailler ? s'étonna-t-il en remarquant combien elle était jolie avec ses cheveux ébouriffés et ses joues toutes rouges de colère.

– Non, répliqua-t-elle sèchement. Les poules sentent mauvais.

– Tout s'explique, dit-il en riant. Elles comprennent que vous ne les aimez pas...

Perplexe, Élizabeth le dévisagea. Il avait quelque chose de changé. Il plaisantait avec elle, pourtant son regard semblait vide. Lorsqu'ils étaient ensemble d'habitude, elle lisait dans ses yeux dorés la passion, la rage, ou même une froideur glaciale. Mais là, il n'y avait *rien*, absolument rien.

Elle ne savait plus très bien ce qu'elle espérait de lui, mais en tout cas pas qu'il la considère comme une amusante étrangère.

– Dieu soit loué ! s'écria Duncan quand ils revinrent au cottage. Si vous n'aimez pas le bacon brûlé, vous feriez mieux de vous mettre à table.

– Élizabeth et moi l'aimons carbonisé ! plaisanta Charles.

Élizabeth lui rendit son sourire, mais elle se sentait de plus en plus mal à l'aise.

– Jouez-vous aux cartes ? lui demanda le prêtre quand ils furent installés.

– Je connais quelques jeux, répondit-elle.

– Dans ce cas, quand Miss Throckmorton-Jones et Jake seront de retour, nous pourrons faire une partie de whist. Tu te joindras à nous, Charles ?

– Certainement pas ! Duncan triche, expliqua-t-il à Élizabeth.

La jeune fille éclata de rire.

– Je suis certaine qu'il n'en est rien !

– Charles a raison, ma chère, avoua le pasteur avec un sourire penaud. Mais seulement lorsque je fais des réussites.

– Oh, bien sûr ! Moi aussi...

– Et vous connaissez le whist ?

– Aaron me l'a enseigné quand j'avais douze ans, mais il me bat régulièrement.

– Aaron ?

– Notre cocher, précisa Élizabeth, ravie de parler de sa « famille » de Havenhurst. Mais je suis meilleure aux échecs. C'est Bentner qui me les a appris.

– Et qui est Bentner ?

– Notre majordome.

– Je vois... Et les dominos ?

– C'est la spécialité de Mme Bodley, la gouvernante. Nous y avons joué bien des fois, mais elle prend cela très au sérieux, elle élabore des stratégies. Je ne suis pas très enthousiasmée par ces morceaux d'ivoire avec des points dessus. Je préfère de loin les échecs.

Se mêlant enfin à la conversation, Charles commenta avec un coup d'œil amusé à son oncle :

– Lady Cameron est fort riche, au cas où vous ne l'auriez pas deviné.

Il sous-entendait qu'elle était une enfant gâtée disposant d'une armée de domestiques prêts à céder à tous ses caprices.

Élizabeth se raidit, ignorant si l'insulte était intentionnelle ou non. Duncan jeta à son neveu un regard de reproche.

Intérieurement, Charles était à la fois étonné et gêné par sa remarque. Il avait décidé la veille qu'Élizabeth n'était rien pour lui, il n'avait donc aucune raison d'être agacé qu'elle fût une petite aristocrate choyée. Il venait de l'attaquer alors qu'il n'avait rien à lui reprocher, sinon d'être un peu trop jolie dans sa légère robe jaune. Il était tellement furieux contre lui-même qu'il avait perdu le fil de la discussion.

– À quoi jouiez-vous avec vos frères et sœurs ? demandait Duncan.

– J'ai un seul frère, et quand j'étais petite, il était soit à l'école, soit à Londres.

– Mais il y avait certainement d'autres enfants dans le voisinage, non ?

– Peu de gens vivaient dans la région. Havenhurst est un domaine difficile à irriguer, et mon père n'a jamais voulu faire les dépenses nécessaires. Aussi la plupart de nos fermiers sont-ils partis à la recherche de terres plus fertiles.

– Alors, qui aviez-vous pour compagnons ?

– Les domestiques. Et nous avons eu des moments merveilleux ! ajouta-t-elle vivement.

– Et maintenant, insista Duncan, comment vous distrayez-vous là-bas ?

– Je passe presque tout mon temps à m'occuper de la maison, répondit-elle spontanément sans mesurer ce que sous-entendaient ses paroles.

– Vous semblez y prendre plaisir.

– Oh oui, énormément. En fait, ajouta-t-elle sur le ton de la confidence, savez-vous ce qui me passionne le plus ?

– Je n'en ai pas la moindre idée.

– C'est de marchander pour nos achats. C'est surprenant, mais Bentner – notre majordome – prétend que je possède une sorte de génie pour ça !

– Le marchandage ? répéta Duncan, déconcerté.

– Je considère que c'est normal. Par exemple, si le boulanger du village fait une seule tarte, cela lui prendra... disons une heure. Sur cette heure, il passera la moitié du temps à sortir les ingrédients dont il a besoin, les peser, et ensuite les ranger.

Le prêtre hocha gravement la tête, et la jeune fille poursuivit avec chaleur :

– Mais s'il confectionne douze tartes, cela ne lui prendra pas douze fois plus de temps, n'est-ce pas ? Dans ce cas, je n'ai aucune raison de payer douze fois plus cher. D'autant plus que s'il vend en quantité, il achètera aussi moins cher. N'importe quelle personne sensée comprendrait cela !

– Je n'avais jamais envisagé le problème sous cet angle ! murmura le prêtre, ébahi.

– Malheureusement, le boulanger du village non plus ! déclara Élizabeth en riant. Mais je crois qu'il ne recommencera pas, à présent. D'ailleurs il ne se cache plus derrière ses sacs de farine dès qu'il m'aperçoit.

Elle réalisa enfin ce qu'un homme observateur comme le pasteur pouvait déduire de son récit, aussi reprit-elle :

– Ce n'est pas tant pour le prix. C'est une question de *principe* !

– Bien sûr, acquiesça doucement Duncan. Votre demeure doit être très belle ; vous souriez chaque fois que vous en parlez.

– Elle est magnifique ! Le paysage est superbe aussi, il y a un immense parc et des jardins merveilleux !

– Est-elle très grande ?

– Quarante et une pièces et...

– ... Et je suppose que chacune d'elles est ornée de tapis de fourrure et remplie de pierres précieuses de la taille de votre poing, coupa Charles en allant se poster devant la fenêtre.

– Bien sûr ! répondit nerveusement Élizabeth, vexée par son attitude hostile. Les tableaux sont de Rubens ou Gainsborough, et les cheminées d'Adams. Les tapis viennent de Perse, naturellement...

Tout cela avait été vrai, songea-t-elle pour apaiser sa conscience, avant qu'elle fût obligée de vendre.

Charles se retourna, une curieuse expression sur le visage.

– Pardonnez-moi, Élizabeth. Mes commentaires étaient mal venus.

Sur cette note surprenante, il s'empara d'un fusil et annonça qu'il partait chasser toute la journée.

Le prêtre le regarda sortir, puis adressa à Élizabeth un sourire pensif.

– Quelque chose ne va pas ? Il est contrarié ? demanda-t-elle timidement.

Duncan se renversa dans son fauteuil, épanoui.

– On dirait, oui. Et j'en suis personnellement ravi.

Élizabeth commençait à se demander sérieusement si les membres de cette famille n'étaient pas un peu dérangés, mais sa bonne éducation l'empêcha de poser la question.

Quand la vaisselle fut rangée, en dépit des protestations du pasteur, elle entreprit de faire le ménage du rez-de-chaussée. Elle s'interrompit seulement pour se restaurer à midi.

Au milieu de l'après-midi, tout heureuse, elle contempla le résultat de ses efforts.

– C'est remarquable ! s'écria Duncan. Cependant, j'insiste pour que vous profitiez de la fin de cette belle journée.

Le soleil brillait dans un ciel d'un bleu intense, et Élizabeth admira la rivière qui coulait, scintillante, entre les arbres. Dès que Charles serait rentré, elle irait s'y baigner. Pour le moment, elle ne pouvait courir le risque qu'il l'y surprît sur le chemin du retour.

Elle se promena dans la cour pour jouir du paysage, mais sans Charles, le temps lui parut horriblement long. En sa présence, l'atmosphère était chargée de toutes sortes d'émotions. Même le fait de nettoyer sa demeure l'avait rapprochée de lui.

Assise dans l'herbe, elle regardait au loin, pensive. Quel effet cela ferait-il d'être mariée et de vivre dans une jolie maison comme celle-ci, devant ce paysage grandiose ?

Elle fronça les sourcils. C'était elle qui devenait folle ! Elle se leva et chercha à s'occuper. Elle aperçut tout à coup une petite maison construite dans un immense chêne, à demi cachée par le feuillage. Ravie, elle appela Duncan qui venait d'apparaître sur le seuil.

– Croyez-vous que je pourrais jeter un coup d'œil à cette cabane ? demanda-t-elle.

Le pasteur s'approcha pour examiner les « marches » composées de vieilles planches clouées dans le tronc.

– Je crains que ce ne soit plus très solide.

– Ne vous inquiétez pas ! s'écria Élizabeth, joyeuse. Elbert dit toujours que j'ai un côté singe.

– Qui est Elbert ?

– L'un de nos domestiques. Avec deux autres, ils m'ont construit une maison similaire, quand j'étais petite.

Duncan n'eut pas le cœur de la priver de ce plaisir.

– Soyez prudente ! recommanda-t-il.

– Je vous le promets !

Elle se débarrassa de ses souliers et fit le tour du gros tronc avant de disparaître du côté où il n'y avait pas de marches. Quand elle réapparut, Duncan s'aperçut qu'elle était déjà à mi-chemin de la cabane.

La jeune fille dut se pencher pour y pénétrer, mais une fois à l'intérieur, elle put se redresser. L'ameublement se composait d'une table, d'une chaise, et d'un coffre de bois. La petite fenêtre donnait sur la vallée, et elle fut émerveillée une fois de plus par les collines parsemées de fleurs sauvages. Puis elle examina le coffre qu'elle débarrassa de sa poussière. Sur le couvercle étaient gravés les mots : « Propriété de Charles Thornton. Attention, danger ! » Comme si l'enfant avait trouvé l'avertissement insuffisant, il avait également tracé une tête de mort avec des tibias entrecroisés.

Élizabeth se rappela sa cabane, où elle prenait le thé avec ses poupées, et sa propre boîte à secrets... sur laquelle elle n'avait pas eu besoin de dessiner une tête de mort. Elle se souvint avec un sourire des « trésors » qu'elle conservait dans la petite commode aux poignées de cuivre : un collier que son père lui avait donné quand elle avait six ans... une dînette... des rubans pour ses poupées.

L'homme viril et indomptable qu'elle connaissait avait donc aussi été un petit garçon, avec ses secrets, qui jouait sans doute à « faire semblant » comme elle. Elle posa la main sur le coffret. Après tout, il était sans doute vide... Elle souleva le couvercle.

Sur le dessus trônait une plume de perroquet. Puis il y avait trois pierres tout à fait banales mais sans doute spéciales pour Charles car elles avaient été polies avec soin. Sous les pierres se trouvait un coquillage à l'intérieur nacré. Élizabeth le porta à son oreille pour écouter la mer. Au fond de la boîte, elle découvrit des crayons de couleur et un carnet de croquis. Elle ouvrit de grands yeux admiratifs devant le portrait à la pointe sèche d'une ravissante petite fille aux cheveux dans le vent, avec la mer en toile de fond. La tête penchée, les jambes pliées sous elle, elle regardait un coquillage qui ressemblait à celui de Charles. Sur un autre dessin, la même adolescente lançait à l'artiste un regard de connivence. Élizabeth était émerveillée devant la justesse du trait, la finesse de chaque détail.

D'autres croquis représentaient un couple – sans doute les parents de Charles –, des bateaux, des paysages, un chien. Le labrador avait les oreilles pointées, la tête inclinée, les yeux brillants.

Élizabeth était tellement confondue par le talent de Charles qu'elle demeura un instant immobile. Au bout de plusieurs minutes, elle sortit enfin de sa rêverie et prit le dernier objet contenu dans le coffret : une petite bourse de cuir. « Je n'ai pas le droit », songea-t-elle. Mais le désir d'en apprendre plus sur cet homme qui la fascinait l'emporta sur ses scrupules.

Elle ouvrit la bourse, et une lourde bague lui tomba dans la main. Sur une épaisse monture en or était sertie une énorme émeraude, elle-même ornée d'un écusson d'or représentant un lion rampant. Ce bijou devait valoir une fortune ! Élizabeth repassa en esprit les armoiries qu'elle connaissait, mais elle ne parvint pas à identifier celles-ci, malgré une vague impression de déjà vu. Peut-être, après tout, le lion était-il purement ornemental.

La jeune fille rangea la bague dans le sac de cuir. Apparemment, Charles ne lui accordait pas autrefois plus de valeur qu'aux cailloux ou à son coquillage, mais à présent il en reconnaîtrait certainement le prix et la mettrait en lieu sûr. Il allait sans doute se fâcher en apprenant qu'elle avait fouillé dans ses affaires, mais elle se devait d'attirer son attention sur le bijou. Elle décida d'emporter aussi le carnet de croquis. Les dessins étaient si beaux qu'ils méritaient d'être encadrés.

Élizabeth glissa le carnet dans sa ceinture et passa la bague à son pouce, faute de mieux.

Charles était rentré de la chasse. Il avait vu Élizabeth tourner autour de l'arbre, puis disparaître. Après avoir déposé son gibier dans la grange, il se dirigea vers la cabane.

Les mains sur les hanches, il se demandait où elle avait bien pu se cacher quand il entendit un bruissement de feuilles au-dessus de lui. Il leva les yeux et se crut victime d'une hallucination. Une longue jambe sortait des branches, tandis qu'un pied nu cherchait un point d'appui. Puis une autre jambe la rejoignit.

Il faillit tendre les mains pour aider la jeune fille, mais y renonça. Elle se débrouillait parfaitement seule.

– Que diable faites-vous là-haut ? s'étonna-t-il.

– Je descends...

Elle avait enfin trouvé une planche de bois, et Charles ne put s'empêcher d'admirer son agilité, sa témérité. Soudain, la planche pourrie céda.

– Au secours ! cria Élizabeth tandis que Charles la saisissait par la taille, lui évitant une chute.

Son dos glissa le long de la poitrine de Charles. Horrifiée par sa maladresse, par son indiscrétion et par le trouble étrange qui s'emparait d'elle, elle se retourna pour lui faire face.

– J'ai fouiné dans vos affaires, avoua-t-elle en levant vers lui son regard vert. J'espère que vous ne m'en voulez pas...

– Pourquoi vous en voudrais-je ?

– J'ai vu vos dessins. Ils sont magnifiques, vraiment ! Vous auriez dû devenir artiste !

Visiblement, il ne comprenait pas très bien ; elle lui montra le carnet, le déposa sur l'herbe et en tourna les pages avec soin.

– Regardez ça ! s'écria-t-elle en s'asseyant par terre.

Après une brève hésitation, Charles s'accroupit près d'elle, mais il observait son sourire, pas les croquis.

– Vous ne regardez pas, reprocha-t-elle gentiment. Quel talent vous avez ! Vous avez soigné le moindre détail. On sent le vent dans les cheveux de la jeune fille, on voit le rire dans ses yeux.

Charles se pencha enfin vers le croquis et, stupéfaite, Élizabeth remarqua une grande douleur sur son visage.

– Qui est-ce ?

– Ma sœur.

Élizabeth crut qu'il n'en dirait pas plus. Pourtant il reprit d'une voix un peu hésitante, comme s'il se forçait à parler :

– Elle a péri dans un incendie à l'âge de onze ans.

– Je suis désolée, murmura Élizabeth. Sincèrement désolée.

Pour alléger l'atmosphère, elle tourna les pages jusqu'à un dessin vibrant de joie de vivre, où un homme tenait une femme par les épaules tandis qu'elle levait vers lui un visage rayonnant.

– Et eux ?

– Mes parents. Le même incendie…

Élizabeth se détourna, la gorge serrée.

– C'était il y a longtemps, précisa Charles en passant au dessin suivant.

Le labrador le regardait et il remarqua avec cette fois un sourire dans la voix :

– Elle était excellente à la chasse.

– Vous avez un talent exceptionnel, Charles. Le savez-vous ?

Il eut l'air sceptique et continua à feuilleter le carnet. Il s'arrêta sur un immense quatre-mâts.

– Je voulais le construire un jour. J'en avais fait les plans.

– Vraiment ? demanda-t-elle, impressionnée.

– Vraiment.

Ils se souriaient, tout proches. Charles fixa soudain la bouche d'Élizabeth, et elle sentit son cœur s'affoler. Il inclina la tête. Il allait l'embrasser, elle le savait, et elle leva les mains pour l'attirer à elle, mais la magie de l'instant se brisa brusquement.

Charles bondit sur ses pieds, les mâchoires serrées. Stupéfaite, Élizabeth ferma le carnet et se leva à son tour.

– Il est tard, dit-elle pour dissimuler son trouble. J'aimerais me baigner à la rivière avant qu'il ne fasse trop froid. Oh, attendez ! s'écria-t-elle en lui tendant la

L'air était vif, et Élizabeth s'enveloppa plus étroitement dans son châle.

– La lune est pleine, dit-elle après quelques minutes de silence.

Charles ne répondit pas, et elle chercha un autre sujet de conversation.

– Je n'arrive pas à croire que je suis réellement en Écosse.

– Moi non plus.

Ils descendaient la colline, et les lumières du cottage s'évanouirent bientôt derrière eux.

Ils se retrouvaient seuls sous le manteau des étoiles, avec la vallée à leurs pieds. Charles s'arrêta, les mains dans les poches. Élizabeth le regarda à la dérobée. Son profil était dur, tendu.

– Peut-être devrions-nous rentrer, proposa-t-elle après un long silence.

Charles rejeta la tête en arrière, les yeux fermés.

– Pourquoi ?

– Parce que nous sommes arrivés au bout du chemin, nous ne pouvons marcher davantage.

– Nous ne sommes pas sortis pour marcher...

– Ah bon ? demanda Élizabeth, soudain inquiète.

– Vous le savez aussi bien que moi.

– Alors... alors pourquoi sommes-nous venus ici ?

– Parce que nous voulions être seuls.

– Et... qu'est-ce qui vous fait penser que je souhaite être seule avec vous ?

Il se tourna vers elle, ses yeux brillaient d'un étrange éclat.

– Venez ici, je vous montrerai.

Si le corps d'Élizabeth vibrait d'émotion, de peur, de désir, son esprit demeurait lucide. Être embrassée près du cottage, avec la rassurante proximité du pasteur, était une chose. Mais ici, loin de tout, c'était bien différent. Plus dangereux. Plus effrayant. Et la jeune fille ne pouvait reprocher à Charles de l'imaginer consentante, après la manière dont elle s'était comportée à la partie de campagne de Clarissa. Repoussant l'attirance qu'elle ressentait, elle prit une grande inspiration.

– Monsieur Thornton, commença-t-elle calmement.

– Je m'appelle Charles, coupa-t-il. Nous nous connaissons depuis si longtemps...

Élizabeth ignora l'interruption et poursuivit d'une voix posée :

– Je vous rendais responsable de tout ce qui s'est passé. À présent, je vois les événements sous un angle différent. En vérité, mon comportement, le premier soir, quand nous nous sommes rencontrés dans le parc, était tout à fait inconséquent. Voire inconvenant.

Elle s'interrompit. Il serait vexé si elle lui expliquait qu'elle avait agi ainsi sous la pression de ses amies. Or elle voulait arranger leurs relations, certainement pas les envenimer.

– Chaque fois que nous nous sommes trouvés seuls, après ce soir-là, je me suis comportée avec légèreté. Et vous avez pu, à juste titre, penser que j'étais une jeune fille frivole.

– L'ai-je vraiment pensé, Élizabeth ?

Sa voix la bouleversa autant que son regard.

– Quelle autre opinion auriez-vous pu avoir de moi ?

Il enfonça les mains dans ses poches et se tourna enfin vers elle.

– Je vous ai trouvée non seulement très belle, mais aussi extrêmement innocente. Si je vous avais considérée comme une proie facile dans le jardin, je vous aurais prise au mot, et nous n'aurions même pas assisté au bal.

– Je ne vous crois pas.

– Que refusez-vous de croire ? Que j'avais envie de vous entraîner dans les fourrés pour vous sentir fondre entre mes bras ? Ou que j'ai eu assez de scrupules pour repousser cet instinct bestial ?

– Et où sont passés vos scrupules, dans le pavillon de chasse ? Vous saviez parfaitement que je vous imaginais parti, quand je suis entrée.

– Alors pourquoi êtes-vous restée ? contra-t-il doucement.

Nerveusement, Élizabeth passa une main dans ses cheveux.

– Je n'aurais pas dû, je le sais. J'ignore pourquoi je ne me suis pas enfuie.

– Vous êtes restée pour la même raison que moi, déclara-t-il d'un ton sans réplique. Nous avions envie l'un de l'autre.

– C'était mal ! protesta-t-elle. Dangereux et... absurde !

– Absurde ou non, je vous désirais. Comme je vous désire maintenant.

Élizabeth commit l'erreur de le regarder : elle se perdit dans la profondeur de ses yeux dorés. Le châle auquel elle s'accrochait comme une noyée échappa à ses mains tremblantes et tomba à terre, mais elle ne s'en rendit même pas compte.

– Nous ne gagnerons rien, ni vous ni moi, à faire comme si ce qui s'est passé entre nous n'avait aucune importance, continuait Charles, implacable. J'ai pensé à vous tout ce temps, et je suis sûr que vous ne m'avez pas oublié non plus.

Élizabeth releva le menton d'un air de défi, mais fut incapable de mentir.

– Très bien, vous avez gagné. Je n'ai jamais oublié ce week-end. Comment l'aurais-je pu ?

Il sourit de sa colère et reprit avec une voix de velours :

– Venez ici, Élizabeth.

– Pourquoi ?

– Pour poursuivre ce que nous avons commencé ce jour-là.

Elle secoua la tête.

– Je ne veux pas vous forcer, poursuivit-il. Et, une fois dans mes bras, vous ne ferez rien dont vous n'ayez envie. Réfléchissez bien, car vous ne pourrez pas prétendre demain matin que je vous ai obligée à quoi que ce soit, ou que vous ne saviez pas ce qui allait se passer. Hier, ni vous ni moi n'avions prévu ce qui est arrivé. Aujourd'hui, c'est différent.

Une petite voix insidieuse suggérait à Élizabeth d'accepter. Une autre voix, sévère, lui conseillait de ne plus ignorer les convenances.

– Je... je ne peux pas...

– Quatre pas nous séparent, et un an et demi d'attente nous rapproche.

Élizabeth se mordit la lèvre.

– Ne pourriez-vous au moins faire la moitié du chemin ? demanda-t-elle d'une toute petite voix.

Charles faillit céder, mais il se reprit.

– Pas cette fois. J'ai envie de vous, mais je ne veux pas que vous me considériez comme un monstre demain. Si vous me désirez, venez dans mes bras.

– Je ne sais pas ce que je désire ! cria-t-elle, désespérée.

– Venez, insista-t-il. Vous verrez.

Ce fut son timbre de voix un peu rauque qui la décida. Mue par un instinct plus fort qu'elle, Élizabeth se précipita dans ses bras.

– Je ne croyais pas que vous oseriez... murmura-t-il, admiratif, en la serrant contre lui.

Elle leva les yeux vers lui, et il prit ses lèvres en un baiser passionné. Avec un gémissement d'impuissance, elle enfouit ses mains dans les cheveux de Charles, consumée par son désir, et se blottit plus fort contre lui. La langue de Charles s'insinua dans sa bouche, et ils s'abandonnèrent à leur passion. Quand elle se risqua à caresser ses lèvres du bout de la langue, il émit un grondement de plaisir.

Il n'arrivait pas à interrompre leur baiser. Il ressentait la même fièvre que deux ans auparavant, le même désir presque douloureux dans son intensité. Il posa la main sur son sein, et elle sursauta, le bouleversant plus encore par son innocence.

Une éternité plus tard, il releva enfin la tête. Élizabeth demeura dans ses bras, tremblante, la joue appuyée contre son torse, à écouter les battements fous de son cœur. Jamais Charles n'avait vécu passion plus violente.

Jusqu'à présent, il avait voulu se persuader qu'il exagérait l'attraction qui les poussait l'un vers l'autre. Mais ce soir surpassait tous ses souvenirs, tout ce qu'il avait jamais ressenti avec une femme.

Élizabeth entendit sa respiration s'apaiser, et les bruits de la nuit lui parvinrent de nouveau. Il caressait doucement son dos. Des larmes inattendues jaillirent de ses yeux et elle les essuya sur la chemise de Charles qui fut ému par ce geste tendre.

– Pourquoi ? murmura Élizabeth.

Charles comprit le sens de sa question. Pourquoi cela lui arrivait-il, à elle ? Il se posait la même à son propre sujet. Pourquoi cette jeune fille le mettait dans un tel état ?

– Je l'ignore, répondit-il. Cela se produit parfois, tout simplement...

... Pour les mauvaises personnes, au mauvais moment, ajouta-t-il pour lui-même. À Londres, il était tellement amoureux d'elle qu'il avait proposé deux fois de l'épouser en deux jours. Il se rappelait chaque mot de la réponse d'Élizabeth. Avec un sourire amusé, elle avait parlé de fourrures et de joyaux.

Il avait eu du mal à croire que cette ravissante et pure jeune fille fût intéressée uniquement par les biens matériels. Pourtant elle avait insisté : n'était-ce pas tout ce que recherchaient les femmes ?

« Au moins, songea Charles en luttant contre un regain de dégoût, elle s'est montrée franche. » Rétrospectivement, il admirait son courage, à défaut de ses principes.

Il pencha la tête. Élizabeth le fixait de ses grands yeux clairs faussement naïfs.

– Ne vous inquiétez pas, dit-il gaiement en l'entraînant vers la maison. Je ne vais pas commettre l'erreur de vous demander en mariage. C'est hors de question. D'ailleurs, je suis plutôt à court de fourrures et de bijoux, cette année.

Malgré son ton plaisant, Élizabeth comprit tout ce qu'il y avait de sordide dans les phrases qu'elle avait prononcées autrefois. Heureusement, il semblait s'en moquer. C'était la règle, dans les aventures passagères : ne pas se prendre au sérieux.

– Qui est le concurrent le plus apprécié, cette saison ? demanda-t-il avec la même insouciance alors qu'ils arrivaient en vue du cottage. Il n'y a tout de même pas que Belhaven et Marchman !

Élizabeth essaya de toutes ses forces de se montrer aussi enjouée que lui, mais elle avait du mal à passer de la passion à la conversation banale.

– Pour mon oncle, le meilleur prétendant est celui qui a le titre le plus élevé et la fortune la plus importante...

– Évidemment. Dans ce cas, Marchman devrait être l'heureux élu.

Son indifférence brisa le cœur de la jeune fille. Elle releva le menton dans un sursaut d'orgueil.

– À dire vrai, je ne suis pas candidate à la vie conjugale, lança-t-elle d'un air qu'elle souhaitait léger. Peut-être serai-je obligée de me marier, si je ne parviens plus à manœuvrer mon oncle comme aujourd'hui, mais j'ai décidé qu'il valait mieux que j'épouse un homme nettement plus âgé que moi.

– Et aveugle de surcroît, pour qu'il ne remarque pas vos petites escapades par-ci par-là ?

Elle lui jeta un regard noir.

– Je voulais dire que je tiens à ma liberté. À mon indépendance. Ce sont deux choses qu'un jeune époux n'est guère susceptible d'accepter.

– L'indépendance est *tout* ce qu'un vieil homme pourra vous offrir, fit-il remarquer sans ménagement.

– Cela me suffit largement. J'en ai assez d'être bousculée. Je ne demande qu'à m'occuper tranquillement de Havenhurst et faire ce qui me plaît.

– Si vous épousez un vieillard, vous risquez d'être la *dernière* des Cameron.

Elle eut un regard interrogateur.

– Il ne sera pas capable de vous donner des enfants, expliqua Charles.

– Oh ça... bégaya Élizabeth, déconcertée. Je n'ai pas encore pensé au problème.

– Quand vous l'aurez résolu, faites-le-moi savoir, jeta Charles, incapable désormais de la trouver drôle ou admirable. Il y a tout à gagner d'une telle découverte !

Élizabeth n'avait pas encore songé à cela parce qu'elle venait juste de prendre cette décision, après avoir été si tendrement embrassée par Charles puis rejetée pour quelque incompréhensible raison. C'était trop douloureux, trop humiliant. Elle avait peu d'expérience des hommes, mais elle les considérait dans l'ensemble imprévisibles et impossibles à comprendre. De son père à son frère, en passant par le vicomte Mondevale, qui avait voulu l'épouser, et Charles, qui ne le désirait pas. Un seul d'entre eux se montrait cohérent : l'oncle Julius, qui demeurait indéfectiblement froid et sans cœur.

Désirant se retrouver seule, elle souhaita bonne nuit à Charles dès qu'ils eurent franchi le seuil du cottage et passa sans le voir devant le fauteuil à haut dossier où lisait Duncan. Celui-ci la suivit des yeux, inquiet.

– La promenade a été bonne, Charles ? interrogea-t-il après avoir entendu la porte se fermer à l'étage.

Charles se servait un reste de café. Il lança un coup d'œil à son oncle.

– Qu'avez-vous derrière la tête ? demanda-t-il, irrité.

– Je pense que tu l'as de nouveau bouleversée, et volontairement, ce qui ne ressemble pas à ton attitude ordinaire envers les femmes.

– Rien n'est ordinaire chez Élizabeth Cameron.

– Je suis bien de ton avis, approuva le pasteur avec un grand sourire. Je crois également qu'elle est aussi attirée par toi que toi par elle. C'est une évidence.

– Alors il doit être évident, pour un homme observateur comme vous, que nous ne sommes absolument pas faits l'un pour l'autre, rétorqua Charles d'une voix implacable. Mais inutile d'en parler, puisque je suis fiancé.

Duncan ouvrit la bouche pour ajouter un commentaire, mais devant l'air fermé de son neveu, il jugea plus prudent de s'abstenir.

17

Charles se leva à l'aube pour aller chasser, et Duncan profita de son absence pour glaner quelques réponses aux problèmes qui le tracassaient.

Il questionna en vain Élizabeth sur sa première rencontre avec Charles, sur la vie qu'elle menait en Angleterre. À la fin du petit déjeuner, il n'avait obtenu que des phrases aimables mais évasives qui cherchaient à lui faire croire que la jeune fille menait une vie brillante et superficielle. Enfin elle détourna la conversation en lui parlant des dessins de Charles.

Espérant qu'elle s'ouvrirait davantage si elle le comprenait mieux, le prêtre lui expliqua comment Charles avait surmonté son chagrin à la mort de ses parents. Élizabeth montra toute sa sympathie à ce récit, mais ne révéla rien de plus.

Elle avait une seule envie : échapper à ce regard scrutateur. Elle sentait que le pasteur n'était pas homme à renoncer lorsqu'il avait décidé quelque chose. Sitôt la vaisselle rangée, elle se réfugia dans le jardin. Duncan ne tarda pas à l'y rejoindre, l'air préoccupé.

– Votre cocher est là, dit-il. Il a un message urgent pour vous.

L'angoisse au cœur, Élizabeth se précipita vers la maison.

– Aaron ! Que se passe-t-il ? Comment avez-vous pu monter en calèche jusqu'ici ?

En réponse à la première question, il lui tendit une enveloppe.

– Votre oncle était tellement impatient de vous voir rentrer, expliqua-t-il ensuite d'une voix bourrue. Il nous a dit de louer n'importe quoi pour vous ramener le plus vite possible. Il y a deux chevaux devant la porte, pour vous et Miss Throckmorton-Jones, et un attelage attend en bas du chemin. Nous le prendrons pour nous rendre à l'auberge où se trouve votre calèche.

La jeune fille déplia la lettre et ses yeux s'agrandirent d'horreur.

Élizabeth, rentre immédiatement. Belhaven a demandé ta main. Inutile donc de perdre ton temps en Écosse. Tu sais que j'aurais choisi Belhaven plutôt que Thornton. Si tu es de retour avant une quinzaine, tu pourras même participer aux négociations sur le contrat. Sinon, je m'en chargerai sans toi, ce qui est mon droit en tant que tuteur.

Désespérée, Élizabeth froissa la note. Soudain, un bruit dans la cour attira son attention. Lucinda et Jake étaient enfin de retour, et la jeune fille se précipita à l'extérieur.

– Lucy ! Une catastrophe ! cria-t-elle tandis que la vieille demoiselle attendait paisiblement sur son cheval noir que Jake l'aidât à mettre pied à terre.

– Un instant, je vous prie, Élizabeth, dit-elle, imperturbable. Quoi qu'il arrive, je suis certaine que nous pouvons en parler dans la maison. Vous n'imaginez pas le mal que nous avons eu à trouver des domestiques convenables.

Lucinda boitilla jusqu'au cottage et s'assit bien droite sur le sofa.

– Alors ? demanda-t-elle en époussetant sa jupe noire. Que se passe-t-il ?

Sans se soucier de la présence de Duncan, Élizabeth tendit la lettre à sa gouvernante.

– Lisez. On dirait que... qu'il a déjà accepté.

Miss Throckmorton-Jones se renfrogna, tandis que ses pommettes se teintaient d'un rouge vif.

– Il aurait accepté une offre du Diable en personne pour de l'argent, grinça-t-elle avec colère. Ce n'est guère une surprise.

– J'étais sûre d'avoir découragé Belhaven ! gémit Élizabeth. J'ai tout fait pour cela, Lucy. Et plus encore !... En nous dépêchant, nous arriverons à temps, et peut-être trouverai-je un moyen de me sortir de ce mauvais pas, ajouta-t-elle en bondissant sur ses pieds.

Lucinda, elle, ne bondit pas sur ses pieds, ne se précipita pas à l'étage, ne claqua pas la porte de rage. Au contraire, elle se leva majestueusement et se tourna vers Duncan.

– Où est-il ?

– Charles ? s'étonna le pasteur, alarmé par sa pâleur. À la chasse.

Frustrée, la vieille demoiselle passa sa colère sur le malheureux prêtre. Quand elle eut terminé sa tirade, elle jeta la lettre par terre et déclara, d'une voix vibrante de fureur :

– Lorsque ce suppôt de Satan sera de retour, vous l'informerez que si je le rencontre un jour sur ma route, il serait prudent qu'il porte une armure !

Sur ce, elle se rendit dignement à sa chambre.

Charles rentra au crépuscule pour trouver la maison anormalement calme. Assis près de la cheminée, son oncle le regardait avec une expression mi-pensive, mi-irritée.

Malgré lui, Charles fit le tour de la pièce, cherchant des yeux la chevelure dorée d'Élizabeth. Puis il posa son fusil.

– Où sont les autres ? demanda-t-il avec une feinte indifférence.

– Si tu parles de Jake, il a pris une bouteille de bière et s'est retiré dans la grange. Il a l'intention de boire jusqu'à ce que le souvenir des deux derniers jours disparaisse de sa mémoire.

– Ils sont donc revenus ?

– Jake, oui. Les servantes arriveront demain matin. Quant à Miss Throckmorton-Jones et Élizabeth, elles sont parties.

Charles crut qu'il s'agissait d'une promenade. Il se servit un verre de madère.

– Où ont-elles bien pu aller, à cette heure-ci ?

– En Angleterre.

Charles faillit renverser son verre.

– Pourquoi ? aboya-t-il.

– L'oncle de Miss Cameron a accepté une demande en mariage.

Duncan vit avec une certaine satisfaction Charles avaler d'un trait le madère.

– Qui est l'heureux élu ? demanda-t-il ensuite, sarcastique.

– Sir Francis Belhaven, je crois.

Une moue dégoûtée apparut sur le visage de Charles.

– Tu ne l'aimes guère, on dirait ?

– C'est une vieille fripouille aux appétits sexuels pour le moins dépravés. Il a trois fois l'âge d'Élizabeth.

– Quel dommage ! soupira Duncan en tentant de prendre un air indifférent. Cette ravissante et innocente enfant n'aura pas le choix. Il lui faudra bien épouser cette vieille... fripouille. Sinon, son oncle lui retirera toute aide financière et elle perdra cette demeure qu'elle aime tant. La pauvre petite n'a aucune chance de s'en sortir.

– C'est absurde ! décréta sèchement Charles. Élizabeth Cameron était la coqueluche de Londres, il y a deux ans. Elle a reçu une douzaine de demandes en mariage en une saison. Si son oncle ne s'intéresse qu'au titre et à la fortune, il peut choisir un autre candidat !

– C'était vrai *avant* qu'elle ne fasse ta connaissance, rectifia Duncan d'un ton ironique tout à fait inhabituel chez lui. Depuis, le bruit court qu'elle est souillée.

– Par Dieu, que voulez-vous insinuer ?

– À toi de me le dire, Charles. Je ne connais que la version de Miss Throckmorton-Jones, qu'elle m'a racontée en deux fois. La première fois, elle était sous l'emprise du laudanum. Aujourd'hui, elle était en proie à la plus formidable colère que j'aie jamais vue. Bien qu'il me manque une partie de l'histoire, j'ai le sentiment très net que tu manques totalement de cœur et de conscience ! J'ai la gorge serrée en imaginant ce qu'Élizabeth a enduré depuis deux ans ! Et si on considère qu'elle t'a pardonné...

– Qu'a raconté cette femme ? coupa Charles en se levant nerveusement pour se diriger vers la fenêtre.

Exaspéré par son attitude, le pasteur bondit sur ses pieds et s'approcha de lui.

– Elle m'a dit que tu as définitivement ruiné la réputation d'Élizabeth Cameron. Que tu as persuadé cette innocente jeune fille de te rencontrer dans un pavillon de chasse, puis dans une serre. Elle m'a dit que des témoins ont assisté à la scène et se sont dépêchés de répandre ces ragots par toute la ville. Elle m'a dit que l'aventure est arrivée aux oreilles du fiancé d'Élizabeth et qu'il a rompu à cause de toi. La bonne société en a conclu qu'Élizabeth n'était pas une personne convenable et l'a immédiatement mise à l'écart. Elle m'a dit que quelques jours plus tard, le frère d'Élizabeth a secrètement quitté l'Angleterre pour échapper à ses créanciers, qui auraient été payés si Élizabeth avait fait un bon mariage, et que depuis il n'a pas donné signe de vie.

Avec une certaine satisfaction, le prêtre remarqua qu'un petit muscle jouait sur la mâchoire de son neveu.

Alors il poursuivit, impitoyable :

– Elle m'a dit qu'Élizabeth était venue à Londres parce qu'elle était dans l'obligation de se marier... et que tu as détruit cet espoir. Ce qui explique pourquoi la malheureuse est à présent obligée d'épouser une vieille fripouille lubrique... Résultat de ton comportement, cette ravissante et courageuse jeune personne vit en recluse depuis presque deux ans. Sa chère maison a été dépouillée de tous ses objets de valeur. Félicitations, Charles ! Tu l'as transformée en pestiférée. Tout cela parce qu'elle est tombée amoureuse de toi dès le premier regard. Sachant ce que je sais à présent, je me demande ce qu'elle a bien pu te trouver !

Charles ne fit aucun effort pour se défendre aux yeux de son oncle. Les deux mains appuyées aux montants de la fenêtre, le regard perdu dans la nuit, il se répétait les paroles de Duncan. Il regrettait sa cruauté envers Élizabeth au cours des derniers jours.

Il la revit comme en Angleterre : une jeune fille emportée par une innocente passion. Il la revit le pistolet à la main, habile et précise. Il la revit assise dans l'herbe près du carnet de croquis. « Je suis désolée », avait-elle murmuré, au bord des larmes, quand il avait parlé de sa famille.

Il se souvint du désir qu'ils avaient éprouvé tous deux la veille au soir. Il avait ensuite déclaré d'un ton léger qu'il n'avait pas la moindre intention de l'épouser.

Et chaque fois qu'il avait fait allusion à la fortune d'Élizabeth, elle avait été trop fière pour le détromper.

Charles bouillait de rage contre son propre aveuglement, sa stupidité. Il aurait dû comprendre, par exemple lorsqu'elle avait évoqué ses marchandages avec les commerçants ! Bon Dieu, il aurait dû *savoir* !

Depuis qu'il avait posé les yeux sur elle, il avait deviné qu'elle n'était pas quelqu'un de léger et futile, mais quelqu'un de... rare. Pourtant, il l'avait traitée comme une écervelée, et elle l'avait supporté ! Elle avait même eu la grâce de lui trouver des excuses en accusant sa propre conduite.

Bouleversé, il ferma les yeux.

Duncan n'avait pas bougé, respectant la douleur de son neveu.

Lorsque Charles parla enfin, sa voix était rauque d'émotion.

– Lucinda vous a-t-elle dit ça, ou est-ce votre propre opinion ?

– À quel sujet ?

– Vous a-t-elle dit qu'Élizabeth est tombée amoureuse de moi dès le premier regard, ou l'avez-vous déduit vous-même ?

La réponse semblait revêtir une telle importance pour Charles que Duncan faillit sourire. Cependant, il tenait pour l'instant à deux choses par-dessus tout : Charles devait réparer le tort fait à Élizabeth, et se réconcilier avec son grand-père. Or les deux points étaient liés, puisque l'oncle d'Élizabeth tenait à ce qu'elle épouse un homme possédant un titre.

– C'était l'opinion de Miss Throckmorton-Jones quand elle était sous l'effet du laudanum. Et c'est aussi mon opinion, basée sur ce que je connais d'Élizabeth et sur son attitude envers toi.

Il laissa Charles réfléchir un moment, puis se lança :

– Tu vas devoir dissuader son oncle de la donner à cette fripouille. Or il souhaite voir sa nièce se marier avec un noble. Et ce n'est pas déraisonnable, dans ce milieu. Le titre est à ta portée, Charles. Je connais ta haine pour ton grand-père, mais cela n'a plus guère d'importance. Ou tu laisses Élizabeth épouser Belhaven, ou tu fais la paix avec le duc de Stanhope. Il n'y a pas d'autre choix, tu le sais.

Charles se raidit, et Duncan comprit qu'une âpre lutte se livrait en lui. Il le vit baisser la tête, serrer les poings.

– Ce salaud ! explosa-t-il enfin. Après onze ans, il parviendra à ses fins. Tout cela parce que je ne peux me passer d'elle !

Le pasteur eut du mal à dissimuler sa joie et son triomphe.

– Il existe pire destin que d'épouser une merveilleuse jeune femme qui a de plus eu l'excellente idée de tomber amoureuse de toi !

Charles esquissa un sourire, vite évanoui.

– C'était il y a longtemps. Tout ce qu'elle souhaite, à présent, c'est son indépendance.

Le prêtre haussa les sourcils.

– Son indépendance ? Vraiment ? Quelle curieuse idée, pour une femme. Je suis sûr que tu sauras la faire renoncer à cette notion absurde !

– N'y comptez pas trop.

– C'est joli de loin, l'indépendance. Donne-la-lui, et elle la détestera, déclara sagement Duncan.

Charles l'écoutait à peine. Il était ivre de colère à l'idée de devoir composer avec le duc.

– Qu'il soit maudit ! Je l'aurais laissé rôtir en enfer, et son titre avec lui !

– Il est bien possible, rétorqua sévèrement Duncan, que ce soit cette peur de « rôtir en enfer », comme tu le dis si joliment, qui l'a poussé à te proclamer publiquement son héritier. Mais n'oublie pas qu'il se repent depuis plus de dix ans – bien avant ses graves problèmes de santé.

– C'étaient dix ans de trop ! Mon père était l'héritier légitime et cette vieille canaille ne l'a reconnu qu'après sa mort.

– Je le sais bien, mais là n'est pas la question. Tu ne peux plus te permettre de l'envoyer au diable, alors garde ton élégance et ta dignité, comme l'aurait fait ton père. Tu es de droit le futur duc de Stanhope, et personne n'y peut rien. De plus, je suis absolument convaincu que ton père aurait pardonné au duc, s'il en avait eu l'occasion.

– Je ne suis pas mon père ! cria Charles, fou de rage.

– Charles, tu n'as pas une minute à perdre. Il y a de grandes chances pour que ton grand-père ait accompli ce qu'il menaçait de faire la semaine dernière : nommer un nouvel héritier.

– Il y a également de grandes chances pour qu'il me chasse de chez lui, après ma dernière lettre !

– D'autre part, poursuivit Duncan, si tu tergiverses, tu risques d'arriver quand Élizabeth sera devenue Lady Belhaven.

Charles demeura un long moment silencieux, puis il eut un bref hochement de tête et monta vers sa chambre.

– Charles ?

Le jeune homme se retourna.

– Quoi encore ?

– Tu as changé de fiancée, mais je suppose que j'aurai toujours l'honneur d'officier à Londres le jour de ton mariage ?

Son neveu acquiesça.

– Tu choisis la bonne voie. Tu ne pouvais faire autrement, après avoir ruiné sa vie.

– C'est pire encore que vous ne le croyez, répliqua Charles, sombre.

– Par le Ciel, que veux-tu dire ?

– C'est à cause de moi que son oncle est devenu son tuteur. Son frère n'est pas parti pour éviter ses créanciers ni le scandale, comme elle l'imagine.

– Explique-toi...

– Au cours du duel, il m'a raté, mais ensuite il a essayé de me tuer par deux fois, et il a bien failli y parvenir. Je l'ai fait enlever et embarquer sur l'*Arianna* qui faisait route vers les Indes, pour lui rafraîchir les idées.

Le pasteur s'effondra sur le sofa, accablé.

– Comment as-tu pu agir ainsi ?

– Il y avait seulement deux autres possibilités, se défendit Charles. Le laisser me tirer dans le dos, ou le remettre aux autorités. Je ne voulais pas le voir pendu, je tenais seulement à ce qu'il me laisse tranquille.

– Mais deux ans !

– Il aurait dû rentrer au bout d'une année. Malheureusement, l'*Arianna* a été endommagée au cours d'une tempête et a dû faire escale à San Delora pour réparations. Il s'est enfui et a disparu dans la nature. J'ai pensé qu'il s'était arrangé pour revenir en Angleterre...

– Grand Dieu ! s'écria Duncan. Élizabeth aura toutes les raisons de te haïr quand elle apprendra cette histoire !

– Elle n'en aura pas l'occasion, déclara Charles d'un ton sans réplique. Je vais engager quelqu'un pour retrouver sa trace, et je n'en parlerai à Élizabeth qu'après avoir appris ce qui est arrivé à son frère.

– C'est sans doute le meilleur moyen, oui. Mais tout ceci aurait été infiniment plus simple si tu t'étais préoccupé plus tôt de savoir ce que devenait Élizabeth. Tu as suffisamment de relations dans la bonne société. Comment est-il possible que personne ne t'ait jamais parlé d'elle ?

– Après cette affaire, je me suis absenté presque un an. Ensuite, ajouta Charles avec mépris, dans ce que l'on appelle la « bonne » société, on n'aborde jamais devant vous les choses qui vous concernent. Cela se passe dans votre dos.

Un curieux sourire se dessina sur les traits du prêtre.

– En dehors des ragots, tu trouves ce petit monde prétentieux, autoritaire et trop sûr de lui, n'est-ce pas ?

– Dans l'ensemble, oui, répondit brièvement Charles avant de pénétrer dans sa chambre.

Une fois seul, Duncan se mit à rire.

– Charles, murmura-t-il dans le silence de la pièce, autant que tu possèdes le titre... tu en as déjà toutes les caractéristiques.

Puis il leva les yeux vers le plafond.

– Merci, mon Dieu. Vous avez été long à exaucer ma première prière, dit-il en pensant à la réconciliation de Charles et de son grand-père. Mais vous avez été merveilleusement rapide en ce qui concerne la seconde !

18

Quatre jours plus tard, il était près de minuit quand Charles s'arrêta à l'auberge du Cheval Blanc. Après avoir laissé sa monture au palefrenier, il traversa la salle commune où les paysans étaient attablés devant des chopes de bière. Le tavernier, un gros homme au tablier sale, jeta un regard appréciateur sur la jaquette parfaitement coupée de ce nouveau client, sur son visage aristocratique et décida sagement qu'il serait mal venu de lui demander de payer d'avance.

Charles se fit monter un repas dans sa chambre et en profita pour demander à l'aubergiste s'il était loin de Stanhope Park.

– Environ une heure à cheval, monseigneur.

Charles hésita. Devait-il se faire annoncer ou arriver sans prévenir ?

– J'ai besoin qu'on y porte un message demain matin, déclara-t-il enfin.

– Mon garçon s'en chargera personnellement. À quelle heure ?

– Dix heures.

Ignorant le petit déjeuner qu'on lui avait servi, Charles consulta sa montre. Le messager était parti depuis trois heures – plus de temps que nécessaire pour revenir avec un message. Si message il y avait.

Il ne savait même pas si le duc se trouvait à Stanhope. Peut-être avait-il déjà nommé son nouvel héritier ? Il risquait dans ce cas de refuser de voir Charles, après toutes les rebuffades que celui-ci lui avait infligées depuis dix ans.

Le tavernier apparut à la porte du petit salon.

– Si mon garçon n'est pas de retour avant une heure, je serai obligé de vous compter plus cher, m'sieur.

Charles lui lança un regard meurtrier.

– Faites seller mon cheval ! ordonna-t-il sèchement.

L'aubergiste le regardait d'un air soupçonneux. Habituellement, les hommes qui voyageaient sans équipage, sans même un valet, devaient payer d'avance. À celui-ci il ne l'avait pas demandé, vu son assurance, son autorité naturelle et la qualité de ses vêtements. Mais maintenant que Stanhope Park refusait de lui répondre, il ignorait s'il avait eu raison...

Charles se rendit compte que l'homme était toujours sur le seuil.

– Oui ?

– Votre note, monseigneur...

Il écarquilla les yeux devant l'énorme liasse de billets que sortit son client.

Charles attendit encore une demi-heure puis se rendit à l'évidence : son grand-père ne lui répondrait pas. Furieux d'avoir perdu un temps précieux, il traversa la salle commune à grandes enjambées en enfilant ses gants. Il allait à Londres pour tenter d'« *acheter* » Élizabeth. Tout à cette résolution, il ne s'aperçut pas qu'un silence respectueux s'était installé parmi les buveurs de bière qui fixaient la porte, bouche bée.

– Monseigneur ! s'écria l'aubergiste.

Soudain à court de mots, il se contenta de faire un grand geste vers l'entrée. Lui qui, quelques instants plus tôt, épiait Charles comme s'il le croyait capable de lui voler sa caisse, se courbait littéralement en deux.

Deux valets de pied et un cocher se tenaient sur le seuil, vêtus d'une livrée vert et or.

Le cocher s'inclina profondément devant Charles et s'éclaircit la gorge.

– Sa Grâce le duc de Stanhope m'a prié de transmettre tous ses vœux de bienvenue au *marquis de Kensington*. Et de vous dire qu'il vous attend avec impatience à Stanhope Park.

Par ce message, le duc tenait à exprimer publiquement que le titre appartenait désormais à Charles. Le jeune homme n'en attendait pas tant. Cela prouvait que son grand-père ne lui en voulait pas d'avoir rejeté ses offres, et qu'il avait compris que la victoire était désormais à sa portée.

Vaguement irrité, Charles salua le cocher d'un bref signe de tête et passa entre les rangées de paysans qui s'étaient levés, le chapeau à la main, pour saluer l'héritier de leur duc.

Le carrosse attelé de quatre chevaux harnachés d'argent était une preuve supplémentaire de la joie que le vieil homme éprouvait à recevoir son petit-fils.

Mais Charles n'était pas venu pour se réconcilier. Il voulait simplement le titre qui lui revenait de droit. En dehors de cela, rien ne l'intéressait.

Malgré son froid détachement, il ne put s'empêcher de ressentir une étrange émotion en franchissant les grilles du domaine. Cette demeure avait été celle de son père jusqu'à l'âge de vingt-trois ans. Il en éprouvait une sorte de nostalgie et n'en méprisait que davantage le tyrannique aristocrate qui avait délibérément chassé son fils.

Il observa d'un œil critique le parc parfaitement entretenu et le vaste château. Stanhope Park en aurait impressionné plus d'un, mais Charles le considérait comme un vieux domaine, antique et solennel, qui ne valait pas ses propres demeures.

Le carrosse s'arrêta devant les marches, et la porte s'ouvrit sur un maître d'hôtel vêtu de noir. Le père de Charles ne parlait pas souvent du duc ni du domaine, mais il racontait volontiers des anecdotes sur les domestiques, qu'il aimait beaucoup.

En montant les marches, Charles sut qu'il s'agissait de Ormsley. Celui-ci avait un jour surpris le père de Charles en train de boire du cognac, caché dans une grange alors qu'il n'avait que dix ans. Le brave homme s'était accusé de la disparition du cognac en avouant qu'il avait un penchant pour l'alcool...

Pour l'instant, le vieil homme semblait au bord des larmes, il dévisageait Charles avec une tendresse proche de l'amour.

– Bonjour, monseigneur, commença-t-il d'un ton respectueux alors que Charles avait l'impression qu'il mourait d'envie de l'embrasser. Puis-je... puis-je me permettre de ...

Il dut s'interrompre, la voix brisée par l'émotion. Il toussota et reprit :

– Puis-je me permettre de vous dire comme il est bon de vous avoir ici à...

Il ne put en ajouter davantage, et Charles oublia d'un coup sa colère contre son grand-père.

– Bonjour, Ormsley.

En entendant prononcer son nom, le maître d'hôtel sembla tout à coup rayonnant de bonheur. Il allait s'incliner de nouveau quand Charles lui tendit la main.

– J'espère que vous avez fini par surmonter votre fâcheux penchant pour le cognac...

Le regard bleu fané d'Ormsley se mit à briller de joie.

– Bienvenue, bienvenue chez vous enfin, monseigneur, déclara le vieil homme d'une voix rauque en gardant la main de Charles dans la sienne.

– Je ne reste que quelques heures...

Ormsley se rembrunit et escorta le jeune maître à travers le hall lambrissé de chêne. Des valets et des servantes s'affairaient à astiquer les miroirs, le sol, les meubles... Au passage de Charles, ils levaient la tête, puis échangeaient des sourires heureux.

Préoccupé par la confrontation avec son grand-père, Charles n'eut pas conscience de cette curiosité, et se rendit à peine compte que certains domestiques s'essuyaient furtivement les yeux.

Ils arrivèrent enfin devant une vaste double porte, et Charles s'efforça de faire le vide dans son esprit. Enfant, lorsqu'il pensait à son grand-père, il l'imaginait comme son père, de taille moyenne, châtain clair, avec des yeux bruns.

Ormsley ouvrit majestueusement les portes et Charles s'avança vers le fauteuil où un vieil homme, appuyé sur une canne, se levait avec difficulté. Quand il se dressa enfin devant lui, Charles reçut un choc presque physique. Non seulement le duc était aussi grand que lui, mais de plus il lui ressemblait vraiment, alors que Charles n'avait pratiquement rien de son propre père. Il avait l'impression étrange de se trouver devant son reflet à soixante-dix ans.

Le duc l'observait et arrivait sans doute à la même conclusion, mais sa réaction fut diamétralement opposée. Il eut un large sourire en sentant que Charles n'aimait pas du tout cette similitude.

– Tu ne savais pas ? demanda-t-il d'une voix de baryton proche de celle de son petit-fils.

– Non, répondit sèchement Charles.

– J'ai donc cet avantage sur toi. Moi, je savais...

Charles ignora résolument le voile un peu triste qui passait sur les yeux d'ambre de son grand-père.

– J'irai droit au but, déclara-t-il.

Le duc leva sa belle main aristocratique.

– Je t'en prie, Charles, répliqua-t-il d'un ton un peu bourru. J'ai suffisamment attendu ce moment. Ne prive pas un vieil homme du plaisir d'accueillir son petit-fils prodigue.

– Je ne suis pas venu pour ressouder les liens familiaux. S'il n'avait tenu qu'à moi, jamais je n'aurais mis les pieds dans cette maison.

Le duc se raidit, mais s'efforça de répondre avec calme :

– Je suppose que tu es ici pour accepter ce qui te revient de droit...

Il fut interrompu par une voix féminine autoritaire, et Charles se tourna vers le sofa où il découvrit deux vieilles dames toutes menues, enfoncées dans de profonds coussins.

– Franchement, Stanhope ! disait l'une d'elles d'une voix étonnamment forte. Comment peux-tu espérer que le garçon se montre agréable quand toi-même oublies les bonnes manières ? Tu ne t'es même pas donné la peine de lui offrir à boire, ni de nous le présenter !

Elle esquissa un sourire.

– Je suis ta grand-tante Hortense, annonça-t-elle à Charles. Nous nous sommes croisés à Londres il y a quelques années, mais apparemment tu ne me reconnais pas.

Charles avait rencontré ses grand-tantes une seule fois, et tout à fait par hasard : il ne ressentait donc pour elles ni affection ni animosité. Il s'inclina poliment devant Hortense qui désigna d'un signe de tête la toute petite dame qui semblait somnoler à ses côtés.

– Et voici ma sœur, Charity, qui s'est assoupie, comme toujours. C'est l'âge, vois-tu.

Charity dressa la tête et lança un regard offensé à Hortense.

– J'ai seulement quatre minuscules années de plus que toi, et je trouve de fort mauvais goût que tu te plaises à le rappeler sans cesse, dit-elle d'un ton blessé. Charles, mon cher enfant, tu te souviens de moi, n'est-ce pas ?

– Certainement, répliqua aimablement Charles.

– Tu vois, Hortense ! s'exclama la vieille dame. Il se souvient de moi ! Et sais-tu pourquoi ? Parce que, bien que je sois légèrement plus âgée que toi, j'ai beaucoup moins vieilli. N'est-ce pas ? demanda-t-elle à Charles.

– Si j'étais toi, Charles, je ne répondrais pas à cette question, plaisanta le duc. Mesdames, ajouta-t-il sévèrement à l'adresse de ses sœurs, nous avons à parler, Charles et moi. Je vous avais promis que vous le verriez dès son arrivée. À présent, j'insiste pour que vous nous laissiez. Nous vous retrouverons pour le thé.

Les deux dames se levèrent, et Hortense tendit sa main afin que Charles la baisât. Il allait faire de même pour Charity quand celle-ci lui offrit sa joue, très fière de son coup.

Dès qu'elles eurent quitté la pièce, la tension s'installa de nouveau entre les deux hommes. Ils s'observaient. Deux étrangers qui n'avaient en commun qu'une surprenante ressemblance physique et le sang qui coulait dans leurs veines.

Le duc se tenait parfaitement immobile, droit, aristocratique, mais son regard était chaleureux. Le visage froid et décidé, Charles fit claquer ses gants contre sa cuisse, impatienté. L'affrontement silencieux de deux volontés. Le duc céda enfin en inclinant légèrement la tête et ce fut lui qui reprit la parole le premier.

– Je crois que nous devrions sabler le champagne, dit-il en se dirigeant vers la sonnette.

La réponse cinglante de Charles ne tarda pas :

– Il vaudrait mieux quelque chose de plus fort.

Le duc comprit l'allusion. Charles refusait de fêter l'événement, selon lui désagréable. Avec un demi-sourire, le vieil homme tira sur le cordon.

– Scotch, n'est-ce pas ?

Charles fut surpris que son grand-père connût sa boisson préférée, mais il le fut plus encore quand Ormsley pénétra aussitôt avec un plateau chargé d'un flacon de whisky, d'une bouteille de champagne et des verres appropriés. Le plateau était certainement prêt avant son arrivée.

Le maître d'hôtel se retira avec un bref sourire à Charles.

– Crois-tu que nous puissions nous asseoir, ou ferons-nous un concours pour voir lequel de nous deux reste le plus longtemps debout ? demanda le duc.

– Je voudrais en finir avec cette épreuve le plus rapidement possible, rétorqua Charles, glacial.

Au lieu de se sentir insulté, Edward Avery Thornton regarda son petit-fils avec une fierté non dissimulée. Depuis dix ans, Charles dédaignait son titre et, loin de lui en vouloir, Edward reconnaissait en lui la fière arrogance, la volonté indomptable de tous les hommes de la famille. Et il avait l'intention de céder sur tout pour gagner ce à quoi il tenait le plus au monde : son petit-fils. S'il ne pouvait obtenir son amour, il aurait son respect. Et il souhaitait aussi son pardon. Il désirait racheter la terrible faute qu'il avait commise trente-deux ans auparavant. Dans ce but, le duc était prêt à tout – sauf à voir Charles s'en aller sur-le-champ. Il avait besoin d'un peu de temps avec son petit-fils. Pas beaucoup, un jour ou deux, ou même simplement quelques heures dont il chérirait le souvenir jusqu'à la fin de sa vie.

– Je pourrai probablement avoir tous les papiers prêts dans la semaine, dit-il.

– Aujourd'hui, exigea Charles d'une voix ferme.

– Il y a des formalités...

– Aujourd'hui, répéta-t-il, impitoyable.

Edward soupira.

– Je pense que mon secrétaire peut commencer à préparer les documents pendant que nous discutons. Cependant, c'est assez compliqué. Les propriétés qui te reviennent de droit...

– Je ne veux pas de propriétés. Ni d'argent. J'accepte ce maudit titre, c'est tout.

– Pourtant...

– Votre secrétaire devrait être capable de rédiger un document me nommant votre héritier en un quart d'heure. Je me rends à Brinshire, puis à Londres. Je partirai dès que j'aurai signé le document.

Inutile d'insister. La volonté de fer, l'orgueil des Thornton étaient inébranlables. Il était trop tard... Le duc se leva péniblement et sortit donner les instructions à son secrétaire. Il lui ordonna d'ajouter au document la donation de toutes les propriétés ainsi que leurs revenus. Après tout, il avait sa fierté, lui aussi. Charles partirait dans une heure, mais au moins il hériterait de ce qui lui revenait.

Charles se tenait près d'une fenêtre lorsque son grand-père rentra dans la pièce.

– C'est fait, annonça Edward.

Le jeune homme se détendit quelque peu. L'épreuve était terminée. Il remplit son verre et vint s'asseoir en face de son grand-père. Au bout d'un silence infini, le duc prit la parole, sur le ton de la conversation mondaine :

– Je crois que des félicitations sont de rigueur. Il paraît que tu comptes te marier.

Charles sursauta. Ses fiançailles avec Christina n'avaient pas encore été rendues publiques.

– Christina Taylor est une charmante jeune femme, poursuivait Edward. J'ai connu son grand-père, ses oncles, et naturellement son père, le comte de Melbourne. Ce sera une bonne épouse pour toi, Charles.

– La bigamie étant un crime dans notre pays, je doute que cela se produise.

Étonné que son information fût erronée, le duc avala une gorgée de champagne.

– Puis-je demander quelle est l'heureuse élue, dans ce cas ?

Charles ouvrit la bouche pour lui rétorquer d'aller au diable, mais il fut alerté par la façon dont le vieux monsieur reposait son verre. Il se levait avec difficulté.

– Je ne devrais pas boire d'alcool, dit-il en guise d'excuse. Je vais me reposer un peu. Sonne Ormsley, ajouta-t-il d'une voix affaiblie. Il a l'habitude de s'occuper de moi.

Charles obéit et, un instant plus tard, le duc était monté à sa chambre. Un médecin arriva une demi-heure après et grimpa l'escalier quatre à quatre, sa sacoche à la main. Charles patienta au salon, luttant contre l'impression pénible qu'il était arrivé juste à temps pour assister à la mort de son grand-père.

Cependant, le médecin fut plutôt rassurant.

– Je lui ai répété cent fois de ne pas toucher à l'alcool, c'est très mauvais pour son cœur. Il se repose, à présent. Vous pourrez le voir dans une heure ou deux.

Charles refusait de s'inquiéter. Le vieil homme qui lui ressemblait tant n'était rien pour lui ! Pourtant, il s'entendit demander d'une voix brusque :

– Combien de temps lui reste-t-il ?

– Qui pourrait le dire ? Une semaine, un mois, une année... plusieurs peut-être. Le cœur est fatigué, mais la volonté est forte... Maintenant plus que jamais, ajouta-t-il en enfilant le manteau que lui tendait Ormsley.

– Qu'entendez-vous par là ?

Le médecin eut un sourire surpris.

– Que votre venue signifie énormément pour lui, monseigneur. Elle a eu un effet miraculeux ! D'habitude, quand il est malade, il me traite de tous les noms. Aujourd'hui, il m'a pratiquement serré dans ses bras en m'annonçant que vous étiez là. Il m'a même ordonné de venir vous « regarder »... Mais je ne suis pas censé vous l'avoir dit, conclut-il avec un sourire complice. Il vous trouve « sacrément beau garçon ».

Refusant de se laisser aller à toute forme d'émotion, Charles se contenta de hocher la tête.

– Bonne journée, monseigneur, dit le docteur avant de soulever son chapeau en direction des deux sœurs qui étaient entrées discrètement. Mesdames...

– Je monte prendre de ses nouvelles, annonça Hortense. N'ennuie pas Charles avec tes bavardages, ajouta-t-elle sévèrement à l'intention de son aînée. Et surtout, ne te mêle pas de ce qui ne te regarde pas !

Pendant une bonne heure, Charles arpenta le salon, sous l'œil attentif de Charity. Il n'avait guère de temps, et il était en train d'en perdre. À ce rythme, Élizabeth mettrait son premier enfant au monde quand il arriverait à Londres ! Or, avant de rencontrer son oncle, il lui restait la pénible tâche de rompre ses fiançailles avec Christina.

– Tu ne t'en vas pas réellement aujourd'hui, n'est-ce pas, mon cher enfant ? s'inquiéta soudain Charity d'une voix fluette.

– Je crains d'y être obligé, madame, répondit Charles en réprimant un soupir impatienté.

– Il aura le cœur brisé...

– Il s'en remettra.

Elle le fixa ensuite avec une telle intensité qu'il se demanda si elle essayait de lire dans ses pensées ou si elle était gâteuse. Gâteuse, décida-t-il quand elle se leva et proposa de lui montrer le dessin d'un paon que son père avait fait lorsqu'il était enfant.

– Une autre fois, peut-être.

– Je crois vraiment que ce serait mieux maintenant, insista-t-elle en hochant sa petite tête d'oiseau.

Charles céda. Après tout, cela l'aiderait à passer le temps. Sa grand-tante le conduisit jusqu'à une pièce qui semblait être le bureau privé du duc.

– Voyons, où peut bien être ce dessin ? réfléchit-elle à haute voix. Oh oui ! Je me rappelle !

Elle se faufila derrière le bureau et chercha quelque tiroir secret et, sans cesser de jacasser, comme une vieille dame un peu dérangée.

– Tu vas l'adorer, j'en suis sûre. Mais où est cette maudite serrure ? Ah, la voilà !

Le tiroir de gauche s'ouvrit.

– Tu vas le trouver là, dit-elle. Cherche dans les papiers, je suis certaine qu'il y est.

Charles refusait de fouiller les affaires d'un autre, mais Charity n'avait pas ses scrupules. Elle sortit une brassée de feuilles qu'elle posa sur le bureau.

– Voyons, qu'est-ce que je cherche ? Mes yeux ne sont plus aussi bons qu'autrefois... Vois-tu un paon, mon cher Charles ?

Charles jeta enfin un coup d'œil aux papiers, et il demeura pétrifié. Sous son regard se déployaient des centaines de croquis de lui. Charles à la proue de son premier navire... Charles passant devant une église tandis qu'une villageoise lui souriait... À six ans, tout fier sur son poney... À sept ans, à huit ans, à dix ans... Hormis les dessins, il y avait de longs rapports sur lui et ses activités, certains récents, d'autres remontant à sa prime jeunesse.

– Vois-tu un paon, mon cher garçon ? répétait innocemment Charity.

– Non.

– Alors il doit être dans la salle d'études. Mais oui, bien sûr, c'est ça ! s'écria-t-elle joyeusement. Hortense dirait que c'est tout moi de faire de si « sottes » erreurs !

Charles leva les yeux, pensif. Ces papiers prouvaient que son grand-père avait suivi sa vie depuis pratiquement le jour de sa naissance.

– Hortense se tromperait, répliqua-t-il avec un sourire. Je vous trouve au contraire rusée comme un renard...

Elle lui fit un clin d'œil complice et posa un doigt sur ses lèvres.

– Ne le lui dis pas, veux-tu ? Elle adore se croire la plus intelligente de nous deux.

– Comment a-t-il eu tous ces portraits ?

– Beaucoup ont été dessinés par une voisine de ton village. Plus tard, il engageait un artiste quand il savait que tu devais te rendre quelque part. Maintenant, je te laisse. Reste là, l'endroit est calme.

Après une longue hésitation, Charles s'installa dans le fauteuil.

Les rapports étaient rédigés par un certain Edgard Norwich et, tandis qu'il feuilletait l'énorme liasse, la colère qu'il ressentait contre son grand-père pour cette intrusion dans sa vie privée se transforma en amusement. D'abord, presque toutes les lettres commençaient par des excuses. Sans doute le duc reprochait-il à son détective de ne pas avoir fourni assez de détails.

Je vous prie de bien vouloir m'excuser, Votre Grâce, pour avoir involontairement omis de vous indiquer que M. Thornton appréciait un cigare de temps à autre.

Je n'avais pas compris, Votre Grâce, que vous vouliez savoir à quelle vitesse son cheval avait couru, outre le fait qu'il eût gagné.

Les feuilles étaient cornées, fatiguées : sans doute avaient-elles été lues et relues. Il était évident que le duc se sentait extrêmement fier de son petit-fils.

Vous serez heureux d'apprendre, Votre Grâce, que le jeune Charles est excellent cavalier...
J'affirme avec vous – et avec bien d'autres – que M. Thornton est indiscutablement un génie...
Je vous assure, Votre Grâce, qu'il n'y a pas lieu de se tourmenter au sujet du duel. Une blessure au bras tout à fait superficielle...

Charles poursuivait sa lecture, sans se rendre compte que les barrières qu'il avait érigées entre lui et son grand-père commençaient à se lézarder. Il éclata de rire en découvrant cette note, écrite alors qu'il était âgé de onze ans :

Votre Grâce, votre suggestion que je trouve un médecin pour examiner en secret la gorge du jeune Charles me paraît tout à fait irréalisable. Même si j'en découvrais un qui accepte de se faire passer pour un voyageur égaré, je ne vois pas comment il pourrait regarder les amygdales de l'enfant sans éveiller de soupçons.

Le temps passait, et Charles n'en croyait pas ses yeux. Toute sa vie semblait tenir dans ces rapports, depuis ses turbulences d'enfant jusqu'à ses plus grandes réussites financières. Ses gains et ses pertes au jeu apparaissaient régulièrement, chaque nouveau navire ajouté à sa flotte était minutieusement décrit et accompagné d'un croquis.

Enfin, Charles rangea les papiers dans le tiroir et quitta le bureau. Il descendait au salon lorsque Ormsley lui annonça que le duc désirait le voir. Le vieil homme était assis dans un fauteuil devant la cheminée, vêtu d'une veste d'intérieur, et il paraissait en forme.

– Vous semblez... remis, dit Charles, agacé de se sentir soulagé.

– Je me suis rarement mieux porté ! Les documents sont prêts, je les ai déjà signés. J'ai ... euh, pris la liberté de commander un souper. J'aimerais que tu le partages avec moi avant de t'en aller.

Charles acquiesça de la tête, et le duc se détendit.

– Parfait !

Il remit les papiers à Charles et eut la satisfaction de le voir les parapher sans même les lire... acceptant ainsi la fortune qui accompagnait le titre.

– Où en étions-nous ? demanda-t-il tandis que Charles lui rendait les documents. Ah oui ! Nous parlions de ta future épouse. Qui est-elle ?

Charles croisa les jambes et haussa les sourcils, moqueur.

– Vous l'ignorez ? Moi, je le sais déjà depuis cinq jours... À moins que M. Norwich ne soit en train de vous écrire...

Le duc sembla se tasser dans son fauteuil.

– Charity... soupira-t-il. Tu es furieux ?

– Je n'en sais rien.

– As-tu une idée de la difficulté qu'il y a à prononcer les mots « je suis désolé » ?

– Alors, ne les dites pas.

Le vieux monsieur hocha la tête.

– Dans ce cas, pourrions-nous bavarder un petit moment ?

– De quoi voulez-vous parler ?

– De ta future femme, par exemple. Qui est-ce ?

– Élizabeth Cameron.

Le duc sursauta.

– Vraiment ? Je croyais que tu avais eu une aventure tumultueuse avec elle, il y a quelque temps.

Charles réprima un sourire.

– Je lui envoie immédiatement mes félicitations ! reprit le duc.

– Ce serait prématuré, répliqua Charles.

Le whisky et la fatigue aidant, il finit par expliquer dans quelle situation Élizabeth se trouvait. Et il n'eut pas à s'étendre sur la disgrâce de la jeune fille, son grand-père était déjà au courant par la rumeur publique. Le vieil homme le mit cependant en garde :

– Si tu imagines que la société va lui pardonner et l'accepter sous prétexte que tu es à présent décidé à l'épouser, tu te trompes, Charles. Ils oublieront ton rôle dans l'affaire, parce que tu es un homme, un homme riche, marquis de surcroît. Lorsque tu feras d'Élizabeth une marquise, ils seront bien obligés de la recevoir, mais ils la piétineront dès qu'ils en auront la possibilité. Il va falloir l'intervention de quelques personnalités respectées pour lui redonner sa place. Sinon, ils la traiteront en paria.

S'il ne s'était agi que de lui, Charles aurait volontiers envoyé la société au diable. Mais il voulait se racheter aux yeux d'Élizabeth. Il réfléchissait au meilleur moyen d'y parvenir quand son grand-père déclara :

– J'irai à Londres pour être près de toi lorsque tu annonceras tes fiançailles.

– Non, dit Charles, les mâchoires serrées.

Il n'allait tout de même pas se mêler de sa vie privée !

– Je comprends pourquoi tu rejettes si vivement mon offre, poursuivait le duc avec calme. Cependant je ne l'ai pas faite uniquement pour mon plaisir. Il y a deux autres raisons. Il est préférable pour Élizabeth que je l'accepte publiquement comme ma petite-fille. D'autre part, lorsqu'on nous verra ensemble, toi et moi, et enfin d'accord au moins sur ce point, les bruits contestant notre parenté cesseront. En d'autres termes, tu peux toujours te présenter comme mon héritier, mais tant qu'ils ne l'auront pas constaté par eux-mêmes, il subsistera un doute. Si tu veux que la société accepte la marquise de Kensington, tu dois d'abord t'imposer comme marquis de Kensington. Tout cela doit se faire lentement, étape par étape. Alors seulement les ragots cesseront.

Charles hésita, en proie à des sentiments contradictoires.

– J'y songerai, dit-il enfin.

– Entendu. Au cas où tu déciderais que tu as besoin de mon aide, je partirai pour ma résidence de Londres dès demain matin.

Charles se leva et son grand-père fit de même. Ils se serrèrent longuement la main.

– Charles, si je pouvais effacer ce que j'ai fait il y a trente-deux ans, je le ferais. Je te le jure.

– J'en suis certain.

– Crois-tu que tu parviendras à me pardonner un jour ?

– Je l'ignore, répondit honnêtement Charles.

– Je serai à Londres dans le courant de la semaine. Quand prévois-tu d'y arriver ?

– Cela dépend du temps que je passerai avec le père de Christina, puis avec l'oncle d'Élizabeth... Et il me reste encore à la convaincre de m'épouser... Si tout va bien, je devrais m'y trouver le quinze.

19

Élizabeth se leva lentement, les poings serrés.

– Alex, c'est de la folie ! explosa-t-elle. Mon oncle m'a donné jusqu'au vingt-quatre, et nous sommes déjà le quinze. Comment peux-tu me demander d'assister à un bal ce soir, alors que mon existence est en jeu et que nous n'avons pas le début d'une solution ?

La jeune duchesse tenta de la raisonner :

– Cela pourrait être une solution. Et c'est la seule que j'envisage pour l'instant.

Élizabeth arpentait le ravissant boudoir vert et blanc d'Alexandra Townsende en secouant la tête comme si son amie avait perdu l'esprit.

Elle avait essayé de discuter avec son oncle pour s'entendre répondre qu'il venait de recevoir un courrier de Lord Marchman.

– Je préfère attendre, avait-il dit. Il a un meilleur titre et une fortune plus importante que Belhaven. Je lui ai écrit pour exiger une décision ferme avant le vingt-quatre.

Élizabeth avait profité de l'occasion pour lui demander la permission d'aller à Londres. Sentant qu'il serait bientôt débarrassé de sa nièce, Julius s'était montré charmant, pour une fois.

– Entendu. Nous sommes le dix, tu peux y rester jusqu'au vingt-quatre. Je te ferai savoir si Marchman s'est de nouveau manifesté.

– Je... j'aimerais avoir l'avis d'Alexandra Townsende pour les formalités du mariage. Elle se trouve à Londres pour la Saison, et m'a proposé d'habiter chez elle...

– Je te prête ma résidence en ville, si tu le souhaites, à condition que tes domestiques t'accompagnent, avait-il déclaré, magnanime. Si Belhaven veut poursuivre sa cour, il sera sans doute heureux de t'y rencontrer. Et tu pourrais en profiter pour chercher une robe de mariée. Pas trop coûteuse, avait-il ajouté en fronçant les sourcils. Il serait vain de nous lancer dans un mariage fastueux. Et inutile, à la réflexion, de choisir une robe. Celle de ta mère a servi une seule fois...

Élizabeth s'abstint de lui faire remarquer que sa mère s'était mariée au cours d'une somptueuse cérémonie à St. James, dans une robe brodée de perles avec une traîne de cinq mètres. Une telle toilette pour un mariage dans l'intimité frôlerait le ridicule ! Mais il était prématuré d'en parler.

Depuis cinq jours, les deux jeunes femmes cherchaient à résoudre le problème d'Élizabeth, et Alex avait soudain décidé qu'elle devait impérativement faire sa rentrée dans le monde. Pour tout arranger, Sir Francis Belhaven venait d'arriver à Londres, et il assiégeait la maison de l'oncle Julius sur Promenade Street.

– Élizabeth, reprit Alex avec détermination. Je n'ai pas beaucoup de temps pour mettre tous les détails au point, mais si tu veux bien t'asseoir, je vais t'expliquer mon projet devant une tasse de thé.

– Assister à un bal ce soir... Ce n'est pas une solution, c'est un cauchemar !

– Vas-tu m'écouter ? J'ai tout mis en route, il n'est pas question de reculer.

Avec un soupir, Élizabeth but une gorgée de thé.

– Vas-y...

– Il nous reste neuf jours pour te trouver un prétendant plus convenable.

Élizabeth faillit renverser sa tasse.

– Un prétendant ? Tu plaisantes !

– Pas du tout. Lors de tes débuts, tu as reçu quinze offres en un mois. Un chevalier servant tous les deux jours ! Ce serait bien le diable que tu n'en séduises pas un seul en neuf jours ! Tu es encore plus belle aujourd'hui.

– Je ne peux pas, murmura Élizabeth. Je ne veux rencontrer personne. Il est trop tôt.

– Tu ne seras pas seule, ce soir. Depuis que j'ai eu cette idée, il y a trois heures, j'ai beaucoup réfléchi. La Saison commence à peine, et les gens ne sont pas encore tous à Londres. Cependant, j'ai envoyé une note à la grand-mère de mon mari pour la prier de passer me voir au plus vite. Mon mari est encore à Hawthorne, mais il rentre tout à l'heure et passe le début de la soirée à son club. Je lui ai expédié un long message où je lui explique la situation et lui demande de nous rejoindre au bal des Willington à dix heures et demie. J'ai aussi prévenu mon beau-frère, Anthony, et il sera ton cavalier. Nous serons donc quatre à tes côtés. Ce n'est pas beaucoup, mais tu n'imagines pas l'influence de mon mari et de sa grand-mère. La duchesse douairière de Hawthorne est une femme extrêmement puissante, et elle adore voir la société se plier à sa volonté, ajouta-t-elle avec un sourire affectueux. Quant à mon mari, tu ne le connais pas, mais je t'assure qu'il a encore plus d'importance que la douairière, et il ne tolérerait pas que l'on te traite de façon désagréable.

– Est-il... au courant, à mon sujet ? Je veux dire, sait-il qui je suis et ce qui est arrivé ?

– Je lui ai expliqué dans ma lettre ce que tu représentes... pour moi, et j'ai résumé ce qui s'est passé il y a deux ans. Je ne l'ai pas revu depuis mon passage à

Havenhurst. Il s'occupe de toutes les affaires restées en suspens pendant notre long voyage de noces.

Élizabeth craignait horriblement que Jordan, de retour à Londres, ne déclarât qu'elle n'était pas une bonne fréquentation pour Alex, ou qu'il refusait de lever le petit doigt pour l'aider. Elle saisit le premier prétexte venu pour convaincre son amie de renoncer à son projet.

– Je n'ai rien à me mettre ! s'exclama-t-elle triomphalement.

– Mais si ! Une robe que j'ai rapportée de France. Je ne peux plus la fermer, j'ai déjà trop grossi.

Élizabeth lui jeta un regard sceptique.

– L'année prochaine, elle sera démodée, poursuivit Alex. Autant que tu en profites maintenant. J'ai déjà expédié un mot à Bentner pour qu'il envoie Berta ici avec tout ce dont tu auras besoin. Il n'est pas question que je te laisse repartir à Promenade Street... Tu prétendrais ce soir qu'une migraine te cloue au lit.

Élizabeth sourit. L'idée lui était passée par la tête, en effet.

– Je suis d'accord, à condition que la duchesse douairière n'y voie absolument aucune objection.

– J'en fais mon affaire, dit Alex avec un soupir de soulagement.

Un valet de pied se présentait justement à la porte pour annoncer l'arrivée de la douairière.

– Je l'ai introduite dans le salon jaune, Votre Grâce, comme vous l'aviez demandé.

Alex se leva, avec une assurance qu'elle ne ressentait pas tout à fait.

– J'aimerais m'entretenir un petit instant avec elle avant qu'elle ne te rencontre, expliqua-t-elle en se dirigeant vers la porte. Cependant, autant te prévenir... la grand-mère de mon mari se montre parfois un peu... brusque.

Le « petit instant » se révéla bien long, et Élizabeth souffrit mille morts en imaginant le refus qu'Alex était en train d'essuyer. Quand la porte s'ouvrit enfin, elle était si nerveuse qu'elle sauta sur ses pieds et resta plantée là, raide comme un piquet, tandis que la duchesse douairière pénétrait majestueusement dans le salon.

Très grande, très droite, avec un port de reine, la vieille dame possédait un regard perçant, un nez aristocratique, et une expression d'autorité naturelle se dégageait de ses traits réguliers.

Alex fit les présentations, et Élizabeth plongea dans une profonde révérence. Sans un mot, la douairière tira son face-à-main et examina la jeune fille de la tête aux pieds...

Quand elle daigna enfin parler, ce fut pour déclarer d'une voix coupante :

– Alexandra souhaiterait que je l'aide à vous réintroduire dans la société, jeune femme. Je lui ai cependant dit qu'il était inutile de me raconter le scandale auquel vous avez été mêlée avec un certain M. Thornton. Je suis parfaitement au courant, comme toute l'aristocratie... Ce que je veux savoir, c'est si je m'expose à ce que vous recommenciez, au cas où j'accéderais au désir d'Alexandra.

Malgré sa honte, Élizabeth parvint à ne pas baisser les yeux. Elle répondit clairement, bien que d'une voix légèrement tremblante :

– Je n'ai aucun contrôle sur les mauvaises langues, Votre Grâce. Sinon, je n'aurais pas été l'objet d'un scandale il y a deux ans. Cependant, je n'ai aucun désir de rentrer dans la bonne société. J'ai gardé suffisamment de cicatrices après ma dernière apparition parmi les gens de qualité.

Elle avait mis une bonne dose de dérision dans le dernier mot, et attendit en silence la semonce qui n'allait sans doute pas tarder.

Cependant, la douairière se tourna vers Alexandra.

– Je suis tout à fait d'accord, mon petit. Elle a assez de cran pour supporter l'épreuve.

Elle alla s'installer dans un sofa et poursuivit, les yeux plissés :

– Il y aura un monde fou, ce soir, chez les Willington, et cela joue en notre faveur. Tout ce qui compte à Londres sera là. Ensuite, ils ne pourront plus dire grand-chose sur Élizabeth, puisqu'ils l'auront vue de leurs propres yeux.

– Votre Grâce, c'est tellement gentil de votre part de...

– Sornettes ! Je suis rarement gentille. Aimable de temps en temps, gracieuse quand l'occasion l'exige, mais « gentille », non merci. C'est un mot aussi insipide que du thé tiède. À présent, mon enfant, ajouta-t-elle en observant les traits tirés d'Élizabeth, suivez mon avis et allez faire une longue sieste. Vous avez une mine épouvantable ! Pendant ce temps, Alexandra et moi préparerons notre plan d'attaque.

Élizabeth réagit à l'ordre de la duchesse comme le faisaient les autres : d'abord choquée, elle s'empressa d'obéir.

Alex l'accompagna jusqu'à une chambre d'amis, puis la serra dans ses bras.

– Désolée pour ce mauvais moment. Elle voulait s'assurer que tu avais du courage, mais je ne pensais pas qu'elle s'y prendrait ainsi. En tout cas, conclut-elle triomphalement, je savais qu'elle t'adorerait, et c'est le cas !

Elle se retira dans un tourbillon de soie rose. « Comment alors la duchesse douairière traite-t-elle les gens qu'elle n'adore pas ? » songea Élizabeth en s'allongeant...

La vieille dame se servait une tasse de thé.

– Alexandra, il me vient à l'esprit un fait dont vous n'êtes peut-être pas consciente...

L'entrée du maître d'hôtel l'obligea à s'interrompre.

– Excusez-moi, Votre Grâce, dit-il à Alexandra. M. Bentner aimerait vous parler.

– Qui est ce Bentner ? demanda la douairière, irritée.

– Le majordome d'Élizabeth. C'est un homme charmant, qui a une passion pour les romans à énigme.

Un instant plus tard, sous le regard réprobateur de la douairière, un homme aux cheveux blancs, vêtu d'une livrée quelque peu défraîchie, vint s'asseoir près d'Alexandra sans qu'on l'en ait prié.

– Vous disiez dans votre note que vous désiriez aider Miss Élizabeth. J'ai conduit Berta ici moi-même pour apprendre comment vous pensez manœuvrer.

– C'est encore un peu vague, Bentner, avoua Alex. L'idée est de la réintroduire dans le monde ce soir, et de voir si nous pouvons faire oublier ce lamentable scandale avec M. Thornton.

– Cette canaille ! Rien que d'entendre son nom, les mains me démangent, s'écria-t-il en brandissant le poing.

– Moi aussi !... Voilà, c'est tout ce que nous avons décidé pour l'instant.

Bentner se leva, tapota l'épaule d'Alex et déclara à la vieille dame qui terrorisait la moitié de Londres :

– C'est une bonne petite, Votre Grâce. Je la connais depuis longtemps, elle attrapait des grenouilles dans la mare avec Miss Élizabeth.

La douairière ne daigna pas répondre, furieuse d'une telle familiarité.

– Alexandra... commença-t-elle dès qu'il eut disparu.

La jeune femme éclata de rire.

– Ne me grondez pas, je vous en prie, grand-maman. Je sais que je me montre trop familière avec les domestiques, mais je n'y peux rien. D'autre part, vous vous apprêtiez à évoquer quelque chose d'important, avant l'arrivée de Bentner.

– Vous aviez tellement hâte que je voie votre amie, tout à l'heure, que vous ne m'avez pas laissé le temps de discuter certains faits qui risquent de vous troubler grandement... si vous n'êtes pas déjà au courant.

– De quoi s'agit-il ?

– Avez-vous lu le journal, aujourd'hui ?

– Pas encore. Pourquoi ?

– Selon le *Times* et la *Gazette,* Stanhope en personne se trouve à Londres, et il vient de reconnaître Charles Thornton comme son héritier. Certes, on en parlait depuis longtemps, mais très peu de gens étaient certains de la filiation.

– Je l'ignorais...

Alex était furieuse : ce libertin jouissait d'une bonne fortune alors que l'avenir d'Élizabeth s'annonçait si sombre.

– Je n'avais jamais entendu prononcer son nom avant cette histoire avec Élizabeth.

– Cela ne m'étonne pas. Pendant longtemps, on l'évitait dans les salons de bon ton. Et Jordan et vous êtes partis en voyage de noces avant le fameux scandale.

– Comment une fripouille de ce genre a-t-elle pu se faire légitimer ? s'indigna Alex.

– Il n'avait pas besoin d'être « légitimé ». Il est bel et bien le petit-fils de Stanhope. Votre mari me l'a confié il y a des années. Je sais également que Jordan est l'une des rares personnes à qui Thornton l'ait avoué.

Alexandra était effondrée.

– Jordan ? Qu'a-t-il à voir avec un si triste individu ?

– Comme vous le savez, Alexandra, votre époux n'a pas toujours mené une vie de saint. Thornton et lui fréquentaient le même milieu, dans leur folle jeunesse... Ils jouaient, buvaient ensemble...

Alex ferma les yeux, désespérée.

– Je comptais sur l'aide de Jordan, ce soir. J'ai écrit pour lui expliquer comment Élizabeth avait été traitée par l'être le plus méprisable qui soit, mais je n'ai pas cité son nom. Jamais je n'aurais imaginé qu'il puisse le connaître, et j'étais absolument certaine qu'il interviendrait pour restaurer la réputation de mon amie.

La douairière lui prit la main.

– Vous savez comme moi que Jordan ferait n'importe quoi pour vous. Cependant, il risque de se montrer un peu réticent en apprenant qui est cet « être méprisable ». Je préférais vous en avertir.

– Élizabeth ne doit pas être au courant ! s'écria Alex. Elle se sentirait mal à l'aise vis-à-vis de Jordan... Mon Dieu, il n'existe aucune justice en ce monde ! ajouta-t-elle avec amertume en jetant un coup d'œil mauvais au journal ouvert sur la table basse. Sinon, jamais ce... cet immonde personnage ne serait marquis. Et je suppose qu'il a toutes les chances d'hériter des propriétés avec le titre ? Je crois que je supporterais mieux cet événement s'il se retrouvait sans le sou.

– Cela ne risque pas d'arriver, ma chère ! Peu après le scandale, Thornton a disparu. Puis, il y a moins d'un an, une personne dont le nom a longtemps été gardé secret, a acheté un superbe domaine appelé Montmayne et a entrepris d'énormes rénovations. Un peu plus tard, une somptueuse maison de Brook Street a été acquise par un « acheteur anonyme ». Tout le monde se demandait de qui il pouvait bien s'agir quand, il y a quelques mois, on a vu Charles Thornton s'arrêter devant le 11, Brook Street, et y pénétrer. Voici deux ans, Charles Thornton était considéré comme un vulgaire joueur, et il était *persona non grata* dans la plupart des salons. Aujourd'hui, j'ai le regret de vous annoncer qu'il est riche comme Crésus, et qu'on l'accueille partout avec chaleur... Heureusement, il ne se montre pas souvent.

La douairière se leva et enfila ses gants.

– Maintenant, vous feriez mieux de regarder la vérité en face.

– C'est-à-dire ?

– Les chances de voir Élizabeth réhabilitée ce soir sont considérablement réduites par la déclaration du duc de Stanhope.

– Pourquoi ?

– C'est très simple : à présent que Thornton possède un titre en plus de sa fortune, ce qui s'est passé entre Élizabeth et lui va devenir une « distraction de gentilhomme ». Sa réputation n'en sera que plus ternie. Et ce n'est pas tout...

– Je ne suis pas certaine d'en supporter davantage.

– J'ai un mauvais pressentiment au sujet de notre soirée ! continua la douairière d'un air sombre.

Alex aussi...

– Tony a accepté de l'escorter, et Sally est d'accord, dit-elle pour se rassurer en pensant à son beau-frère et à son épouse. Néanmoins, j'aurais préféré qu'elle soit accompagnée par un célibataire au-dessus de tout soupçon, quelqu'un que l'on regarde avec respect, ou même crainte. Roddy Carstairs aurait été parfait dans ce rôle, mais on ne l'attend pas en ville avant ce soir ou demain. Je lui ai cependant envoyé un message en le priant de me joindre le plus vite possible. La plupart des gens tremblent à la pensée de ses remarques acerbes.

– Les gens tremblent aussi devant moi ! déclara la douairière, altière.

– Je sais. Personne n'osera insulter Élizabeth en votre présence, mais Roddy les aurait suffisamment terrorisés pour qu'ils l'acceptent.

– Peut-être oui, peut-être non. Où et quand nous rencontrons-nous pour cette débâcle dramatique ?

Alex esquissa un pâle sourire.

– Nous partirons d'ici à dix heures et demie. J'ai demandé à Jordan de nous retrouver à l'entrée, pour que nous puissions pénétrer ensemble dans la salle de bal.

20

À huit heures trente, ce soir-là, Charles se tenait sur le seuil de la demeure londonienne de l'oncle d'Élizabeth, réprimant à grand-peine l'envie d'étrangler le majordome qui se montrait franchement hostile.

– Au cas où vous m'auriez mal compris, menaça-t-il d'une voix tranchante qui en aurait fait pâlir plus d'un, je répète : *où est votre maîtresse* ?

– Sortie ! répliqua Bentner sans se laisser le moins du monde impressionner.

– Mais vous ignorez où elle se trouve ?

– Je n'ai pas dit ça.

– Alors, où est-elle ?

– Devinez...

Les derniers jours, Charles avait subi un bon nombre d'épreuves. Il avait affronté le père furibond de Christina, puis l'oncle d'Élizabeth pour un marchandage répugnant. Charles avait généreusement refusé toute dot dès le début de la discussion. Cependant, avec sa mentalité de maquignon, Julius s'était tout de suite rendu compte que Charles était prêt à n'importe quoi pour épouser sa nièce. En conclusion, Charles s'était trouvé mis en demeure d'*acheter* sa future épouse pour la somme de cent cinquante mille livres !

Cette sordide transaction terminée, il avait galopé vers Montmayne où il avait juste pris le temps de faire atteler une calèche et réveiller son valet de pied avant de se précipiter à Londres. Là, il s'était arrêté chez lui pour prendre un bain et se changer, puis s'était rendu à l'adresse que Julius lui avait donnée.

Or non seulement Élizabeth était absente, mais de plus il était éconduit par un domestique d'une insolence inouïe.

Furieux, il descendit les marches du perron tandis que la porte claquait derrière lui. Il eut un mauvais sourire en pensant au plaisir qu'il aurait à chasser le coquin dès le lendemain.

Il rentra à Brook Street, où il eut au moins la satisfaction d'être reçu avec respect. Il arpenta un moment le salon avant de songer qu'il était préférable de sortir au lieu de se ronger les sangs chez lui.

Une demi-heure plus tard, en tenue de soirée, il ordonnait à son cocher de le conduire au Blackmore. Il était encore de fort mauvaise humeur quand il pénétra dans le club privé où il avait naguère joué des sommes extravagantes.

– Bonsoir, monseigneur, dit le maître d'hôtel avec une obséquiosité qui le fit grincer des dents.

Il s'immobilisa sur le seuil de la salle où l'on jouait gros jeu et une voix joviale s'éleva soudain derrière lui :

– Pour un homme qui se trouve à la tête d'un empire, Charles, tu sembles bien sombre. Aimeriez-vous vous joindre à moi pour un verre et quelques donnes, monseigneur ?

Charles se retourna en souriant vers l'un des rares aristocrates qu'il considérait comme son ami.

– Certainement, Votre Grâce ! répondit-il.

Jordan Townsende éclata de rire.

– Assez de cérémonies !

Les deux hommes s'installèrent après s'être cordialement serré la main. Ils ne s'étaient pas vus depuis un an et demi et bavardèrent un moment avant de se lancer dans une occupation beaucoup plus sérieuse : les cartes. Mais Charles n'était guère au jeu. De plus, ils étaient sans cesse dérangés par l'un ou l'autre, venus prendre de leurs nouvelles.

– C'est notre longue absence qui nous rend si populaires, plaisanta Jordan en lançant quelques jetons sur la table.

Charles l'entendit à peine. Il pensait à Élizabeth, qui avait été à la merci de son oncle pendant deux ans. Cet odieux individu l'avait pratiquement vendue, sans même l'avertir. Comment réagirait-elle ? Il décida de la courtiser un certain temps avant de lui avouer qu'ils étaient fiancés. Mais si elle refusait de l'épouser ? Belhaven était sans doute répugnant, mais Charles lui avait causé tant de tort !

– Je ne veux pas te critiquer, mon ami, déclara soudain Jordan. Cependant tu viens de miser mille livres sur une paire qui ne vaut rien !

Charles rougit légèrement en constatant que Jordan avait raison.

– Je suis préoccupé, avoua-t-il.

– Pas par les cartes, en tout cas. Ou alors tu as perdu ton célèbre talent.

– Ça ne m'étonnerait pas, répondit distraitement Charles.

– Une autre donne ?

– Je crains de ne pouvoir me l'offrir, plaisanta Charles, mi-amusé mi-amer.

Jordan fit signe à un valet de renouveler leurs consommations. Les deux hommes, bien installés dans leurs fauteuils, étaient l'image même de la camaraderie masculine.

– Je ne peux m'attarder, dit Jordan en consultant sa montre de gousset. J'ai promis à Alexandra de me rendre à un bal, ce soir, et de m'extasier ostensiblement sur l'une de ses amies.

Charles songea que l'expression de Jordan s'adoucissait chaque fois qu'il prononçait le nom de son épouse.

– Aimerais-tu te joindre à nous ?

– Cela me semble ennuyeux à mourir.

– Je ne le pense pas. Ma femme a décidé de défier la bonne société en y faisant entrer la jeune fille en question. Et si j'en crois ce qu'elle m'a raconté, ce n'est pas gagné d'avance !

– Pourquoi ? demanda poliment Charles.

Jordan soupira, un peu agacé d'avoir à intervenir pour une demoiselle en détresse qu'il ne connaissait même pas.

– Cette jeune personne est tombée voici deux ans entre les griffes d'un individu sans scrupules, ce qui a déclenché un énorme scandale.

– C'est assez banal, commenta Charles.

– D'après ce que m'a écrit Alex, le cas est plutôt exceptionnel.

– En quoi ?

– D'abord je suis persuadé que la moitié des invités lui feront l'affront de passer près d'elle sans la saluer. Aussi Alexandra a-t-elle décidé d'utiliser des armes de poids – ma grand-mère, pour être précis, et, à un moindre degré, Tony et moi-même. Malgré tout, je n'envie guère le sort de cette jeune fille. Ou je me trompe fort, ou elle va être écorchée vive par les mauvaises langues. Je ne sais pas exactement ce qu'a fait ce salaud, mais le résultat est une véritable catastrophe. Cette demoiselle – au demeurant superbe, paraît-il – a été bannie de la bonne société pendant presque deux ans.

Charles se raidit.

– Qui est-ce ?
– Élizabeth Cameron.
Charles bondit sur ses pieds.
– Bon Dieu ! Où sont-ils ?
– Chez les Willington. Pourquoi ?
– Parce que c'est moi, le salaud responsable de sa disgrâce.
– Tu es l'homme qu'Alexandra traite de « vil séducteur », de « dégoûtant personnage », d'« infâme libertin » ?
– Je suis tout ça et pire encore, rétorqua Charles en se dirigeant à grands pas vers la sortie en compagnie de son ami. Dépêche-toi de te rendre chez les Willington. Je t'y rejoins, mais j'ai quelque chose à faire auparavant. Et pour l'amour du Ciel, ne dis pas à Élizabeth que tu m'as vu.
Charles se précipita dans une voiture, donna un ordre bref au cocher et se rencogna dans son siège en comptant les minutes. Pourvu que cela ne se passe pas trop mal pour Élizabeth ! Pas un instant il ne songea que Jordan ignorait pourquoi il tenait tant à rencontrer la jeune fille chez les Willington.
Il grimpa vivement les marches de la demeure du duc de Stanhope et faillit renverser le malheureux Ormsley dans sa hâte. Quelques minutes plus tard, il arpentait nerveusement la bibliothèque, l'œil rivé sur la pendule.
À l'étage régnait la plus grande agitation. Le duc avait rameuté son maître d'hôtel, son valet de chambre, son cocher, ses valets de pied. Contrairement à Charles, il était absolument enchanté.
– Ormsley, Charles a *besoin* de moi ! s'exclama-t-il, aux anges, tandis qu'on le débarrassait de sa veste d'intérieur. Et il est venu me le dire !
– En effet, Votre Grâce ! approuva le vieil homme, rayonnant.

– J'ai rajeuni de vingt ans !

– C'est un grand jour, Votre Grâce.

– Mais bon sang, que fabrique Anderson ? Il faut qu'il me rase. Qu'on m'apporte une tenue de soirée. Noire, avec une épingle de cravate et des boutons de manchettes en diamants. Et ôte cette canne de ma vue, je te prie !

– Vous ne devez pas vous surmener, Votre Grâce.

– Ormsley, si tu t'imagines que je vais m'appuyer sur cette satanée canne un jour comme celui-ci, tu as perdu l'esprit ! J'entrerai au côté de mon petit-fils sans aucune aide, tu m'entends ? Par le diable, où est passé Anderson ?

– Nous sommes en retard, Alexandra, déclara la duchesse douairière dans le boudoir de la jeune femme. Et je dois vous avouer que j'ai le plus affreux pressentiment concernant l'issue de cette soirée. Or, mon instinct ne me trompe jamais.

Alexandra se mordit la lèvre.

– Les Willington habitent tout près. D'autre part, je tiens à ce que tout le monde soit arrivé quand Élizabeth fera son entrée. Et à vrai dire, j'espérais que Roddy recevrait mon message à temps.

Comme pour accomplir ce vœu, le maître d'hôtel apparut.

– Roderick Carstairs vous attend dans le salon bleu, Votre Grâce, annonça-t-il.

– Merci, mon Dieu !

Alex croisa les doigts en allant le rejoindre.

– J'ai accouru immédiatement à votre appel, ma ravissante, dit Roderick en s'inclinant profondément. Avant même de me présenter chez les Willington, comme vous le souhaitiez.

Roddy Carstairs était un homme de taille moyenne, à la carrure athlétique et au regard clair. Toujours vêtu avec la plus grande recherche, il n'avait pas son pareil pour nouer ses cravates... ni pour lancer des remarques acerbes sur les malheureux qu'il prenait pour cible.

– Connaissez-vous la nouvelle pour Kensington ?

– Qui ? demanda distraitement Alex, tout occupée à chercher le meilleur moyen de l'amener à ses fins.

– Le tout nouveau marquis de Kensington, connu sous le nom de Charles Thornton, *persona non grata*. C'est étonnant ce que peuvent faire un titre et une fortune... Il y a deux ans, nous ne l'aurions pas laissé franchir notre seuil. Voilà six mois, on a commencé à parler de sa richesse, et à l'inviter à des soirées. Aujourd'hui, il hérite d'un duché, et c'est nous qui allons nous battre pour être reçus chez lui. Vus sous cet angle, nous formons un petit monde bien capricieux !

Alexandra ne put s'empêcher de rire et déposa un baiser sur sa joue.

– Ô Roddy, vous m'amusez toujours, même quand je suis dans les pires ennuis, ce qui est le cas en ce moment. Vous pourriez tellement m'aider... si vous le vouliez !

Roddy prit une pincée de tabac à priser et haussa les sourcils, à la fois intrigué et soupçonneux.

– Je suis votre plus fidèle serviteur, madame.

Alexandra ne s'y laissa pas prendre. Certains hommes étaient redoutés pour leur caractère impétueux ou leur talent de tireur, mais Roddy Carstairs, lui, effrayait par ses reparties et sa langue acérée. Les femmes les plus sophistiquées vivaient dans la crainte d'attirer ses piques. Et Alex savait de quoi elle parlait ! Il avait fait de ses débuts un enfer lorsqu'elle était arrivée à Londres pour la première fois. Puis il avait changé d'avis, et c'était lui qui avait forcé la bonne société à l'accepter. Pas par remords ou sentiment de culpabilité. Simplement pour tester son pouvoir sur les autres et s'amuser pour une fois à construire une réputation, au lieu de la détruire.

– Une jeune femme, dont je tairai le nom pour l'instant, a grand besoin de vos services, commença prudemment Alex. En fait, vous pourriez la sauver, comme vous l'avez fait pour moi voici quelques années.

– Une fois suffit ! plaisanta-t-il. J'ai eu honte de cette galanterie sans précédent !

– Elle est remarquablement belle, précisa Alex.

Cela éveilla peu d'intérêt chez Roddy. Alors que d'autres hommes étaient sensibles à la beauté des femmes, Roddy prenait un malin plaisir à déceler leurs défauts. Il aimait critiquer et ne s'en privait pas. Mais il savait aussi se montrer le plus loyal des amis.

– Elle a été victime de ragots malveillants voici deux ans et a été obligée de quitter Londres. Elle est ma meilleure amie depuis toujours. La duchesse douairière, Tony, Jordan et moi avons l'intention de l'accompagner au bal des Willington. Mais si vous vouliez bien lui accorder un peu d'attention – ou mieux encore, être son cavalier – je vous en serais reconnaissante jusqu'à la fin de mes jours...

– Alex, si vous étiez mariée à tout autre que Jordan, je serais tenté de vous demander *comment* vous envisagez de me prouver votre gratitude. Mais en l'occurrence, je n'ai aucune envie de mourir prématurément et me contenterai donc de votre sourire. C'est la plus belle des récompenses.

– Soyez sérieux, Roddy. J'ai désespérément besoin de vous.

– Je frémis d'impatience, ma douce. Qui que soit cette jeune personne, elle doit être dans un grand embarras pour que vous fassiez appel à moi.

– Elle est belle, intelligente, et vous l'aimerez beaucoup, j'en suis certaine.

– Dans ce cas, je considère comme un honneur de lui apporter mon soutien. Qui... ?

Son regard fut soudain attiré par un léger mouvement au seuil du salon.

– Grand Dieu ! murmura-t-il, émerveillé.

Vision céleste, une jeune femme inconnue venait d'entrer. Elle était vêtue d'une robe bleu glacier au profond décolleté carré dont le drapé mettait en valeur la finesse de sa taille. Sa somptueuse chevelure blonde, retenue en arrière par une barrette de saphir, cascadait le long de son dos en lourdes boucles. Sous des sourcils délicatement dessinés et de longs cils, ses yeux étaient d'un vert étonnant, entre le jade et l'émeraude.

Roddy admirait la jeune femme en connaisseur, cherchant en vain un défaut, même léger. Mais il ne trouva que perfection dans la structure du visage, la finesse de la peau, la douceur des lèvres.

– Excuse-moi, je te croyais seule, dit Élizabeth à Alex.

Dans un gracieux envol de soie bleue, elle disparut. Jamais Alexandra n'avait vu Roddy fasciné par une femme, et elle s'en réjouit.

– Grand Dieu, répéta-t-il presque respectueusement. Était-elle réelle ?

– Tout à fait ! affirma Alex en riant. Et elle a terriblement besoin de vous. Vous l'aiderez, n'est-ce pas ?

Il cligna des yeux, ébahi.

– L'aider ? J'ai envie de lui offrir mon inestimable nom ! Mais j'aimerais savoir qui elle est, bien qu'elle me semble soudain très familière.

– Vous nous aiderez ?

– Je viens de vous le dire... Qui est cette délicieuse créature ?

– Élizabeth Cameron. Elle a fait ses débuts...

– Élizabeth Cameron ! coupa Roddy, sarcastique. J'aurais dû m'en douter. La petite garce a mis la ville à feu et à sang, juste après votre départ en voyage de noces, mais elle a changé. Qui aurait pu imaginer qu'elle atteindrait un tel sommet de beauté ?

– Roddy ! s'écria la jeune femme, inquiète. Vous avez promis de nous apporter votre aide !

– Ce n'est pas de l'aide qu'il vous faut, Alex, mais un *miracle* !

– Roddy...

– Désolé. J'ai changé d'avis.

– C'est... ce vieux scandale qui vous ennuie ?

– Dans un sens, oui.

Les yeux bleus d'Alexandra lancèrent des éclairs.

– Cela vous va bien de porter crédit aux racontars, Roddy ! Vous savez parfaitement que ce sont la plupart du temps des mensonges. Vous en avez lancé suffisamment vous-même !

– Je n'ai pas dit que j'y croyais. En fait je doute que des mains d'homme – même celles de Thornton – aient jamais touché cette peau de porcelaine. Néanmoins, la société n'est pas aussi clairvoyante que moi, ni aussi indulgente. Ils vont la démolir, ce soir. Rien ne les en empêchera, ni l'influence des Townsende ni la mienne. Au risque de tomber encore plus bas dans votre estime, ma chère Alex, je vais vous révéler un vilain trait de ma personnalité... Tout célibataire qui montrera le moindre intérêt pour cette fille deviendra la risée de Londres. Or j'ai horreur qu'on se moque de moi. Je n'ai guère de courage, c'est pourquoi je ridiculise toujours les autres. De plus, conclut-il en prenant son chapeau, aux yeux de la société, Élizabeth Cameron est souillée. L'homme qui l'approchera passera définitivement pour un imbécile, et subira le même sort qu'elle.

Il s'arrêta sur le seuil et se retourna, avec son habituel sourire ironique.

– Sans grand espoir, je vais cependant proclamer bien haut ce soir que je ne crois pas qu'elle se soit trouvée seule avec Thornton dans un pavillon de chasse, ni dans une serre, ni ailleurs. Cela apaisera un peu la tempête, mais ne l'arrêtera pas.

21

Moins d'une heure plus tard, dans l'immense salle de bal, Alexandra dut se rendre à la triste évidence : Roddy avait raison. C'était la première fois que Jordan et elle n'étaient pas entourés d'amis ou de relations. On les évitait. Beaucoup pensaient que Jordan et Alex seraient peinés en apprenant la mauvaise conduite d'Élizabeth et ne voulaient pas ajouter à leur embarras. Ils feignaient donc de ne pas remarquer leur présence.

Cependant, si tous ces gens ignoraient le couple Townsende par politesse, ils ne se gênaient pas pour lancer des coups d'œil méprisants à Élizabeth, qui avait de toute évidence berné ses amis.

Près de la piste de danse, Alexandra était partagée entre les larmes et la colère. Elle regarda Élizabeth, qui lui sourit vaillamment, et eut la gorge serrée. Il y avait tellement de bruit qu'elle dut se pencher pour entendre ce que son amie avait à lui dire.

– Si cela ne t'ennuie pas, j'aimerais aller me repoudrer le nez, confia Élizabeth d'une voix étranglée.

– Je t'accompagne.

– Alex, je souhaiterais être seule un moment. C'est... à cause du bruit, mentit-elle.

La tête haute, elle se fraya un chemin à travers la foule hostile ou moqueuse.

La douairière, Jordan et Alex la suivirent des yeux tandis qu'elle montait gracieusement l'escalier menant aux salons de repos.

Jordan réagit le premier, refusant de voir Alexandra s'effondrer en larmes. Il la prit par la taille, lui sourit et dit rapidement – car déjà on s'approchait d'eux :

– Si cela peut te consoler, ma chérie, je considère qu'Élizabeth Cameron est la jeune femme la plus merveilleusement courageuse que je connaisse. Hormis toi.

– Merci, répondit Alex en s'efforçant de sourire.

– Ils le regretteront ! décréta la douairière, glaciale, en tournant ostensiblement le dos à deux de ses meilleures amies qui s'apprêtaient à la saluer.

Alex ravala un sanglot.

– Au moins, fit-elle en tentant de plaisanter, Élizabeth n'a pas été complètement esseulée, ce soir. Belhaven ne cesse de lui tourner autour.

– Il est sur la liste noire de presque tout le monde, et personne n'a consenti à le mettre au courant de la situation d'Élizabeth... Pas encore, rectifia la vieille dame en voyant deux hommes tirer Belhaven par la manche et lui parler à l'oreille.

Élizabeth passa une bonne demi-heure à se recomposer une attitude dans un petit salon. Ce fut là qu'elle surprit une discussion animée sur un sujet qui, dans d'autres circonstances, lui aurait causé un choc : Charles venait d'être nommé héritier du duc de Stanhope. Elle n'en éprouva aucune sorte d'émotion.

Cela lui rappelait vaguement une conversation où Valérie avait suggéré quelque chose de ce genre. Mais ce souvenir ne lui fit ni chaud ni froid, elle se sentait vidée de tout sentiment.

Il lui fallait retourner auprès de ses compagnons, et elle descendit le vaste escalier en évitant les regards ironiques. Malgré ce bref répit, une horrible migraine lui martelait les tempes. La musique qu'elle aimait tant autrefois lui paraissait discordante, les bruits des rires et des conversations lui donnaient la nausée, ainsi que les cris du majordome qui annonçait le nom des nouveaux arrivants. La plupart lui étaient familiers, et elle savait que tous ces gens auraient un mauvais sourire en apprenant qu'Élizabeth Cameron assistait à cette réception. Autant de regards méprisants, autant de dos tournés...

On se souviendrait de l'arrogance de son frère qui évinçait les prétendants les uns après les autres. On s'amuserait en songeant que Sir Francis Belhaven était le seul à vouloir encore d'elle.

Élizabeth avait tellement honte que les rares visages qui se tournaient vers elle avec sympathie lui semblaient également menaçants.

Comme elle approchait des Townsende, elle aperçut Francis, vêtu d'un ridicule pantalon rose et d'une veste de satin jaune, en grande conversation avec Alex. Elle cherchait où se dissimuler en attendant qu'il se retire quand elle croisa un groupe qu'elle aurait préféré éviter. Le vicomte Mondevale la regardait, entouré des jeunes femmes qu'elle avait un temps considérées comme ses amies. Elle tourna les talons, mais le vicomte la rattrapa alors qu'elle arrivait près d'Alex et de son mari.

Il était très beau, et semblait sincèrement mal à l'aise.

– Élizabeth, vous êtes plus ravissante que jamais, murmura-t-il.

Il était le dernier dont elle espérait l'amitié, et elle ne sut si elle en était reconnaissante ou furieuse, vu la part qu'il avait prise dans sa disgrâce.

– Merci, répliqua-t-elle simplement.

– Je voulais que vous sachiez que... je suis désolé.

Élizabeth releva le menton.

– Pourquoi, monsieur ?

Il esquissa un sourire forcé.

– Pour le rôle que j'ai joué dans ce qui vous est arrivé.

– Que puis-je vous répondre ? demanda-t-elle franchement déconcertée.

– À votre place, je crois que je giflerais le goujat que je suis.

Élizabeth retrouva un peu de son humour.

– Cela me ferait effectivement grand plaisir, lança-t-elle, hautaine.

Une étincelle d'admiration éclaira les yeux du vicomte, et comme il ne faisait pas mine de s'éloigner, Élizabeth fut obligée de le présenter aux Townsende, qu'il connaissait d'ailleurs déjà.

Tandis qu'ils échangeaient les politesses d'usage, Élizabeth, à sa profonde horreur, vit Valérie, sans doute vexée par l'attitude de Mondevale, se diriger vers eux, entourée de Pénélope, Georgina et quelques autres. Elle se tourna vers Alex, mais Sir Francis continuait à l'accaparer et ne semblait pas décidé à se taire. Élizabeth était prise au piège.

– Mais c'est Élizabeth Cameron ! s'écria Valérie d'un ton méprisant. Je ne m'attendais certainement pas à vous rencontrer ici !

– Je m'en doute, répondit froidement Élizabeth.

Georgina eut un petit rire haut perché, et Élizabeth eut l'impression que tout le monde la regardait. La musique était trop forte, les voix grondaient, les gens étaient de plus en plus nombreux, l'aboyeur continuait sa litanie.

– *Le comte et la comtesse de Marsant !... Le comte de Norris !... Lord Wilson !...*

Amusées, Valérie et Georgina continuaient à bavarder, mais Élizabeth ne les entendait plus.

– *Sir William Fitzhugh!... Lord et Lady Enderly !...*

– Alex, je ne me sens pas bien, murmura la jeune fille.

Son amie ne l'entendit pas.

En désespoir de cause, Élizabeth se tourna vers la duchesse.

– Il faut que je m'en aille.

– *Le comte et la comtesse de Rindell!...*

La douairière se pencha vers elle :

– Que dites-vous, mon petit ?

– *Sa Grâce le duc de Stanhope ! Le marquis de Kensington !*

– J'ai dit... commença Élizabeth.

La vieille dame s'était tournée vers l'entrée et devint soudain très pâle.

– J'ai dit que je voulais partir ! cria Élizabeth d'une voix trop forte dans le silence qui s'était installé.

Au lieu de lui répondre, la douairière maugréa entre ses dents :

– Il ne manquait plus que ça !

– Je... je vous demande pardon ?

– Vous allez vous évanouir ? demanda la vieille dame d'un ton sévère.

– Cela ne m'est jamais arrivé, mais je ne me sens vraiment pas bien, murmura la jeune fille.

Derrière elle, Valérie et Georgina éclatèrent de rire.

– Il n'est pas question que vous partiez avant que je vous en aie donné la permission ! déclara la douairière avec un regard autoritaire vers Anthony Townsende qui vint aussitôt offrir son bras à Élizabeth.

La foule s'était insensiblement rapprochée de l'escalier, et bien des gens observaient Élizabeth qui ne s'en souciait plus guère. Enfin, elle finit par lever les yeux. La vision lui coupa le souffle. Était-ce une hallucination ? Deux hommes de même stature, vêtus du même habit noir, descendaient le vaste escalier avec sur le visage la même expression ironique. L'un d'eux était Charles Thornton.

– Élizabeth, murmura Tony. Venez danser.

– Danser ? répéta-t-elle sans comprendre.

– Danser, insista-t-il en l'entraînant vers la piste.

Une fois dans les bras de Tony, Élizabeth sentit une bienfaisante indifférence l'envahir. Son esprit se vida de tout. La musique était plus douce, les regards ne se tournaient plus vers elle, elle ne voyait plus que l'épaule de Tony. Et même quand le jeune homme la raccompagna vers le groupe où s'attardaient encore Valérie, Georgina et le vicomte Mondevale, elle ne ressentait... absolument rien.

– Comment allez-vous ? s'inquiéta Tony.

– Parfaitement bien, répondit-elle avec un sourire exquis.

– Avez-vous des sels ?

– Je ne m'évanouis jamais.

– Tant mieux. Vos amies sont toujours là, avides d'assister à la suite des événements.

– Oui, elles ne rateraient pas ça pour un empire !

– Que va-t-il faire, à votre avis ?

Élizabeth regarda Charles sans l'ombre d'un frémissement. Il se tenait toujours près de l'homme auquel il ressemblait tant, et ils étaient fort entourés.

– Rien.

– Rien ?

– Pourquoi ferait-il quelque chose ?

– Vous voulez dire qu'il va vous ignorer ?

– On ne sait jamais, avec lui. Quelle importance ?

À ce moment, Charles l'aperçut enfin, et il n'eut plus qu'une envie : se débarrasser des importuns qui ne cessaient de le féliciter et courir vers elle. Mais il n'en était pas question. Bien qu'elle fût magnifique et émouvante dans sa fragilité, il se devait de l'aborder calmement. La rage au cœur, il supporta donc les révérences des femmes et les flatteries des hommes.

Il patienta quelques minutes, puis adressa un signe de tête à son grand-père. Ils se dégagèrent alors des cinquante personnes qui voulaient être officiellement présentées au marquis de Kensington et fendirent la foule, tout en s'arrêtant de temps en temps pour serrer une main ou saluer quelqu'un. Le duc secondait parfaitement son petit-fils.

– Stanhope ! cria un homme. Présentez-nous à votre héritier !

Cette comédie était éprouvante ! Charles connaissait tous ces gens depuis des années... Il se montra néanmoins courtois, tout en surveillant Élizabeth du coin de l'œil. Elle semblait incapable de faire un mouvement. Un verre de champagne à la main, elle souriait en écoutant Jordan Townsende. Mais son sourire était artificiel, sans éclat, et le cœur de Charles se serra. C'était plus qu'il ne pouvait en supporter. Il se tourna vers le duc qui interrompit une conversation et ils se dirigèrent ensemble vers Élizabeth.

– Invite Élizabeth à danser, murmura Alex à son mari. Ce monstre vient dans notre direction...

Jordan jeta un coup d'œil à son ami.

– Tout ira bien, ma chérie, promit-il.

Il s'avança à la rencontre de Charles et lui tendit la main comme s'ils ne s'étaient pas vus depuis longtemps.

– Permets-moi de te présenter mon épouse...

Charles baisa la main de la ravissante jeune femme brune aux yeux brillants qui eut un imperceptible geste de recul.

– Enchanté, dit-il.

Quant à la douairière, elle lui accorda à peine un signe de tête en déclarant sèchement :

– Moi, je ne suis pas du tout enchantée de vous rencontrer.

Jordan le présenta à une certaine Georgina qui lui lança un regard langoureux, puis à Valérie qui tressaillit, effrayée par l'éclat menaçant qu'elle lut dans ses yeux, et se pendit au bras de Mondevale.

Élizabeth assistait à la scène avec indifférence, mais lorsque Charles arriva enfin à sa hauteur et croisa son regard, elle se mit à trembler de tous ses membres.

– Lady Élizabeth Cameron, annonça Jordan.

Charles sourit et clama d'une voix forte :

– Lady Cameron, je vois que vous éclipsez toujours les autres femmes... Puis-je vous présenter à mon grand-père ?

Élizabeth rêvait ! Il n'avait présenté personne à son grand-père, et tout le monde l'avait remarqué.

Lorsqu'il s'éloigna, elle soupira, soulagée.

– Eh bien, déclara la douairière à contrecœur, je dois avouer qu'il a mené cette affaire de main de maître... Regardez, il invite Evelyn Makepeace à danser. Si Makepeace ne lui tourne pas le dos, il est définitivement accepté.

Un petit rire nerveux échappa à Élizabeth. Charles se moquait bien d'être ou non accepté ! Elle fut interrompue par son deuxième cavalier de la soirée. Le duc de Stanhope lui offrit son bras et demanda avec un sourire chaleureux :

– Voulez-vous me faire l'honneur de m'accorder cette danse, Lady Cameron ?

Elle eut un instant envie de refuser, mais il y avait quelque chose de presque implorant dans le regard du vieux monsieur, et elle posa sa main gantée sur son bras.

Ils traversèrent la foule d'un pas un peu plus lent qu'il n'était nécessaire. Sortant de sa demi-léthargie, elle jeta un coup d'œil inquiet à son compagnon.

– Un vieil accident de chasse, expliqua-t-il. Mais ne vous inquiétez pas, je valse comme un jeune homme...

Il l'entraîna au milieu des danseurs avec une grâce parfaite. Quand ils furent perdus parmi les autres, le duc murmura à son oreille :

– Charles m'a chargé de vous transmettre un message.

Charles avait toujours eu le don de bouleverser la jeune fille, et elle n'avait aucune intention de le laisser recommencer. Elle leva vers le duc un visage sans expression.

– Je vous en prie, ne vous inquiétez pas. Contentez-vous de rester encore environ une heure, et faites-lui confiance.

Élizabeth perdit d'un coup sa belle indifférence. Ses yeux s'ouvrirent tout grands et elle éclata d'un rire nerveux.

– Lui *faire confiance* ?

Chaque fois qu'elle s'était trouvée en présence de Charles Thornton, elle avait eu l'impression d'être une balle rebondissant au gré de ses caprices, et elle en avait vraiment assez. Elle sourit au duc en secouant la tête.

Les danseurs qui passaient près d'eux s'étonnaient de la voir en termes si amicaux avec le vieil homme. Et toute la salle était déconcertée : deux des familles les plus influentes d'Angleterre la prenaient sous leur protection.

Charles, qui savait exactement comment ces gens fonctionnaient, s'efforçait de les diriger dans la direction qu'il souhaitait. Incapable de faire cesser les ragots sur ses relations avec Élizabeth, il faisait preuve d'une amabilité et d'une indulgence tout à fait inhabituelles chez lui, mais il posait sans cesse sur elle un regard ostensiblement admiratif. Son intérêt non dissimulé pour Élizabeth suscita même quelques timides questions. Lord Newson, un être falot qui s'était attaché aux basques de Charles, lui dit du ton amusé des confidences masculines :

– C'est quelqu'un, n'est-ce pas ? Tout Londres ne parlait que d'elle après l'après-midi que vous avez passé ensemble, il y a deux ans.

Charles sourit et leva son verre, sans quitter la jeune fille des yeux.

– Vraiment ? lança-t-il bien fort.

– Mais oui.

– Et y ai-je pris du plaisir ?

– Pardon ?

– Je vous demande si ce moment m'a été agréable.

– Pourquoi le demander ? Vous y étiez, non ?

Plutôt que de nier, Charles laissa cette déclaration en suspens. L'autre finit par insister :

– Vous étiez bien avec elle, n'est-ce pas ?

– Non, avoua Charles avec un sourire de connivence. Mais ce n'est pas faute d'avoir essayé...

– Laissez tomber, Kensington, lança un autre invité. Inutile de tenter de protéger l'honneur de la dame. On vous a vus ensemble dans la serre.

Charles haussa un sourcil moqueur.

– Je l'ai dit, j'ai tout fait pour tenter de la voir seule...

Les visages de ses compagnons exprimaient un mélange d'incrédulité et de déception. Puis ils furent flattés quand le nouveau marquis de Kensington leur demanda conseil.

– J'aimerais savoir si elle accorderait plus volontiers ses faveurs à un marquis qu'à un simple mortel...

– Par Dieu ! La perspective d'une couronne ducale vous obtiendrait la main de n'importe quelle femme.

– La perspective d'une couronne, répéta Charles, les sourcils froncés. Donc vous pensez que cette jeune personne ne cédera que si je lui offre le mariage ?

L'homme n'avait rien pensé de tel, mais il se sentit obligé d'approuver vigoureusement.

Charles les quitta, leur donnant l'impression qu'il avait été repoussé par Élizabeth Cameron avant de devenir marquis, et c'était une histoire beaucoup plus amusante encore que celle dont ils s'étaient repus jusqu'à présent ! Ils se hâtèrent de raconter cette anecdote à tous ceux qui voulaient l'entendre. En une demi-heure, la moitié de la salle se posait des questions, et les hommes commençaient à regarder Élizabeth d'un air tout à fait intéressé. Certains prièrent le duc de les présenter à la jeune fille, et Charles ne tarda pas à la voir danser de nouveau, sous le regard triomphant du duc de Stanhope.

Il restait une corvée à Charles : inviter un bon nombre de dames respectables avant de pouvoir prendre Élizabeth dans ses bras.

Au bout de sept danses, Charles adressa un imperceptible signe de tête à Jordan, signal que son ami, prévenu par le duc, attendait.

Élizabeth, plongée dans une espèce de brouillard bienfaisant, écoutait la conversation de quelques jeunes gens qui ne semblaient plus la considérer comme une pestiférée. Elle était surtout soulagée que les Townsende ne soient plus tenus à l'écart. Cependant, elle se sentait un peu frustrée. Une heure auparavant, quand elle avait demandé si elle pouvait enfin se retirer, Jordan avait jeté un coup d'œil au duc avant de répondre gentiment :

– Pas encore.

Elle était donc restée et se tenait au centre d'une conversation qu'elle n'entendait pas, un sourire figé sur les lèvres.

Elle n'avait pu se rendre compte, tandis qu'elle se trouvait sur la piste, que le duc transmettait à Jordan les instructions de Charles. Aussi ne s'étonna-t-elle pas lorsque Jordan déclara à Tony :

– Je crois que les dames aimeraient prendre l'air un moment.

Alex parut surprise mais ne protesta pas, et Élizabeth accepta docilement le bras que lui offrait Tony. Accompagnés du duc de Stanhope, ils traversèrent la salle de bal.

Sur la terrasse bordée d'une balustrade de pierre, plusieurs couples goûtaient l'air pur de la nuit. Jordan les entraîna vers la droite, où la terrasse se prolongeait après l'angle de la maison. Heureuse d'échapper un instant aux regards, Élizabeth s'appuya à la balustrade. Jordan fit de même un peu plus loin, mais lui tourna le dos. Il parlait à voix basse avec Alex.

Élizabeth sentit soudain une main se poser sur son bras, et une voix un peu rauque lui murmura à l'oreille :

– Dansez avec moi, Élizabeth.

Elle se raidit et répondit calmement, poliment, sans cesser de fixer la nuit devant elle :

– Accepteriez-vous de me rendre un grand service ?

– Tout ce que vous voudrez.

– Allez-vous-en. Et ne revenez plus.

– Tout sauf ça, rectifia-t-il.

Il s'approcha encore, et la merveilleuse torpeur qui enveloppait la jeune fille depuis quelques heures se dissipa sous la douce caresse de ses doigts le long de son bras nu.

– Dansez avec moi, répéta-t-il.

– Ce ne serait guère raisonnable, répliqua-t-elle en secouant la tête.

– Nous n'avons jamais été raisonnables, vous et moi. J'insiste...

Elle se tourna enfin vers lui.

– Pourquoi ?

Il lui sourit tendrement.

– Parce que j'ai valsé avec sept femmes affreuses, de réputation irréprochable, pour avoir le privilège de vous tenir enfin contre moi sans susciter les pires racontars et vous causer encore du tort.

– Que voulez-vous dire ?

– Je sais ce qui vous est arrivé après la partie de campagne, expliqua-t-il gentiment. Votre Lucinda a tout raconté à Duncan. Ne prenez pas cet air courroucé. Elle s'est seulement trompée en s'adressant à Duncan plutôt qu'à moi directement.

Le Charles Thornton qui s'exprimait ce soir, étrangement familier, ressemblait à celui qu'elle avait connu deux ans auparavant.

– Rentrez avec moi, je vais me racheter...

Elle hésitait encore.

– C'est une erreur. Tout le monde imaginera que nous avons recommencé...

– Non. Ils sont en train de se raconter comment j'ai *essayé* de vous séduire sans y parvenir, parce que je ne possédais pas de titre, et ils admirent votre bon sens. À présent que je suis marquis, il est normal que je tente ma chance de nouveau, au nom de mon orgueil de mâle... Je suis désolé, ajouta-t-il en repoussant une mèche de cheveux égarée sur sa joue, je n'ai pu trouver mieux... On nous avait vus ensemble dans des circonstances compromettantes. J'ai donc tenté de les persuader que je vous poursuivais, mais que vous repoussiez mes avances.

– Vous ne comprenez pas. Ce qui m'arrive, je le mérite. Je connaissais les règles et je les ai transgressées en demeurant avec vous dans le pavillon de chasse. Vous ne m'y avez pas obligée...

– Élizabeth, cessez de me disculper pour ce qui s'est passé, coupa-t-il. Je ne le supporte pas. J'ai exercé plus de pressions sur vous que vous ne le supposez.

Réprimant son envie de l'embrasser, il précisa d'une voix plaisante :

– Vous sous-estimez mes subtils talents de stratège. Venez danser avec moi, et je vous montrerai avec quel brio je les ai manipulés.

Sans réel intérêt, elle se laissa entraîner sur la piste.

Quelques instants plus tard, Charles constata la froideur des regards qui se tournaient vers eux, et il en fut secrètement alarmé... Puis il posa les yeux sur Élizabeth et comprit la cause de cette réaction.

– Élizabeth, ordonna-t-il à voix basse, relevez la tête ! Traitez-moi de haut ou jouez les coquettes, mais ne prenez cet air humble sous aucun prétexte. Les gens l'interpréteront comme une preuve de culpabilité !

Élizabeth, qui fixait son épaule comme elle l'avait fait avec ses autres partenaires, releva la tête.

– Comment ?

Charles eut le cœur serré en croisant son regard vide. Il réalisa que les sermons ne serviraient à rien et préféra utiliser la méthode qui lui avait réussi en Écosse : la faire rire pour l'empêcher de pleurer.

– Belhaven est superbe, ce soir, dit-il gaiement. Ce pantalon de satin rose ! Je lui ai demandé le nom de son tailleur pour commander le même.

Élizabeth le dévisagea comme s'il était devenu fou. Puis elle comprit ce qu'il attendait d'elle. De plus, l'image de Charles vêtu de rose était irrésistible.

– J'ai beaucoup admiré sa tenue, répliqua-t-elle. N'oubliez pas la jaquette jaune !

– Je la choisirai plutôt... prune, objecta-t-il avec un sourire.

– Original, en effet. Vous allez faire des ravages !

Il fut extrêmement fier de la manière dont elle réagissait. Afin de s'empêcher de prononcer les paroles qu'il gardait pour un entretien privé le lendemain, il saisit le premier sujet qui lui vint à l'esprit :

– La Valérie que j'ai rencontrée tout à l'heure est bien celle des messages de la serre, je présume ?

Élizabeth se rembrunit.

– Oui.

– Dois-je prier Willington de faire sortir tout le monde afin que vous ayez les vingt pas requis pour le duel ? Naturellement, je serai votre témoin.

Élizabeth esquissa un sourire un peu tremblant.

– Porte-t-elle un ruban ?

– Hélas, non.

– Et des boucles d'oreilles ?

Il fronça les sourcils.

– De minuscules perles.

Elle eut enfin un vrai sourire.

– Une bien petite cible, mais je suppose que...

– Je m'en charge, répondit-il gravement.

Ils éclatèrent de rire.

La valse se terminait, et ils retournèrent vers leurs amis. Mondevale semblait attendre la jeune fille.

– Maintenant que vous êtes marquis, vivrez-vous en Angleterre ou en Écosse ? demanda-t-elle.

– J'ai seulement accepté le titre, pas les terres ni les revenus, répondit-il distraitement. Je vous expliquerai tout demain matin chez vous. Mondevale va vous supplier de danser avec lui, alors écoutez-moi bien : je vous inviterai de nouveau un peu plus tard, et vous refuserez.

Elle lui lança un coup d'œil étonné.

– Y a-t-il autre chose ? insista-t-elle avant de rejoindre les Townsende.

– Oui, mais nous devrons attendre demain.

Intriguée, Élizabeth reporta son attention sur Mondevale.

Alex avait observé la comédie jouée par Charles et Élizabeth. Un peu plus tôt, la jeune femme avait confié à son époux ce qu'elle pensait de ce Charles Thornton qui avait détruit la réputation de son amie, et lui faisait à présent croire qu'il ne possédait pas de fortune. Mais

Jordan, affirmant que Thornton avait décidé de mettre les choses au point dès le lendemain matin, avait fait promettre à Alex et sa grand-mère d'attendre pour se prononcer. Alex n'avait accepté qu'à regret. Élizabeth était douce, bonne, et Alex craignait qu'elle ne fût aveuglée sur la véritable nature de cet homme. « Pourvu qu'il ne lui fasse pas plus de mal que de bien ! » songeait-elle, inquiète.

À la fin de la soirée, la plupart des invités des Willington avaient tiré leurs conclusions : d'abord, Charles Thornton était bel et bien le petit-fils du duc de Stanhope – ce dont chacun prétendait avoir toujours été persuadé. Ensuite, Élizabeth Cameron avait probablement repoussé ses avances deux ans auparavant – ce qu'on avait toujours proclamé, bien sûr ! Enfin, comme elle avait refusé de danser une seconde fois avec lui, elle préférait de toute évidence son ancien prétendant, le vicomte Mondevale – ce que personne ne croyait vraiment.

22

Bentner apporta un plat de scones dans la petite salle à manger où Élizabeth et Alex commentaient la soirée de la veille. Déjà tirée à quatre épingles, Lucinda brodait, assise sur une chaise à haut dossier près d'une fenêtre.

Cette pièce, comme toutes les autres dans la maison de Promenade Street, était décorée dans des tons que Julius Cameron qualifiait de « pratiques » – gris et bruns. Ce matin-là, néanmoins, l'endroit était égayé par la nappe jaune, la robe rose d'Alex et le déshabillé vert d'eau d'Élizabeth.

En temps normal, Bentner aurait souri devant le joli tableau qu'elles formaient, mais quelque chose le préoccupait.

– Nous avons eu un visiteur, hier soir, dit-il. Je lui ai fermé la porte au nez.

– Qui était-ce ?

– Un certain M. Charles Thornton.

Élizabeth étouffa un petit rire horrifié, tandis que le brave homme poursuivait :

– Je l'ai regretté, après ! J'aurais dû l'inviter à entrer, lui offrir un rafraîchissement et glisser un purgatif dans son verre. Il aurait eu mal au ventre pendant un mois !

– Bentner, vous êtes un amour ! s'écria Alex.

– Ne l'encourage pas, protesta Élizabeth. Bentner confond les romans et la réalité. Il a fait cela à mon oncle l'année dernière.

– Oui, et il n'a pas remis les pieds à la maison pendant six mois ! renchérit fièrement le majordome.

– Quand il vient, il refuse de manger ou boire quoi que ce soit, ajouta Élizabeth, faussement réprobatrice.

– Grâce à quoi il ne reste jamais longtemps !

Comme toujours lorsque l'avenir de sa maîtresse était en jeu, Bentner s'attarda pour donner son avis. Élizabeth avait toujours apprécié ses conseils, aussi ne voyait-il aucun mal à s'asseoir avec les deux jeunes femmes et à participer à la conversation.

– Nous devons d'abord te débarrasser de cet odieux Belhaven, disait Alex. Il a une façon de te regarder... C'est révoltant. Pire, dégoûtant !

Bentner plissa les yeux.

– J'aurais bien une solution. J'ai lu ça dans *L'Infâme Gentleman*... Il faudrait qu'Aaron l'enlève et l'emmène directement aux docks, au service de l'enrôlement obligatoire.

– Ça m'étonnerait qu'il suive docilement Aaron, objecta Élizabeth, amusée.

– Et je ne crois pas qu'on l'enrôlerait. Ils ne sont pas tombés si bas !

– Ou encore la magie noire, continuait Bentner. Dans *Mortelles Tentatives*, il y a un sorcier qui jette des mauvais sorts. Il nous faudrait quelques queues de rats, des langues de...

– Non, déclara fermement Élizabeth.

– ... de lézards...

– Certainement pas !

– Et de la bave de crapaud fraîche, mais ce n'est pas facile à se procurer. Dans le livre...

– Bentner ! Arrêtez, ou nous allons nous évanouir !

Le brave homme se retira pour chercher des solutions dans le calme de l'office.

– Pas étonnant qu'il insiste pour garder une bougie allumée toute la nuit, commenta Élizabeth en riant. Il doit faire d'horribles cauchemars, avec ce genre de lectures !

– Une chose est certaine, j'ai eu raison de t'emmener hier soir, dit Alex redevenant sérieuse. C'était plus dur que prévu, mais bientôt ça ira mieux. Je suis persuadée que tu recevras très vite des demandes en mariage. Alors il nous faut décider quels prétendants tu souhaites encourager. Si Mondevale te plaît toujours...

– Je ne veux personne, Alex ! rappela Élizabeth avec véhémence.

La duchesse douairière, qui venait chercher Alex pour une expédition dans les boutiques, fit son entrée derrière un valet de pied tout intimidé.

– Que racontez-vous, Élizabeth ? demanda-t-elle, contrariée de voir ses efforts de la veille anéantis.

Élizabeth sursauta. La vieille dame l'impressionnait énormément mais, comme Alex, elle avait su découvrir la bonté qui se cachait sous ses allures autoritaires et hautaines.

– Élizabeth veut dire qu'elle est de retour dans la bonne société seulement depuis une journée. Après ses malheureuses expériences avec M. Thornton et Mondevale, elle se montre davantage prudente.

– Vous vous trompez, Alexandra. Elle voulait dire qu'elle n'avait aucune intention de se marier, ni maintenant ni plus tard.

– C'est vrai, confirma calmement Élizabeth.

– C'est pure folie, ma chère ! Vous devez vous marier, et vous le ferez !

– Grand-maman a raison, insista Alex. Tu ne peux espérer tenir ta place dans la société sans prendre un époux. Crois-moi, je sais de quoi je parle.

– Absolument ! appuya la douairière. C'est pourquoi j'ai décidé que vous devriez vous intéresser à Kensington.

– Merci, mais il n'en est pas question, répondit Élizabeth. Je lui suis reconnaissante pour son aide au bal des Willington, c'est tout.

Élizabeth ignora volontairement un petit pincement au cœur en se rappelant combien il s'était montré tendre et charmant. Il était pourtant autoritaire et imprévisible. D'autre part, la jeune fille admirait l'intimité qui unissait Alex et son mari, et elle doutait du bien-fondé de choisir un mari pour des raisons pratiques.

– Reconnaissante ? releva la douairière. Je n'aurais pas utilisé ce mot. Mais il n'aurait jamais dû vous inviter à danser.

– Pour ma part, je suis grandement soulagée qu'Élizabeth ne s'intéresse pas à lui, intervint Alex.

– Pourquoi ?

– Je n'arrive pas à lui pardonner le mal qu'il lui a fait. Et je ne parviens pas à lui accorder ma confiance.

Alex se tourna vers Lucinda pour avoir son avis.

Celle-ci leva les yeux de son ouvrage. Elle avait été fort surprise d'apprendre le comportement de Charles au bal.

– En ce qui concerne M. Thornton, je préfère réserver mon jugement, dit-elle.

– Je n'ai jamais prétendu que vous deviez lui tomber dans les bras, protesta la duchesse, offensée de cette opposition sans précédent. Sa conduite, sauf hier soir, est hautement répréhensible...

Elle s'interrompit en voyant Bentner sur le seuil.

– Votre oncle est ici, Miss Élizabeth.

– Bon sang, inutile de m'annoncer ! tonna Julius en bousculant le majordome. Je suis chez moi !

Il s'immobilisa, un peu gêné de ne pas la trouver seule.

– As-tu vu Thornton ? demanda-t-il tout de go.

– Oui, pourquoi ?

– Je suis fier de la façon dont tu prends cette affaire, je l'avoue. Je craignais que tu ne piques une crise sous prétexte que l'on ne t'avait pas tenue au courant. Il s'agit d'une grosse somme d'argent, et j'avais peur qu'il ne se vexe si tu avais une réaction désagréable.

– Mais de quoi voulez-vous parler ?

– Peut-être devrions-nous vous laisser, suggéra Alex.

– Nous n'avons pas besoin d'être seuls, rétorqua Julius en triturant sa cravate, l'air soudain un peu inquiet. Je peux parfaitement discuter ceci avec Élizabeth devant ses amies. Car vous êtes ses amies, je suppose ?

Élizabeth eut l'horrible impression qu'il comptait sur la présence d'étrangères pour l'empêcher de faire une « scène », comme il disait.

– Si nous nous installions dans le grand salon ? Il y a plus de place, décréta-t-il, autoritaire.

La duchesse se raidit devant ce manque de civilité, mais elle se tut en remarquant le visage soucieux d'Élizabeth.

Ils sortirent de la pièce, Julius en tête. Il ne se sentait pas très fier : non seulement il venait d'empocher une fortune, mais de plus il était sorti vainqueur d'un marché avec un homme aussi malin que Charles Thornton.

– Des présentations s'imposent, Élizabeth, dit-il une fois dans le grand salon.

Élizabeth obéit machinalement, en proie à une terreur grandissante.

– Je prendrais volontiers une tasse de thé, avant d'aborder le sujet.

Alors, elle fut plus alarmée que jamais. Depuis l'épisode avec Bentner, son oncle refusait même un verre d'eau. Visiblement, il cherchait à gagner du temps, sans doute pour réfléchir à la meilleure manière d'annoncer sa nouvelle.

Dans sa calèche, en route pour la demeure d'Élizabeth, Charles était nerveux. Il pensait aux explications qu'il allait fournir à la jeune fille. Elle ne devait à aucun prix imaginer qu'il l'épousait par pitié, ou par sentiment de culpabilité. Dans ce cas, elle s'opposerait à leurs fiançailles. D'autre part elle était orgueilleuse : si elle s'apercevait que le contrat était déjà signé, cela ne lui plairait guère, et Charles la comprenait ! Elle méritait d'être courtisée selon les règles.

Sans aucun doute, elle résisterait un peu en déclarant qu'elle ne voulait pas de lui, mais cela ne l'inquiétait guère. Ils se désiraient depuis le premier soir. Elle était un mélange d'innocence et de courage, de passion et de pudeur, de colère et d'indulgence. Vive et précise une arme à la main, sereine et impériale en public, elle devenait ardente et douce dans ses bras.

Et il l'aimait. Pour être honnête, il l'avait aimée dès le moment où elle avait pris sa défense dans la salle de jeu.

Elle l'aimait aussi. C'était la seule explication à ce qui s'était passé en Angleterre, puis en Écosse.

Cependant, elle avait mené une vie protégée, et elle ne savait pas, ne pouvait même pas comprendre, que l'amour les unissait désormais. Il sourit, attendri, en repensant à leur rencontre.

Puis il se moqua de lui-même. En toute autre circonstance, il se montrait froidement pratique. Or vis-à-vis d'Élizabeth, il était parfois aveuglé, parfois agacé, parfois, comme en ce moment, complètement envoûté.

En chemin, il s'était arrêté chez un joaillier et avait effectué des achats qui avaient laissé le commerçant à la fois enchanté et incrédule. En fait, Charles avait dans sa poche une bague de fiançailles, mais il ne la passerait au doigt d'Élizabeth que lorsqu'elle serait prête à avouer qu'elle l'aimait, ou au moins qu'elle acceptait de l'épouser. Les parents de Charles s'étaient follement aimés, et il n'en attendait pas moins d'Élizabeth. Curieusement, il n'avait jamais souhaité rien de tel avec Christina.

Finalement, Charles fit taire ses angoisses. Élizabeth ne pouvait savoir qu'elle était déjà fiancée, ni que Charles avait dû *payer* pour obtenir sa main. Il avait bien précisé à Julius qu'il désirait être le premier à lui annoncer les fiançailles, et il n'y avait aucune raison pour qu'elle connût un jour l'existence du second problème.

Promenade Street était une rue calme, aux jolies maisons blanches, certes moins riches que celles de Brook Street, mais on y croisait des femmes élégantes au bras de messieurs distingués.

Lorsque le cocher s'arrêta devant la résidence des Cameron, il y avait déjà deux jolies calèches et une vilaine voiture qui attendaient. Il n'y prit pas garde, irrité à la perspective de devoir affronter l'insolent maître d'hôtel d'Élizabeth. Il montait les marches du perron quand il se retourna, surpris, en entendant la voix de Duncan.

– Je suis arrivé ce matin, déclara ce dernier. Ton majordome m'a appris que je te trouverais ici. J'ai songé... c'est-à-dire, je me demandais comment cela se passait...

– Et comme mon domestique ne vous a rien dit, vous avez préféré venir vous rendre compte par vous-même, continua Charles, amusé.

– En quelque sorte. Élizabeth a de l'amitié pour moi, je crois. J'avais pensé, si je ne te trouvais pas ici, lui glisser un mot en ta faveur.

– Seulement un ? plaisanta Charles.

– Vu la façon dont tu t'es comporté à son égard, c'est déjà inespéré... Comment s'est déroulée ta rencontre avec ton grand-père ?

– Pas mal. Il est à Londres.

– Et... ?

– Et vous pouvez à présent m'appeler monseigneur.

– Je suis ici pour t'appeler « le fiancé », rappela Duncan.

– Vous ne cesserez jamais, Duncan ! J'ai mené ma vie seul depuis trente ans, je devrais pouvoir continuer.

Duncan affecta un air un peu penaud.

– Tu as raison. Dois-je m'en aller ?

– Non... D'ailleurs, puisque vous êtes là, j'aimerais autant que vous parliez au maître d'hôtel. Il refuse de me laisser entrer.

Duncan actionna le heurtoir en lançant un coup d'œil ironique à son neveu.

– Tu te fais éconduire par un maître d'hôtel, pourtant tu prétends pouvoir vivre sans aide !

La porte s'ouvrit, et un domestique apparut. Il regarda Duncan, puis Charles, et le pasteur eut la surprise de se voir claquer la porte au nez. Il s'apprêtait à frapper de nouveau quand Charles, d'un coup d'épaule, ouvrit le battant, envoyant le maître d'hôtel bouler jusqu'au fond du hall.

– Allez prévenir votre maîtresse que je suis là, sinon je saurai la trouver ! tonna-t-il, menaçant.

Visiblement outragé, le vieil homme se dirigea vers une pièce d'où montait un murmure de voix.

Duncan haussa un sourcil moqueur.

– C'est très malin de ta part de t'attirer ainsi les bonnes grâces des domestiques d'Élizabeth.

Les personnes présentes réagirent diversement quand Bentner vint annoncer :

– Thornton est là, il a forcé la porte.

La douairière était fascinée, Julius un peu contrarié, Alexandra méfiante et Élizabeth déconcertée. Comme d'habitude, Lucinda ne manifestait aucune émotion, mais elle posa son ouvrage et se tourna vers la porte.

– Introduisez-le ici, Bentner, dit enfin Julius d'une voix un peu trop solennelle.

Élizabeth reçut un choc lorsqu'elle aperçut Duncan au côté de Charles, et fut plus étonnée encore quand ce dernier se dirigea droit vers elle, sans la quitter des yeux.

– J'espère que vous êtes bien remise de l'épreuve d'hier ? demanda-t-il gentiment en portant sa main à ses lèvres.

La jeune fille le trouva magnifique dans sa jaquette fauve, son pantalon mastic et la chemise de soie beige qui accentuait le bronzage de sa peau.

– Parfaitement, je vous remercie, répliqua-t-elle en tentant d'ignorer le trouble qui l'envahissait.

Puis elle fit les présentations, et réprima un sourire lorsqu'elle en arriva à Duncan.

– Dois-je comprendre, Kensington, que vous êtes apparenté à un homme d'Église ? s'étonna la douairière d'un ton sec.

Charles répondit d'un hochement de tête ironique, et Duncan essaya de plaisanter :

– Cette nouvelle déconcerte toujours...

– Inutile de chercher bien loin pourquoi, rétorqua la douairière, hautaine.

Charles ouvrit la bouche pour la remettre à sa place, mais la présence de Julius le tracassait. Un instant plus tard, le sinistre individu se plantait au milieu de la pièce pour déclarer brutalement :

– Bentner, apportez du champagne. Félicitations, Élizabeth. J'espère que tu sauras te montrer bonne épouse et ne pas dépouiller cet homme du peu de fortune qui lui reste.

Un silence de mort s'installa dans la pièce.

– Comment ? souffla enfin Élizabeth qui avait l'impression que tout tournait autour d'elle.

– Tu es fiancée.

Elle sentit la colère monter en elle comme une flamme dévorante.

– Vraiment ? demanda-t-elle glaciale, songeant à Belhaven ou Marchman. Et à qui ?

Charles fusillait Julius du regard.

– À moi, dit-il sans le quitter des yeux.

– Tout est réglé, annonça Julius. Il a payé une fortune pour ce privilège. Moi, cela ne m'a pas coûté un sou.

Élizabeth se tourna vers Charles, de plus en plus furieuse.

– Que veut-il dire ?

– Il veut dire que nous sommes fiancés, répondit Charles hors de lui à cause de l'attitude de Julius. Les papiers sont signés.

– Ô vous... espèce de ... d'arrogant...

Elle dut s'interrompre pour ravaler ses larmes.

– Vous n'auriez pas pu prendre la peine de me demander *mon* avis ?

– Pourquoi ne pas parler de tout cela en privé ? dit-il gentiment en venant la prendre par le bras.

Elle se dégagea comme s'il l'avait brûlée.

– Non ! explosa-t-elle, tremblante de rage. Il est un peu tard pour ménager ma sensibilité ! Vous m'avez ridiculisée depuis le jour de notre première rencontre. Pourquoi cela cesserait-il ?

– Élizabeth, intervint doucement Duncan. Charles essaie seulement de réparer, maintenant qu'il comprend dans quelle triste situation vous vous trouvez.

– Taisez-vous, Duncan ! ordonna Charles.

Mais le mal était fait.

– Et qu'appelez-vous une « triste situation » ? s'exclama-t-elle, ses yeux lançant des éclairs.

– Accompagnez-moi, ou je vous emmène de force, commanda Charles.

– Vous en seriez bien capable !

Charles l'entraîna et la fit pénétrer dans la première pièce qui se présentât. Elle lui fit face, les poings serrés.

– Monstre ! siffla-t-elle. Je ne veux pas de votre pitié !

C'était exactement la réaction à laquelle il s'attendait. Pour alléger un peu l'atmosphère, il déclara :

– Il est très différent de regretter une mauvaise action et d'avoir pitié de celui qui en a été victime.

– Je vous interdis de jouer sur les mots avec moi !

– Pardonnez-moi.

Il posa les mains sur ses épaules. Sachant inutile, pour le moment, de tenter de la convaincre qu'il l'aimait, il avoua une autre vérité :

– Je vous désire. Je vous ai toujours désirée, vous le savez.

– Je déteste ce mot !

– Sans doute ignorez-vous ce qu'il signifie.

– Vous l'avez prononcé chaque fois que vous avez cherché à me séduire.

– Et chaque fois, vous avez fondu dans mes bras.

– Je ne vous épouserai pas ! Je ne vous connais pas. Je n'ai aucune confiance en vous.

– Mais vous me désirez, répliqua-t-il avec un sourire.

– Arrêtez de répéter cela, pour l'amour du Ciel. Je désire un vieux mari, je vous l'ai déjà dit ! Je désire que ma vie m'appartienne, je vous l'ai dit aussi. Et vous vous précipitez pour... m'acheter !

– Non. J'ai seulement pris des dispositions avec votre oncle.

Les larmes qu'elle combattait vaillamment envahirent ses yeux.

– Je ne suis pas une miséreuse ! Je ne suis pas une m...miséreuse, répéta-t-elle d'une voix entrecoupée de sanglots. J'ai une dot ! Et si vous avez été assez stupide pour y renoncer, c'est bien fait pour vous !

Charles était partagé entre l'envie de rire, de l'embrasser et celle d'étrangler le responsable de cette scène.

– Je ne suis pas du bétail, quoi qu'en pense mon oncle, poursuivait-elle. J'aurais épousé Belhaven ! Je l'aurais fait ! Et j'aurais gardé Havenhurst sans l'aide de mon oncle. Vous n'aviez aucun droit de conclure ce marché avec lui. Aucun ! Vous êtes pire que Belhaven !

– Vous avez raison, admit-il calmement.

Soudain, alors qu'il aurait tant aimé la prendre dans ses bras pour chasser sa peine, il trouva la solution :

– Vous avez dit un jour que vous adoriez marchander. Le feriez-vous avec moi, Élizabeth ?

– Certainement. Je refuse les termes de l'accord. Voilà, la discussion est terminée.

– Votre oncle a l'intention de se débarrasser de vous et refuse d'entretenir votre domaine. Rien ne l'arrêtera.

Sans lui, vous ne pourrez garder Havenhurst. Il m'a expliqué la situation en détail. Un époux est la seule réponse à vos problèmes.

Il avait raison, pourtant elle ne put s'empêcher de crier :

– Ne me dites pas qu'un homme sera capable de me tirer de mes difficultés ! Vous en êtes tous la cause. Mon père en jouant la fortune familiale et en me laissant couverte de dettes. Mon frère en m'abandonnant encore plus endettée. Vous pour m'avoir embrassée, ruinant ma réputation. Mon fiancé qui m'a délaissée à la première rumeur. Et mon oncle qui tente de me vendre ! En ce qui me concerne, les hommes font de bons cavaliers pour la valse, un point c'est tout. En fait, vous êtes tous détestables, si on veut bien y réfléchir. Et c'est déprimant.

– Malheureusement, dans le cas qui nous occupe, je représente votre seule alternative. Votre oncle et moi avons déjà signé le contrat, l'argent a changé de mains. Néanmoins, je suis prêt à discuter les termes avec vous.

– Pourquoi le feriez-vous ? cracha-t-elle, méprisante.

Charles reconnut la même hostilité que lorsqu'il discutait avec un homme fier obligé par les circonstances de se séparer d'un bien précieux. Élizabeth se sentait impuissante, mais elle lui rendrait la tâche aussi difficile que possible.

Dans une affaire, Charles n'aurait jamais affaibli sa position en indiquant à son adversaire les atouts dont il disposait. Mais dans le cas d'Élizabeth, c'était différent.

– Je veux discuter avec vous parce que vous possédez quelque chose que je veux, expliqua-t-il gentiment. Comme dans tous les marchés. Et je le veux désespérément, ajouta-t-il pour lui montrer qu'elle n'avait pas les mains vides.

– De quoi s'agit-il ? demanda-t-elle, méfiante.

– De ceci...

Il l'attira à lui et s'empara de ses lèvres en un long baiser très tendre. Têtue, elle se raidit d'abord, puis s'assouplit contre lui. Charles la serra alors très fort, la caressa, força sa bouche.

Quand il releva la tête, il plongea son regard dans le sien.

– Pour ce privilège, et ceux qui suivront, je suis disposé à accepter vos conditions, si elles sont raisonnables. Et je peux même vous prévenir que je ne suis pas démuni...

– De quels autres privilèges parlez-vous ? s'inquiéta-t-elle d'une voix un peu tremblante.

La question le prit au dépourvu.

– Ceux grâce auxquels on fait des enfants. J'en aimerais plusieurs... avec votre aide, bien sûr, conclut-il en réprimant un sourire.

– Bien sûr ! J'adore les enfants, moi aussi.

Charles décida de rester sur cette note optimiste. L'ignorance d'Élizabeth en la matière n'était pas exceptionnelle chez les jeunes filles de bonne éducation.

– Quelles sont vos exigences ? reprit-il. Je ne suis guère en position de discuter.

– Je veux pouvoir m'occuper d'Havenhurst sans critiques ni ingérences.

– Accordé.

– Je désire dans ce but disposer d'une somme d'argent qui me sera remise une fois par an. En retour, dès que l'irrigation sera proprement faite, le domaine vous remboursera ces sommes avec intérêts.

– Accordé.

Élizabeth était un peu embarrassée. Possédait-il des moyens suffisants ? La veille, il avait prétendu avoir accepté le titre mais rien d'autre.

– En échange, je vous promets de veiller à ce que les dépenses soient réduites au minimum.

Il sourit.

– Ne flanchez jamais lorsque vous avez obtenu une concession... Cela donne l'avantage à votre adversaire pour le sujet suivant.

Élizabeth plissa les yeux. Il acceptait tout, et beaucoup trop facilement.

– Je tiens à ce que ceci soit stipulé par écrit, devant témoins, et ajouté au contrat d'origine.

Charles acquiesça, admiratif. La pièce voisine regorgeait de témoins potentiels, dont un prêtre. Mieux valait procéder à l'acte tant qu'elle était bien disposée.

– Avec vous comme partenaire il y a quelques années, Dieu sait jusqu'où j'aurais pu aller ! lança-t-il joyeusement.

Comme ils sortaient du petit salon, elle lui sourit.

– À Havenhurst, c'est moi qui m'occupe de l'approvisionnement et de la comptabilité, depuis que nous n'avons plus de régisseur. J'ai l'habitude de ce genre de discussion.

Charles eut un pincement au cœur en imaginant tous les créanciers qui avaient dû l'assiéger après la disparition de son frère, et la force qu'il lui avait fallu pour parvenir à conserver son cher domaine. Cette situation désespérée lui avait au moins appris à marchander...

23

Duncan avait eu le plus grand mal à tenter de mener une conversation plaisante dans le grand salon en l'absence d'Élizabeth et de Charles. Même son expérience de l'être humain et de ses émotions ne l'avait guère aidé. Chacun dans la pièce semblait en proie à des émotions... *diverses*.

Lady Alexandra était inquiète et tendue. L'odieux Julius furieux. Quant à Miss Throckmorton-Jones et la duchesse douairière, elles se réjouissaient visiblement du mauvais moment que Charles était sans doute en train de passer.

Ce fut avec un vif soulagement que Duncan interrompit son discours sur l'hiver qui s'annonçait précoce, quand les deux jeunes gens entrèrent dans la pièce. Le regard de Charles était tendre et vaguement amusé.

– Élizabeth et moi sommes arrivés à nous entendre, annonça-t-il sans préambule. Elle considère, à juste titre, être la seule à avoir le droit d'accorder sa main. Dans cette perspective, elle désire ajouter quelques... éléments au contrat de fiançailles. Duncan, voudriez-vous avoir l'obligeance de les consigner par écrit ?

Le pasteur haussa les sourcils, étonné, puis se dirigea vivement vers le secrétaire.

– Avez-vous une copie du contrat sur vous ? demanda sèchement Charles à Julius.

– Bien sûr, répondit-il, le visage soudain rougeaud. Mais vous n'y changerez pas un mot et ne reprendrez pas un shilling ! Il a payé une fortune pour t'avoir, ajouta-t-il à l'intention d'Élizabeth. Espèce de petite catin prétentieuse...

– *Dehors !* ordonna Charles d'un ton coupant.

– Dehors ? Cette maison m'appartient, je vous le rappelle. Vous ne l'avez pas achetée en même temps qu'elle !

Sans regarder Élizabeth, Charles l'interrogea :

– Vous la voulez ?

Julius n'avait pas senti l'intensité de la colère de Charles, mais Élizabeth s'inquiéta.

– Si je veux... quoi ?

– La maison !

Élizabeth ignorait ce qu'il attendait d'elle, et elle craignait de répondre de travers.

Alors Lucinda prit la parole, et tout le monde se tourna vers elle, sauf Charles.

– Oui, elle la veut, dit-elle d'une voix ferme.

– Voyez mon banquier, siffla Charles, menaçant. Et maintenant, sortez !

À retardement, Julius se rendit compte qu'il courait un danger. Il se jeta sur son chapeau et traversa le salon à grandes enjambées.

– Vous ne l'aurez pas pour rien !

Charles esquissa un pas vers lui, et ce qu'il lut dans son regard suffit à le faire détaler sans insister. La porte d'entrée ne tarda pas à claquer derrière lui.

– Je crois que quelques rafraîchissements nous feraient du bien, proposa Élizabeth d'une toute petite voix.

– Excellente idée, ma chère enfant, renchérit le pasteur.

Bentner apporta peu après un plateau chargé de boissons et de petits fours. Il jeta à Charles un regard meurtrier.

– Eh bien, il me semble que je devais noter quelques... modifications au contrat, remarqua Duncan, embarrassé.

Pendant une demi-heure, Élizabeth demanda des concessions, Charles les accorda, le prêtre les nota, tandis que Lucinda et la douairière ne cachaient pas leur jubilation. Charles émit un seul vœu : que la liberté qu'il accordait à Élizabeth ne permît jamais à personne de dire qu'elle en profitait pour le tromper.

La duchesse et Miss Throckmorton-Jones furent affreusement choquées par ces paroles, mais Élizabeth inclina sa jolie tête blonde.

– Vous pouvez l'écrire, dit-elle à Duncan.

Charles lui sourit, et elle lui rendit timidement son sourire. Pour elle, tromper son mari signifiait vaguement être découverte dans une chambre avec un autre homme. C'était Lucinda qui l'en avait sommairement informée.

– Autre chose ? demanda enfin le pasteur.

La douairière prit la parole :

– Oui, bien qu'il ne soit peut-être pas nécessaire de l'écrire.

Elle se tourna vers Charles, altière.

– Si vous avez l'intention d'annoncer vos fiançailles demain, vous feriez mieux de renoncer à cette idée.

Charles fronça les sourcils mais il dut bien reconnaître qu'elle n'avait pas tort.

– Hier soir, poursuivait-elle, vous vous êtes donné du mal pour persuader les gens qu'il ne s'était pratiquement rien passé entre vous voilà deux ans. Si vous ne respectez pas les rituels d'une cour menée en bonne et due forme, personne n'avalera cette histoire.

– Que conseillez-vous ?

– Un mois, déclara-t-elle sans hésiter. Un mois durant lequel vous lui rendrez visite, l'accompagnerez en promenade, à des réceptions, comme il convient.

– Deux semaines, contra-t-il.

– Entendu, concéda-t-elle avec une facilité qui persuada Charles que c'était ce qu'elle avait envisagé au départ. Ensuite, vous annoncerez vos fiançailles, et les noces auront lieu... deux mois plus tard.

– Deux semaines ! protesta Charles, implacable, en prenant la tasse que Bentner avait posée devant lui.

– Comme vous voudrez.

Alors deux choses se passèrent simultanément. Miss Throckmorton-Jones émit un petit reniflement et Charles comprit que c'était sa façon de rire, tandis qu'Élizabeth lui arrachait sa tasse des mains.

– Il y a une poussière dedans, dit-elle en la remettant d'un air sévère à son majordome.

Charles prit un petit four sur l'assiette que Bentner avait préparée à son intention.

Élizabeth jeta un coup d'œil au visage réjoui de son domestique et s'empara vivement du gâteau.

– Il... il me semble apercevoir un tout petit insecte...

– Je ne vois rien, objecta Charles, déconcerté.

Privé de thé et de douceurs, il saisit le verre de vin servi par Bentner puis, comprenant à quel point Élizabeth devait être épuisée par les événements de la matinée, le lui offrit.

– Merci, soupira-t-elle.

Alors ce fut Bentner qui le lui retira des mains.

– Encore un insecte, s'excusa-t-il en guise d'explication.

– *Bentner !* cria Élizabeth, exaspérée.

Aussitôt Alexandra éclata de rire et s'effondra sur le canapé, en proie à une incompréhensible hilarité.

Charles en tira la conclusion qui s'imposait : cette matinée difficile les avait tous un peu perturbés.

24

D'après la duchesse douairière, une cour digne de ce nom devait commencer par un bal le soir même. Charles imaginait que cette perspective réjouirait Élizabeth, qui s'était tenue à l'écart des mondanités pendant deux ans. Mais elle déclina l'offre, prétendant vouloir d'abord montrer Havenhurst à Charles. Les bals viendraient éventuellement plus tard.

La douairière insista, Élizabeth résista, et Charles assista à l'échange, un peu désorienté. Havenhurst ne se trouvant qu'à une heure et demie de Londres, il ne comprenait pas pourquoi l'un empêchait l'autre.

Il fut enfin décidé que Charles se rendrait à Havenhurst le lendemain, et que les deux jeunes gens seraient chaperonnés par Jordan et Alex, ce qui plaisait infiniment mieux à Charles que d'avoir à endurer la présence glaciale et silencieuse de Miss Throckmorton-Jones.

Il rentra chez lui en imaginant la tête de son ami lorsqu'il lui annoncerait qu'il avait été choisi pour lui servir de duègne, alors qu'ils avaient naguère fait les quatre cents coups ensemble !

Son sourire s'évanouit quand il se demanda pourquoi Élizabeth refusait avec tant d'énergie d'assister à un bal. Puis une réponse logique s'imposa : la jeune fille s'était montrée si convaincante en Écosse dans son rôle d'enfant gâtée qu'il avait oublié les réelles difficultés dans lesquelles elle se débattait...

Il donna un ordre à son cocher, et quelques minutes plus tard, il pénétrait chez la couturière la plus réputée de Londres... et la plus discrète.

– C'est impossible, monsieur Thornton ! s'écria-t-elle quand Charles lui demanda de créer une garde-robe complète spécialement pour Lady Élizabeth Cameron avant la fin de la semaine. Il faudrait quinze jours à deux douzaines de petites mains expérimentées...

– Alors engagez-en quatre douzaines ! répliqua-t-il du ton poliment exaspéré avec lequel on s'adresse à un faible d'esprit.

Il obtint gain de cause en offrant à la couturière son plus séduisant sourire et en lui signant une lettre de change d'un montant exorbitant.

– Lady Cameron quitte Londres demain matin de bonne heure, ce qui vous laisse la fin de la journée pour prendre ses mesures.

Il effleura un rouleau de soie émeraude tissée de fils d'or étalée sur le comptoir, et ajouta :

– Faites la première des robes de bal dans ce tissu. Qu'elle soit prête pour le vingt.

– Je ne peux pas, monseigneur, gémit la dame. Cette soie est réservée pour Lady Margaret Mitcham.

Charles prit une expression surprise et choquée à la fois.

– Je m'étonne que vous lui ayez permis de la choisir, madame. Cette couleur n'ira pas du tout à son teint. Dites-le-lui de ma part, je vous prie.

Sur ce, il quitta la boutique sans avoir la moindre idée de qui pouvait bien être cette Margaret Mitcham.

Une vendeuse vint prendre la soie pour la porter à l'atelier, mais la propriétaire s'y opposa.

– Non, dit-elle en suivant des yeux l'homme si élégant qui montait en voiture. C'est réservé.

– Mais Lady Mitcham l'avait fait mettre de côté...

La couturière eut un petit geste désinvolte.

– Lord Mitcham est un vieux monsieur dont la vue baisse. Il serait incapable d'apprécier la qualité de la robe.

– Mais que dirons-nous à Lady Mitcham ?

– Que M. Thornton – non, Lord Kensington – est persuadé que cela ne convient pas à son teint.

25

« Havenhurst est un domaine ravissant, songeait Charles en franchissant l'arche de pierre, mais pas aussi impressionnant que la description d'Élizabeth ne le laissait supposer. » Il nota distraitement au passage que la route avait besoin d'être empierrée et les grands arbres élagués.

Un instant plus tard, la maison elle-même apparaissait, curieux mélange de styles gothique et Tudor qui possédait une certaine harmonie malgré des incohérences qui auraient fait bondir un architecte.

La porte s'ouvrit devant un valet de pied trapu qui l'examina avec insolence. Ignorant cet étrange comportement, Charles observa le plafond de bois, puis les murs où demeuraient encore les traces des tableaux vendus. Pas de tapis persans pour couvrir les planchers bien cirés, pas de bibelots de valeur sur les meubles...

Le valet le toisait toujours d'un air mauvais, et Charles se tourna vers lui.

– Votre maîtresse m'attend. Dites-lui que je suis arrivé.

– Je suis là, Aaron ! s'exclama Élizabeth.

Un seul coup d'œil à la jeune fille, et Charles oublia le domestique, le piètre état de la demeure et toutes ses notions d'architecture. Vêtue d'une simple robe bleu ciel, des rubans bleus dans ses boucles blondes, Élizabeth venait à sa rencontre avec la prestance d'une déesse grecque et le sourire d'un ange.

– Qu'en pensez-vous ? demanda-t-elle.

– À quel sujet ?

– Havenhurst, répondit-elle avec fierté.

Charles trouvait la propriété plutôt petite, ayant un besoin urgent de réparations et d'ameublement...

– Ce que j'en ai vu est fort pittoresque.

– Aimeriez-vous visiter le reste ?

– Énormément, mentit-il, ce qui lui valut le plaisir de voir son visage s'illuminer. Où sont les Townsende ?

– Ils ne sont pas encore arrivés.

Élizabeth lui fit faire le tour du propriétaire en animant cette visite de charmantes anecdotes historiques. Puis ils sortirent et elle montra la vaste pelouse.

– Là-bas se trouvait le mur d'enceinte, puis les douves, qui ont été comblées il y a plusieurs siècles. Et par là, ajouta-t-elle alors qu'ils avaient contourné la maison, le troisième comte de Havenhurst est tombé de son cheval et l'a fait abattre pour le punir. Il avait un tempérament plutôt emporté !

– En effet ! Mais comment s'est-il débrouillé pour se laisser désarçonner ?

– Il s'exerçait à la quintaine. Au Moyen Âge, les chevaliers s'entraînaient pour les tournois sur une quintaine. Il s'agissait d'un mannequin au bras duquel on attachait un sac de sable protégé par un bouclier. Si le cavalier ne frappait pas le bouclier bien de face avec sa grande épée, le mannequin pivotait et le sac de sable venait le frapper dans le dos, l'envoyant à terre.

– C'est ce qui s'est passé pour le troisième comte ?

– Exactement, confirma Élizabeth en l'entraînant vers un arbre énorme tout au bout de la pelouse.

Elle croisa alors les mains dans le dos et prit l'air ravi d'une petite fille qui va partager un grand secret.

– Maintenant, regardez en haut...

Charles obéit et éclata de rire en découvrant une grande cabane dans les branches.

– C'est à vous ?

– Bien sûr.

Il jeta un coup d'œil aux marches clouées dans le tronc.

– Vous passez devant, ou j'y vais ?

– Vous plaisantez !

– Si vous avez pénétré dans ma cabane, je peux bien en faire autant !

Les charpentiers avaient bien travaillé, constata Charles en examinant la petite pièce dans laquelle Élizabeth pouvait presque se tenir debout.

– Qu'y a-t-il dans cette commode ? demanda-t-il, curieux.

– Ma poupée et une dînette, je crois... Oui, c'est bien ça.

Charles imagina la petite Élizabeth, vivant dans une relative splendeur, avec pour seuls compagnons ses domestiques et une poupée. Il songea que sa propre enfance avait été beaucoup plus fastueuse.

– J'ai encore une chose à vous montrer, déclara-t-elle un peu plus tard, tandis qu'ils retournaient vers la maison.

Ils passèrent vers l'arrière.

– Voici ma contribution à Havenhurst !

Charles fut envahi de tendresse et d'admiration devant le déploiement des fleurs les plus somptueuses qu'il ait jamais vues. Le jardin était d'une beauté à couper le souffle.

– Quand j'étais petite, avoua-t-elle doucement, je disais que c'était le plus bel endroit du monde.

Elle rougit légèrement et ajouta, gênée :

– Quel est le plus bel endroit au monde, pour vous ?

– Celui où vous vous trouvez, répondit-il sans hésiter.

– Vous n'êtes pas obligé de me faire des compliments, vous savez. Je respecterai notre marché...

– J'en suis certain, dit-il gentiment. De plus, après notre séance de marchandage, c'est moi qui suis pieds et poings liés. Pas vous.

Elle lui lança un petit regard en coin.

– Vous étiez bien trop conciliant, parfois. À la fin, je continuais à poser des conditions juste pour voir jusqu'où vous iriez...

Charles était considéré comme un excellent négociateur, pourtant il fut sincèrement étonné.

– Ah bon ? Vous m'avez donné l'impression que chaque point était de la plus haute importance pour vous, et que vous risquiez de briser le contrat si je ne cédais pas.

– J'ai estimé que c'était la meilleure attitude à adopter... Pourquoi riez-vous ?

– Parce que je n'étais vraiment pas au mieux de ma forme, hier. Non seulement je me suis trompé complètement sur vos motivations, mais en plus j'ai acheté sur

Promenade Street une maison dont je n'ai aucun besoin et que je vais sûrement payer cinq fois son prix.

– Oh, je ne crois pas, répliqua-t-elle. Je connais mon oncle, c'est un véritable grigou. Aussi lui ai-je envoyé une note après votre départ en lui détaillant toutes les réparations nécessaires dans cette demeure. J'ai même précisé que la décoration devait être entièrement revue.

– Alors ?

– J'ai indiqué que vous étiez prêt à payer une somme raisonnable, mais pas un shilling de plus, compte tenu des travaux à effectuer.

– Alors ? répéta Charles.

– Il a accepté mon prix.

Charles partit d'un grand rire en serrant Élizabeth dans ses bras. Quand il fut calmé, il la regarda au fond des yeux.

– Élizabeth, vous êtes plus redoutable encore que je ne l'imaginais.

Il mourait d'envie de l'embrasser, mais le carrosse ducal des Townsende était à présent stationné dans l'allée, et il ignorait où se trouvaient leurs chaperons. Ils retournèrent vers la maison.

– En ce qui concerne les robes, dit-elle soudain en s'arrêtant pour scruter le visage de Charles, je voulais vous remercier dès votre arrivée pour votre générosité, mais j'étais si heureuse que... c'est-à-dire...

Elle faillit avouer combien elle avait été heureuse de le voir, mais elle s'interrompit, gênée.

– Continuez, murmura Charles. Vous étiez si heureuse *de me voir* que... ?

– J'ai oublié ce que je voulais dire... Vous n'auriez pas dû, vous savez. C'est beaucoup trop, et Mme Lasalle est *horriblement* chère !

– Ne vous en préoccupez pas ! Au moins il nous restera ça, plus tard, plaisanta-t-il. La veille, avec Jordan, j'ai perdu mille livres sur une seule donne.

– Vous misez souvent ce genre de somme ?

– Non. Pas quand je n'ai rien dans la main...

– Vous savez, si vous continuez ainsi, vous finirez comme papa.

– Et comment a-t-il fini ?

– Endetté jusqu'au cou. Il jouait, lui aussi.

Charles ne répondit pas, et Élizabeth poursuivit, un peu hésitante :

– Nous pourrions vivre ici. Il est inutile de posséder trois résidences, et cela coûte très cher... Je ne veux pas dire que l'endroit où vous vivez est inconfortable. En réalité, j'ai même adoré votre cottage en Écosse.

Charles était enchanté. Visiblement, elle n'avait aucune idée de l'étendue de sa fortune, pourtant elle acceptait de l'épouser, même si cela signifiait se retrancher dans un modeste cottage ou à Promenade Street. C'était la preuve qu'elle éprouvait pour lui davantage qu'elle ne voulait l'avouer.

– Nous déciderons après-demain, quand vous aurez vu où je vis.

– Croyez-vous pouvoir vous montrer plus mesuré en matière de dépenses ? risqua-t-elle doucement. Je sais organiser un budget...

C'en était trop. Charles réprima un petit rire et fut incapable de résister plus longtemps : il serra Élizabeth contre lui et l'embrassa passionnément.

Quand il la lâcha enfin, à contrecœur, elle avait le teint animé et des étoiles au fond des yeux. Ils rentrèrent doucement vers la maison, la main dans la main, Charles cherchant tous les prétextes pour la garder encore un peu pour lui seul.

Postés près d'une fenêtre, Jordan et Alexandra Townsende les regardaient venir.

– Si on m'avait demandé quel était l'homme au monde le moins susceptible de tomber fou amoureux, j'aurais cité Charles Thornton, dit Jordan.

– Si on m'avait posé la question à moi, c'est toi que j'aurais désigné, répliqua Alex.

– Je n'en doute pas un instant.

Le sourire d'Alex s'effaça, et Jordan s'inquiéta soudain :

– Le bébé ?

– Tout va bien. Mais... crois-tu qu'on puisse faire confiance à Charles ? Il a déjà été si néfaste pour elle que... je ne parviens pas à l'aimer, Jordan. Il est beau, c'est vrai, remarquablement beau et séduisant, je te l'accorde...

– Pas tant que ça ! rétorqua son mari, agacé.

Cette fois, Alex éclata de rire et déposa un affectueux baiser sur la joue de son époux.

– En fait, il me fait penser à toi, continua-t-elle. Même teint, même stature...

– J'espère que ce n'est pas la raison de ton antipathie à son égard ! plaisanta-t-il.

– Jordan, arrête ! Je suis vraiment inquiète. Il... il m'effraie. Il se montre toujours très courtois, mais on devine une force presque brutale sous cette apparence. Rien ne l'arrête s'il désire quelque chose. Je l'ai constaté hier quand il a persuadé Élizabeth de l'épouser.

– Explique-toi, insista Jordan, intrigué.

– Voilà. En ce moment, il veut Élizabeth, mais je crains qu'il ne s'agisse d'un simple caprice.

– Tu ne le penserais pas si tu l'avais vu pâlir l'autre soir quand il a compris qu'elle allait faire sa rentrée dans le monde sans son aide...

– Tu en es sûr ?

– Absolument.

– Le connais-tu assez pour le juger ?

– Certainement. C'est mon cousin au sixième degré.

– Comment ? Pourquoi ne me l'as-tu jamais dit ?

– D'abord, le sujet ne s'est pas présenté avant l'autre soir. En outre, je ne t'en aurais pas parlé car Charles refusait sa parenté avec le duc de Stanhope. Et je considérais comme un compliment qu'il accepte la nôtre. Nous sommes également partenaires dans trois affaires de transport. Charles est une sorte de génie, sur ce plan. L'intelligence est une caractéristique de la famille, ajouta-t-il en riant.

– Cousins ! répéta-t-elle, déconcertée.

– Cela ne devrait pas te surprendre. Dans l'aristocratie, bien des gens sont apparentés. Mais ce qui te déroute est sans doute le fait qu'il soit écossais. Il est même, sur beaucoup de points, plus écossais qu'anglais. Il fait ce qu'il veut, quand il veut, et au diable l'opinion des autres !

Jordan s'interrompit pour contempler le couple qui s'était arrêté près d'un buisson fleuri, au milieu de la pelouse. Charles dévorait littéralement Élizabeth des yeux.

– Pourtant, l'autre soir, il se souciait de ce que l'on allait penser de ta ravissante amie, reprit Jordan. Je préfère ne pas imaginer sa réaction si quelqu'un avait osé l'insulter devant lui. Tu as raison, il possède un tempérament violent, bien qu'il se domine la plupart du temps.

– Tu ne me rassures pas vraiment...

– Il est complètement fou d'elle. Au point de s'être réconcilié avec son grand-père et d'avoir consenti à se montrer en public avec lui. À cause d'Élizabeth.

– Qu'en sais-tu ?

– Quand je l'ai rencontré au Blackmore, il n'avait aucun projet pour la soirée, jusqu'à ce qu'il apprenne qu'Élizabeth serait chez les Willington. Ensuite, je l'ai vu arriver au bal avec le duc. C'est ce que l'on appelle, ma chérie, un déploiement de forces.

Elle parut impressionnée par sa perspicacité.

– Je ne l'ai pas simplement deviné, avoua-t-il. Je lui ai posé la question. Allons, ne te tracasse plus. Les

Écossais sont loyaux. Charles donnerait sa vie pour protéger Élizabeth.

– Ce n'est pas ce qu'il a fait il y a deux ans !

Jordan soupira.

– Après le bal, il m'a un peu parlé de ce fameux week-end. C'est un homme secret, mais en lisant entre les lignes, j'ai compris qu'il était réellement tombé amoureux d'elle, et qu'il avait cru qu'elle jouait avec lui.

– Aurait-ce été très grave ? insista Alex, toujours prête à défendre son amie.

– Les Écossais sont loyaux, mais aussi... impitoyables. Ils exigent de recevoir autant qu'ils donnent. Si tu les trahis, tu n'existes plus pour eux. Définitivement. C'est pourquoi leurs querelles de famille durent de génération en génération.

– C'est barbare ! s'exclama Alex en frissonnant.

– Peut-être. Mais n'oublions pas que Charles est également à demi anglais, or nous sommes très civilisés. Sauf au lit, peut-être, conclut-il en lui mordillant l'oreille.

Charles avait épuisé tous les moyens imaginables de s'attarder seul avec Élizabeth, et ils montaient les marches lorsqu'elle avoua d'une voix un peu hésitante :

– Ce matin, j'ai engagé un détective pour tenter de retrouver mon frère, ou au moins de découvrir ce qui lui est arrivé. J'y avais déjà pensé, mais je n'avais pas d'argent. J'ai donc dépensé une partie de la somme que vous m'avez allouée pour Havenhurst...

Charles eut du mal à rester impassible.

– Alors ?

– La duchesse douairière m'a recommandé un certain M. Woodworth. Ses honoraires sont terriblement élevés, mais nous sommes arrivés à nous entendre.

– Les services des bons détectives sont toujours onéreux, dit Charles en pensant aux trois mille livres qu'il avait données à l'un d'eux le matin même. Combien vous a-t-il demandé ? insista-t-il avec l'intention d'ajouter cette somme à sa rente.

– Au début, il voulait mille livres, qu'il obtienne ou non un résultat. Je lui ai proposé le double s'il retrouvait la trace de Robert.

– Et dans le cas contraire ?

– S'il ne trouve rien, il n'aura rien. Je l'ai persuadé du bien-fondé de ce raisonnement.

L'éclat de rire de Charles résonnait encore quand ils rejoignirent les Townsende au salon.

Jamais souper à quatre n'avait paru plus agréable à Charles. Malgré le pauvre ameublement de Havenhurst, Élizabeth était parvenue, avec de splendides bouquets et de nombreux candélabres, à rendre le salon et la salle à manger tout à fait chaleureux.

Il connut un seul moment difficile. Quand Élizabeth entra, chargée d'un plateau, il crut qu'elle s'était occupée elle-même du repas. Mais un valet ne tarda pas à la suivre avec un autre plateau, et il respira, soulagé.

– Voici Winston, annonça Élizabeth qui avait deviné son inquiétude. Il m'a appris tout ce que je connais en cuisine, précisa-t-elle du ton le plus sérieux.

Voyant Charles réprimer un sourire, Winston déclara sèchement :

– Miss Élizabeth ne sait pas cuisiner. Elle a toujours été beaucoup trop occupée pour apprendre !

Charles supporta cette rebuffade sans broncher. La soirée était trop belle, Élizabeth trop charmante.

– Ils se comportent ainsi par loyauté envers moi, expliqua-t-elle, embarrassée, après le départ du domestique. Ils... ils connaissent votre nom. Je leur parlerai.

– J'en serai ravi, acquiesça-t-il, plus amusé qu'irrité. Le majordome d'Élizabeth me déteste positivement, ajouta-t-il à l'intention de Jordan.

– Est-ce qu'il entend ? demanda celui-ci.

– S'il entend ? Mais... bien sûr.

– Alors estime-toi heureux.

Les deux jeunes femmes pouffèrent.

– Penrose, le maître d'hôtel des Townsende, est sourd comme un pot, commenta Élizabeth.

Le dîner se déroula dans la joie, ponctué d'anecdotes sur l'enfance des deux jeunes femmes. Charles eut la surprise d'apprendre qu'Alexandra était aussi adroite à l'épée qu'Élizabeth au pistolet.

Cette dernière était tellement fascinante que Charles en oubliait de manger. Il se contentait de la regarder, fier et admiratif. Elle pétillait comme le vin dans leurs verres de cristal taillé, elle brillait comme les bougies sur la table, et son rire était la plus belle des musiques. En maîtresse de maison accomplie, elle veillait à ce que chacun participât à la conversation, et surtout elle semblait parfaitement à l'aise vis-à-vis de Charles. Élégante, raffinée, douce, elle ne cessait de se tourner vers lui pour lui sourire, partager une plaisanterie, l'écouter attentivement. « Elle n'est pas loin de me faire totalement confiance », songea-t-il.

Après le repas, les jeunes femmes gagnèrent le salon tandis que les hommes restaient à table pour savourer un cigare et un verre de porto.

– Charles allumait un cigare, la première fois que je l'ai vu, confia Élizabeth à son amie quand elles furent confortablement installées sur un sofa. Tu ne l'aimes guère, n'est-ce pas ?

– Je... je n'apprécie pas ce qu'il t'a fait.

Élizabeth ferma les yeux, ne sachant que dire, que penser. Autrefois, Charles lui avait avoué qu'il était en train de tomber amoureux d'elle, mais maintenant qu'ils étaient fiancés, il ne parlait plus d'amour. Elle n'était pas sûre de ses sentiments, ni des siens d'ailleurs. Elle savait seulement qu'elle se sentait incroyablement vivante lorsqu'elle voyait son beau visage viril, quand elle croisait son regard d'ambre. Et elle aimait ses baisers. Autre chose l'attirait inexorablement : depuis le premier jour, elle avait senti en lui une profondeur exceptionnelle.

– Je n'arrive pas à mettre de l'ordre dans mes idées, murmura-t-elle. Et je crois que cela n'a pas d'importance, parce que je *vais* l'aimer...

Elle ouvrit soudain les yeux.

– C'est en train de se passer, et je n'y peux rien, expliqua-t-elle. Ça s'est passé aussi il y a deux ans, et je n'y pouvais rien non plus. Alors vois-tu, je serais tellement contente si tu parvenais à avoir un tout petit peu d'affection pour lui...

Alex lui prit la main.

– Si tu l'aimes, c'est forcément le meilleur des hommes. Alors j'essaierai de ne voir que ses qualités !... T'aime-t-il, Élizabeth ? ajouta-t-elle après une brève hésitation.

– Il dit qu'il me désire, et qu'il désire des enfants.

Un petit rire échappa à Alex.

– Il... quoi ?

– Il me désire et il désire des enfants.

– J'en suis fort heureuse, déclara Alex en rougissant légèrement.

– Moi aussi, je crois, répondit Élizabeth avec un regard interrogateur.

– Élizabeth, ce n'est pas vraiment le moment d'en parler mais... Lucinda t'a-t-elle expliqué comment sont conçus les enfants ?

– Bien sûr ! répliqua Élizabeth sans hésiter.

– Tant mieux. Sinon c'est à moi que serait revenue cette tâche, et je me rappelle encore *ma* propre réaction quand je l'ai appris, poursuivit-elle avec un rire gêné.

Élizabeth ne voyait pas de raison de rougir sur un sujet aussi banal. Lucinda lui avait dit que les enfants étaient conçus au lit, quand un homme embrassait sa femme. Et que ça faisait mal la première fois. Parfois, les baisers de Charles lui écrasaient un peu les lèvres, mais ce n'était pas douloureux, et elle les adorait.

Elle se sentait merveilleusement détendue quand les hommes vinrent les rejoindre, et Charles s'en aperçut. Ils décidèrent de jouer aux cartes.

– Voulez-vous battre et donner ? demanda Élizabeth en tendant le paquet à Charles.

Elle le regarda, fascinée, mélanger les cartes qui semblaient prendre vie entre ses longs doigts.

– À quoi aimeriez-vous jouer ?

– J'aimerais vous voir tricher, répondit-elle du tac au tac.

Il s'immobilisa, les yeux plissés.

– Pardon ?

– Je veux dire... Ce fameux soir, chez Clarissa, quelqu'un a parlé de cartes que l'on prenait sous le paquet, à l'insu des autres. Sauriez-vous le faire ?

À retardement, elle s'aperçut qu'elle l'insultait en le croyant capable de tricher ainsi.

– Je vous prie de bien vouloir m'excuser. Je n'avais pas le droit de dire ça.

Il accepta l'excuse d'un bref hochement de tête.

– Si nous jouions un shilling le jeton ? proposa vivement Alex.

Charles donna les cartes en silence.

Gênée, Élizabeth examina son jeu : quatre rois. Charles, impassible, fixait ses cartes.

Elle gagna trois shillings.

Lorsque Charles lui passa le paquet pour la donne suivante, elle secoua la tête.

– Je n'aime pas distribuer. Je fais toujours tomber les cartes, et Celton trouve cela très agaçant. Voudriez-vous le faire pour moi ?

– Comme il vous plaira, déclara-t-il froidement.

Il était encore fâché, et le cœur d'Élizabeth se serra.

– Qui est Celton ? intervint Jordan.

– Un domestique avec qui je joue aux cartes, répondit Élizabeth en regardant son jeu.

Quatre as.

Soudain elle comprit, et un sourire de plaisir et de soulagement apparut sur ses lèvres. Charles demeurait toujours imperturbable. Nonchalamment appuyé au dossier de son fauteuil, il proposa :

– Une autre carte, Élizabeth ?

– Oui, je veux bien un as, pour aller avec les quatre que je possède déjà.

– Il n'y en a que quatre par jeu, expliqua-t-il, le visage de marbre.

Elle éclata de rire et lâcha ses cartes.

– Vous êtes un véritable charlatan ! s'écria-t-elle, franchement admirative.

– Merci, ma chérie, répliqua-t-il avec tendresse. Je vois que votre opinion sur moi s'améliore.

Le rire d'Élizabeth se transforma en une merveilleuse chaleur qui l'envahit tout entière. Les gentlemen n'utilisaient pas de mots tendres en public... «*Je suis écossais,* avait-il murmuré naguère. *Nous le faisons.*»

Heureusement, les Townsende, après un silence étonné, s'étaient lancés dans une conversation légère. Élizabeth ne pouvait détacher son regard de Charles, elle ne pouvait plus ni bouger ni parler... Les yeux plongés dans ceux de son fiancé, elle avait une envie folle de se jeter dans ses bras. Et il le savait.

– J'ai l'impression, Charles, que nous perdons notre temps, avec nos affaires honnêtes, déclara Jordan, rompant doucement le charme.

– À quoi penses-tu ? demanda Charles avec un sourire.

– Avec ton talent pour distribuer les cartes, nous pourrions ruiner la moitié de Londres. Et si l'une de nos victimes avait l'imprudence de protester, Alex la pourfendrait de son épée, et Élizabeth l'achèverait d'une balle avant qu'elle n'ait touché le sol.

– Ce n'est pas une mauvaise idée. Et toi, quel serait ton rôle ?

– Nous faire évader de prison ! suggéra Élizabeth en riant.

– Exactement !

Après le départ de Charles pour l'auberge où il devait passer la nuit avant de poursuivre son voyage vers son domaine, Élizabeth s'attarda à éteindre les bougies et mettre un peu d'ordre.

Dans une chambre, à l'étage, Jordan discutait avec son épouse :

– Alors, que penses-tu à présent du marquis de Kensington ?

Elle leva vers lui des yeux brillants.

– Je commence à croire qu'il est bien ton cousin.

– Merci, ma chérie, répliqua-t-il en imitant Charles. Je suis heureux de voir que ton opinion sur lui s'améliore.

26

Élizabeth était impatiente de retrouver Charles, et aussi fort curieuse de découvrir où il vivait. Il lui avait dit avoir acheté Montmayne l'année précédente, et elle imaginait une sorte de manoir rustique. C'était pure folie de ne pas vivre à Havenhurst, mais elle comprenait que l'orgueil de Charles aurait souffert s'il devait habiter chez elle.

Elle avait laissé Lucinda à l'auberge où elles avaient dormi, et elle roulait depuis déjà deux heures quand Aaron quitta la route principale pour s'arrêter devant une impressionnante grille de fer forgé. Élizabeth songea qu'il s'était trompé de route.

Le gardien sortit d'une petite maison en apercevant la calèche.

– La comtesse de Havenhurst, annonça Aaron.

Stupéfaite, elle regarda l'homme pousser les lourdes grilles. Jouant nerveusement avec ses gants, elle contemplait le parc magnifiquement entretenu que traversait l'interminable allée cavalière. Jamais Élizabeth n'avait vu de plus ravissante propriété. Bordée de collines sur trois côtés, avec des arbres superbes, elle possédait même un petit ruisseau qu'enjambait la route.

Quand la demeure apparut, elle ne put retenir un cri d'émerveillement. Le soleil se reflétait dans les fenêtres de la façade, prolongée par deux ailes. Un immense porche aux marches de pierre était orné de vasques fleuries et, au bout de la pelouse, des cygnes évoluaient majestueusement sur un petit étang, près d'un belvédère aux colonnades grecques.

La perfection du site et l'harmonie de chaque élément de décoration étaient à couper le souffle.

La calèche stoppa enfin au bas de l'escalier et quatre valets de pied en livrée bordeaux et or se précipitèrent pour aider la jeune fille à descendre. Ils l'encadrèrent, haie d'honneur, jusqu'à la porte.

Le majordome s'inclina devant elle et l'introduisit dans une magnifique entrée au plafond en verrière, trois étages plus haut.

– Monseigneur est dans la bibliothèque avec des visiteurs inattendus, précisa le maître d'hôtel. Il vous prie de venir le rejoindre.

Élizabeth le suivit le long d'un vaste corridor jusqu'à une lourde porte à double battant aux poignées de cuivre. Il frappa et ouvrit sans attendre de réponse.

Élizabeth avança de quelques pas, puis s'arrêta, pétrifiée. La pièce était splendide, unique, avec notamment un épais tapis d'Aubusson qui couvrait le plancher. Tout au fond, assis à un immense bureau, les manches retroussées sur ses bras bronzés, se tenait l'homme qu'elle avait imaginé retranché dans un petit cottage, en Écosse.

Sans voir les trois visiteurs qui se levaient poliment à son entrée, elle regarda Charles contourner la table avec l'aisance qui le caractérisait et la rejoindre de son pas vif et élégant.

– Élizabeth ? dit-il en posant sur elle un regard quelque peu interrogateur.

Il lui baisa la main.

– Je vous tuerais volontiers ! murmura-t-elle.

– Je sais.

– Vous auriez pu me dire...

– Je souhaitais vous réserver la surprise.

Plus exactement, il avait espéré qu'elle ignorait l'état de sa fortune. Or il en avait la preuve, son expression d'admiration incrédule le révélait assez... et signifiait en même temps qu'elle l'aimait, car elle l'avait épousé en le croyant pauvre.

Elle pouvait insister sur son désir d'indépendance, à présent, Charles le supporterait. Puisqu'elle l'aimait.

Élizabeth pensa qu'il attendait des compliments, et elle plaisanta :

– Ce sera certes un grand sacrifice, mais j'essaierai de vous aider à supporter la difficulté de vivre dans un endroit comme celui-ci. Combien de pièces avez-vous ?

– Cent quatre-vingt-deux.

– C'est peu, mais il faudra s'en contenter...

Charles renvoya ses visiteurs puis se mit à la recherche de sa fiancée.

– Elle est dans le jardin, monseigneur, l'informa un domestique.

Il la trouva en train de couper une rose fanée.

– Ça fait un peu mal sur le moment, lui disait-elle. Mais c'est pour ton bien. Tu verras...

S'apercevant de sa présence, elle rougit légèrement.

– C'est une habitude... commença-t-elle.

– Cela semble marcher, déclara-t-il tendrement.

– Qu'en savez-vous ?

– Jusqu'à votre arrivée, ce jardin était tout à fait banal.

– Et maintenant ?

– C'est le paradis.

Élizabeth retint son souffle devant le désir qui embrasait le regard de Charles. Il lui tendit la main et, presque inconsciemment, elle avança vers lui. Il la contempla longuement avant de prendre ses lèvres, tandis que ses mains caressaient la naissance de ses seins, et elle lui rendit son baiser avec tout son cœur, toute son ardeur.

Tout l'amour qui lui avait manqué durant son enfance solitaire surgissait soudain, s'offrait à lui. Il l'accepta comme le plus beau des présents. Elle était ce qu'il avait toujours désiré, et plus encore.

Enfin il releva la tête, sans cesser de la serrer contre lui, et elle resta là, toute proche, ni choquée ni effrayée par sa virilité.

– Je t'aime, murmura-t-il. Et tu m'aimes aussi, je le sens.

Elle se raidit un peu mais garda le silence. Il continua, le menton sur ses cheveux :

– Je le sens, Élizabeth, mais si vous ne me le dites pas, je vais devenir fou. Je ne peux plus travailler, je ne peux plus réfléchir, je change sans arrêt d'avis. Et ce n'est rien à côté de l'argent que je gaspille quand je suis dans cet état ! plaisanta-t-il. Je ne parle pas des robes, ni de la maison de Promenade Street...

Il lui prit le menton et plongea dans ses yeux verts.

– ... Si cela continue, je vais nous ruiner tout à fait...

Il saisit sa main et glissa à son doigt l'émeraude qu'il avait achetée pour elle.

– Dans ces moments-là, reprit-il, j'achète tout ce que je vois. J'ai eu un mal fou à m'empêcher d'emporter toutes les bagues de la boutique.

Les yeux d'Élizabeth s'agrandirent devant la taille de la pierre.

– Oh, elle est... superbe. Mais je ne puis, vraiment... c'est impossible, Charles. Vous avez déjà été extrêmement généreux ! Je n'ai aucun besoin de bijoux, vous savez. Vous me l'offrez à cause de ma stupide réflexion sur les joyaux gros comme mon poing...

– Elle ne l'est pas tout à fait, remarqua-t-il en riant.

– Mon Dieu, une pierre comme celle-là suffirait à payer l'irrigation de Havenhurst, et les gages des domestiques pendant des années, et...

Elle tenta de l'enlever.

– Non !

Il l'obligea à mettre les mains derrière son dos, cherchant désespérément à la persuader d'accepter ce présent.

– Je... je ne peux pas la rendre. Elle fait partie d'une parure.

– Ne me dites pas qu'il y en a encore !

– Je crains que si. Mais je voulais vous en faire la surprise ce soir. Collier, bracelet, boucles d'oreilles.

– Oh, je vois... Alors, si vous avez acheté plusieurs pièces, peut-être la bague coûtait-elle moins cher.

Il éclata de rire.

– J'espère que vous n'avez pas payé le prix fort pour tous ces bijoux ! continua-t-elle sévèrement.

Toujours riant, il acquiesça de la tête.

– C'est une chance que j'aie accepté de vous épouser...

– Si vous aviez refusé, Dieu seul sait ce que j'aurais été capable d'acheter !

– Et combien vous auriez payé, pouffa-t-elle en se serrant de nouveau contre lui. Vous faites vraiment ça ? demanda-t-elle après un petit silence.

– Quoi ?

– Dépenser sans compter quand vous êtes tracassé ?

– Oui, mentit-il, repris par le fou rire.

– Il faut arrêter.

– J'essaierai.

– Je vous y aiderai.

– S'il vous plaît...

– Vous pouvez remettre votre sort entre mes mains.

– Je n'espère que ça !

Ce fut la première fois de sa vie que Charles embrassa une femme en riant.

L'après-midi passa en un éclair, et Charles ne cessait de fixer la pendule, souhaitant que le temps s'arrêtât.

Enfin il fut obligé d'escorter Élizabeth jusqu'à sa calèche.

– Rendez-vous au bal demain, à Londres. Et ne vous inquiétez pas, tout ira bien.

– Je le sais, répondit-elle, confiante.

27

Cinq jours plus tôt, elle était arrivée au bal des Willington terrifiée et tremblante. Ce soir-là, ce fut une Élizabeth parfaitement gracieuse et détendue qui descendit l'escalier à côté de la duchesse douairière, devant Jordan et Alex. Tous les regards convergèrent vers elle, mais elle ne s'en soucia aucunement. Vêtue d'une somptueuse robe de soie émeraude, parée des bijoux de Charles, coiffée d'un chignon élaboré, elle était tout simplement royale.

Au milieu des marches, elle parcourut la pièce du regard à la recherche de la seule personne qui lui importait. Il se tenait au même endroit que deux ans auparavant, lorsqu'elle était entrée dans la salle de bal de Clarissa, et il s'entretenait avec un autre homme.

Comme elle s'y attendait, il la regarda et leva son verre en un toast silencieux.

Tout cela était merveilleusement familier. La scène s'était déjà jouée, et l'histoire s'était mal terminée. Cette fois, rien ne les séparerait. Charles était tendre, passionné – il l'avait toujours été – et la jeune fille en avait assez de se montrer craintive, prudente et logique.

Les pensées de Charles suivaient à peu près le même chemin, mais il s'aperçut soudain qu'Élizabeth n'était plus la jeune fille qu'il avait rencontrée deux ans plus tôt.

Vision de rêve en soie émeraude, elle était trop belle pour être réelle. Trop lointaine et altière pour qu'il ait pu un jour la tenir entre ses bras. Les quatre hommes qui l'entouraient retenaient leur souffle.

– Bon Dieu, murmura enfin l'un d'eux. Regardez, une apparition !

– Exactement ce que j'ai pensé la première fois que je l'ai vue, renchérit Roddy Carstairs qui venait de se joindre à eux.

– Peu importent les racontars à son sujet, déclara le comte Dillard, trop fasciné pour se rappeler que Charles y avait été mêlé. Je veux absolument lui être présenté !

Il se dirigea vers Jordan Townsende.

Charles eut bien du mal à accorder son attention à Carstairs.

– Comment allez-vous ?

– Je suis amoureux, comme la moitié des hommes présents ce soir, répondit Roddy. Tellement amoureux, en fait, que pour la deuxième fois de ma vie je me suis fait le défenseur d'une demoiselle en détresse. *Votre* demoiselle, si mon intuition ne me trompe pas.

– Soyez plus précis, s'impatienta Charles en voyant Dillard s'incliner devant Élizabeth.

– Plus précisément, j'ai déclaré à qui voulait l'entendre qu'à mon illustre avis, personne n'avait jamais touché cette ravissante créature. Pas même vous.

L'entendre parler d'Élizabeth comme d'un morceau de choix exaspéra Charles, mais il ne put lancer la réplique acerbe qu'il préparait car un nouveau groupe s'avançait, impatient de lui être présenté.

– Quel effet cela fait-il d'être devenu en une nuit le célibataire le plus courtisé d'Angleterre ? lui demanda un peu plus tard Roddy.

Charles répliqua brièvement quelques mots avant de tourner les talons.

– Qu'a-t-il répondu, Carstairs ? interrogea un de ses compagnons.

– Que c'était horriblement barbant, rétorqua Roddy avec un sourire sardonique.

Il fallut vingt bonnes minutes à Charles pour rejoindre son grand-père.

Il passa l'heure suivante sur la piste de danse, comme Élizabeth, qui était presque aussi populaire que lui à présent.

À mesure que la soirée avançait, il observait Élizabeth qui dansait et riait avec ses cavaliers. Charles trouvait généralement les bals assommants, mais c'était un cadre qui convenait parfaitement à la jeune fille. Elle y régnait comme une princesse, elle y étincelait de tous ses feux. Visiblement, c'était le milieu qu'elle aimait. Pas une fois depuis le début de la soirée elle ne lui avait jeté un coup d'œil, alors qu'il ne la quittait pas du regard... comme la majorité des autres hommes.

Prisonnier de la comédie qu'il devait jouer, Charles s'approcha de Jordan qui se tenait entre Élizabeth et Alex. Avec un sourire complice, Jordan arracha Élizabeth au cercle de ses admirateurs.

– Lady Cameron, vous rappelez-vous notre ami Thornton, le marquis de Kensington ?

Le sourire lumineux qu'Élizabeth adressa à Charles n'avait rien à voir avec l'attitude « polie mais distante » que la douairière jugeait convenable.

– Certainement, je me souviens de vous, acquiesça-t-elle en lui offrant gracieusement sa main.

– Je crois que c'est ma valse, dit-il en attirant la jeune fille vers la piste. Vous semblez vous amuser énormément, ce soir, ajouta-t-il un peu plus tard.

– En effet, répondit-elle distraitement.

Quand elle leva les yeux et remarqua la froideur de son regard, elle réprima un petit sourire. Elle comprenait parfaitement ce qu'il ressentait.

Puis Charles l'entraîna dehors, sous les arbres, dans la fraîcheur de la nuit... Elle attendit des paroles tendres, comme autrefois.

– Belhaven vous dévore littéralement des yeux, déclara-t-il. Et il n'est pas le seul. Les Anglais se targuent de délicatesse, mais ce n'est sûrement pas le cas quand ils regardent une femme.

Ce n'était pas ce qu'elle souhaitait entendre... Vu l'état d'esprit de Charles ce soir, il lui fallait faire le premier pas.

– Charles, vous est-il déjà arrivé de souhaiter quelque chose de toutes vos forces – quelque chose qui se trouve à votre portée – mais d'avoir peur de l'attraper ?

Surpris par la gravité de son intonation, Charles tenta d'oublier la jalousie qui empoisonnait toute sa soirée.

– Non. Pourquoi ? Que désirez-vous si fort ?

Elle baissa les yeux.

– Que désirez-vous ? répéta-t-il.

– Vous.

Charles en eut le souffle coupé.

– Qu'avez-vous dit ?

Elle releva la tête.

– Que je vous désirais, mais que j'avais peur de...

Le cœur de Charles battait la chamade. Instinctivement, il serra plus fort la jeune fille contre lui.

– Élizabeth, au nom du Ciel, pourquoi me dites-vous cela alors que nous sommes dans une soirée, avec tous ces gens ?

Un sourire radieux sur les lèvres, elle répliqua :

– Parce que cela me semble l'endroit idéal.

– Vous y êtes en sécurité ?

– Non, mais tout a commencé ainsi, il y a deux ans. Vous m'avez dit : « Dansez avec moi, Élizabeth », et je... je l'ai fait. Vous vous rappelez ?

Une curieuse expression assombrissait le regard de Charles.

– Aimez-moi, Élizabeth, murmura-t-il d'une voix rauque.

Élizabeth frémit de la tête aux pieds, mais elle répondit clairement :

– Oui.

La valse se termina, et il la lâcha au prix d'un terrible effort.

Comme ils approchaient des Townsende, Charles la retint un instant.

– J'ai quelque chose à vous dire. Je vous en aurais volontiers parlé plus tôt, mais jusqu'à présent, vous ne m'auriez pas cru.

Élizabeth inclina gracieusement la tête en direction d'une dame qui la saluait, prit le verre que Charles lui offrait et le regarda, intriguée.

– Je n'ai jamais dit à votre frère que je ne voulais pas vous épouser.

Ils se remirent en route vers leurs amis.

– Merci...

– Encore une chose, ajouta-t-il.

– Oui ?

– Je déteste ce maudit bal et je donnerais la moitié de ma fortune pour me retrouver seul avec vous.

– Moi aussi, répliqua-t-elle à sa grande surprise.

– La moitié, vraiment ? plaisanta-t-il.

– Au moins un quart, en tout cas, rectifia-t-elle en s'apprêtant à faire la révérence.

– Pas vous ! ordonna-t-il en baisant ses doigts gantés. Partout où je vais, je vois les femmes s'affaisser devant moi jusqu'au sol.

Élizabeth pouffa et plongea dans la plus ravissante et la plus excessive des révérences.

Soudain, Charles trouvait ce bal charmant. Il dansa avec toutes les douairières de la bonne société, afin d'être considéré plus tard comme un prétendant convenable à la main d'Élizabeth.

Il y eut néanmoins quelques incidents.

Il reçut un choc lorsque quelqu'un, qui ne le connaissait pas, déclara que Julius Cameron avait fait des propositions aux anciens chevaliers servants de sa nièce.

Surmontant son émotion, Charles parvint à rétorquer d'un air moqueur :

– J'ai rencontré l'oncle de la dame, et j'ai le regret de vous avouer qu'il est un peu dérangé. Comme vous le savez, cela arrive dans les meilleures familles.

L'homme s'empressa aussitôt d'aller raconter partout que Cameron était complètement fou.

Charles s'occupa de Sir Francis Belhaven d'une manière plus directe et plus efficace. Ce vieux libertin se vantait à qui voulait l'entendre d'avoir hébergé Élizabeth pendant plusieurs jours.

– Belhaven ! s'écria Charles après l'avoir cherché un bon moment.

Le gros homme se retourna, étonné.

– Je trouve votre présence ici absolument répugnante, reprit Charles d'une voix dangereusement douce. Je déteste votre veste, je déteste votre chemise, et je déteste la façon dont vous nouez votre cravate. En fait, je vous déteste. Vous ai-je suffisamment offensé, ou dois-je continuer ?

Belhaven devint soudain grisâtre.

– Vous... vous souhaitez un duel ?

– Normalement, personne ne se donne la peine de tirer sur un immonde crapaud, mais je suis prêt à faire une exception pour ce crapaud-là, qui ne sait pas se taire.

– Un duel avec vous ? Mais ce serait un meurtre ! Tout le monde connaît votre habileté au pistolet !

Charles s'approcha davantage et répliqua, les dents serrées :

– Ce sera un meurtre, misérable petit fumeur d'opium. Sauf si vous vous souvenez brusquement et à haute voix que vous plaisantiez au sujet de la visite d'Élizabeth Cameron.

Au mot d'opium, Belhaven pâlit encore davantage et son verre s'écrasa sur le sol.

– Je... je viens juste de me rappeler qu'il s'agissait en effet d'une plaisanterie, acquiesça-t-il dans un souffle.

– Parfait. Tâchez de vous en souvenir en public, et sur-le-champ.

L'ignoble individu se dépêcha de filer.

– Eh bien, Thornton ! lança une voix amusée près de Charles. Cet épisode me fait hésiter à vous dire que Belhaven ne ment pas.

Charles reconnut John Marchman.

– Elle est aussi venue chez moi, poursuivit-il. Pour l'amour du Ciel, ne me regardez pas comme si j'étais Belhaven. Sa tante Berta ne la quittait pas d'une semelle.

– Qui ? s'étonna Charles, partagé entre la colère et l'amusement.

– Sa tante Berta. Une petite dame toute ronde qui ne parle guère.

– Suivez donc son exemple, conseilla Charles, vaguement menaçant.

John Marchman, qui avait eu le privilège de pêcher avec Charles en Écosse, prit un air offensé.

– Inutile de mettre *mon* honneur à l'épreuve, rétorqua-t-il. J'envisageais d'épouser Élizabeth pour la tirer des griffes de Belhaven. Vous, vous vouliez le tuer. Il me semble que mon sacrifice était...

– Vous envisagiez quoi ? s'exclama Charles, qui avait l'impression d'arriver au milieu d'une pièce de théâtre dont il avait du mal à suivre le fil.

– Son oncle m'a évincé. Il avait reçu une meilleure offre.

– Cela vaut mieux pour vous, croyez-moi, conclut Charles avec humour avant de se mettre en quête d'un rafraîchissement.

Le dernier incident de la soirée amusa Charles, car il était en train de danser pour la seconde fois avec Élizabeth.

Mondevale s'approcha d'eux, Valérie pendue à son bras. La vue de la jeune femme qui avait causé tant de torts à Élizabeth éveilla en Charles presque autant de colère que la façon énamourée dont Mondevale dévisageait Élizabeth.

– Mondevale ! dit-il en sentant les doigts de sa cavalière se crisper légèrement. Je vous félicite pour votre goût. Miss Jamison sera une parfaite épouse, si vous avez le courage de demander sa main. Dans ce cas, écoutez mon conseil : engagez un précepteur, car elle n'a aucun sens de l'écriture et encore moins de l'orthographe.

Il se tourna vers la jeune femme qui restait bouche bée et ajouta, cruel :

– Serre s'écrit avec un E et deux R. Dois-je aussi vous épeler « méchanceté » ?

– Je vous en prie, Charles, dit gentiment Élizabeth. Ça n'a plus d'importance.

Elle lui sourit, et Charles se sentit soudain en harmonie avec le monde entier.

Ce sentiment s'attarda et lui permit de supporter les obligations mondaines des trois semaines suivantes, alors qu'il comptait dans sa tête chaque jour qui le séparait de l'instant où il pourrait enfin épouser Élizabeth.

Il sourit à des douairières ennuyeuses tout en préparant mentalement le courrier à dicter à son secrétaire. Il assista à des opéras en imaginant le corps nu d'Élizabeth. Il prit onze petits déjeuners en inventant une nouvelle forme de mât pour ses navires. Il accompagna Élizabeth à dix-huit bals sans céder à son envie d'insulter les courtisans qui lui tournaient autour, le compliment aux lèvres et l'œil lubrique.

Ce furent les trois plus longues semaines de sa vie.

Ce furent les trois plus courtes de celle d'Élizabeth.

28

Debout devant la psyché de sa chambre à Promenade Street, Élizabeth souriait à quatre des servantes que Charles lui avait envoyées pour l'aider à s'habiller et faire ses bagages. Alex, assise sur le lit, surveillait les préparatifs.

– Excusez-moi, madame, annonça une domestique. Un certain M. Woodworth insiste pour vous voir.

– J'arrive ! répondit Élizabeth en cherchant un peignoir décent.

– Qui est-ce ? s'étonna Alex.

– Le détective que j'ai engagé pour retrouver Robert.

L'air préoccupé, Woodworth arpentait le petit salon, le chapeau à la main.

– Désolé de vous déranger le jour de votre mariage, commença-t-il. Mais c'est justement la raison pour laquelle je dois vous parler sur-le-champ. Vous feriez mieux de fermer la porte...

Soudain inquiète, Élizabeth obéit en tremblant.

– Lady Cameron, reprit le détective, j'ai de bonnes raisons de croire que votre futur époux est impliqué dans la disparition de votre frère.

Élizabeth se laissa tomber dans un fauteuil.

– C'est absurde ! Pourquoi dites-vous cela ?

– Vous savez que Charles Thornton et votre frère se sont battus en duel une semaine avant que Robert s'évanouisse dans la nature ?

– Oh oui, bien sûr. Mais il n'y a guère eu de dégâts.

– Thornton a reçu une balle dans le bras.

– Je le sais.

– Et vous n'ignorez pas que votre frère a tiré avant le signal ?... Imaginez dans quel état devait se trouver Kensington. Il avait été blessé de façon déloyale et pouvait chercher à se venger.

– Monsieur Woodworth, si Lord Kensington avait voulu obtenir réparation, il l'aurait fait sur le pré, dit Élizabeth avec un sourire confiant. C'est un remarquable tireur. Il s'en est abstenu parce qu'il refuse de tuer un homme pour des dissensions de telles querelles.

– Vraiment ? insista Woodworth, sarcastique.

– Vraiment ! Il me l'a dit lui-même.

– Moi, j'ai toutes les raisons de croire que l'Écossais que vous allez épouser n'a aucun scrupule de ce genre.

– Je ne...

– Je sais de source sûre qu'il a déjà tué au moins cinq hommes.

– Je suis certaine que... la cause était juste et le combat loyal.

– Comme il vous plaira de le croire. Mais ce n'est pas tout.

Élizabeth frissonna.

– Que voulez-vous dire ?

– Reprenons au début. Thornton était blessé et – à juste titre – furieux de l'attitude de votre frère.

– Je sais tout cela.

– Et savez-vous également que trois jours après le duel, votre frère a de nouveau tenté de tuer Thornton, sur Marblemarle Road cette fois ?

Élizabeth se leva lentement.

– Vous vous trompez ! Pourquoi Robert aurait-il soudain... ?

Elle s'interrompit. Ce jour-là, Mondevale avait repris sa parole, anéantissant les espoirs de Robert.

– Grâce aux informations que vous m'avez fournies, j'ai pu reconstituer l'emploi du temps de votre frère la semaine où il a disparu. Trois jours après le duel, il s'est enivré au club Nightbridge, et il a commencé à raconter qu'il voulait tuer Thornton. Puis il a emprunté un attelage en annonçant qu'il se mettait à la recherche de sa proie. J'ai appris que cette « proie » se trouvait ce jour-là à Londres. Charles Thornton en est parti en fin d'après-midi pour le Derbyshire, en passant donc par Marblemarle Road. Comme il était obligé de changer de chevaux en route, nous avons mené notre enquête auprès des relais de poste. Au Black Boar, nous avons eu de la chance : le palefrenier se rappelait Charles Thornton car il lui avait donné une demi-couronne. Il se rappelait également qu'il y avait un trou à la vitre de la calèche de Thornton. Le cocher, encore secoué, lui a raconté qu'il y avait eu une altercation à quelques kilomètres de là, et qu'un homme du nom de Robert Cameron avait essayé de tuer son maître en tirant un coup de pistolet à travers la vitre.

« Deux jours plus tard, votre frère se vantait de son acte auprès de ses camarades au Knightbridge. Il clamait que Thornton vous avait ruinés tous les deux et qu'il aurait sa peau. Le soir même, d'après l'un des valets de Thornton, votre frère a encore tiré sur lui, et cette fois l'a atteint à l'épaule. Thornton s'en est sorti à coups de poing, mais votre frère a sauté en selle et s'est évanoui dans les bois.

« Le lendemain, cependant, votre frère a disparu après avoir quitté son club. Il avait laissé toutes ses affaires dans sa chambre, m'avez-vous dit. Que concluez-vous de tout ceci, Lady Cameron ? demanda-t-il tout de go.

– Que Robert était obsédé par son désir de me venger, et que ses méthodes n'étaient pas exactement... correctes.

– Thornton ne vous en a jamais parlé ?

Élizabeth secoua la tête.

– Robert est un sujet épineux que nous n'aimons guère aborder ensemble.

– Vous ne m'écoutez pas, madame, gronda Woodworth, irrité. Vous refusez l'évidence. Je suis persuadé que Thornton a fait enlever votre frère – ou pire – pour qu'il cesse d'attenter à sa vie.

– Je lui poserai la question ! murmura Élizabeth, le cœur battant.

– Surtout pas ! s'écria le détective. Si nous voulons découvrir la vérité, il ne doit se douter de rien. En cas d'échec, je vous autoriserai peut-être à lui raconter ce que vous avez appris, et alors nous observerons sa réaction. Ce sera notre dernière chance... Je suis navré, ajouta-t-il sincèrement, de vous imposer tout cela, mais j'ai pensé que vous deviez être au courant avant d'épouser cet assassin d'*Écossais* !

Il y avait tant de mépris dans ce dernier mot qu'Élizabeth se fâcha.

– Cessez de prendre ce ton insultant ! ordonna-t-elle. Et Charles... Lord Kensington, est à demi anglais.

– Mais aussi à demi barbare, insista Woodworth. Vous ne connaissez pas ce peuple, visiblement. Ma sœur a épousé un Écossais, et sa vie est devenue un enfer.

– Charles Thornton n'a rien à voir avec votre beau-frère !

– Non, c'est un homme qui a amassé une fortune au jeu et qu'on a accusé plus d'une fois de tricher ! Il y a douze ans, il a gagné le titre de propriété d'une petite mine d'or auprès d'un colon qui a déclaré ensuite que Thornton avait triché. Et savez-vous ce qui s'est passé ?

Élizabeth secoua la tête.

– Votre demi-Écossais l'a tué de sang-froid. Vous m'entendez ? Il l'a assassiné. C'est de notoriété publique, croyez-moi. Ce barbare l'a provoqué en duel.

Un duel n'était pas un meurtre... pas vraiment.

– Etait-ce un combat... régulier ? demanda la jeune fille en tremblant de tous ses membres.

– On le prétend, mais comment en être sûr ?

Élizabeth bondit sur ses pieds, furieuse.

– Vous refusez les racontars qui le disculpent, mais vous êtes prêt à accepter ceux qui l'accusent !

– Je vous en prie, madame, j'essaie simplement de vous montrer la folie de cette union. Ne vous mariez pas, je vous en supplie. Repoussez...

– C'est à moi d'en décider, rétorqua-t-elle, hautaine.

– Si vous êtes assez imprudente pour épouser cet homme aujourd'hui, ne lui dites rien de ce que je vous ai appris. Continuez à éviter de parler de Robert. Sinon, vous mettez sa vie en grave danger... si toutefois il est encore vivant.

Au bord de l'évanouissement, Élizabeth trouva cependant la force de crier :

– C'est absurde ! Il faut que je discute avec Charles, que je lui laisse une chance de nier, d'expliquer...

Woodworth, sincèrement angoissé, lui saisit les épaules.

– Écoutez-moi ! Si vous faites cela, c'est signer l'arrêt de mort de votre frère.

Gêné par sa propre véhémence, il la lâcha et reprit, insistant :

– Réfléchissez. Thornton vient d'être nommé héritier d'un des plus hauts titres. Il s'apprête à épouser une jeune femme ravissante, une comtesse, qui était hors d'atteinte pour lui il y a seulement quelques semaines. Croyez-vous qu'il va courir le risque de perdre tout cela ? À l'instant où l'on retrouvera votre frère, sa culpabilité apparaîtra en pleine lumière. Si Robert n'est pas mort, si Thornton l'a seulement fait enlever pour l'enfermer dans une de ses mines, votre mari n'aura plus le choix : il faudra le faire disparaître définitivement. Comprenez-vous ?

Elle hocha la tête.

– Alors je vous souhaite une bonne journée, je m'en vais poursuivre mes recherches.

Sur le seuil, Woodworth se retourna.

– Pour votre bien, n'épousez pas cet homme. Pas avant que nous ne soyons sûrs...

– Quand le serons-nous ?

– Qui sait ? Dans un mois, peut-être. Ou dans un an. Et si vous décidez quand même de vous marier, ne dites rien. Vous vous exposeriez aussi au danger.

Après son départ, Élizabeth fut incapable de lutter davantage contre les larmes. Elle entendait encore la voix de Woodworth, mais elle voyait aussi le regard tendre de Charles lorsqu'il lui avait dit : « Aimez-moi, Élizabeth. » Puis elle le revit furieux quand il avait chassé Julius. Et dans la serre, un éclair meurtrier au fond des yeux, en apprenant qu'elle était fiancée.

Pourtant, il n'avait pas blessé Robert, lors du duel. Il s'était montré maître de lui malgré une juste colère...

Élizabeth était déchirée.

Si elle refusait de se marier, Charles serait ridiculisé. Comment lui donner une seule bonne raison d'agir ainsi ? Elle le perdrait pour toujours... Si, suivant son instinct, elle l'épousait, peut-être ne connaîtrait-elle jamais ce qui était arrivé à Robert. Ou bien elle découvrirait qu'elle était mariée à un assassin.

Lorsqu'elle revint dans sa chambre, Alex se précipita pour l'enlacer.

– Qu'y a-t-il, Élizabeth ? Je t'en prie, parle, tu sembles sur le point de t'évanouir...

Élizabeth faillit se confier à son amie, mais elle craignait sa réaction. Or sa décision était prise, et elle ne voulait plus se laisser influencer : elle faisait confiance à Charles.

– Il n'y a rien, murmura-t-elle. Pas encore. M. Woodworth voulait seulement un complément d'information sur Robert, et cela m'a un peu bouleversée.

Tandis qu'Alexandra et une femme de chambre s'affairaient autour de sa traîne, Élizabeth attendait à l'entrée de l'église, glacée, terrifiée, essayant de se persuader qu'elle était en proie à l'habituelle nervosité d'une jeune mariée.

Dans la nef bondée, il n'y avait personne de sa famille, pas même un homme pour la conduire à l'autel. Au bout de l'allée centrale, elle vit Jordan Townsende prendre place, suivi de Charles, immense, impressionnant.

– Élizabeth ?

Le duc de Stanhope lui offrait son bras.

– N'ayez pas peur, mon enfant, dit-il doucement.

L'orgue résonna soudain, et Élizabeth se retrouva en train d'avancer vers son mari. Que pouvaient bien penser tous ces gens assemblés pour la cérémonie ?

De nombreux visages étaient amicaux, songea-t-elle distraitement. Les sœurs du duc lui adressèrent un sourire. Roddy Carstairs s'autorisa un clin d'œil et elle réprima un petit rire nerveux, vite remplacé par un hoquet d'angoisse : Charles la regardait, et son expression était indéchiffrable.

Seul le prêtre, qui l'attendait devant son livre ouvert, lui parut réconfortant.

29

Le duc de Stanhope avait insisté pour organiser une réception grandiose, avec tout ce que la haute société comptait de personnalités. Selon lui, c'était le meilleur moyen de mettre un terme définitif aux ragots. Les festivités se déroulèrent donc à Montmayne, plus vaste et mieux organisé que Havenhurst pour recevoir mille personnes.

À l'entrée de la salle de bal, au bras de Charles qui avait fait transformer la pièce en un véritable jardin,

Élizabeth essayait de toutes ses forces d'oublier la visite de Woodworth. Mais ses mots s'attardaient, sournois, dans son esprit.

Elle luttait contre sa peur de la seule façon possible : elle se tournait vers Charles. Et dès qu'elle le regardait, tous ses doutes s'évanouissaient. Les accusations du détective lui semblaient absurdes. Dès que son époux s'éloignait un instant, elle plaquait un sourire radieux sur son visage pour prouver au monde qu'elle était une jeune mariée heureuse, épanouie. Et elle en était elle-même de plus en plus persuadée.

Le grand froid qui l'avait envahie à la porte de l'église s'était dissipé et, tandis qu'elle recevait les félicitations et les compliments sur la qualité de la décoration ou du souper, elle se dit qu'elle avait mal jugé la plupart de ces gens. Certes, ils n'avaient guère apprécié sa conduite deux ans auparavant – comment les en blâmer ? – mais ils semblaient à présent bien décidés à tirer un trait sur le passé.

Élizabeth sourit. Elle était la seule à avoir remarqué que Charles avait fait du grand salon une imitation du jardin de Clarissa. Il y avait même une tonnelle, réplique de celle où ils avaient valsé autrefois.

Le pasteur, qui bavardait avec Lucinda, Jake Wiley et le duc de Stanhope, leva son verre dans sa direction. Elle lui offrit son plus beau sourire.

– Elle est exquise, n'est-ce pas ? répéta une fois de plus Jake, rayonnant.

Depuis une demi-heure, les trois hommes se congratulaient sur le rôle qu'ils avaient tenu dans cette union.

– Absolument exquise, renchérit Duncan.

– Ce sera une excellente épouse pour Charles, décréta le duc en levant son verre. À votre santé, Duncan, pour avoir éclairé mon petit-fils.

– À votre santé, Edward, pour avoir réintroduit Élizabeth dans la société, répliqua le prêtre. Et à vous,

Jake, mon ami, pour être venu au village avec le vieil Attila et Miss Throckmorton-Jones. À vous aussi bien sûr, Miss Throckmorton-Jones, ajouta-t-il galamment, pour avoir pris ce laudanum et m'avoir raconté comment s'était conduit Charles il y a deux ans. C'est ça qui a tout déclenché, si j'ose dire. Mais vous n'avez pas de verre !

– Je ne prends jamais d'alcools forts, rétorqua Lucinda, hautaine et imperturbable comme toujours. D'ailleurs, mon bon, je ne prends pas non plus de laudanum.

Sur ce, elle ramassa ses tristes jupes grises et s'éloigna dignement.

Les trois hommes restèrent un instant bouche bée avant d'éclater de rire.

Charles offrait une coupe de champagne à Élizabeth.

– Merci. Ils ont l'air de bien s'amuser, commenta-t-elle en désignant leurs amis.

– Vous êtes ravissante quand vous souriez, dit-il d'une voix un peu rauque, le regard lointain. Si nous nous retirions ?

« Il doit s'ennuyer », songea-t-elle. Il lui tardait aussi de retrouver le calme de sa chambre, mais, n'ayant encore assisté à aucun mariage, elle supposait que les maîtres de maison devaient rester jusqu'au départ des derniers invités, comme dans les autres réceptions.

Toutes les chambres d'amis étaient occupées, et le lendemain, une chasse suivrait un somptueux petit déjeuner.

– Je n'ai pas sommeil, répondit-elle. Je suis simplement lasse d'avoir tant souri. La journée a été longue, si vous souhaitez aller vous reposer, je suis certaine que tout le monde le comprendra.

– J'en suis sûr aussi, répliqua-t-il, une étincelle dans le regard.

– Je resterai à votre place, proposa-t-elle.

Ses yeux brillèrent un peu plus.

– Vous ne croyez pas qu'ils trouveront curieux de me voir monter seul ?

Cela semblait à Élizabeth plus impoli que curieux, mais elle voulut rassurer Charles :

– Ne vous tracassez pas. Je présenterai vos excuses, si quelqu'un s'inquiète de vous.

Il sourit.

– Juste pour savoir... Quelle excuse invoquerez-vous ?

– Je dirai que vous êtes indisposé. Légèrement, car sinon nous serons pris en flagrant délit de mensonge quand vous apparaîtrez en pleine forme demain matin. Je parlerai d'une migraine ! décida-t-elle.

Charles était franchement amusé.

– C'est très aimable à vous, ma chérie, mais ce mensonge m'obligerait à un mois entier de duels pour laver ma... virilité de tout soupçon.

– Pourquoi ? Les messieurs n'ont-ils jamais mal à la tête ?

– Rarement le soir de leurs noces...

– Je ne vois pas pour quelle raison.

– Vraiment ?

– Non. Et je ne comprends pas non plus pourquoi ils s'attardent tant, ajouta-t-elle dans un murmure irrité. Il me semble qu'ils devraient commencer à prendre congé.

Charles avait le plus grand mal à garder son sérieux.

– Élizabeth, lors d'un mariage, on ne peut pas partir avant les jeunes mariés, cela ne se fait pas. Regardez mes grand-tantes, elles sont à moitié assoupies dans leurs fauteuils.

– Oh, je ne savais pas ! Pourquoi ne m'avez-vous pas avertie ?

– Parce que je souhaitais que vous profitiez pleinement de notre bal, dit-il en l'entraînant vers le vaste escalier.

Elle jeta un dernier coup d'œil à la tonnelle formée d'arbres en pots.

– Tout le monde ne parle que de jardins et de gloriettes pour décorer une salle de bal, déclara-t-elle. Vous venez de lancer une nouvelle mode.

– Si vous aviez vu votre expression quand vous avez reconnu ma décoration !

– Nous sommes probablement le premier couple à avoir ouvert un bal dans un coin de la piste ! lança-t-elle avec un sourire délicieusement complice.

En effet, lorsque l'orchestre avait attaqué la première valse, Charles l'avait emmenée sous la « tonnelle ».

– Cela vous ennuie ?

– Vous savez parfaitement que non...

S'arrêtant devant la porte de la chambre de la jeune femme, il la prit dans ses bras, puis se ressaisit en apercevant des servantes arriver au bout du corridor.

– Nous aurons le temps plus tard, murmura-t-il. Tout le temps.

30

Élizabeth était assise à sa coiffeuse dans une chemise de nuit de satin crème. Berta lui brossait les cheveux d'un air pincé.

La jeune femme n'était pas inquiète du profond décolleté qui révélait la naissance de ses seins, ni de la fente qui dévoilait son genou. D'une part, elle savait que les draps la cacheraient, d'autre part, elle était beaucoup trop tracassée par les révélations de Woodworth, maintenant qu'elle était seule.

Elle tenta de penser à autre chose. Sa nuit de noces, par exemple. Charles avait bien précisé qu'il désirait avoir des enfants ; sans doute aimerait-il commencer dès ce soir. Dans ce cas, d'après les explications de Lucinda, ils partageraient forcément le même lit.

Elle fronça les sourcils. Ce qu'avait raconté Lucinda lui semblait étrange. Un baiser dans un lit... Dans ce cas, pourquoi Élizabeth avait-elle parfois entendu parler de bébés qui n'étaient pas ceux du mari ? Il existait sans doute plusieurs façons de procéder.

Elle en revint au problème du lit. Sa suite communiquait avec celle de Charles. Dans quel lit dormiraient-ils ?

Comme pour répondre à cette question silencieuse, la porte s'ouvrit, et Berta sursauta. Puis, avec un regard mauvais à Charles, la femme de chambre s'éclipsa. Comme la plupart des domestiques, elle ne parvenait pas encore à lui pardonner sa conduite passée.

Élizabeth, en revanche, s'émerveilla de son assurance et de sa grâce quand il s'approcha, encore vêtu de son pantalon noir et de sa chemise à jabot.

Elle se leva, fit un pas vers lui, puis s'immobilisa sous son regard ardent. Tremblante, elle se retourna vers le miroir et se passa la main dans les cheveux. Charles vint poser les mains sur ses épaules. Dans la glace, elle le vit incliner la tête et sentit ses lèvres chaudes au creux de son cou.

– Vous tremblez, dit-il doucement.

– C'est vrai. J'ignore pourquoi...

– Vous en êtes sûre ?

Élizabeth mourait d'envie de lui demander ce qui était arrivé à Robert. Mais elle avait aussi peur de la réponse, peur de gâcher leur première nuit, peur de ce qui allait se passer dans le lit...

Il l'attira à lui et glissa une main sous la bretelle de sa chemise de nuit, effleurant ses seins.

Puis il la retourna avec douceur et l'embrassa lentement, profondément. Les genoux flageolants, elle lui rendit son baiser, qui éveillait comme toujours en elle des ondes de plaisir. Lorsqu'elle passa ses mains autour du cou de Charles, il l'emporta dans ses bras jusqu'à sa propre chambre, sans quitter ses lèvres.

Il la déposa délicatement à terre près du grand lit surmonté d'un dais et entreprit de faire glisser son épaulette. Elle sursauta.

– Que faites-vous ? murmura-t-elle.

La question le prit de court, mais il remarqua l'appréhension qui habitait son regard vert.

– À votre avis ?

– Vous me déshabillez, dit-elle d'une toute petite voix un peu choquée.

– Et cela vous étonne ?

– Bien sûr !

– Que savez-vous exactement sur ce qui se passe entre un homme et sa femme ?

– En... en ce qui concerne les bébés, vous voulez dire ?

Il sourit, attendri.

– Appelons ça ainsi pour le moment.

– Eh bien, Lucinda m'a raconté qu'un mari embrasse son épouse dans un lit, que ça fait mal la première fois, et voilà.

Charles se reprocha amèrement de ne pas avoir deviné à quel point elle était innocente.

– Vous êtes une jeune personne très intelligente, Élizabeth, répliqua-t-il le plus doucement possible. Pas une vieille fille comme votre duègne. Croyez-vous honnêtement que cela puisse se passer ainsi ?

Il dénoua les rubans qui retenaient sa chemise de nuit et la sentit trembler sous ses doigts. Quand il l'attira à lui, elle se raidit. Charles maudit Lucinda de toutes ses forces.

– Je vous promets que vous ne trouverez rien de choquant à ce qui va arriver entre nous.

Il souffla les bougies à la tête du lit.

– Si j'avais imaginé un seul instant que vous ne saviez rien, je vous aurais tout expliqué il y a des semaines…

Curieusement, elle fut heureuse de cette marque d'attention : il lui aurait suffisamment fait confiance pour aborder ce sujet avec elle – contrairement à Lucinda et aux autres.

Elle tressaillit quand il acheva de la déshabiller et se hâta de se dissimuler sous les draps, luttant contre une panique naissante.

Ce n'était pas vraiment ainsi que Charles avait rêvé sa nuit de noces ! Il se dévêtit, à peine éclairé par l'unique chandelle qui brûlait de l'autre côté de la pièce. Le matelas s'affaissa bientôt sous son poids, et Élizabeth se fit aussi petite que possible. Dressé sur un coude, il caressa doucement sa joue.

Elle était dans un état de nervosité extrême, nue dans ce lit près d'un homme qui l'était certainement aussi. Elle devinait que son ignorance ne la dispenserait pas de remplir son devoir d'épouse. Et elle se sentait en quelque sorte prise au piège.

Charles lui effleurait le bras.

– Je comprends seulement maintenant ce que vous attendez de notre union, dit-elle dans un souffle. Et les droits que vous avez sur moi. Vous devez me trouver la plus idiote des femmes, pour n'avoir pas…

– Non, ma chérie, répliqua-t-il avant de s'emparer de ses lèvres jusqu'à ce qu'il obtînt d'elle une réponse.

Alors il releva la tête.

– Cela n'a rien à voir avec des droits, continua-t-il d'une voix basse, persuasive. Si nous nous étions mariés en Écosse, savez-vous quelles paroles nous aurions prononcées, ce matin à l'église ?

Il lui tenait le visage entre ses mains, et Élizabeth se sentit rassurée.

– Non...

– Je vous aurais dit : « De tout mon corps, je t'adore. »

Il avait prononcé ces mots avec une telle conviction, une telle ferveur qu'Élizabeth en eut les larmes aux yeux. Elle baisa la paume de sa main, et il eut un gémissement de plaisir. Quand il l'embrassa, elle passa ses bras autour de ses épaules, et sa langue explora la bouche de la jeune fille en un rythme suggestif.

Puis il l'allongea sur le dos et caressa ses seins, jouant avec jusqu'à ce que leurs pointes se dressent. Il quitta enfin ses lèvres, la laissant frustrée, pour saisir un doux bourgeon entre ses dents. Elle gémit à son tour, les doigts enfouis dans sa chevelure, le corps arqué de désir, tandis qu'il éveillait sur sa peau une inexprimable sensation d'attente.

Il embrassa son ventre, sa langue s'amusa avec son nombril, et elle poussa un cri de surprise. Ensuite, il laissa descendre sa bouche plus bas, en maintenant ses hanches. Élizabeth comprit trop tard son intention, et ses mains se crispèrent dans sa chevelure. Il déposa un baiser léger sur la toison blonde, sans insister, puis remonta vers ses lèvres.

Roulant sur le côté, il la serra contre lui pour qu'elle perçût toute la force de son désir. Son baiser se fit caresse, et il releva enfin la tête. Élizabeth avait le souffle court, son cœur battait follement. Elle en voulait davantage. Charles le sentit et repoussa une mèche de son front.

– Pas encore, chuchota-t-il.

Élizabeth se força à ouvrir les yeux, et ce qu'elle découvrit dans ceux de Charles la rendit folle : elle y lisait un désir intense, mais aussi une tendresse infinie.

Elle souhaitait lui offrir elle aussi du plaisir, cependant elle ignorait de quelle façon. Elle fit donc la seule chose dont elle était sûre, elle le regarda au fond des yeux en murmurant :

– Je vous aime.

Sans répondre, il prit sa main et la posa sur son torse. Le violent martèlement de son cœur était plus explicite que des mots.

Dans la lumière tamisée, le corps de Charles luisait doucement, et elle eut envie de le regarder. Elle baissa les yeux sur son torse puissant couvert d'une légère toison brune, sur ses larges épaules et ses bras musclés. Il était incroyablement beau. Timidement, elle bougea un peu les doigts, lui jetant un coup d'œil interrogateur.

– Oui, murmura-t-il.

Élizabeth comprit qu'il désirait lui aussi être caressé, alors elle laissa glisser ses mains sur sa poitrine, posa un baiser au creux de son épaule, se risqua même à effleurer un de ses tétons du bout de la langue. La main de Charles se crispa sur son dos tandis qu'elle continuait à l'embrasser. Plongée dans une délicieuse torpeur, elle mit un moment à s'apercevoir qu'il tentait de la main de lui ouvrir les jambes.

Instinctivement, elle se ferma, prise de panique.

– Chérie, ouvre-toi, souffla-t-il.

Le visage enfoui contre son torse, elle s'obligea à obéir, puis elle gémit de joie, et non pas d'humiliation ou de douleur, quand la caresse devint plus précise. Elle passa les bras autour du cou de Charles alors que ses doigts pénétraient enfin sa chaude intimité.

– Je t'aime, chuchota-t-elle, totalement abandonnée.

Il la fit rouler sur le dos et, sans quitter ses lèvres, accéléra le mouvement de sa main. Quand elle commença à onduler sous lui, il s'arrêta et se dressa au-dessus d'elle. Il avait follement envie de pénétrer en elle, et redoutait en même temps sa douleur. Il lui souleva légèrement les hanches.

– Je vais te faire mal, mon amour, mais je n'y peux rien...

Elle n'essaya pas de se dérober.

– J'attends depuis si longtemps que tu m'appelles de nouveau « mon amour »...

– Depuis combien de temps ?

Accrochée à ses épaules, Élizabeth se préparait à l'inévitable douleur, et elle murmura, comme pour se calmer :

– Deux ans. J'ai attendu et...

Un cri lui échappa, mais la souffrance ne dura pas. Déjà Charles plongeait plus profondément en elle, et elle se perdit dans la chaleur pure de ses poussées longues, intenses. Guidée par son inctinct et son amour, Élizabeth épousait ses mouvements.

Il accéléra le rythme, et Élizabeth sentit quelque chose de primitif monter dans son ventre, dans ses veines, dans son cœur. Sa tête roulait sur l'oreiller, quelque chose grandissait en elle, s'approchait, se... Soudain tout explosa et elle poussa un cri.

Charles continua à bouger de plus en plus rapidement, suivant les spasmes d'Élizabeth. Enfin il s'écroula sur elle, le souffle court, le cœur battant follement, tandis qu'un grondement de plaisir lui échappait.

Beaucoup plus tard, il roula sur le côté sans la lâcher. Il repoussa tendrement les mèches humides sur le front d'Élizabeth.

– T'ai-je déjà dit combien tu es splendide ?

Oui, il le lui avait déjà dit une fois, et ce souvenir poignant lui fit monter les larmes aux yeux.

– Oui, quand nous étions ensemble...

– Dans le pavillon de chasse, termina-t-il.

Elle l'avait alors accusé de le répéter à toutes les femmes... Que de temps ils avaient perdu ! Que de jours et de nuits gâchés !

– Sais-tu à quoi j'ai passé le reste de l'après-midi, ce jour-là ?... À imaginer ce que nous venons de vivre. Mais je ne pensais pas que j'attendrais si longtemps !

Il s'interrompit pour remonter le drap sur Élizabeth.

– Je te désirais tant que j'en avais mal, lorsque je t'ai regardée fermer ton corsage. À vrai dire, cet état m'est devenu permanent depuis quatre semaines, donc j'y suis maintenant parfaitement habitué. Peut-être cela va-t-il me manquer, dorénavant ? plaisanta-t-il.

– De quoi veux-tu parler ? demanda Élizabeth qui devinait le sérieux sous son ton léger. Ce que nous venons de faire... je veux dire...

– S'appelle faire l'amour, selon les Écossais, coupa-t-il. Les Anglais préfèrent dire « remplir son devoir conjugal »...

– Ah bon ? Mais c'est ce à quoi tu pensais, quand tu disais que tu me désirais ?

– Oui.

Elle rougit délicieusement et tenta d'afficher un air sévère, démenti par l'étincelle qui brillait dans ses yeux.

– Et le jour où nous discutions les termes du contrat de fiançailles, lorsque tu as prétendu qu'il y avait une chose que tu voulais absolument... c'était ça ?

– Entre autres.

– Si je l'avais su, j'aurais certainement ajouté encore des conditions...

– Quel genre de conditions ? s'étonna-t-il en fronçant les sourcils.

Elle posa la tête sur son épaule.

– Des fiançailles moins longues, une cour moins longue, et une cérémonie moins longue.

Submergé de tendresse devant sa candeur, il la serra plus fort contre lui. Il avait deviné au premier regard qu'elle était exceptionnelle. Il avait compris au bout de quelques heures qu'elle était ce qu'il désirait le plus au monde. Passionnée, douce, intelligente, vive, sensible. Toutes ces qualités, il les avait appréciées dès le début. Plus tard, il avait en outre admiré son courage. Il en était particulièrement fier. Sans ce courage, elle aurait agi comme la plupart des femmes à sa place : elle aurait choisi n'importe quel mari pour se sortir d'une situation difficile. Mais Élizabeth avait essayé de se débrouiller seule... Ce qui lui rappela combien elle était économe, et il sourit.

– À quoi penses-tu ? demanda-t-elle.

– Je me félicite de mon exceptionnelle intelligence, qui m'a permis de réaliser rapidement que tu étais merveilleuse.

– Et quand cela s'est-il déclenché ? continua-t-elle amusée.

– Quand tu t'es apitoyée sur le sort de Galilée, je crois.

Elle s'était attendue à un banal compliment sur sa beauté.

– Vraiment ? dit-elle, ravie.

– Quelle réponse imaginais-tu ?

Elle haussa les épaules, un peu gênée.

– J'ai cru que tu parlerais de mon visage. Les gens ont les plus extravagantes réactions à ce sujet, ajouta-t-elle, vaguement méprisante.

– Je me demande bien pourquoi, répondit-il en souriant.

– À cause de mes yeux, sans doute. Ils ont une drôle de couleur.

– En l'occurrence, ce n'est pas ton visage qui m'a frappé dans ce jardin, pour une simple raison : je ne le voyais pas.

– Mais si ! Moi je te voyais, malgré la nuit.

– Je me tenais près d'une torche, toi tu te cachais dans l'ombre. Je m'apercevais que tu avais tout ce qu'il fallait pour faire un visage, et une silhouette féminine, mais c'est tout. Et quand, plus tard, je t'ai vue descendre l'escalier, j'ai été tellement surpris que j'ai bien failli lâcher mon verre.

Le rire d'Élizabeth résonna joyeusement dans la chambre.

– Élizabeth, poursuivit-il gravement. Je ne suis pas assez fou pour laisser un beau visage me tourner la tête, me pousser à me marier, ni même me mener aux plus hauts sommets du désir.

– Merci. C'est le plus beau compliment que vous pouviez me faire, monseigneur.

– Ne m'appelle « mon seigneur » que si tu le penses vraiment. Jamais par référence à mon titre.

– Comme tu voudras, mon seigneur.

Charles ne put résister davantage. Il la fit rouler sur le dos et s'empara fiévreusement de ses lèvres, puis de son corps...

– Je ne t'ai pas épuisée, ma chérie ? demanda-t-il des heures plus tard.

– Si... mais je suis trop heureuse pour dormir.

– Tu le regretteras tout à l'heure quand il te faudra paraître au petit déjeuner.

Elle fronça les sourcils, se redressa, ouvrit la bouche, puis changea d'avis et détourna le regard.

– Qu'y a-t-il ?

– Ce matin, quand nous descendrons... tout le monde saura ce que nous avons fait cette nuit ?

– Oui.

– Merci de m'avoir dit la vérité, murmura-t-elle en se recouchant tout contre lui.

– Je te dirai toujours la vérité, promit-il solennellement.

Elle le crut. Et elle songea que c'était peut-être le moment de l'interroger sur la disparition de Robert. Mais elle repoussa bien vite cette pensée. Elle n'allait pas ternir son mariage en formulant à haute voix les immondes soupçons nés dans l'esprit d'un homme qui haïssait tous les Écossais.

Le matin précédent, elle avait décidé de faire confiance à Charles et de l'épouser. Ensuite, elle avait juré de l'honorer et de le respecter. Ce n'était pas le moment de faillir à sa promesse.

– Élizabeth ?

– Mmm ?

– Puisque nous en sommes aux confessions, j'ai un aveu à te faire.

L'inquiétude s'empara d'elle.

– Oui ?

– La chambre qui communique avec celle-ci est destinée à te servir de boudoir. Je n'aime pas du tout l'habitude qu'ont les Anglais de faire lit à part.

Elle eut un sourire radieux.

– Je suis heureux de constater que nous sommes d'accord sur ce point, conclut-il en l'embrassant.

31

Durant les semaines qui suivirent, Élizabeth remarqua à sa plus grande joie qu'elle pouvait poser n'importe quelle question à Charles. Il lui fournissait toujours des réponses complètes et satisfaisantes. Élizabeth trouvait ce respect de son intelligence tout à fait flatteur. Surtout après avoir découvert deux choses stupéfiantes sur son époux.

Trois jours après leur mariage, ils décidèrent de passer la soirée chez eux à lire.

Après le dîner, Charles apporta au salon un énorme volume au titre ardu, et Élizabeth un roman dont elle avait beaucoup entendu parler. Charles s'installa dans un fauteuil à haut dossier et prit la main de son épouse, lovée sur un sofa tout près de lui.

Elle était tellement absorbée par sa lecture, qu'elle mit un certain temps à s'apercevoir que Charles tournait extrêmement vite les pages de son livre. Du coin de l'œil, elle l'observa et fut fascinée par la façon dont il parcourait les pages les unes après les autres.

– Lis-tu vraiment ce livre ? demanda-t-elle. Ou faistu semblant ?

Il leva vivement les yeux et sembla hésiter un peu avant de répondre :

– J'ai la... curieuse capacité de lire très vite.

– Tu as de la chance ! Je ne connaissais pas ce genre de talent.

Il sourit.

– C'est beaucoup moins exceptionnel que la beauté de tes yeux.

Le lendemain, elle oublia cette découverte au profit d'une autre.

Charles avait insisté pour qu'elle utilisât son bureau lorsqu'elle voulait s'occuper des comptes de Havenhurst et, à mesure que la matinée avançait, les longues colonnes de chiffres commençaient à se brouiller devant ses yeux... en partie sans doute parce que son mari l'avait tenue éveillée la moitié de la nuit ! Elle reprit trois fois la même addition pour parvenir à des résultats différents. Elle était tellement agacée qu'elle ne s'aperçut pas que Charles était entré sans bruit. Il posa les mains à plat de chaque côté d'elle.

– Des problèmes ?

– Oui, dit-elle en jetant un coup d'œil à la pendule.

Des collaborateurs de Charles n'allaient pas tarder à arriver. Elle commença à rassembler ses papiers, tout en expliquant :

– Depuis trois quarts d'heure, j'essaie en vain d'additionner quatre colonnes afin de diviser le total par dix-huit domestiques, le multiplier ensuite par quarante, qui est le nombre de serviteurs que nous avons à présent. Ainsi je pourrai calculer le prix que nous coûtera ce personnel supplémentaire. Seulement je ne parviens même pas à terminer la première opération, ajouta-t-elle, exaspérée. Je recommencerai tout demain.

Elle s'apprêtait à fermer le livre de comptes lorsque Charles intervint :

– De quelles colonnes s'agit-il ?

– Celles de la page de gauche. Mais tant pis, je verrai plus clair demain matin.

Dans son irritation, elle fit tomber quelques feuilles volantes qui glissèrent sous le bureau. En soupirant, elle les ramassait quand elle entendit Charles déclarer le plus calmement du monde :

– Trois cent soixante-quatre livres.

– Pardon ?

Il notait la somme sur un papier.

– Ne te moque pas de moi ! En général, je me débrouille bien avec les chiffres, mais aujourd'hui, je manque simplement d'un peu de sommeil... à cause de mon cher époux.

– Élizabeth… commença-t-il presque timidement. Il y a une chose que...

Puis il secoua la tête et, comme Shipley, sur le seuil, annonçait l'arrivée des visiteurs, la jeune femme oublia l'incident.

Jusqu'au lendemain.

Plutôt que d'envahir encore le bureau de Charles, elle s'installa dans la bibliothèque. Cette fois, l'esprit vif et alerte, elle mena sa tâche à bien en moins d'une heure. Trois cent soixante-quatre livres, se dit-elle tout en se demandant quel chiffre Charles lui avait donné au hasard la veille. Elle retrouva le papier sur lequel il l'avait noté et ouvrit de grands yeux. C'était le même !

Elle était encore figée sur place, la feuille froissée dans la main, lorsque Charles vint lui proposer une promenade à cheval.

– Toujours en train de chercher ta réponse, mon amour ?

– Non. Je l'ai trouvée. Ce que j'aimerais savoir, en revanche, c'est comment tu as fait pour la calculer en quelques secondes...

Il enfonça ses mains dans ses poches, gêné.

– Cette réponse est plus difficile à donner que celle que j'ai écrite...

– Tu es capable de calculer tout cela de tête... et si vite ?

Il acquiesça et ajouta froidement :

– Je souhaiterais que tu cesses de me regarder comme si j'étais une bête curieuse.

– Mais je ne...

– Si ! C'est la raison pour laquelle je ne t'en ai pas parlé plus tôt.

Élizabeth se dirigea vers lui.

– Mon visage exprimait de l'admiration, du respect, quoi que tu en penses.

– Le respect est bien la dernière chose que j'attends de toi, répliqua-t-il sèchement.

Élizabeth comprit alors que, s'il se moquait de l'opinion des autres, il accordait énormément d'importance à la sienne. Trop souvent, on avait dû considérer cette forme de génie comme une anomalie de la nature... Elle se mordit la lèvre, cherchant un moyen de l'apaiser. Alors elle laissa enfin son amour la guider.

– Je suppose que tu calcules aussi rapidement que tu lis ?

La réponse fut brève.

– Pas tout à fait.

– Il doit y avoir environ dix mille livres dans la bibliothèque, poursuivit-elle d'un ton léger. Les as-tu tous lus ?

– Non.

Les yeux rieurs, elle ne se laissa pas décourager :

– Tu as été très occupé, ces quatre dernières semaines, à m'accompagner partout. Cela a dû t'empêcher de finir les deux mille derniers. As-tu l'intention de terminer bientôt ?

Elle fut soulagée de le voir enfin sourire.

– Cela pourra attendre la semaine prochaine, dit-il avec une feinte gravité.

– Pas sans moi. J'aimerais assister à l'exploit.

Il éclata de rire et la prit dans ses bras.

– Possédez-vous encore beaucoup de talents cachés, mon seigneur ? murmura-t-elle.

– Je ne suis pas mauvais quand il s'agit de t'aimer...

Il le lui prouva de cent façons au cours des semaines suivantes. Particulièrement en ne lui reprochant pas son absence quand elle séjournait à Havenhurst. Élizabeth, pour sa part, fut plutôt étonnée de trouver le temps long loin de lui, alors qu'elle avait naguère dédié sa vie entière à son domaine.

Pour éviter cela, elle commença à ramener à Montmayne des documents concernant les améliorations en cours et en parla avec lui. Il l'écoutait avec attention, donnait son avis, le lui expliquait clairement point par point. Encore une preuve de son inépuisable patience envers elle, car l'esprit de Charles ne fonctionnait pas de cette façon. Il allait directement de A à Z, du problème à la solution.

À l'exception de quelques fois où elle fut obligée de rester à Havenhurst, ils dormaient ensemble, et Élizabeth réalisa bien vite que leur nuit de noces n'avait été qu'un aperçu de la pure splendeur de leur amour. Parfois, il repoussait l'explosion de leur plaisir jusqu'à ce qu'elle le supplie de faire cesser l'exquise torture. D'autres fois, il la prenait avec une passion sauvage, sans préliminaires. Et Élizabeth ignorait ce qu'elle préférait. Elle l'avoua un soir à Charles qui la pénétra rapidement, puis joua avec son corps pendant des heures pour lui permettre de choisir. Il lui enseigna à dire, sans fausse honte, ce qu'elle aimait. Comme elle hésitait, pudique, il lui donna l'exemple cette même nuit. Elle trouva l'expérience particulièrement stimulante, et sentait son désir grandir alors qu'elle le caressait où il le souhaitait.

Vers la fin de l'été, ils rejoignirent Londres, bien que la ville fût encore quelque peu désertée, la Petite Saison n'ayant pas encore débuté. Élizabeth accepta parce qu'elle pensait que Charles avait besoin de se rapprocher des hommes d'affaires avec qui il travaillait. D'autre part, Alex s'y trouvait à ce moment-là. Quant à Charles, il avait proposé ce séjour pour qu'Élizabeth jouît des privilèges de son rang, et également parce qu'il prenait le plus grand plaisir à la voir dans un cadre où elle scintillait comme les joyaux dont il la couvrait.

Elle le considérait comme son bienfaiteur et son professeur, mais elle se trompait. Elle aussi apprenait beaucoup à Charles. Elle lui enseigna, par son exemple, à se montrer patient envers les domestiques. À se détendre. À rire. Et même à pardonner les faiblesses des gens de la bonne société.

Elle y réussit tellement bien qu'ils furent rapidement la coqueluche de Londres. Ils étaient sans cesse sollicités et, dans la grande maison de Upper Brook Street, ils cherchaient en riant des prétextes pour décliner la plupart des invitations.

Charles était fort occupé à ses affaires, et Élizabeth fut enrôlée par la duchesse douairière de Hawthorne dans un comité chargé de rassembler des fonds pour la construction d'un hôpital dans les faubourgs de Londres. Hélas, ce comité passait plus de temps en querelles insignifiantes qu'en discussions positives. Frustrée, Élizabeth demanda enfin à Charles de venir dans le petit salon un jour où les membres s'y réunissaient pour les faire profiter de son expérience.

– Et promets-moi, ajouta-t-elle en riant, de ne pas leur déclarer que tu construirais six hôpitaux en moins de temps et en déployant moins d'efforts...

– En serais-je capable ?

– Absolument ! À eux tous, ils doivent posséder la moitié de la fortune européenne, pourtant ils discutent sur le moindre shilling comme si un huissier allait leur tomber sur le dos.

– Si toi, *tu* les trouves trop économes, ils doivent l'être vraiment ! plaisanta-t-il.

Comme ils se dirigeaient vers le salon où l'on prenait le thé, elle précisa :

– Oh... et ne fais pas de commentaires sur le chapeau bleu de Lady Wiltshire !

– Pourquoi ?

– Ce sont ses cheveux.

– Jamais je n'oserais ! protesta-t-il.

– Oh mais si ! pouffa-t-elle. La duchesse douairière m'a raconté qu'hier soir tu avais admiré le chien que Lady Shirley tenait dans ses bras.

– Madame, j'exécutais vos ordres : je me montrais aimable envers cette vieille excentrique. Qu'y a-t-il de mal à la complimenter sur son chien ?

– C'est un nouveau manchon, fait d'une fourrure rare dont elle est très fière !

Les membres du comité furent stupéfaits de voir entrer le hautain duc de Kensington avec aux lèvres le sourire béat d'un enfant de chœur.

L'inquiétude d'Élizabeth se transforma rapidement en admiration teintée d'amusement. Pendant la demi-heure suivante, Charles écouta fort aimablement une discussion acharnée pour décider s'il fallait vendre les chocolats offerts par Gunther six livres le paquet ou cinq. Il finit par déclarer qu'il était prêt à y mettre dix livres, à condition que l'on passât au problème suivant.

Et il continua à manifester un intérêt de bon aloi. À quatre reprises, on s'interrompit pour lui demander son avis, et il répondit en souriant par d'excellentes suggestions. Quatre fois ses propositions furent ignorées, or il eut la bonne grâce de ne pas s'en offusquer.

Élizabeth se promit de le remercier chaleureusement. Elle lui jeta un coup d'œil, et eut le souffle coupé. Nonchalamment installé dans un fauteuil en face d'elle, il semblait absorbé dans la discussion, mais son regard était braqué sur les seins d'Élizabeth.

Considérant que tous deux perdaient leur temps, il avait trouvé ce moyen de se divertir. Élizabeth prit une profonde inspiration, et il suivit le mouvement de sa poitrine d'un air tout à fait intéressé, avant de remonter vers ses lèvres, puis ses yeux.

Elle lui lança un regard sévère, mais n'obtint en retour qu'un sourire d'une sensualité qui la pétrifia.

– Qu'en pensez-vous, Lady Thornton ? demanda Lady Wiltshire de sa voix pointue.

– Je... je suis d'accord, bégaya Élizabeth sans avoir la moindre idée du sujet discuté.

Pendant cinq bonnes minutes, elle résista à l'appel du regard de Charles, mais quand le comité s'embarqua de nouveau dans l'histoire des chocolats, elle lui jeta un rapide coup d'œil. D'un air tout à fait absorbé, il se passa doucement un doigt sur les lèvres, et Élizabeth en fut troublée comme s'il l'avait réellement caressée. Il savait exactement l'effet qu'il produisait sur elle, et elle fut furieuse d'être incapable de mieux se dominer.

Le comité se sépara enfin. La porte était à peine fermée qu'Élizabeth se tourna vers son mari.

– Misérable ! s'écria-t-elle. Comment as-tu osé ?

Charles étouffa ses protestations d'un baiser passionné.

Une heure plus tard, dans leur lit, elle murmura, la tête contre sa poitrine :

– Je ne t'ai toujours pas pardonné.

Charles partit d'un grand rire.

– Non ?

– Absolument pas. Je te le rendrai !

– C'est déjà fait, chuchota-t-il, se méprenant volontairement sur le sens de ses paroles.

Ils ne tardèrent pas à rentrer à Montmayne pour y passer le mois de septembre.

La vie avec Élizabeth émerveillait Charles. C'était tellement beau qu'il ne pouvait s'empêcher de penser que cela ne durerait pas. Peut-être était-ce de la superstition, mais il y avait aussi le fait que ses détectives n'avaient toujours pas trouvé la trace de Robert, et celui d'Élizabeth obtiendrait peut-être un résultat le premier. En se mariant sans avouer à la jeune femme ce qu'il savait, il avait fait une erreur qu'il risquait de regretter.

Cependant, en envoyant Robert sur l'*Arianna*, il s'était montré plus clément envers ce jeune fou que s'il l'avait remis aux autorités. Mais Élizabeth verrait-elle les événements sous cet angle ? Lui-même s'adressait des reproches : il savait à présent que Robert était la seule protection qu'elle avait eue contre son oncle.

La peur – sentiment qu'il méprisait entre tous – grandissait en lui en même temps que son amour pour

Élizabeth. Il finissait par souhaiter que l'on découvrît quelque chose. Il avouerait alors tout, au risque de la perdre... ou d'être pardonné. L'amour qu'il portait à la jeune femme le rendait vulnérable.

Inconsciente de ce tourment intérieur, Élizabeth continuait à l'aimer de toute son âme, avec confiance et abandon.

Lorsqu'elle le voyait sombre, elle plaisantait, l'embrassait, et si elle ne parvenait pas à le dérider, elle lui offrait de petits présents : une rose qu'elle déposait sur son oreiller, un bouquet de fleurs.

– Devrai-je aller jusqu'à vous offrir un bijou pour vous arracher un sourire, mon seigneur ? lui demanda-t-elle un jour, trois mois après leur mariage. C'est ce qui se fait quand on sent son amant se détacher de soi...

Il l'embrassa alors comme un fou.

– Je ne me détache aucunement de toi ! déclara-t-il avec force.

– En es-tu certain ?

– Absolument !

– Tu n'oserais pas me mentir, n'est-ce pas ?

– Je ne te mentirai jamais, promit gravement Charles.

Il savait pourtant qu'en lui cachant la vérité, il la trompait autant que par un mensonge.

Élizabeth le sentait de plus en plus préoccupé, cependant elle ignorait la cause de ses tracas. Elle pensait souvent à Robert, mais plus jamais aux accusations de Woodworth. Elle se l'était interdit depuis le jour de son mariage.

– Je dois me rendre à Havenhurst demain, annonça-t-elle sans enthousiasme. Les maçons ont entamé la réfection du pont, et les travaux d'irrigation ont commencé. Si j'y passe quarante-huit heures, je n'aurai sans doute pas à y retourner avant deux semaines.

– Tu me manqueras, dit-il simplement, sans le moindre ressentiment.

Fidèle à sa parole, il n'essayait jamais de la détourner de ce qu'elle considérait comme son devoir, et elle lui en était infiniment reconnaissante.

– Toi aussi, tu me manqueras, murmura-t-elle contre ses lèvres.

32

Tout absorbée par la liste de provisions qu'elle était en train de consulter, Élizabeth se dirigeait lentement vers la demeure principale dont les maçons avaient entrepris la rénovation. Un bruit de pas retentit alors derrière elle et, avant qu'elle pût réagir, elle se sentit ceinturée tandis qu'une main la bâillonnait, étouffant son hurlement de frayeur.

– Chut, Élizabeth, c'est moi, ordonna une voix familière. Ne crie pas.

Elle se retourna et se jeta dans les bras de son frère.

– Robert ! s'écria-t-elle, riant et pleurant à la fois. Où étais-tu ? Pourquoi es-tu parti sans m'avertir ? Je me suis tellement inquiétée...

Il l'entraîna à l'abri d'une haie. Une expression hagarde se lisait sur son visage décharné.

– Je n'ai pas le temps de t'expliquer. Retrouve-moi dans le verger au crépuscule. Et pour l'amour du Ciel, ne parle à personne de ma présence.

– Pas même à Bentner ?

– Personne. Maintenant, je dois filer. Je te retrouve sous ton cerisier préféré...

Il disparut comme il était arrivé, et elle le vit se glisser dans le verger en jetant des coups d'œil de tous côtés.

Élizabeth avait l'impression d'avoir rêvé. Robert était-il revenu ? Ce sentiment d'irréalité durait encore tandis qu'elle arpentait le grand salon au coucher du soleil. Pourquoi craignait-il d'être aperçu par leur fidèle majordome ? De toute évidence, il avait des ennuis, sans doute avec les autorités. Dans ce cas, elle demanderait conseil à Charles. Elle aimait son frère, malgré tout, Charles le comprendrait. Peut-être même les deux hommes se conduiraient-ils en beaux-frères, par égard pour elle.

Elle sortit de la maison comme une voleuse.

Assis au pied du vieux cerisier, Robert contemplait le bout de ses bottes d'un air morose. Il se leva d'un bond à son arrivée.

– Tu m'as apporté à manger ?

Il était à demi mort de faim, comme elle l'avait deviné.

– Seulement du pain et du fromage. J'aurais éveillé l'attention en emportant autre chose. Robert, où étais-tu ? Pourquoi m'as-tu quittée sans un mot, et que... ?

– Je ne t'ai pas quittée ! protesta-t-il avec fureur. Ton mari m'a fait enlever la semaine qui a suivi le duel, et il m'a expédié sur un de ses bateaux. J'ai failli y laisser ma peau...

– Non ! cria Élizabeth. Non, jamais il n'aurait...

Robert serra les mâchoires et releva les pans de sa chemise sur son dos.

– J'ai gardé ceci en guise de souvenir.

Élizabeth mit les poings sur sa bouche pour s'empêcher de crier d'horreur. Plusieurs cicatrices quadrillaient le dos de son frère.

– Ô mon Dieu, mon Dieu...

– Ne t'évanouis pas. Sois forte, j'ai besoin de toi pour l'empêcher de mener à bien son sinistre projet.

Élizabeth se laissa tomber dans l'herbe, le front sur les genoux.

– Mon Dieu, répétait-elle comme une litanie en se balançant d'avant en arrière.

Enfin elle s'obligea à se ressaisir, et un froid immense l'envahit. Charles avait été son amour, son amant. Elle avait gémi dans les bras de l'homme qui avait voulu tuer son frère.

Elle se releva, mal assurée, et s'appuya à l'arbre.

– Raconte-moi.

– Te raconter pourquoi il a fait cela ? Ou les mois que j'ai passés au fond d'une mine ? Ou encore les coups de fouet la dernière fois que j'ai tenté de m'échapper pour venir te retrouver ?

– Dis-moi pourquoi.

– Bon Dieu, comment expliquer les motivations d'un fou ? J'ai eu deux ans pour y réfléchir, pour essayer de comprendre. Et quand j'ai appris qu'il t'avait épousée, tout est devenu clair comme de l'eau de roche. Il a tenté de me tuer sur Marblemarle Road, tu le sais ?

– J'ai engagé un détective pour retrouver ta trace, dit-elle sans s'apercevoir que Robert pâlissait. Mais il pensait que c'était *toi* qui l'avais attaqué.

– Mensonges !

– Ce n'était qu'une... supposition, reconnut-elle. Cependant, pourquoi Charles aurait-il souhaité ta mort ?

Robert mordit dans le pain et le fromage avec l'avidité d'un affamé, et le cœur d'Élizabeth chavira.

– D'abord, parce que je l'avais touché lors du duel. Mais ce n'est pas tout. J'avais sapé ses espoirs, dans la serre. Il visait au-dessus de sa condition, et je l'en ai accusé publiquement. Sais-tu que beaucoup de gens ont refusé de le recevoir après cet épisode ? ajouta-t-il avec un rire cruel. Je l'ai appris avant qu'il ne me fasse jeter dans la cale d'un de ses navires.

– Qu'envisages-tu, à présent ?

– Il me fera assassiner s'il apprend que je suis encore en vie, affirma-t-il avec véhémence. Je ne supporterai pas d'être fouetté une autre fois, Élizabeth. Je suis resté une semaine entre la vie et la mort...

Elle étouffa un sanglot, partagée entre la pitié et l'horreur.

– Tu vas l'assigner en justice, alors ? murmura-t-elle. Le dénoncer à la police ?

– J'y ai songé. Mais on ne me prendrait pas au sérieux, maintenant que ton mari est devenu un homme riche et puissant.

Une lueur de haine et de rancune avait traversé son regard en prononçant « ton mari », et elle leva la main, impuissante, comme pour s'excuser. Mais de quoi ? Ses yeux s'emplirent de larmes.

– Je t'en supplie ! s'écria-t-elle, je ne sais que dire ni que faire... Je n'arrive même plus à réfléchir.

Il la prit dans ses bras.

– Ma pauvre petite chérie... J'ai passé des nuits d'angoisse à me tracasser pour toi, à essayer de chasser l'image de ses sales mains sur ton joli corps... Il possède des mines, des trous profonds comme la mort, où les hommes vivent comme des bêtes. C'est de là qu'il tire sa fortune. C'est avec cela qu'il paie toutes ses fantaisies.

Y compris les fourrures et les joyaux, songea Élizabeth, de nouveau au bord de la nausée.

– Si tu ne le traînes pas devant les juges, qu'as-tu l'intention de faire ?

– Moi ? C'est une question qui nous concerne tous les deux, Élizabeth. S'il apprend que tu es au courant, tu ne supporteras pas la punition que ses gens t'infligeront. Tu es trop fragile.... Non, nous devons nous enfuir, sous de faux noms, commencer une nouvelle existence.

– Où ? souffla-t-elle.

– Laisse-moi m'en occuper. De combien d'argent liquide peux-tu disposer en quelques jours ?

– Une bonne somme, je suppose, si je trouve un moyen de vendre mes bijoux.

Robert embrassa sa joue sillonnée de larmes.

– Il te faudra suivre mes instructions à la lettre. Tu le promets ?

Elle hocha la tête.

– Personne ne doit soupçonner quoi que ce soit. Ce monstre serait prêt à tout pour t'empêcher de partir.

C'était vrai. Après leurs nuits torrides, jamais Charles ne voudrait croire qu'elle le quittait parce qu'elle ne tenait plus à vivre avec lui.

– Vends tout ce dont tu peux te séparer sans alarmer quiconque. Va à Londres, c'est une grande ville. Si tu utilises un faux nom et si tu changes un peu d'apparence, il y a peu de risques pour qu'on te reconnaisse. Vendredi, loue une voiture et rends-toi au carrefour Thurston sur Bernam Road. Il y a un relais de poste. Je t'y attendrai. Ton mari va lancer des gens à ta recherche dès qu'il s'apercevra de ta disparition. Si on me trouve, je suis mort. Et toi aussi, si tu es avec moi. Nous voyagerons comme mari et femme, cela vaut mieux.

Élizabeth écoutait, assimilait, mais elle ne pouvait ni bouger ni réfléchir.

– Où irons-nous ? demanda-t-elle d'une petite voix.

– Je ne sais pas encore. J'avais pensé à Bruxelles, mais c'est un peu près. Ou en Amérique. Nous nous dirigerons vers le nord et séjournerons à Helmshead, un minuscule village sur la côte. On n'y reçoit guère de journaux, et personne ne sera au courant de l'affaire, là-bas. Nous y attendrons un bateau pour les colonies...

Maintenant, je dois filer. Tu te rappelles ce que tu dois faire ?

Elle acquiesça.

– Autre chose : je veux que tu te disputes avec lui, devant témoins si possible. Pas une querelle grave, mais il faut qu'il t'imagine simplement en colère, ainsi il hésitera avant de lancer les recherches. Et nous gagnerons du temps. En es-tu capable ?

– Oui, je suppose. Mais j'aimerais lui laisser un mot pour lui dire...

Les larmes étouffèrent sa phrase. Charles était peut-être un monstre, mais le cœur d'Élizabeth ne pouvait renoncer à son amour aussi vite que son esprit.

– Lui dire pourquoi je pars, termina-t-elle d'une voix brisée.

Robert la reprit dans ses bras, mais ce fut d'une voix froide et implacable qu'il décréta :

– Pas de lettre, tu as compris ? Pas de lettre. Plus tard, promit-il, adouci. Quand nous serons loin, tu pourras écrire et tout expliquer à ce sale type. Comprends-tu pourquoi il est essentiel que tu t'en ailles sur une banale dispute ?

– Oui.

– À vendredi, conclut-il en l'embrassant sur la joue.

Ce soir-là, Élizabeth fit porter à Charles un message lui annonçant qu'elle devait rester une nuit de plus à Havenhurst.

Le lendemain, mercredi, elle se rendit à Londres avec tous ses bijoux dissimulés dans une pochette sous sa jupe. Même sa bague de fiançailles. Respectant à la lettre les conseils de son frère, elle se fit déposer par Aaron à Bond Street. De là elle sauta dans un fiacre pour aller chez un joaillier dans un quartier où elle avait peu de chances d'être reconnue.

L'homme fut fort impressionné par ce qu'elle lui montrait.

– Ce sont des pierres exceptionnelles, madame... madame ?

– Madame Roberts, répondit machinalement Élizabeth, à court d'inspiration.

À présent que le processus était enclenché, elle trouvait facile de mentir.

Quand il prononça un chiffre, elle trouva la force de protester :

– Elles valent vingt fois cela !

– Trente même, sans doute, mais je n'ai pas une clientèle aussi riche.

Elle secoua la tête, trop engourdie pour marchander.

– Je ne dispose pas de cette somme ici, poursuivit le bijoutier. Vous devrez passer à ma banque.

Deux heures plus tard, Élizabeth sortait de l'établissement avec une fortune en billets.

Avant son départ pour Londres, elle avait fait prévenir Charles qu'elle avait l'intention de passer la nuit à Promenade Street, sous prétexte d'effectuer quelques achats. Piètre excuse, mais elle était incapable de réfléchir, elle se contentait d'obéir à Robert. Elle avait l'impression que son âme était morte, que seul son corps continuait à exister.

Dans sa chambre, elle fixait la nuit, le regard vide. Elle envisagea d'écrire à Alex pour l'avertir, première pensée personnelle depuis deux jours. Et elle la regretta aussitôt, car cela prouvait que son esprit recommençait à fonctionner. Elle renonça à cette idée, mais le pire demeurait encore devant elle : revoir Charles. Impossible de rester absente plus longtemps sans éveiller ses soupçons...

Le jour se levait lorsqu'elle tomba assoupie dans son fauteuil.

Quand sa calèche la déposa à Havenhurst, elle s'attendait plus ou moins à découvrir l'attelage de Charles devant la maison, mais tout était calme et paisible, comme d'habitude. Le palefrenier entraînait un cheval près de l'écurie, les jardiniers taillaient les rosiers... Bentner vint lui ouvrir la porte.

– Où étiez-vous, Miss Élizabeth ? demanda-t-il, alarmé par sa pâleur. Le marquis a envoyé un message. Il veut que vous rentriez.

– Je ne vois pas pourquoi, Bentner, dit-elle d'une voix lasse. Mon époux semble oublier que nous avons passé un accord, au moment de notre mariage.

Bentner n'appréciait toujours guère le marquis, aussi ne se donna-t-il pas la peine de prendre sa défense. Il suivit sa maîtresse dans le hall en lui jetant de brefs coups d'œil.

– Vous n'avez pas l'air bien, Miss Élizabeth. Désirez-vous une tasse de thé et quelques scones ?

Élizabeth refusa et se rendit dans la bibliothèque où elle rédigea une lettre pour Charles lui annonçant son intention de demeurer encore une soirée à Havenhurst pour terminer les comptes du mois. Puis elle appela un valet de pied et lui demanda de porter le message en prenant son temps. Elle ne voulait pas voir Charles arriver au petit matin. Ou pire encore, au milieu de la nuit.

Après le départ du domestique, les nerfs d'Élizabeth, qui semblaient jusque-là anesthésiés, prirent leur revanche. La pièce tournait autour d'elle et elle se mit à imaginer toute une série d'événements plus catastrophiques les uns que les autres. Dormir... Elle avait besoin de dormir.

Demain il lui faudrait affronter Charles, mais seulement pour quelques heures...

Elle fut réveillée en sursaut par la porte de sa chambre qui s'ouvrait à la volée. Charles pénétra dans la pièce à grandes enjambées et vint se poster près de son lit.

– Tu commences, ou c'est moi ? demanda-t-il sèchement.

– Que... que veux-tu dire ?

– Ou bien tu parles la première et tu m'expliques pourquoi tu me trouves tout à coup repoussant, ou bien je te raconte ce que je ressens quand je ne sais pas où tu es ni pourquoi tu me tiens à l'écart.

– Je t'ai prévenu...

– Les deux fois, tu m'as envoyé un message qui est arrivé à la nuit tombée, m'annonçant que tu dormais ailleurs. *Pourquoi ?*

« *Il fait battre ses hommes à mort* », se rappela-t-elle.

– Cesse de crier ! gémit-elle en tremblant.

Elle se leva, enroulée dans la courtepointe, et il tendit la main vers elle.

– Élizabeth ?

– Ne me touche pas !

Bentner se présenta sur le seuil de la chambre.

– Tout va bien, madame ? s'inquiéta-t-il avec un regard mauvais à Charles.

– Sortez d'ici et fermez cette satanée porte derrière vous ! ordonna Charles, furieux.

– Laissez-la ouverte ! contra Élizabeth.

Le brave homme obéit à sa maîtresse.

Fou de rage, Charles alla la claquer violemment, et Élizabeth frissonna de terreur. Quand il se dirigea de nouveau vers elle, elle voulut reculer mais se prit les pieds dans la couverture.

Charles décela la peur dans ses yeux, et il s'immobilisa.

– Chérie, que se passe-t-il ?

Au son de cette voix tant aimée, elle faillit se jeter à son cou, l'implorer de dire que tout était faux, qu'il ne torturait pas les hommes, qu'il n'avait pas enlevé Robert... Et tant pis s'il la tuait. Dans cet instant de faiblesse, elle aurait préféré la mort à la vie dans le mensonge... et à la vie sans lui.

– Tu es malade ? insista-t-il.

– En effet, acquiesça-t-elle, sautant sur le prétexte qu'il lui offrait. Je ne me sens pas bien.

– Est-ce la raison pour laquelle tu es allée à Londres ? Pour consulter un médecin ?

Elle hocha la tête, et elle le vit sourire, de ce sourire tendre qui la bouleversait.

– Tu attends un bébé, ma chérie ? Cela expliquerait ton étrange comportement...

Dans un brouillard, elle comprit que si elle répondait par l'affirmative, il remuerait ciel et terre pour la retrouver plus tard.

– Non. Le médecin dit que... ce sont les nerfs, voilà tout.

– Tu te surmènes, déclara-t-il, compatissant. Tu dois te reposer.

Élizabeth ne pouvait en supporter davantage.

– Je vais dormir à présent. Seule, ajouta-t-elle.

Il pâlit comme si elle l'avait frappé.

Depuis toujours, Charles se fiait à son intuition, et à ce moment-là, il refusait de croire ce qu'elle lui suggérait. Sa femme ne voulait pas de lui dans son lit. Elle fuyait son contact. Elle s'était absentée deux nuits consécutives. Et – plus inquiétant encore – culpabilité et peur se lisaient sur ses traits.

– Sais-tu ce que pense un homme lorsque sa femme se refuse à lui ? demanda-t-il d'une voix dangereusement calme.

Elle secoua la tête.

– Il se dit que quelqu'un d'autre a peut-être pris sa place.

La colère colora les joues d'Élizabeth.

– Tu rougis, ma chérie.

– Je suis hors de moi ! cria-t-elle, oubliant un moment qu'elle avait affaire à un fou.

Il eut soudain l'air soulagé et penaud.

– Je te demande pardon, Élizabeth.

– Sors d'ici ! Sors d'ici et laisse-moi me reposer. Je ne vois pas de quel droit tu me fais cette scène. Tu étais d'accord pour m'accorder mon indépendance, souviens-toi !

Sa voix se brisa, et Charles quitta enfin la chambre.

Élizabeth se glissa dans son lit, les draps remontés jusqu'au menton. Elle tremblait de fièvre et ne put retenir un cri de terreur quand une ombre s'approcha d'elle quelques minutes plus tard.

Sans un mot, Charles s'assit au bord du lit et posa un verre sur la table de chevet. Il la redressa sur ses oreillers.

– Bois, dit-il simplement.

– Qu'est-ce que c'est ?

– Du cognac. Cela t'aidera à trouver le sommeil.

Il la regarda avaler l'alcool avant d'ajouter, d'un ton léger :

– Bien. Puisque nous avons écarté l'idée d'un autre homme dans ta vie, je suppose que quelque chose s'est mal passé ici ?

– Oui ! répondit vivement Élizabeth, soulagée.

– Laisse-moi deviner... Le meunier t'a volé quelques mesures de farine ?... Non, c'est le boulanger. Il a refusé de te faire un prix pour deux miches de pain.

Devant ces taquineries, Élizabeth sentit des larmes traîtresses lui monter aux yeux. Charles s'en aperçut.

– C'est si grave que ça ? Alors c'est que tu as dépassé la somme que je t'ai allouée, dit-il avec un sourire rassurant. Ne t'inquiète pas, nous réglerons le problème demain, quel qu'il soit.

Il semblait avoir l'intention de rester, et Élizabeth murmura d'une voix étranglée :

– Ce sont... les maçons. Ils exigent plus cher que prévu. J'ai dû prendre sur ma rente personnelle.

– Oh, les maçons ! Il faut les surveiller, évidemment, sinon ils te mettront sur la paille, plaisanta-t-il gentiment. Je leur parlerai dès demain.

– Non ! C'est justement ce qui me contrarie. Je refuse que tu interviennes, je tiens à m'occuper de cela moi-même. D'ailleurs, tout est arrangé, mais c'était épuisant. Alors je suis allée voir le médecin, il a dit que j'avais juste besoin d'un peu de repos. Je rentrerai après-demain. Ne m'attends pas, je sais que tu es surchargé de travail. Je t'en supplie, laisse-moi me débrouiller seule...

Charles se redressa, un peu déconcerté.

– Je donnerais ma vie pour un sourire de toi, Élizabeth. Tu n'as pas besoin de me supplier. Et s'il te faut plus d'argent, il suffit de me le dire. Ta rente personnelle est destinée à tes propres dépenses. Maintenant, finis ton cognac.

Elle obéit, et il déposa un tendre baiser sur son front.

– Encore une chose, précisa-t-il avec un regard plein de sollicitude. Jure-moi que le médecin n'a rien trouvé d'inquiétant.

– Oui. Je t'en donne ma parole.

Elle le regarda sortir de la chambre pour se rendre dans la sienne, puis enfouit son visage dans l'oreiller et pleura à gros sanglots.

La porte s'entrouvrit alors sans bruit, et Berta jeta un coup d'œil avant de la refermer. Elle se tourna vers Bentner qui l'avait appelée à la rescousse quand Charles lui avait claqué la porte au nez.

– Elle pleure à fendre l'âme, mais il n'est plus là.
– On devrait le tuer ! s'indigna le majordome.
– Pour sûr, monsieur Bentner, renchérit la brave Berta en resserrant la ceinture de son peignoir.

33

Comme Élizabeth ne rentrait pas le jeudi soir à Upper Brook Street, Charles sentit tous ses soupçons se ranimer. À onze heures, il dépêcha deux valets à Havenhurst et deux autres à Montmayne.

À dix heures et demie le lendemain matin, il apprit que le personnel de Havenhurst la croyait à Montmayne, et réciproquement.

À treize heures, Charles se rendit à la police. À seize heures, il engagea une équipe de cent détectives pour la retrouver. Mais il ne pouvait guère leur donner d'indices.

Élizabeth avait disparu sans rien d'autre que les vêtements qu'elle portait et on ignorait encore desquels il s'agissait.

Charles soupçonnait autre chose, mais il n'en parlerait qu'en dernier recours, et c'était la raison pour laquelle il souhaitait tenir sa disparition secrète. Son épouse lui avait semblé terrifiée, la nuit où il l'avait vue. Un chantage paraissait désormais à Charles la seule explication possible à cette frayeur. Mais les maîtres chanteurs ne kidnappaient pas leurs victimes, et de plus, pourquoi l'aurait-on fait chanter ? En outre, il aurait fallu être fou pour enlever une marquise et se mettre toute la police d'Angleterre sur les talons.

Quant à la dernière possibilité, il ne voulait même pas l'envisager. Pourtant, les heures succédant aux heures, les jours aux nuits, l'horrible idée qu'elle se fût enfuie avec un amant le tourmenta davantage. Il rôdait dans la maison comme une âme en peine, dans la chambre d'Élizabeth, comme pour être plus proche d'elle. Puis il but. Afin de noyer sa douleur.

Le sixième jour, les journalistes eurent vent de la nouvelle, qui s'étala en première page de tous les quotidiens, agrémentée de spéculations de toute sorte. Enlèvement, chantage, « raisons personnelles »...

Toute la puissance des familles Thornton et Townsende ne put empêcher la presse de mener sa propre enquête. On interrogea les domestiques, on publia leurs réponses. La vie privée de Charles et d'Élizabeth fut livrée en pâture à un public avide de potins croustillants.

En fait, ce fut par un article du *Times* que Charles apprit qu'on le suspectait. Selon l'échotier, le majordome de Havenhurst avait surpris une querelle entre Lord et Lady Thornton la nuit qui avait précédé sa disparition. La cause de cette dispute était une attaque de Lord Thornton contre la moralité de son épouse.

Quant à la femme de chambre de Lady Thornton, d'après le journal, elle racontait en sanglotant que sa maîtresse « pleurait à fendre l'âme ». Comme il faisait sombre dans la chambre, elle n'avait pu se rendre compte si son mari l'avait battue, « mais ce n'était pas impossible ».

Un seul des domestiques de Havenhurst ne témoigna pas contre Charles, mais ce fut encore pire. Quatre jours avant la disparition de Lady Thornton, un jardinier récemment engagé, du nom de William Stockey, avait vu sa maîtresse pénétrer dans le verger au crépuscule. Il l'y avait suivie pour lui poser une question d'horticulture, mais ne s'était finalement pas approché d'elle, parce qu'elle se trouvait dans les bras « d'un homme qui n'était pas son époux ».

Le journaliste en concluait promptement que l'infidélité pouvait pousser un mari à faire disparaître sa femme... pour toujours.

Les autorités hésitaient cependant à accuser Charles de meurtre simplement parce qu'on avait aperçu sa femme avec un autre.

À la fin de la deuxième semaine survint un autre témoignage accablant contre Charles. Un certain M. Woodworth, qui n'était pas en Angleterre au moment de la disparition, entra dans une rage folle en apprenant la nouvelle. Ses révélations furent tellement choquantes qu'on les tint secrètes.

Le lendemain, le *Times* annonça que le marquis de Kensington avait été convoqué à la police pour interrogatoire.

Bien que Charles ne fût pas inculpé officiellement ni emprisonné, on le pria de demeurer à Londres tant que le tribunal n'aurait pas décidé à huis clos si des charges étaient retenues contre lui. D'autre part, Woodworth le rendait aussi responsable de la disparition du frère de Lady Élizabeth.

– Ils ne le feront pas, Charles ! déclara Jordan Townsende qui s'était porté garant de son ami, en arpentant le salon d'Upper Brook Street. Ils ne le feront pas !

– Je crois que si, répliqua Charles, indifférent.

L'enquête ne l'intéressait plus. Élizabeth avait disparu, il n'avait pas reçu de demande de rançon... La thèse de l'enlèvement s'effondrait. Donc elle l'avait quitté de sa propre volonté pour quelqu'un d'autre.

Les autorités hésitaient toujours sur la présence d'un homme dans le verger, car on s'était aperçu que le jardinier avait la vue fort basse. De son propre aveu, il aurait pu s'agir « de branches d'arbre agitées par le vent tout près d'elle ». Mais Charles n'en doutait plus. L'existence d'un amant était la seule explication possible à l'attitude d'Élizabeth. Il y avait songé la dernière fois qu'il l'avait vue. Elle lui avait fermé sa porte. Or si elle avait redouté autre chose, elle aurait cherché la protection de ses bras.

Sur le moment, il n'y avait pas vraiment cru, mais à présent il en était persuadé, et il souffrait comme un damné.

– Je te dis qu'il n'y aura pas de procès, insistait Jordan. Qu'en pensez-vous ? demanda-t-il en regardant tour à tour le duc de Stanhope et Duncan.

Les deux hommes secouèrent la tête d'un air qu'ils voulaient convaincant.

Selon la loi anglaise, Charles devait être jugé devant ses pairs, à la Chambre des lords.

– Tu n'es pas le premier d'entre nous à qui sa femme joue un petit tour pour s'assurer de son pouvoir sur lui, poursuivait Jordan.

Il souhaitait se convaincre qu'Élizabeth boudait, cachée quelque part, ignorant que l'on accusait son époux de sa disparition.

– Les lords ne condamneront pas un mari dont la femme a fugué. Bon Dieu, ils perdent souvent le contrôle de leurs propres épouses. Pourquoi pas toi ?

Alex le regarda, les yeux tristes. Comme Charles, elle savait qu'il ne s'agissait pas d'un caprice de son amie. En revanche, elle ne croyait pas à la thèse de l'amant.

Le maître d'hôtel de Charles arriva, porteur d'un message scellé qu'il remit à Jordan.

– Qui sait ? tenta de plaisanter le jeune homme. C'est peut-être un mot d'Élizabeth qui me demande d'intercéder auprès de toi en sa faveur ?

Son sourire s'effaça bien vite.

– Qu'y a-t-il ? cria Alex.

Jordan froissa la note avant de se tourner vers son ami.

– Ils réunissent la Chambre des lords.

Charles se leva pour sortir de la pièce.

– Il est agréable de savoir que j'y compte un parent et un ami, lança-t-il d'un ton neutre.

Après son départ, Jordan continua à marcher de long en large.

– Foutaises ! Inventions que tout cela ! Le duel... et tout le reste. La disparition du frère d'Élizabeth n'est pas difficile à expliquer !

– Une disparition, oui, intervint le duc de Stanhope. Mais deux... c'est une autre histoire. Je crains qu'ils ne le détruisent complètement s'il refuse de se défendre.

– Nous faisons tout ce qui est en notre pouvoir, assura Jordan. Nos détectives ratissent le pays à la recherche d'Élizabeth. La police semble avoir abandonné l'idée qu'elle s'est enfuie de son propre gré.

– Vous pouvez être sûrs qu'elle possède une *excellente* raison, déclara Alex avec confiance. Il ne peut s'agir d'un caprice d'épouse comme vous paraissez tous le penser.

Les Townsende prirent congé, et le duc s'adressa à Duncan :

– Quelle « *excellente* » raison aurait-elle donc ?

– Peu importe, répondit le prêtre. Si elle ne parvient pas à convaincre Charles qu'elle a été enlevée, c'en est fini à jamais entre eux.

– Mais Charles l'aime... Il l'écoutera.

– Je le connais mieux que vous, Edward. Jamais il ne lui laissera une autre chance de le blesser. Si elle l'a trahi, c'est comme si elle était morte pour lui. Or c'est ce qu'il croit. Observez-le : pas un muscle de son visage ne bouge quand on prononce son nom. Il est en train de tuer l'amour qu'il ressentait pour elle.

– On ne peut supprimer quelqu'un dans son cœur, protesta le duc. J'en sais quelque chose !

– Charles le peut, insista Duncan. Jamais elle ne reprendra sa place auprès de lui. Laissez-moi vous raconter ce que j'ai dit à Élizabeth en Écosse au sujet de la mort de ses parents et son attitude envers son labrador...

Quand le pasteur eut terminé son histoire, les deux hommes regardèrent la pendule. Onze heures... Ce qu'ils redoutaient ne se fit guère attendre. Un quart d'heure plus tard, des policiers frappèrent à la porte. Le marquis de Kensington était accusé des meurtres de son épouse et du demi-frère de celle-ci, M. Robert Cameron.

Il était en état d'arrestation et le procès aurait lieu à la Chambre des lords quatre semaines plus tard.

En attendant, compte tenu de son rang, il ne serait pas incarcéré mais on allait placer des gardes autour de sa maison, et il serait sous constante surveillance à chacune de ses sorties. Sa caution était fixée à cent mille livres.

34

Helmshead était un paisible village qui surplombait une baie et dont le port accueillait quelques bateaux de pêche. Certains marins de passage venaient à terre pour une nuit de beuverie, mais repartaient au matin déçus en se promettant de ne plus jamais y remettre les pieds.

Il n'y avait pas de maison close à Helmshead, pas de taverne ni de filles à matelots.

C'était une petite communauté, avec des hommes aux mains aussi noueuses que les filets qu'ils tiraient chaque jour hors de l'eau, des femmes qui battaient leur linge au lavoir en bavardant, des petits enfants qui jouaient à chat tandis que les chiens les suivaient en aboyant joyeusement. Aucune élégante couverte de bijoux, ni jouvenceau raffiné.

Assise dans l'herbe, appuyée à un arbre, Élizabeth ravala un sanglot. Elle regardait la baie scintillante, au-delà de la falaise rocheuse à laquelle s'accrochaient des arbres torturés, superbes dans leur parure d'automne.

Elle ferma les yeux. Cette beauté lui rappelait Charles. Cette rudesse lui rappelait Charles. Cette splendeur lui rappelait Charles, comme les arbres torturés...

Elle soupira et ouvrit les yeux. L'écorce de l'arbre lui blessait le dos, mais au moins elle sentait qu'elle vivait. Sinon, elle demeurait vide. Vide et malheureuse.

La voix de Charles quand ils faisaient l'amour lui revenait sans cesse.

Le son de sa voix... et l'image du dos de Robert.

Jordan pénétra d'un pas vif dans le bureau de son ami.

– J'ai des nouvelles, Charles.

Il dut attendre que Charles finît de dicter une lettre à son secrétaire et le congédiât pour obtenir son attention.

– Bon Dieu, arrête ! éclata-t-il.

– Arrêter quoi ? demanda Charles calmement.

Jordan lui lança un regard de rage impuissante. Il ne savait pas très bien pourquoi il était à ce point irrité. Charles, en manches de chemise, rasé de près, avait l'air d'un homme acceptant son sort, malgré une spectaculaire perte de poids.

– J'aimerais que tu cesses de te comporter comme... comme si tout était normal.

– Que voudrais-tu que je fasse ?

Charles versa du whisky dans deux verres et en tendit un à Jordan.

– Si tu t'attends à me voir gémir et supplier, tu perds ton temps, reprit-il.

– Non. En réalité, je préfère que tu gardes ton sang-froid. J'ai des nouvelles, et même si elles te paraissent déplaisantes sur un plan personnel, c'est ce qui peut arriver de mieux pour ton procès la semaine prochaine. Nos enquêteurs ont enfin trouvé la trace d'Élizabeth.

– Où est-elle ? demanda Charles d'un ton froid et détaché.

– Nous l'ignorons encore, mais elle a été vue en compagnie d'un homme sur Bernam Road deux jours après sa disparition. Ils s'étaient arrêtés dans une auberge non loin de Lister. Ils... ils voyageaient comme mari et femme, Charles, conclut-il rapidement.

À part une imperceptible crispation de la main sur son verre, Charles ne manifesta aucune émotion.

– Il y a autre chose, continuait Jordan. Et c'est encore mieux pour nous.

– Je ne vois pas ce qui pourrait être mieux, rétorqua enfin Charles, glacial. Elle a prouvé que je ne l'avais pas tuée, et en même temps, elle me donne toutes les raisons de divorcer.

Jordan ne se laissa pas démonter et poursuivit :

– On pourrait prétendre que son compagnon n'était qu'un kidnappeur à ta solde. L'autre nouvelle nous permettra d'affirmer qu'elle avait préparé sa fuite à l'avance. Elle a vendu ses bijoux à un joaillier de Fletcher Street quelques jours avant sa disparition. Il affirme qu'il n'en a pas parlé plus tôt parce que Lady Kensington – qu'il connaissait sous le nom de Roberts – semblait terrorisée. Il n'avait pas le cœur de la dénoncer, pensant qu'elle possédait de bonnes raisons de fuir.

– Il avait surtout peur de perdre le bénéfice sur les pierres, au cas où elles ne lui auraient pas appartenu, rétorqua Charles, cynique. Comme les journaux n'ont pas évoqué un vol de bijoux, il s'est enfin décidé.

– Sans doute. Mais au moins, on ne pourra plus t'accuser d'avoir fait disparaître ta femme.

Charles prit sa plume et saisit un contrat, tandis que Jordan terminait :

– Les enquêteurs n'ont pas découvert que les bijoux manquaient parce que le personnel de Havenhurst les croyait à Montmayne, et vice versa.

– C'est probable. Néanmoins, il y a toutes les chances pour que cela n'apporte rien au procès. Ils estimeront que j'ai payé des gens pour vendre les bijoux et voyager avec elle, et tout le monde le croira. Maintenant, veux-tu avancer dans notre association de fret maritime, ou préfères-tu y renoncer ?

– Y renoncer ? répéta Jordan qui ne parvenait pas à s'habituer à cette froideur.

– Ma réputation est plutôt mal en point. Si tes amis décident de se retirer de l'affaire, je le comprendrai.

– C'est déjà fait, avoua Jordan. Je reste néanmoins avec toi.

– Bonne nouvelle ! lança Charles en commençant à parapher les feuillets. Nous aurons chacun davantage de profits.

– Charles... soupira Jordan. J'ai bien envie de t'envoyer un coup de poing, pour voir si tu réagiras enfin. J'en ai franchement assez de ton attitude lointaine face à ce qui se passe.

Charles leva les yeux, et son ami remarqua un muscle se crisper sur sa mâchoire. Il en fut à la fois soulagé et embarrassé.

– Je regrette cette remarque, dit-il. Et si cela peut te consoler, je sais ce que l'on ressent quand on croit qu'une femme vous a trahi.

– Je n'ai aucun besoin de consolation. J'ai seulement besoin de temps.

– Pour surmonter cette pénible affaire, acquiesça Jordan.

– Du temps, rectifia Charles, pour en terminer avec ces contrats.

Élizabeth se tenait près de l'arbre sous lequel elle venait se réfugier chaque jour. On attendait un navire en partance pour la Jamaïque, selon Robert. Il avait hâte de quitter l'Angleterre, et c'était bien naturel.

Il leur avait loué une chambre chez l'habitant, et il avait repris du poids, grâce à l'excellente cuisine de leur hôtesse. Comme tout le monde à Helmshead, les Hogan étaient de braves gens, honnêtes et travailleurs, qui menaient une vie calme avec leurs adorables jumeaux de quatre ans.

Contrairement à Robert, Élizabeth découvrait une sorte de paix dans ce village. Elle était assez proche de Charles pour presque sentir sa présence, et assez loin de lui pour savoir qu'il ne pouvait la tourmenter.

– La falaise est haute, m'dame, dit Hogan en la prenant par le bras. Reculez-vous.

– Je ne m'étais pas aperçue que j'étais si près du bord, répondit Élizabeth, sincèrement étonnée de constater que le bout de ses souliers frôlait le vide.

– Venez vous reposer à la maison. Votre mari dit que vous avez eu bien des ennuis, et qu'il vous faut du calme.

– Que vous a-t-il révélé ? demanda-t-elle, surprise que Robert se fût confié aux Hogan.

– Que vous ne devez rien voir ou entendre qui puisse vous bouleverser.

Ils franchissaient le seuil du petit cottage.

– Ce que j'aimerais voir, c'est un journal ! s'exclama-t-elle.

– Surtout pas de journaux, rétorqua Hogan.

– De toute façon, je n'ai guère de chance d'en lire un, dit-elle en souriant à l'un des jumeaux qui venait s'accrocher à sa jupe. J'ignorais totalement qu'il existait en Angleterre un endroit où les journaux n'arrivent pas !

– Pas la peine de lire ces âneries. Ça parle que de meurtres, de politique et de frivolités.

Pourtant, peut-être évoquait-on sa disparition. Sans doute les Hogan ne savaient-ils pas lire, mais il était quand même curieux qu'ils ne parviennent pas à trouver une seule gazette dans tout le village !

– J'ai vraiment besoin d'un journal ! insista-t-elle avec force. Puis-je vous aider, madame Hogan ? ajouta-t-elle pour se faire pardonner cet éclat.

La brave femme était au septième mois de sa grossesse, et elle ne cessait de s'affairer. Pourtant elle demeurait toujours joyeuse.

– Sûrement pas. Asseyez-vous, je vais vous servir une bonne tasse de thé.

– J'ai davantage besoin d'un journal que d'une tasse de thé, souffla Élizabeth.

– Timmy ! s'écria Mme Hogan. Laisse ça tranquille. Tu entends, Timmy ?

Ignorant cet ordre, le gamin tira la jupe d'Élizabeth tandis que son père lui arrachait quelque chose des mains.

– Pour la dame ! cria l'enfant en sautant sur les genoux d'Élizabeth. C'est pour la dame !

– Un journal ! s'exclama-t-elle en jetant un regard de reproche aux braves gens qui baissèrent la tête. Monsieur Hogan, je vous en prie...

– Ça va vous contrarier, vot' mari a dit.

– Ce qui me contrarie c'est de ne *pas* le lire, protesta Élizabeth aussi calmement que possible.

– Il date d'au moins trois semaines !

Curieusement, cette stupide querelle tira Élizabeth de sa torpeur. Elle était en train de se mettre en colère.

– J'avais seulement envie de voir comment était la mode, cette saison, affirma-t-elle à Mme Hogan.

– Beaucoup de bleu, répliqua la brave femme en faisant signe à son mari de ne pas céder. Voilà, vous savez. C'est joli, le bleu...

– Monsieur et madame Hogan ! tonna Élizabeth. Je vais vraiment être contrariée si vous ne me le donnez pas. J'irai dans toutes les maisons du village pour en dénicher un.

Elle avait pris le ton d'une mère sur le point de gronder des enfants désobéissants.

– Vous perdriez votre temps, rétorqua Mme Hogan. Il y a un seul journal qui circule par ici. C'est mon tour de l'avoir.

– Prêtez-le-moi, insista Élizabeth, la main tendue.

– Moi, j'aime la mode et tout ça autant que vous, et je comprends pas ce qu'il y a de mal... mais votre mari...

– Mon mari n'a pas à décider à ma place !

– On dirait que c'est elle qui commande, quand l'envie lui en prend, intervint M. Hogan avec un bon sourire. Comme toi, Rose.

– Donne-lui le journal, John, céda enfin Mme Hogan.

La jeune femme s'en saisit et, tandis qu'elle montait à sa chambre pour le lire tranquillement, se demanda si Robert ne leur avait pas raconté qu'elle s'était échappée d'un asile !

Assise sur l'étroite couchette, elle ouvrit le journal.

Le marquis de Kensington accusé des meurtres de sa femme et de son beau-frère. La Chambre des lords s'est réunie pour entendre les témoignages. Condamnation attendue pour les deux crimes.

Avec un hurlement d'horreur, elle se leva d'un bond.

– Non ! ce n'est pas possible. Non !

Elle parcourut l'article truffé de détails macabres, de mensonges grotesques. Elle dut le relire trois fois avant d'en comprendre tout le sens. Il lui fallut ensuite cinq bonnes minutes pour se ressaisir, réfléchir, décider d'une attitude à adopter. Charles n'avait commis aucun meurtre ! Le procès avait commencé le dix-huit – trois jours auparavant – et Charles avait de fortes chances d'être pendu. Or le moyen le plus rapide de rallier Londres était le bateau, pour la première partie du voyage.

Elle se précipita dans la petite salle commune.

– Monsieur et madame Hogan, il y a dans le journal une nouvelle qui me concerne, déclara-t-elle calmement, n'oubliant pas qu'ils la croyaient un peu déséquilibrée. Je dois me rendre à Londres le plus vite possible.

– Calmez-vous, madame. Vous voyez, vous n'auriez pas dû lire le journal. Ça vous a bouleversée, comme votre mari l'avait prévu.

– Mon mari est accusé de crimes qu'il n'a pas commis ! s'écria Élizabeth, désespérée.

– Votre mari est au port, en train de chercher un bateau qui vous emmènera au bout du monde.

– Non, c'est mon *frère* !

– Quoi ? C'était votre mari il y a pas dix minutes...

– Il a toujours été mon frère ! insista Élizabeth. Mon mari... mon *véritable* mari est accusé de m'avoir tuée !

– Mais madame, vous n'êtes pas morte, répliqua doucement M. Hogan.

– Ô mon Dieu ! s'exclama Élizabeth en cherchant un moyen de convaincre le brave homme de l'emmener au port. Madame Hogan ?

Elle vint s'accroupir à ses pieds et lui prit la main pour plaider sa cause.

– Je ne suis pas folle, mais j'ai des ennuis. Avez-vous remarqué que je ne semblais pas heureuse, depuis mon arrivée ?

– Oui, ma chère.

– Avez-vous entendu parler de Lady Thornton ?

– Pour sûr, bien que je lise lentement et que je ne comprenne rien à tout leur jargon.

– Je suis Lady Thornton ! Non, ne regardez pas votre mari, regardez-moi. Regardez-moi bien. Je suis inquiète, effrayée, mais est-ce que je vous parais démente ?

– Je... je ne sais pas.

– Ai-je une seule fois dit ou fait quelque chose qui puisse le suggérer ?

– Je... je ne vous crois pas folle, décida enfin Mme Hogan avec cette merveilleuse solidarité qui naît parfois de l'intuition.

– Merci, soupira Élizabeth, sincèrement reconnaissante. Maintenant, il me reste à vous prouver qui je suis, qui nous sommes, Robert et moi. Dans le journal... dans le journal, on raconte que le marquis de Kensington est accusé du meurtre de sa femme, Élizabeth, et de son beau-frère, Robert. Vous vous rappelez ?

– Ce sont des noms courants, objecta Mme Hogan.

Élizabeth cherchait désespérément une autre preuve.

– Ça y est ! Venez avec moi !

Elle arracha la pauvre femme à son siège et l'entraîna ainsi que son mari dans la petite chambre qu'elle partageait avec Robert. De sous son matelas, elle sortit un sac et l'ouvrit devant Mme Hogan.

– Je possède beaucoup plus d'argent que les gens normaux, n'est-ce pas ?

– J'en sais rien.

Découragée, Élizabeth se rendait compte qu'elle perdait la confiance de son hôtesse. Elle se saisit du journal, prise d'une inspiration subite.

– Lisez ! Ils donnent la description des vêtements qu'on imagine que je portais quand je me suis enfuie.

– Pas la peine. C'était un costume de voyage vert gansé de noir. Ou alors, ils disent une jupe marron avec une jaquette crème...

– Ou encore, continua triomphalement Élizabeth, un ensemble gris, c'est bien cela ?

Mme Hogan acquiesça, et Élizabeth sortit ses vêtements de sa valise pour les étaler sur le lit. La brave femme semblait enfin convaincue. Restait M. Hogan.

– Je dois me rendre immédiatement à Londres, et ce sera plus rapide en bateau.

– Il y en a un la semaine prochaine qui...

– Impossible d'attendre, monsieur Hogan ! Le procès est commencé depuis trois jours. Ils ont sans doute déjà condamné mon mari. Ils vont le pendre !

– Mais vous n'êtes pas morte ! s'écria-t-il, exaspéré.

– C'est pourquoi je dois aller leur dire. Je vous donnerai tout ce que vous voudrez si vous m'emmenez jusqu'à Tilbury. Là, les routes sont meilleures, et je louerai une voiture de poste.

– Je sais pas, m'dame. J'aimerais vous aider, mais la pêche est bonne, en ce moment, et...

Il se tourna vers sa femme qui hocha la tête.

– Emmène-la, John.

Élizabeth la serra dans ses bras.

– Merci... merci à vous deux. Monsieur Hogan, combien gagnez-vous en une semaine de bonnes prises ?

Après sa réponse, Élizabeth sortit quelques billets de son réticule.

– Voici cinq fois la somme.

C'était bien la première fois de sa vie qu'Élizabeth dépensait plus qu'il n'était nécessaire !

– Pouvons-nous partir ce soir ?

– Je... je suppose.

– Que se passe-t-il, ici ? tonna soudain une voix.

C'était Robert qui venait d'entrer. Il aperçut le journal et fronça les sourcils, furieux.

– Robert, nous avons à parler, répliqua Élizabeth. Seuls.

– John, si nous allions faire un tour ? proposa Mme Hogan.

Élizabeth comprit enfin que son frère lui interdisait les journaux parce qu'il savait ce qu'elle y lirait. Cette idée lui fut intolérable.

– *Pourquoi ?* explosa-t-elle.

– Pourquoi quoi ?

– Pourquoi ne m'as-tu pas dit ce qui arrivait ?

– Je ne voulais pas te faire de peine.

– Comment ? cria-t-elle avant de décider qu'il n'était plus temps de discuter des détails. Il faut rentrer.

– Rentrer ? Pas question. J'espère qu'il se balancera bientôt au bout d'une corde.

– Pas à cause de moi, en tout cas, déclara-t-elle en rangeant ses vêtements dans sa valise.

– Je crains que si, Élizabeth.

Son intonation dangereusement douce et sa parfaite indifférence glacèrent Élizabeth.

– Si j'avais laissé une note, cela n'aurait pas été nécessaire. Charles l'aurait montrée à...

Elle se souvint soudain de l'article : on y disait aussi que Robert avait par deux fois essayé de tuer Charles. S'il avait menti sur ce point, il avait menti sur le reste...

– Ce ne sont que des inventions, n'est-ce pas ?

– Il a ruiné ma vie, siffla Robert avec un regard mauvais à sa sœur, comme si *elle* l'avait trahi. Et il est vrai qu'il m'a jeté dans l'un de ses bateaux, mais je me suis échappé à San Delora.

– Et ton dos ?

– Je n'avais pas d'argent, bon Dieu ! Juste ce que je portais sur moi. Je me suis vendu comme serviteur pour payer mon passage vers l'Amérique. Et c'est ainsi que mon maître traitait les employés qui vo... qui ne travaillaient pas assez vite à son goût.

– Qui volaient ! rectifia Élizabeth, hors d'elle. Et les mines ?

– J'ai travaillé au fond d'une mine pendant plusieurs mois.

Élizabeth saisit son sac et recula quand il la prit violemment par les épaules.

– J'ai vu des choses épouvantables, j'ai fait des choses épouvantables... Tout cela parce que j'avais voulu défendre ton honneur quand tu jouais les garces avec ce salaud.

Envahie par la peur, Élizabeth tenta en vain de se dégager.

– Quand je suis enfin revenu, j'ai découvert dans le journal que ma petite sœur se pavanait à des réceptions pendant que je pourrissais dans la jungle.

– Ta petite sœur vendait tout ce qu'elle possédait pour payer tes dettes ! protesta Élizabeth en tremblant de rage. Robert, je t'en prie, tu es mon frère, et une part de ce que tu dis est vraie. Je suis la cause de tes malheurs. Moi. Pas Charles. S'il était vraiment cruel, il aurait fait bien pire. Il aurait pu te livrer aux autorités, et tu aurais terminé ta vie au fond d'un cachot.

Elle perdit soudain sa lutte contre les larmes, et caressa la joue de son frère.

– Robert, je t'aime. Et je crois que tu m'aimes aussi. Si tu as l'intention de m'empêcher de partir pour Londres, il faudra me tuer.

Il la repoussa violemment, et elle tomba assise sur le lit, sans lâcher son sac. Elle le regarda arpenter la pièce comme un ours en cage. Sortant l'argent de son sac sur le lit, elle y préleva seulement de quoi louer une voiture.

– Bobby, murmura-t-elle presque tendrement. Viens ici.

Il se tourna brusquement et s'approcha d'elle.

– Il y en a pour une petite fortune, continua-t-elle de la même voix douce, un peu triste. Je te la donne. Bobby ? C'est fini. Il n'y aura plus de vengeance. Prends l'argent et monte sur le premier bateau.

Il ouvrit la bouche, mais elle secoua vivement la tête.

– Ne me dis pas pour où. On me posera des questions, et si j'ignore les réponses, tu seras en sécurité. Dans six mois, je verserai une somme équivalente dans une banque de ton choix. Il te suffira de passer une petite annonce dans le *Times* pour Élizabeth... Duncan, improvisa-t-elle.

Il demeurait immobile, pétrifié. Elle serra plus fort son sac contre elle.

– Bobby, tu dois te décider maintenant. Il n'y a plus de temps à perdre.

Après une longue minute, il finit par soupirer :

– Tu as toujours eu le cœur tendre...

Sans rien ajouter, il se hâta de faire son bagage puis ramassa l'argent sur le lit.

La jeune femme ravala ses larmes.

– N'oublie pas, souffla-t-elle. Élizabeth Duncan.

Il s'arrêta sur le seuil. Le frère et la sœur se dévisagèrent, sachant qu'ils se voyaient pour la dernière fois. Puis il esquissa un petit sourire douloureux.

– Adieu... Beth.

Quand elle l'entendit passer sous ses fenêtres en direction de la grand-route, Élizabeth s'effondra sur le lit et laissa tomber le sac dans lequel elle avait plongé la main. Elle versa de brûlantes larmes, de peine et de soulagement... mais pas sur elle. Sur son frère.

Dans le réticule se trouvait son pistolet.

Et, depuis qu'elle avait compris qu'il risquait de l'empêcher de partir, il était pointé sur Robert.

35

Élizabeth réussit l'exploit de rentrer de Helmshead à Londres en deux jours et demi, grâce à un cocher qui accepta pour une somme extravagante de conduire de nuit. Ils s'arrêtèrent seulement pour changer de chevaux, se laver et avaler un morceau. À chaque relais de poste, on ne parlait que de l'affaire du marquis de Kensington.

Six jours après le début du procès, à dix heures du matin, la calèche poussiéreuse stoppa enfin devant le domicile de la duchesse de Hawthorne. Sans attendre, Élizabeth sauta à terre et monta en courant les marches du porche.

– Au nom du Ciel, que se passe-t-il ?... s'écria la douairière qui se trouvait dans le hall, en entendant les furieux coups de heurtoir.

Le maître d'hôtel ouvrit la porte et Élizabeth hors d'haleine passa devant lui sans le voir.

– Votre Grâce ! Je...

– *Vous !* s'exclama la vieille dame, croyant une seconde à une apparition. Vous mériteriez d'être fouettée !

– Charles y veillera certainement. Maintenant j'ai besoin de pénétrer à Westminster, ajouta Élizabeth en luttant contre la panique. Or sans votre aide, je n'y arriverai jamais.

– Le procès en est à son sixième jour, et je préfère vous prévenir que cela ne se présente pas bien du tout.

– Vous me raconterez ça plus tard ! objecta la jeune femme d'un ton péremptoire que n'aurait pas désavoué la duchesse. Essayez seulement de trouver quelqu'un pour m'y introduire, bien que je sois une femme. Pour le reste, je verrai sur place.

La vieille dame réalisa enfin qu'Élizabeth représentait la dernière planche de salut de Charles, et elle prit les choses en main.

– Faulkner ! aboya-t-elle en direction de l'escalier.

– Votre Grâce ? répondit une femme de chambre apparue sur le palier comme par miracle.

– Préparez tout ce qu'il faut pour redonner à cette jeune personne figure humaine. Ramsey ! cria-t-elle avant d'entraîner le maître d'hôtel dans son boudoir où elle s'assit pour rédiger un message. Portez ceci directement à Westminster. Dites-leur que c'est de ma part et qu'on le remette immédiatement à Lord Kyleton, à la Chambre des lords. Nous l'attendrons dans ma calèche devant Westminster d'ici une heure. Il viendra nous chercher pour nous faire entrer à la Chambre.

– Certainement, Votre Grâce.

– Au cas où Kyleton ne siégerait pas au procès aujourd'hui, envoyez un valet de pied chez lui, un autre à sa résidence de campagne et un autre enfin chez cette petite actrice qu'il entretient à Blorind Street. Quant à vous, suivez-moi, ajouta-t-elle à Élizabeth qui piaffait d'impatience. Vous nous devez quelques explications, madame. Et vous me raconterez tout pendant que Faulkner s'occupera de vous rendre présentable.

– Je me moque complètement de mon apparence, dans un moment comme celui-ci !

La douairière haussa les sourcils.

– Vous êtes venue plaider en faveur de l'innocence de votre époux ?

– Mais évidemment...

– Alors ne l'humiliez pas davantage. Vous avez l'air de sortir d'une maison de fous. Vous aurez de la chance si on ne vous pend pas pour avoir causé tout ce trouble !

Elle monta majestueusement l'escalier, Élizabeth sur ses talons.

– Maintenant, si votre demeuré de frère nous faisait l'honneur de se montrer également, cela éviterait peut-être à votre mari de passer la nuit au cachot, ce qui est exactement le sort qui l'attend si l'accusation obtient gain de cause.

– Pour l'amour du Ciel ! cria Élizabeth en se demandant désespérément auprès de qui trouver une aide plus rapide.

Une heure était une éternité !

– Je ne suis pas simplement venue pour montrer que je suis vivante, mais pour prouver que Robert l'est aussi, que Charles ne lui a pas fait de mal, que...

La duchesse fit volte-face et descendit quelques marches vers Élizabeth, le regard inquisiteur.

– Faulkner ! appela-t-elle enfin. Apportez ce dont vous avez besoin. Vous vous occuperez de Lady Thornton en voiture !

Un quart d'heure après que le cocher se fut arrêté devant Westminster, Lord Kyleton se précipita dans sa direction, suivi de Ramsey.

– Par Dieu, que... ?

– Je vous expliquerai à l'intérieur. Mais d'abord dites-moi comment cela se passe.

– Mal. Très mal pour Kensington. Le procureur général est particulièrement en verve. Pour l'instant, il essaie de convaincre l'assistance que, bien que l'on raconte que Lady Thornton est vivante, on n'en a pas la *preuve* formelle.

Il aida Élizabeth, qu'il n'avait jamais rencontrée, à mettre pied à terre en continuant :

– Il prétend que Lord Kensington a pu louer les services d'un jeune couple qui se serait fait passer pour Lady Élizabeth et son amant au relais de poste. Ce qui peut paraître plausible, puisque leur trace a été très longue à retrouver. Le joaillier lui même a tardé à se manifester. Enfin, ajouta-t-il tandis qu'ils franchissaient d'un pas rapide le porche voûté, l'accusation suggère que Lady Thornton, si elle n'est pas déjà morte, doit craindre pour sa vie, sinon elle se serait montrée. Selon eux, elle sait par expérience quel monstre sanguinaire elle a épousé. Et s'il est bien ce monstre sanguinaire, il est parfaitement capable d'avoir tué son beau-frère. Sur cette dernière disparition, ils estiment avoir réuni suffisamment de preuves pour l'envoyer à la potence.

– En ce qui concerne la première partie, le problème est réglé. Avez-vous interrompu l'audience ?

– Interrompre l'audience ? Il faudrait être Dieu, ma chère duchesse !

– Ils devront se contenter de Lady Thornton, déclara la douairière.

Lord Kyleton comprit enfin, et il lança à Élizabeth un regard d'abord surpris, puis soulagé et enfin méprisant. Comme ils parvenaient devant une lourde porte flanquée de gardes, il s'adressa à la duchesse :

– Restez là. Je vais faire passer une note à l'avocat de Kensington pour qu'il nous rejoigne ici. Ne parlez à personne, ne révélez pas l'identité de cette femme avant l'arrivée de Peterson Delham. Il souhaitera lancer cette bombe au moment opportun.

Élizabeth était pétrifiée, douloureusement blessée par ce qu'elle avait lu dans le regard de cet homme. Pour tout le monde, elle était soit morte, soit adultère. Puisque la première solution se révélait fausse, Lord Kyleton tirait les conclusions qui s'imposaient. Comme le feraient tous les membres de la Chambre, y compris Charles, tant qu'elle ne se serait pas justifiée.

La duchesse s'était contentée d'écouter Élizabeth pendant le trajet, mais visiblement elle n'était pas convaincue par ses explications, et Élizabeth en fut plus malheureuse encore.

Lord Kyleton les rejoignit.

– On a remis ma note à Delham. Il ne reste plus qu'à attendre.

Élizabeth avait envie de hurler sa frustration. Charles était de l'autre côté de cette porte, en butte aux accusations les plus infâmes. Elle se contint en songeant que dans quelques minutes il la verrait, il l'écouterait. Elle raconterait qu'elle était avec Robert, pas avec un amant. Alors il lui pardonnerait toute la peine qu'elle lui avait causée. Quant à l'opinion des autres, elle s'en moquait. Seul Charles importait.

Au bout d'un quart d'heure qui lui parut une éternité, la porte s'ouvrit sur Peterson Delham.

– Que voulez-vous, Kyleton ? s'exclama-t-il, irrité. J'ai un mal fou à empêcher ce procès de tourner au massacre, et vous m'interrompez au milieu du témoignage le plus épineux !

Lord Kyleton chuchota quelques mots à l'oreille de Delham, qui se précipita pour saisir Élizabeth par le bras et l'entraîner vers une porte, suivi de la duchesse.

– Nous parlerons ici, dit-il en désignant la petite salle meublée d'un bureau et de quelques chaises.

Il alla s'asseoir derrière la table, croisa les mains et observa la jeune femme de ses yeux bleus perçants.

– Lady Thornton, commença-t-il enfin d'une voix de glace, comme c'est *aimable* à vous d'avoir trouvé le temps de nous rendre visite ! Serait-il indiscret de vous demander ce que vous avez fait durant les six dernières semaines ?

Élizabeth ne put s'empêcher de songer que la haine de l'avocat n'était rien à côté de celle qui habitait sans doute Charles.

– Je... j'imagine ce que vous pensez...

– Oh, je ne le crois pas, madame, coupa-t-il, sarcastique. Sinon vous seriez horrifiée !

– Je peux tout vous expliquer ! s'écria-t-elle.

– Vraiment ? Dommage que vous ne l'ayez pas fait plus tôt !

– Je suis là pour ça ! insista-t-elle, au bord de la crise de nerfs.

– D'accord. Trois cents personnes attendent votre bon plaisir de l'autre côté du hall...

Devant cet humour méprisant, les nerfs d'Élizabeth la trahirent.

– Écoutez-moi, monsieur. Je n'ai pas voyagé jour et nuit pour vous écouter m'insulter. Je suis venue dès que j'ai vu un journal et compris que mon époux avait des ennuis. J'apporte la preuve que je suis saine et sauve, et mon frère également !

Au lieu de paraître soulagé, il se fit plus insidieux encore.

– Parlez, madame. Je suis sur des charbons ardents.

– Que signifie cette attitude ? cria-t-elle. Pour l'amour du ciel, je suis votre alliée !

Elle se lança dans le récit rapide mais complet de ce qui lui était arrivé depuis la visite inopinée de Robert à Havenhurst. Puis elle se leva, prête à répéter son histoire devant les lords, mais Delham, immobile, la fusillait du regard.

– Sommes-nous censés avaler ces aventures rocambolesques ? dit-il enfin. Votre frère est vivant, mais il n'est pas là. Quelle foi accorder à la parole d'une femme qui s'enfuit avec un autre que son mari ?

– Avec mon frère !

– C'est ce dont vous cherchez à nous persuader. Pourquoi, Lady Thornton, ce soudain intérêt pour le sort de votre époux ?

– Delham ! tonna la duchesse. Vous perdez la tête ! N'importe qui comprendrait qu'elle dit la vérité. Même moi, et pourtant je n'étais pas disposée à croire une seule de ses paroles quand elle s'est présentée chez moi. Vous l'agressez sans raison !

– Votre Grâce, ce n'est rien à côté de ce que l'accusation lui infligera, répliqua Delham sans quitter Élizabeth des yeux. Si elle ne résiste pas ici, elle n'a aucune chance dans la salle du procès.

– Je n'y comprends rien ! protesta la jeune femme. Ma présence lève les accusations qui pèsent sur mon mari en ce qui me concerne. Et j'ai une lettre où Mme Hogan donne la description de mon frère. Elle viendra se présenter devant la Cour si besoin est. Cependant elle est enceinte et ne peut se déplacer aussi rapidement que moi. Ce procès doit établir ou non la culpabilité de mon mari. Je sais la vérité, et j'apporte des preuves.

– Vous vous trompez, Lady Thornton. La publicité faite autour de ce procès en a changé la nature. Nous nous trouvons à présent dans un théâtre, et l'accusation tient le devant de la scène, relayée par la presse. Le ministère public entend bien donner une représentation exemplaire, et il y parvient. Bon... Essayons de réfléchir...

Élizabeth fut soulagée de le voir enfin se lever.

– Je vous ai absolument tout raconté, et voici la lettre de Mme Hogan. Si elle vient, elle reconnaîtra Robert sur des portraits...

– Oui... ou non. Vous pouvez le lui avoir décrit et avoir acheté un faux témoignage, rétorqua-t-il, continuant à se mettre dans la peau du procureur général. Au fait, lui avez-vous promis de l'argent si elle se déplaçait ?

– Oui, mais...

– Peu importe. Ce n'est pas grave.

– Pas grave ? Pourtant Lord Kyleton prétend que l'accusation s'intéresse surtout au cas de mon frère.

– Ce n'est pas ma principale préoccupation pour le moment, répliqua-t-il sèchement. Je vais vous placer dans un endroit d'où vous pourrez assister aux débats sans être vue.

– Est-ce que... Direz-vous à Charles que je suis là ? demanda-t-elle d'une toute petite voix.

– Certainement pas. Je souhaite qu'il vous découvre en même temps que les autres pour qu'ils assistent à sa toute première réaction.

Il conduisit Élizabeth et la duchesse vers une autre porte qui donnait sur une petite alcôve d'où l'on pouvait tout observer sans être vu.

La pièce immense bourdonnait de conversations en provenance des galeries et du parterre où les pairs du royaume attendaient la reprise des hostilités.

Non loin de l'alcôve présidait le Grand Chancelier, avec la traditionnelle perruque et la toge écarlate.

Autour de lui, des hommes à l'aspect rébarbatif arboraient également des toges rouges et des perruques poudrées – parmi eux huit juges et les procureurs de la Couronne.

Delham s'engagea dans l'allée pour regagner sa place, et Élizabeth se mit à chercher Charles parmi tous ces visages... Soudain, elle le vit et réprima l'envie de crier son nom. Tout en lui – même sa pose nonchalante – était délicieusement, douloureusement familier. Comme pour montrer son mépris envers les accusations dont il était victime, il s'appuyait du coude à la barre de bois qui bordait le box des accusés, et ses jambes se croisaient nonchalamment. Il semblait froid, distant, parfaitement maître de lui.

– J'espère que vous êtes prêt à poursuivre, monsieur Delham, déclara le Grand Chancelier avec irritation.

Un grand silence s'installa, et tout le monde se tourna vers le président. Tout le monde sauf Charles, qui paraissait vaguement agacé, comme si des occupations plus intéressantes l'attendaient ailleurs.

– Je vous prie de bien vouloir excuser ce contretemps, clama l'avocat avant de se pencher vers un assistant auquel il murmura quelques mots à l'oreille.

Élizabeth vit le jeune homme se lever et faire le tour de la pièce... dans sa direction.

Delham déclara alors avec la plus grande courtoisie :

– Votre Honneur, si vous m'y autorisez, je crois pouvoir résoudre l'affaire tout entière sans plus de plaidoiries ni de délibérations.

– Expliquez-vous, monsieur Delham.

– Je souhaite appeler à la barre un témoin de dernière minute et lui poser une seule question. Ensuite, le ministère public pourra l'interroger à loisir.

Le Grand Chancelier se tourna vers le procureur général.

– Objections, Lord Sutherland ?

– Certainement pas, Votre Honneur. Nous avons déjà attendu M. Delham par deux fois aujourd'hui. La justice anglaise sait prendre son temps.

– Faites venir votre témoin, monsieur Delham. Mais que ce soit la dernière fois. Est-ce bien clair ?

Élizabeth sursauta quand le jeune avocat pénétra dans l'alcôve. Elle le suivit, les jambes de plomb, le cœur battant à tout rompre, sans quitter Charles des yeux. Delham annonça d'une voix de stentor :

– J'appelle à la barre la marquise de Kensington !

Il y eut un tohu-bohu dans la vaste salle du Parlement, tandis que tous se levaient de leurs sièges, mais Élizabeth ne remarqua rien. Elle regardait Charles qui se raidit, leva les yeux sur elle... et son visage prit un masque hostile.

Élizabeth répéta en tremblant les paroles du serment qu'on lisait pour elle. Puis Peterson Delham s'approcha.

– Voulez-vous nous dire votre nom ?

– Élizabeth Marie Cameron, répondit-elle aussi fort que possible.

Un nouveau brouhaha s'éleva, et le Grand Chancelier réclama sèchement le silence.

– La Cour me permet-elle de vérifier ces dires en demandant à l'accusé s'il reconnaît bien sa femme ? reprit l'avocat.

– Certainement.

– Lord Thornton, cette femme est-elle votre épouse, de la disparition de laquelle vous êtes accusé ?

Les mâchoires crispées, Charles acquiesça brièvement de la tête.

– Pas d'autre question, Votre Honneur.

Élizabeth ouvrit de grands yeux. Il ne parlait même pas de Robert !

– J'ai plusieurs questions, moi ! intervint le procureur général.

Lord Sutherland marcha sur Élizabeth, terrifiée. Elle sentait peser sur elle la haine de tous les hommes présents, et la jovialité qui perçait dans la voix du procureur la surprit.

– Lady Thornton, n'ayez pas peur, commença-t-il comme s'il était heureux de sa présence. Auriez-vous l'amabilité de nous dire ce qui vous a poussée à venir, si tard, et dans un visible état d'anxiété ?

– Je... j'ai découvert tout récemment que mon époux était accusé de meurtre sur ma personne et celle de mon frère.

– Où vous trouviez-vous, jusqu'à présent ?

– À Helmshead, avec mon frère, Rob...

– Elle a bien dit son « frère » ? coupa l'un des procureurs de la Couronne.

Sous le choc, tout le monde se remit à parler en même temps et le Grand Chancelier réclama de nouveau le silence.

– Vous êtes donc venue pour nous apprendre que non seulement vous étiez vivante et en bonne santé, mais votre frère également – ce frère disparu depuis deux ans, dont personne n'a pu retrouver la trace, ni les policiers, ni votre détective, ni les enquêteurs engagés par votre mari ?

Élizabeth jeta un bref coup d'œil à Charles et ne reçut en retour qu'un regard de haine.

– C'est cela, dit-elle.

– Et où est-il, ce frère ? insista le procureur considérant la salle comme s'il le cherchait. L'avez-vous amené avec vous ?

– Non, mais...

– Contentez-vous de répondre à mes questions, s'il vous plaît. Lady Thornton, nous aimerions tous savoir pourquoi vous avez quitté la sécurité et le confort de votre demeure, il y a six semaines, sans en avertir votre mari, et pourquoi vous revenez maintenant, au dernier moment, pour clamer qu'il est innocent des crimes dont on l'accuse. Commencez par le début, je vous prie.

Élizabeth entama le récit détaillé de son aventure, comme elle se l'était répété vingt fois durant son voyage pour Londres. Elle évita soigneusement les épisodes où Robert aurait pu passer pour un menteur ou un dément qui voulait voir Charles pendu pour des meurtres qu'il n'avait pas commis. Elle le dépeignit comme elle-même le voyait : un jeune homme poussé par la vengeance, un jeune homme que Charles avait sauvé du gibet en l'envoyant sur un de ses bateaux à l'étranger, un jeune homme qui avait commis l'erreur de considérer Charles comme la cause de tous ses maux.

Elle avait tellement préparé son discours qu'elle le prononça rapidement et d'un ton neutre. Sa voix s'altéra seulement quand elle avoua qu'elle avait cru son époux responsable des traces de fouet sur le dos de Robert. À ce moment, elle risqua un regard vers lui, et ce qu'elle lut sur son visage fut pire encore que la haine. Il semblait s'ennuyer, comme s'il assistait à une mauvaise pièce interprétée par une mauvaise actrice.

Lord Sutherland brisa le silence qui suivit la déclaration d'Élizabeth par un petit rire apitoyé, vite démenti par son regard perçant.

– Ma chère dame, martela-t-il, j'ai une question à vous poser, et elle ne diffère guère de la première : *Pourquoi* ?

Un grand froid envahit la jeune femme. Elle sentit qu'on ne l'avait pas crue, et que le procureur allait faire en sorte qu'on ne la croie jamais.

– Pourquoi... quoi ? balbutia-t-elle.

– Pourquoi êtes-vous venue nous raconter cette histoire dans le but de sauver la vie d'un homme que vous avez fui voilà quelques semaines ?

Élizabeth jeta un coup d'œil à Delham qui paraissait découragé. Elle se rappela ses paroles dans l'antichambre... Son interrogatoire n'était rien comparé à celui qu'elle était en train de subir.

– Lady Thornton ! tonna le procureur. Dites-nous la vérité. Cet homme a-t-il découvert votre cachette, et vous a-t-il obligée à venir nous raconter cette fable absurde ? N'est-il pas vrai que vous ignorez où se trouve votre frère ? N'avez-vous pas prétendu il y a un instant que vous avez fui cet homme cruel parce que vous craigniez pour votre vie ? N'est-il pas vrai que vous avez encore peur de lui...

– Non ! cria Élizabeth.

Elle leva un regard angoissé sur les hommes qui l'entouraient, et s'aperçut que tous les visages demeuraient fermés.

– Pas d'autres questions !

– *Attendez !*

En une fraction de seconde, Élizabeth réalisa que si elle ne pouvait les convaincre qu'elle disait la vérité, elle parviendrait peut-être à les persuader qu'elle était trop stupide pour monter un mensonge de toutes pièces.

– C'est vrai, Votre Honneur ! s'écria-t-elle haut et clair. Au sujet de sa cruauté, je veux dire.

Sutherland fit volte-face, un éclair dans le regard.

– Vous reconnaissez que c'est un homme cruel ?

– Oui.

– Pourriez-vous nous donner quelques exemples de sa cruauté ?

– Certainement ! Et je suis sûre que vous allez comprendre pourquoi je me suis enfuie avec... mon frère.

Elle cherchait désespérément des demi-vérités qui ne constituent pas des parjures, et se rappela soudain sa conversation avec Charles la nuit où il était venu à Havenhurst.

Tout l'amphithéâtre était suspendu à ses lèvres.

– Poursuivez, l'encouragea le procureur. Quand votre époux s'est-il montré cruel pour la dernière fois ?

– Juste avant que je m'enfuie, il a menacé de cesser de me donner de l'argent... J'en avais trop dépensé, et je ne voulais pas l'avouer.

– Vous redoutiez d'être battue ?

– Non. J'avais simplement peur qu'il ne m'en redonne pas avant le trimestre suivant.

Il y eut un petit rire étouffé dans la salle.

– Nous avons discuté âprement, continua Élizabeth, ingénue.

– A-t-il été brutal ? Est-ce le soir où votre femme de chambre vous a vue pleurer ?

– Oui, je crois.

– Pourquoi ces larmes, Lady Thornton ?

– J'étais très ennuyée, décréta-t-elle. J'avais envie de partir avec Bobbie. Mais pour cela, il me fallait vendre les belles émeraudes que Lord Thornton m'avait offertes.

Saisie d'une soudaine inspiration, elle se pencha et ajouta sur le ton de la confidence :

– Je savais qu'il m'en achèterait d'autres, en réalité...

Cette fois, des rires francs éclatèrent, encourageants.

Mais Lord Sutherland ne trouvait pas cela drôle du tout. Il devinait qu'elle était en train de le duper. Cependant, en bon misogyne, il n'imaginait pas qu'elle aurait l'intelligence d'y parvenir.

– Voudriez-vous nous faire croire que vous avez vendu vos émeraudes juste pour le plaisir frivole de partir avec un homme que vous prétendez être votre frère ?

– Mon Dieu, je ne sais pas ce que vous êtes supposés croire. Je sais seulement que je l'ai fait.

– Madame ! s'énerva-t-il. Selon le joaillier, vous étiez bouleversée quand vous avez vendu vos bijoux. Pourquoi ?

Lui lançant un regard enfantin, Élizabeth répliqua :

– J'adorais mes émeraudes !

Elle attendit que les rires se calment pour reprendre, toute fière :

– Mon mari dit toujours qu'elles ont la couleur de mes yeux. N'est-ce pas charmant ?

Sutherland grinçait des dents. Élizabeth risqua un coup d'œil à Delham et remarqua sur ses traits une expression admirative.

– Ainsi, tonna le procureur, vous prétendez que vous aviez peur de votre mari !

– Mais oui ! Est-ce que je ne viens pas de vous expliquer à quel point il savait se montrer cruel ? Évidemment, quand Bobbie m'a montré son dos, je n'ai pu m'empêcher de penser qu'un homme qui supprimait l'argent de poche à sa femme était capable de *tout* !

De nouveau, sa voix fut couverte par les rires.

– Donc, vous vous êtes enfuie avec un homme – votre frère, selon vous – et vous vous êtes tranquillement installée dans un coin d'Angleterre !

– À Helmshead, un petit village *délicieux* au bord de la mer. J'y passais des instants tout à fait paisibles quand j'ai appris la nouvelle du procès de mon mari. Bobbie ne voulait pas que je revienne, parce qu'il reprochait toujours à mon mari de l'avoir expédié au bout du monde. Mais je savais que c'était mon devoir.

– Et en fonction de quoi ?

– J'ai pensé que Lord Thornton détesterait être pendu, dit-elle, suscitant l'hilarité générale... Alors j'ai donné mon argent à Bobbie, pour qu'il puisse continuer à mener une vie confortable.

– Lady Thornton, reprit Sutherland d'une voix doucereuse qui lui fit froid dans le dos, le mot « parjure » signifie-t-il quelque chose pour vous ?

– Cela veut dire, me semble-t-il, mentir dans un lieu comme celui-ci.

– Savez-vous comment on punit les parjures ? Ils passent le reste de leur vie dans un cachot humide et sombre. Aimeriez-vous cela ?

– Ce n'est pas une perspective très réjouissante. Aurais-je le droit d'emporter mes bijoux et mes toilettes ?

– Non ! hurla Sutherland, tandis que de nouveaux rires se déclenchaient.

– Alors je suis bien contente de ne pas avoir menti !

Le procureur ne savait plus très bien où il en était, mais en tout cas, il n'était pas arrivé à faire passer Élizabeth pour une femme adultère et calculatrice, ni pour une petite épouse terrorisée. L'histoire absurde de la fuite avec son frère avait pris une certaine crédibilité, et il devint rouge comme une pivoine.

– Madame, seriez-vous capable de vous parjurer pour protéger cet homme ? menaça-t-il avec un grand geste en direction de Charles que la jeune femme suivit du regard.

Elle eut le cœur brisé en constatant que Charles avait l'air de s'ennuyer plus encore qu'auparavant.

– Je vous ai demandé, insista Sutherland, si vous seriez capable de vous parjurer pour empêcher cet homme d'être pendu le mois prochain.

Élizabeth aurait donné sa vie pour lui ! Elle plaqua un sourire superficiel sur son visage.

– Le mois prochain ? Quelle idée désagréable ! Voyons, il y aura le bal de Lady Northam, et Kensington a formellement promis de m'y emmener...

Nouveaux éclats de rire.

Elle attendit, consciente d'avoir gagné, pas vraiment grâce à son talent de comédienne, mais parce que la plupart des lords présents étaient affublés d'épouses superficielles et mondaines. Elle était tout à fait crédible à leurs yeux.

– Pas d'autre question ! lança enfin le procureur avec un regard méprisant.

Peterson Delham se leva lentement et, malgré son expression indéchiffrable, Élizabeth devina qu'il était soufflé par sa prestation.

– Lady Thornton, avez-vous autre chose à dire à la Cour ?

Il la poussait à parler, mais elle était tellement épuisée qu'elle ne parvenait pas à comprendre ce qu'il souhaitait. Elle saisit donc la première idée qui lui vint à l'esprit, pour s'apercevoir bien vite que c'était celle qu'il attendait.

– Oui. Je désire exprimer mon regret pour tous les soucis que nous avons causés, mon frère et moi. J'ai eu tort de le suivre sans prévenir qui que ce soit. Et c'était mal de sa part de rester si fâché après mon mari qui avait, finalement, agi pour son bien...

– Lady Thornton, vous pouvez vous retirer, déclara le Grand Chancelier d'une voix pleine de mépris.

Les autres lords la prenaient certainement pour une incurable sotte, mais le président la regardait comme s'il avait envie de l'étrangler.

Tremblante, elle sortit de la pièce accompagnée de l'assistant de Delham. Une fois dans le hall, elle leva sur lui un regard implorant.

– Je vous en supplie, permettez-moi de retourner dans l'alcôve.

Il se laissa attendrir.

– Mais surtout, pas de bruit. Tout sera bientôt terminé.

– Vous voulez dire que mon mari va être relâché dans peu de temps ? chuchota-t-elle.

– Je l'ignore, madame. Taisez-vous à présent. Et ne vous inquiétez pas.

Surprise, Élizabeth vit pour la première fois Charles réagir, au moment où elle pénétrait dans l'alcôve. Il jeta un bref coup d'œil à un homme qui s'entretenait avec Peterson Delham, et elle crut déceler une étincelle d'amusement dans son regard.

– Que se passe-t-il ? demanda-t-elle au jeune avocat qui ne s'était pas retiré.

– Il va gagner la partie ! répondit-il, rayonnant.

– Votre Honneur ! commençait Delham. Avec la permission de la Cour, j'aimerais produire un autre témoin qui donnera la preuve irréfutable que Robert Cameron n'a subi aucun sévice direct ou indirect à la suite de son séjour à bord de l'*Arianna*. Si cette preuve paraît acceptable à la Cour, toute cette affaire sera réglée au plus vite.

– Je n'en suis pas si sûr ! grinça Sutherland.

– Ce procès a déjà dépassé les limites du bon goût, et c'est en partie à cause de vous, remarqua sèchement le Grand Chancelier. Néanmoins, vous pouvez poursuivre.

– Merci, Votre Honneur. J'appelle à la barre des témoins le capitaine George Granthome.

Élizabeth retint son souffle. Une porte s'ouvrit dans la salle, et apparut un homme de belle stature, suivi d'une poignée de marins aux visages burinés qui restèrent en retrait.

Dès que les premières questions furent posées au capitaine, Élizabeth sut que l'acquittement de Charles pour le « meurtre » de Robert était acquise. Granthome affirma que Robert avait été parfaitement traité à bord de l'*Arianna,* et qu'il s'était échappé lors d'une escale imprévue.

Élizabeth réalisa alors que toutes ses frayeurs avaient été sans fondement. Avec la preuve que Robert n'avait pas été maltraité à cause de Charles, la disparition d'Élizabeth perdait toute implication sinistre.

Furieuse, elle se tourna vers l'assistant.

– Pourquoi diable personne n'a parlé de cela dans les journaux ? Visiblement, mon époux et M. Delham étaient au courant. Ils possédaient la preuve que mon frère n'avait pas été tué par Charles !

– Votre mari a préféré attendre le dernier moment du procès pour faire éclater sa bombe.

– Mais pourquoi ?

– Parce que notre illustre procureur n'aurait jamais abandonné l'affaire, quelles que soient les preuves. Si l'accusation avait été au courant plus tôt, elle aurait tenté de gagner du temps et de trouver des moyens de contrecarrer le témoignage du capitaine. De plus, Granthome et son équipage étaient en mer, et nous n'étions pas absolument certains de pouvoir les joindre à temps. À présent, le procureur n'a plus grand-chose à se mettre sous la dent.

Élizabeth comprenait enfin pourquoi Charles avait tellement l'air de s'ennuyer. Mais il n'avait pas changé d'attitude quand elle avait affirmé qu'elle se trouvait avec son frère.

– C'est votre mari qui a tout orchestré, reprit le jeune avocat, admiratif. Quel homme brillant ! Et à propos, M. Delham m'a chargé de vous dire qu'il vous a trouvée splendide, à la barre !

À partir de cet instant, les événements s'accélérèrent. Sutherland, conscient de son impuissance, posa quelques questions de routine au capitaine. Ensuite, on procéda au vote.

Tendue, Élizabeth écouta le président appeler chaque lord. L'un après l'autre, ils se levèrent, la main droite sur le cœur et déclarèrent soit « Non coupable, sur mon honneur », soit « Coupable, sur mon honneur ». Il y eut trois cent vingt-quatre voix en faveur de l'acquittement contre quatorze. Enfin le Grand Chancelier prit la parole, tandis que Charles se levait lentement :

– Lord Thornton, la Cour vous déclare innocent des charges qui pesaient sur vous. Vous êtes libre.

Il ajouta, avec une note d'humour qui sembla nettement déplacée à Élizabeth :

– J'aimerais toutefois vous conseiller de ne pas passer la nuit sous le même toit que votre épouse. À votre place, je serais fortement tenté de commettre l'acte dont vous avez été accusé à tort. Cependant, je suis certain que vous seriez cette fois relaxé avec des circonstances atténuantes !

Tandis que l'assistance s'esclaffait, Élizabeth ferma les yeux, submergée de honte et d'humiliation. Puis elle les rouvrit : Charles se dirigeait vers la sortie.

– Venez, Élizabeth, dit gentiment la duchesse douairière. La presse attend sans doute à l'extérieur. Essayons de nous éclipser discrètement.

Ce fut impossible. Journalistes et badauds se massaient devant le porche. Charles se fraya un chemin à travers la foule à coups d'épaule. Désespérée, Élizabeth entendit injures et quolibets lancés contre lui.

– Mon Dieu, que lui ai-je fait ? gémit-elle.

Quand la calèche disparut dans un nuage de poussière, les curieux cherchèrent une autre victime.

– C'est elle ! cria un échotier de la *Gazette* spécialisé dans les potins mondains.

Tous les visages convergèrent vers Élizabeth.

– Vite, Lady Thornton ! s'écria un jeune homme inconnu en l'entraînant de nouveau vers l'intérieur du bâtiment. Suivez-moi, il y a une sortie dérobée.

Machinalement, Élizabeth obéit, accrochée au bras de la duchesse.

– Comment est votre voiture ? demanda l'homme quand ils furent arrivés à l'autre porte.

La duchesse lui décrivit son carrosse.

– Attendez ici. Ne sortez surtout pas. Je vais prévenir votre cocher de venir vous chercher.

Dix minutes plus tard, les deux femmes étaient en sécurité. Élizabeth se pencha à la portière.

– Merci, monsieur... dit-elle au jeune homme.

– Thomas Tyson, du *Times*, précisa-t-il. Non, ne craignez rien, je vous laisse tranquille. Je n'aime pas importuner les gens.

– Dans ce cas, vous ne devez pas très bien réussir dans le journalisme, répliqua Élizabeth avec un sourire reconnaissant.

– Peut-être consentirez-vous à m'accorder un entretien privé, un autre jour ?

– Peut-être, répondit-elle distraitement tandis que le cocher lançait les chevaux dans la cohue.

Elle appuya sa tête contre les coussins, épuisée. Les cris de « assassin ! » « tueur ! » résonnaient encore à ses oreilles.

– Depuis combien de temps est-il traité ainsi ? demanda-t-elle à la duchesse.

– Plus d'un mois.

– Charles est tellement fier, murmura-t-elle dans un sanglot. J'en ai fait un meurtrier dans l'esprit des gens. Et demain il sera la risée de Londres.

– C'est un homme fort qui ne s'est jamais soucié de l'opinion d'autrui, rétorqua la vieille dame. Sauf peut-être la vôtre, celle de Jordan et de quelques privilégiés. En tout cas, c'est vous qui serez ridiculisée dans les journaux de demain.

– Auriez-vous l'amabilité de me déposer à la maison ?

– À Promenade Street ?

– Non, bien sûr que non. À Upper Brook Street.

– Ce n'est pas une bonne idée, dit sévèrement la duchesse. Vous avez entendu les paroles du Grand Chancelier.

– Je préfère affronter Charles tout de suite que redouter toute la nuit cette rencontre.

La douairière, pour donner le temps à Charles de surmonter sa colère, jugea indispensable de s'arrêter chez l'une de ses amies, puis chez une autre. Il faisait presque nuit quand elles stoppèrent devant Upper Brook Street, et les nerfs d'Élizabeth étaient mis à rude épreuve.

Ce fut pire encore quand le maître d'hôtel lui ouvrit avec un regard de pur mépris.

– Où est mon mari, Dolton ?

– Dans son bureau.

Il y avait des malles dans le hall, et des domestiques continuaient à en descendre.

Le cœur battant à tout rompre, elle se dirigea vers le bureau puis s'arrêta pour rassembler ses esprits.

Un verre à la main, en bras de chemise, Charles fixait les bûches qui flambaient dans la cheminée. Il paraissait encore plus maigre qu'à la Chambre des lords. Élizabeth ne savait comment engager la conversation ; elle choisit le premier sujet qui lui passa par la tête.

– T... tu pars ?

Elle vit ses épaules se raidir au son de sa voix et, quand il se tourna vers elle, elle lut sur son visage l'effort surhumain qu'il faisait pour dominer sa rage.

– *Tu* pars, rétorqua-t-il.

Élizabeth secoua la tête en signe de protestation silencieuse, et avança vers lui – ce qui était infiniment plus difficile que de parler devant une assemblée de lords.

– Je m'en abstiendrais si j'étais toi, menaça-t-il.

– De... de quoi ?

– De t'approcher de moi.

Elle s'arrêta, tendit la main vers lui, puis la laissa retomber.

– Charles, tu dois me mépriser pour ce que j'ai fait...

– C'est vrai.

– Mais je suis prête à tout pour réparer. Quoi que tu en penses, je n'ai jamais cessé de t'aimer...

La voix de Charles claqua comme un coup de fouet :

– Tais-toi !

– Non, tu dois m'écouter. Je n'ai jamais cessé de t'aimer, même quand...

– Je t'aurai avertie, coupa-t-il, de plus en plus menaçant. Tais-toi et sors ! Sors de ma maison, sors de ma vie !

– C'est... c'est Robert ? Je veux dire, tu refuses de croire que j'étais avec Robert ?

– Je me fiche pas mal de savoir avec qui tu étais !

Élizabeth tremblait de frayeur.

– Avec Robert, insista-t-elle néanmoins. Je peux te le prouver.

Il eut un drôle de rire étranglé qui était pire encore que sa colère.

– Élizabeth, je ne le croirais pas même si je t'avais vue avec lui. Suis-je assez clair ? Tu es une menteuse accomplie et une magnifique comédienne.

– Si tu penses à mes paroles devant la Cour, tu dois en connaître la raison...

– Évidemment, je la connais. Tu voulais arriver à tes fins. Tu agis toujours de cette façon. Tu coucherais avec un serpent, si cela te permettait d'atteindre ton but.

– Pourquoi dis-tu ça ? cria-t-elle.

– Le jour même où ton détective t'a déclaré que j'étais responsable de la disparition de ton frère, tu as juré devant Dieu de m'aimer jusqu'à la fin de ta vie. Tu acceptais d'épouser un homme qui se révélerait peut-être un meurtrier, de partager le lit d'un assassin !

– Tu ne peux croire cela ! Je te prouverai que c'est faux... si tu m'en laisses la chance.

– Non.

– Charles...

– Garde tes preuves pour toi.

– Je t'aime.

– Garde aussi ton amour. Garde-toi loin de moi. Maintenant...

Il fut interrompu par Dolton.

– M. Larimore est là, monseigneur.

– Je suis à lui dans une minute, répondit Charles.

Élizabeth ouvrit de grands yeux.

– Tu as un rendez-vous d'affaires ?

– Pas vraiment, mon amour. J'ai convoqué Larimore pour une autre raison, cette fois.

Élizabeth tressaillit soudain.

– Qu'est-ce que... qu'est-ce qui justifie la présence d'un avoué à cette heure-ci ?

– J'entame une procédure de divorce, Élizabeth.

Elle eut l'impression que la pièce tournoyait devant elle.

– Comment ?... Et sous quel prétexte ? Ma stupidité ?

– Abandon du domicile conjugal.

Élizabeth ne pouvait accepter que l'homme tendre et passionné qui l'avait aimée pût se conduire ainsi, refusant de l'écouter, de lui laisser une chance de s'expliquer.

Les yeux pleins de larmes, elle tenta de plaisanter.

– Tu auras l'air un peu bête, mon chéri, si tu m'accuses de cela devant la Cour, parce que je serai à tes côtés pour proclamer que j'ai bien l'intention de respecter les vœux prononcés le jour de notre mariage.

Charles détacha son regard d'elle.

– Si tu n'as pas quitté cette maison dans trois minutes, c'est pour adultère que je demanderai le divorce.

– Je ne t'ai pas trompé !

– Possible, mais tu auras bien du mal à le prouver ! J'ai quelque expérience en ce domaine. Maintenant, pour la dernière fois, sors de ma vie. C'est fini.

Il alla s'asseoir à son bureau et sonna Dolton qui apparut instantanément.

– Faites entrer Larimore, ordonna-t-il froidement.

Élizabeth ne savait plus que tenter. De tout son être, elle était persuadée qu'il l'aimait. Il fallait aimer follement pour être aussi cruellement blessé... Elle songea soudain à l'histoire de Duncan sur la mort des parents de Charles. Mais elle n'était pas un labrador, elle ne se laisserait pas chasser si facilement.

Elle vint poser ses deux mains à plat sur le bureau et attendit jusqu'à ce qu'il levât les yeux vers elle.

Alors elle déclara d'une voix étranglée d'amour :

– Écoute-moi bien, mon chéri. Je te préviens que je ne te permettrai pas de nous faire ça. Tu m'as donné ton amour, je t'empêcherai de me le reprendre. Plus tu essaieras, plus je lutterai. Je hanterai tes jours et tes nuits, comme tu as hanté les miens pendant que j'étais loin de toi. Tu resteras éveillé sur ton lit à me désirer, et tu sauras que je suis éveillée et que j'ai envie de toi aussi. Quand tu n'en pourras plus, tu viendras à moi, et je serai là à t'attendre. Je pleurerai dans tes bras, je te dirai que je regrette ce que j'ai fait, et tu m'aideras à trouver un moyen de me faire pardonner...

– Sois maudite ! rugit-il. Ne peux-tu te taire ?

Elle tressaillit sous son regard de haine mais poursuivit vaillamment :

– Je t'ai fait beaucoup de mal, mon amour. Et cela continuera peut-être durant les cinquante prochaines années. Tu me feras mal aussi, Charles... jamais autant qu'en ce moment, j'espère. Mais si c'est le cas, je le supporterai. Parce que l'alternative est de vivre sans toi, et ce serait pire que la mort. Moi je le sais, mais toi... pas encore.

– As-tu terminé ?

– Pas tout à fait, rétorqua-t-elle en relevant le menton. Je ne suis pas un labrador ! Tu ne peux pas me chasser de ta vie.

Sur ce, elle se précipita vers la sortie. Quand Larimore entra, Charles lui indiqua d'un signe la chaise en face de lui.

– Si j'ai bien compris, dit tranquillement l'avoué en ouvrant sa serviette, vous souhaitez entamer les formalités du divorce ?

Charles n'hésita qu'un instant. Il évoqua les mensonges et les omissions qui avaient commencé la nuit même de leur mariage et continué jusqu'à leur dernière rencontre. Il se rappela sa douleur après le départ d'Élizabeth. Levant les yeux vers l'homme d'affaires, il acquiesça.

36

Le lendemain, Élizabeth attendit anxieusement la livraison des quotidiens.

Le *Times* titrait en première page :

Le marquis meurtrier...
En réalité un époux martyrisé

La *Gazette* faisait remarquer avec humour : « Le marquis de Kensington mérite non seulement l'acquittement, mais aussi une médaille pour *retenue face à une extrême provocation*. »

Suivait, dans l'un et l'autre journal, le récit détaillé – et affreusement embarrassant pour la jeune femme – de ses ridicules explications.

De suspect, Charles était devenu un objet de sympathie amusée pour la haute société.

Néanmoins, parmi le peuple, les gens continueraient à dire qu'il n'y avait pas de fumée sans feu, et que les riches trouvaient toujours un moyen de se tirer des situations délicates. Pour eux, le nom de Charles resterait à jamais souillé.

L'image d'Élizabeth avait aussi bien changé. Elle était devenue du jour au lendemain une espèce de célébrité, admirée par certaines femmes, méprisée par d'autres, et considérée avec une vague indulgence par les hommes de l'aristocratie dont les épouses ressemblaient fort au personnage qu'elle avait joué à la Chambre des lords.

Néanmoins, sans l'insistance de Roddy Carstairs qui exigea qu'elle parût tout de suite dans le monde, elle se serait volontiers cloîtrée à Promenade Street pour attendre Charles.

Ç'aurait été une fâcheuse erreur, car Charles n'éprouvait apparemment aucune difficulté à la chasser de son esprit.

Par l'intermédiaire de Jordan, elle apprit qu'il avait repris ses activités dès le lendemain du verdict. On le voyait à son club, à l'opéra avec des amis. Bref, il menait la vie d'un homme du monde qui sait se distraire autant que s'occuper de ses affaires.

Ce n'était pas exactement l'idée qu'Élizabeth avait de son mari, et elle tentait d'atténuer sa peine en se persuadant qu'il s'étourdissait pour l'oublier. Elle lui écrivit, mais ses domestiques, sur son ordre, refusèrent ses lettres.

Enfin elle décida de suivre son exemple et de s'occuper pour supporter l'attente. Pourtant, il lui devenait chaque jour plus difficile de ne rien tenter pour le reconquérir. Ils s'apercevaient parfois à une réception, et à chaque fois, le cœur d'Élizabeth s'emballait, tandis que Charles se montrait de plus en plus distant. Duncan était persuadé que Charles ne lui pardonnerait jamais, tandis que le duc tapotait la main d'Élizabeth en lui disant ingénument :

– Il reviendra, ma chère enfant.

En désespoir de cause, Alex suggéra à son amie d'éveiller la jalousie de Charles. Et ce soir-là, chez Lord et Lady Franklin, Élizabeth se laissa ouvertement courtiser par le vicomte Sheffield, sans cesser d'observer Charles du coin de l'œil. Il la regarda... comme si elle était transparente. Et il quitta le bal en fin de soirée avec Lady Jane Addison. C'était la première fois depuis leur séparation qu'il s'affichait avec une autre femme.

Alex en fut furieuse et décontenancée

– Il se bat avec *tes* armes ! s'indigna-t-elle. Ça ne devait pas du tout se passer ainsi ! Il fallait qu'il soit jaloux et vienne se jeter à tes pieds... Mais peut-être a-t-il essayé de te rendre la pareille.

Élizabeth esquissa un sourire sans joie.

– Charles m'a toujours dit qu'il savait exactement ce que pensait son adversaire. Il a simplement voulu me montrer qu'il n'était pas dupe de mon petit jeu avec Sheffield. Il souhaite réellement m'effacer de sa vie, vois-tu. Pas seulement me punir ou me faire un peu souffrir avant de revenir.

– Le crois-tu vraiment ? demanda Alex, découragée.

– J'en suis certaine.

– Alors que vas-tu faire ?

– Tout ce que je pourrai. S'il me voit partout où il va, il ne pourra m'oublier totalement. J'aurai encore une chance.

Élizabeth se trompait.

Un mois environ après le procès, Bentner apparut dans le salon où elle se tenait avec Alexandra, pour annoncer la visite d'un certain M. Larimore.

– Il doit vous remettre des documents en mains propres, ajouta-t-il.

Élizabeth pâlit.

– A-t-il dit de quelle sorte de documents il s'agissait ?

– Il a d'abord gardé le silence, mais j'ai refusé de vous déranger sans vous en donner la raison.

– Alors ?

Chagriné, Bentner baissa les yeux.

– Il s'agit d'une demande de divorce.

La jeune femme se leva, chancelante.

– Je le hais ! cria Alex en serrant son amie dans ses bras. Même Jordan commence à s'irriter d'un tel entêtement.

Anesthésiée par la douleur, Élizabeth se dégagea de l'étreinte d'Alex. Si elle signait ces papiers, cette angoissante incertitude cesserait, mais tout espoir s'envolerait. Rassemblant son courage, elle déclara lentement :

– Dites à M. Larimore que je suis sortie pendant que vous déjeuniez. Vous avez vérifié auprès de ma femme de chambre, et j'ai prévu d'aller au spectacle avec...

Elle jeta un coup d'œil interrogateur à Alex qui acquiesça vigoureusement.

– ... avec la duchesse de Hawthorne, ce soir. Inventez-moi un emploi du temps pour cet après-midi et demain. Donnez-lui des détails, Bentner, qu'il soit persuadé que je ne suis pas chez moi.

Bentner, habitué aux aventures mystérieuses, eut un sourire entendu.

– Vous voulez qu'il vous cherche ailleurs pour vous donner le temps de faire vos bagages et de partir sans qu'il se doute de vos projets...

– Exactement. Ensuite, envoyez un message à M. Thomas Tyson – le journaliste du *Times* qui m'avait demandé une entrevue. Je lui accorderai cinq minutes s'il peut venir ici ce soir.

– Où iras-tu ? s'étonna Alex.

– Je te le confierai si tu me jures de n'en parler à quiconque.

– Évidemment !

– Même à ton époux. Cela le mettrait dans une situation délicate vis-à-vis de Charles, qui est son ami.

– Jordan comprendra que je t'ai donné ma parole.

– Je me rends dans le dernier endroit où Charles songerait à me chercher maintenant... et le premier où il viendra me retrouver s'il a besoin de moi. Son cottage en Écosse.

– Tu ne devrais pas t'abaisser à ça pour lui ! protesta Alex. Il est dur, injuste...

– Réfléchis, intervint doucement Élizabeth. Comment réagirais-tu si Jordan laissait tout le monde penser que tu es une criminelle, puis revenait, comme si de rien n'était, faire un scandale à la Chambre des lords et transformait toute l'affaire en une gigantesque farce ? Si tu découvrais que, depuis le jour de votre mariage, il s'imagine que tu es peut-être une meurtrière ? Et rappelle-toi que Charles a tenté de me rendre heureuse par tous les moyens.

– C'est... je vois en effet les choses sous un jour différent. Je ne comprends pas comment tu parviens à rester aussi objective. Moi, j'en suis incapable.

– Charles m'a enseigné que le meilleur moyen de gagner était de se mettre à la place de son adversaire... Sais-tu ce que m'a demandé un petit postier, hier ?... Si j'avais encore peur de mon mari. Ils n'ont rien oublié, vois-tu. Beaucoup de gens ne le croiront jamais totalement innocent. Je lui ai fait beaucoup de mal.

Alex se mordit la lèvre et ravala ses larmes.

– S'il ne t'a pas rejointe avant le mois de janvier, viendras-tu à Hawthorne pour la naissance du bébé ? Je ne supporterais pas l'idée que tu passes l'hiver seule dans ces montagnes.

– Promis.

Bien installé dans un fauteuil, Charles écoutait le compte rendu irrité de Larimore, qui courait après Élizabeth depuis deux jours, suivant les indications de Bentner.

– Et après tout ça, je suis retourné à Promenade Street ! s'écria l'avoué, rouge d'indignation. Et ce satané majordome m'a...

– Claqué la porte au nez ? suggéra Charles, indifférent.

– Non, invité à entrer. Et à fouiller la maison à ma guise. Elle a quitté Londres, conclut-il.

– Elle est à Havenhurst, décréta Charles avant de donner les indications nécessaires à Larimore.

Une fois l'avoué parti, Charles se remit au travail, pour être interrompu quelques minutes plus tard par l'arrivée en trombe de Jordan.

– As-tu vu le journal ?

Étonné par l'expression furieuse de son ami, Charles répondit :

– Non. Pourquoi ?

Jordan posa violemment le quotidien sous son nez.

– Regarde. Élizabeth a accepté de répondre aux questions d'un journaliste. Et lis surtout ce paragraphe ! C'est la réponse de ton épouse quand ce Tyson lui a demandé ce qu'elle avait ressenti en te voyant passer en jugement devant tes pairs.

Charles obéit en fronçant les sourcils.

Mon époux n'est pas passé en jugement devant ses pairs. Il s'est simplement expliqué à la Chambre des lords du Royaume britannique. Charles Thornton n'a pas *de pairs. Il est unique.*

Charles détourna les yeux, refusant de réagir à l'incroyable tendresse de ces mots, mais Jordan ne le laissa pas s'en tirer à si bon compte.

– Mes compliments, Charles ! gronda-t-il. Tu réclames le divorce, et ton épouse te répond par des excuses publiques.

Sur ces mots, il tourna les talons et sortit de la pièce à grandes enjambées.

Un mois plus tard, Élizabeth n'avait toujours pas été retrouvée. Charles s'efforçait de la chasser de son esprit et de son cœur, mais c'était de plus en plus difficile...

Un soir, deux mois après sa disparition, installé devant la cheminée, il tentait de se concentrer sur un rendez-vous d'affaires prévu pour le lendemain, mais c'était Élizabeth qui occupait son esprit... Élizabeth agenouillée près d'un parterre de fleurs. Élizabeth tirant au pistolet à ses côtés. Élizabeth plongeant dans une profonde révérence devant lui, une étincelle moqueuse dans ses yeux verts. Élizabeth valsant dans ses bras. « *Avez-vous déjà souhaité quelque chose de toutes vos forces... quelque chose qui se trouve à votre portée...?* »

Ce soir-là, il avait répondu non. Aujourd'hui, il aurait dit oui. Par-dessus tout, il voulait savoir où elle était. Un mois auparavant, il s'était persuadé que c'était uniquement pour lui faire signer les papiers du divorce. À présent, il n'avait plus le courage de se mentir. Il avait *besoin* de le savoir. Son grand-père affirmait ne pas être au courant, son oncle et Alexandra savaient mais refusaient de parler.

Très las, Charles ferma les yeux. Pourtant le sommeil ne viendrait pas, bien qu'il fût plus de trois heures du matin. Il dormait seulement s'il s'était dépensé physiquement ou s'il avait bu une bonne dose de cognac. Et encore... Souvent il restait éveillé dans son lit, à la désirer, et à savoir qu'elle le désirait, quelque part...

Il sourit en la revoyant à la barre des témoins, merveilleusement jeune et belle, à essayer d'abord d'expliquer posément ce qui s'était passé... puis jouant le rôle d'une incorrigible écervelée. Il fallait être Élizabeth pour oser témoigner devant la Chambre des lords au grand complet, et pour parvenir à les duper ainsi. S'il n'avait été aussi furieux ce jour-là, il se serait levé pour applaudir la performance ! Elle avait utilisé la même tactique le soir où il avait été accusé de tricher...

Malgré tout, il savait qu'elle était venue à la Chambre des lords pour le sauver de la pendaison, pas par intérêt.

Depuis que sa rancune s'était quelque peu atténuée, il parvenait à remettre les choses à leur place. Même en ce qui concernait la visite de Woodworth le jour de leur mariage. Lui-même, si on lui avait avoué à l'époque qu'elle était peut-être une meurtrière, aurait écarté cette idée et n'aurait pas renoncé à l'épouser.

Hormis l'amour, la seule raison qui ait pu pousser Élizabeth à se marier avec lui était Havenhurst. Mais il fallait croire alors que Charles avait été trompé par chacun de ses baisers, chacun de ses regards, et il refusait de l'admettre.

Ce dont il était sûr, en revanche, c'était qu'aucune femme sur terre ne lui convenait aussi bien qu'Élizabeth.

Personne n'aurait osé comme elle l'affronter le jour même du procès, alors qu'il l'avait humiliée, blessée, pour lui dire qu'elle se battrait pour le garder, et qu'il perdrait. « *Et quand tu n'en pourras plus, tu viendras à moi, et je serai là à t'attendre.* »

Il était diablement difficile, soupira Charles, de reconnaître sa défaite quand le vainqueur avait disparu !

Il se réveilla quelques heures plus tard dans son fauteuil où le sommeil l'avait surpris.

Au milieu de la matinée, son maître d'hôtel lui remit un pli d'Alexandra Townsende. Lorsqu'il l'ouvrit, un billet à ordre en tomba, mais il n'y prit pas garde.

De la part d'Élizabeth.

Elle a vendu Havenhurst. Je suis chargée de vous dire que ceci vient en remboursement, avec les intérêts afférents, de la vente des émeraudes, ce qu'elle estime vous revenir de droit.

Charles se pencha pour ramasser le billet qui était accompagné d'une petite feuille de papier. Élizabeth y avait calculé soigneusement les intérêts dus depuis la vente des bijoux.

Les larmes aux yeux, il se força à rire : elle avait compté un demi pour cent de moins que les taux habituellement pratiqués !

Trente minutes plus tard, il se présentait chez les Townsende et demandait à voir Alexandra. Elle vint le rejoindre et lui adressa un regard de mépris.

– J'ignorais si ce mot suffirait à vous faire sortir de votre tanière. Savez-vous ce que représente – représentait – Havenhurst pour Élizabeth ?

– J'ai l'intention de le racheter pour elle, promit-il. Où est-elle ?

Alex fut frappée par la tendresse de sa voix.

– Où est-elle ? répéta-t-il, calme et déterminé.

– Impossible de vous le dire, répondit Alex avec une pointe de regret. J'ai donné ma parole.

– Et si je demandais à Jordan d'exercer son autorité maritale sur vous, cela vous ferait-il changer d'opinion ?

– Je crains que non.

Il esquissa un sourire un peu contraint, et déclara doucement :

– Vous ressemblez beaucoup à Élizabeth.

– Je le prends comme un compliment, monseigneur !

Charles lui releva le menton.

– C'en est un.

Il tourna les talons et surprit Jordan appuyé au chambranle de la porte, les yeux rieurs.

– Si tu n'avais pas laissé ton épouse s'en aller, Charles, tu n'aurais pas besoin de chercher des substituts auprès de la mienne...

Après le départ de leur visiteur inattendu, Jordan interrogea Alex :

– Enverras-tu un message à Élizabeth pour lui dire que son mari veut la retrouver ?

– Je... je ne crois pas.

– Il la rejoindra dès qu'il saura où elle se cache.

– Peut-être.

– Tu n'as toujours pas confiance en lui, n'est-ce pas ?

– Si, d'une certaine manière, mais pas en ce qui concerne le pauvre cœur d'Élizabeth. Il lui a fait tant de mal ! Je ne veux pas lui donner de vains espoirs, elle souffrirait plus encore.

Jordan la serra dans ses bras.

– Elle l'a terriblement blessé aussi, tu sais.

– Sans doute.

– Tu t'es montrée plus indulgente quand je t'ai fait de la peine, mon amour.

– Parce que je t'aimais, murmura-t-elle contre son épaule.

– Et aimerais-tu mon cousin, juste un peu, s'il réparait ses torts envers Élizabeth ?

– S'il récupère Havenhurst pour elle...

– Cela risque de lui coûter une fortune ! Sais-tu qui l'a acheté ?... Philip Demarcus.

Elle pouffa de rire.

– N'est-ce pas cet horrible bonhomme qui voulait faire payer le prince pour l'emmener en promenade sur son yacht ?

– Celui-là même.

– A-t-il escroqué Élizabeth, selon toi ?

– Non, pas notre Élizabeth ! Mais je n'aimerais pas me trouver à la place de Charles si Demarcus s'aperçoit que l'endroit a une valeur sentimentale pour lui ! Les prix vont flamber.

Durant les semaines suivantes, Charles parvint à racheter Havenhurst et les émeraudes. Mais toujours aucune nouvelle de sa femme.

Sa résidence londonienne évoquait pour lui une prison, et il gagna Montmayne, où il passa encore de longues semaines à arpenter les pièces comme une âme en peine. Il n'arrivait plus à travailler correctement, et d'horribles pensées le hantaient jour et nuit. S'il lui était arrivé quelque chose ? Si elle était en train de tomber amoureuse d'un autre ?

Enfin, il n'y tint plus.

Par un clair matin de décembre, après avoir ordonné à son personnel de le joindre immédiatement si Élizabeth réapparaissait, il décida de partir pour l'Écosse. C'était le seul endroit où il avait une chance de trouver la paix, de se libérer de la douleur qui le rongeait chaque jour davantage. Il ne croyait plus au retour d'Élizabeth. Trop de temps avait passé. Si elle avait véritablement voulu une réconciliation, elle aurait agi. Il n'était pas dans sa nature d'attendre sans bouger.

Dans la salle de séjour, Élizabeth fixait par la fenêtre le chemin couvert de neige. Voilà trois jours, Duncan l'avait prévenue que Charles avait annoncé son arrivée au gardien. Apparemment, il ignorait la présence d'Élizabeth. Il avait simplement prié qu'on fît le ménage et qu'on lui montât des provisions, car il avait l'intention de rester deux mois.

Et Élizabeth attendait, vêtue d'une robe de lainage saphir, les cheveux dénoués comme il aimait.

Une haute silhouette cavalière se profila enfin à la courbe du sentier et, le cœur battant à tout rompre, Élizabeth laissa vivement retomber le lourd rideau qu'elle avait confectionné récemment. La dernière fois qu'elle avait vu son mari, il quittait une réception, Jane Addison pendue à son bras. Tout à coup, elle commença à douter : comment allait-il réagir ?

Charles entraîna son cheval dans la grange, l'étrilla et le nourrit. Une lumière diffuse filtrait à travers les fenêtres, une bonne odeur de feu de bois s'élevait du cottage. Le gardien, sans doute. Il secoua la neige de ses bottes et agrippa la poignée.

Immobile au milieu de la pièce, les mains crispées l'une contre l'autre, Élizabeth fixait la porte, le souffle coupé. Le battant s'ouvrit à la volée et elle entendit :

– Henry, ce n'était pas la peine de...

Charles s'interrompit. Il se croyait victime d'une hallucination, due peut-être aux flammes qui dansaient dans la cheminée. Puis il comprit qu'il s'agissait bien d'Élizabeth. Elle le regardait sans bouger, un jeune labrador couché à ses pieds.

Pour se donner le temps de se ressaisir, il ferma la porte avec le plus grand soin, comme s'il était capital que le loquet fût poussé. Durant ses longues insomnies, il avait répété mille discours pour cet instant, du plus cinglant au plus tendre. Maintenant que l'heure était venue, il ne parvenait plus à s'en souvenir.

Il choisit un terrain neutre.

– Qui est-ce ? demanda-t-il en venant s'accroupir près du jeune chien.

– Je... je l'appelle Ombre.

Le son de sa voix était si doux que Charles faillit se jeter dans ses bras. Mais il se contenta d'approuver :

– C'est un joli nom.

Élizabeth se mordit la lèvre afin de dissimuler un petit sourire.

– Et original, ajouta-t-elle.

Charles se redressa et s'appuya à la table, derrière lui.

Nerveuse, Élizabeth le vit croiser les bras, le visage impénétrable.

– Tu... tu sembles aller bien, dit-elle, alors qu'elle s'émerveillait de sa beauté.

– Très bien. Remarquablement bien, même, pour un homme qui n'a pas vu la lumière du soleil depuis plus de trois mois et qui ne peut dormir qu'après avoir ingurgité une bouteille de cognac.

Après un instant de silence, il poursuivit :

– J'ai travaillé très dur. Malheureusement, je n'arrive guère à me concentrer, et je commets énormément d'erreurs. Néanmoins, je me porte plutôt bien... pour un demi-mort.

Une larme roulait sur la joue d'Élizabeth.

– Si tu voulais avancer d'un pas, tu pourrais pleurer dans mes bras, ma chérie. Et je te dirais combien je suis désolé pour tout ce qui est arrivé...

Incapable d'attendre, ce fut lui qui l'enlaça.

– Et quand j'aurai terminé, souffla-t-il d'une voix rauque alors qu'elle passait ses bras autour de son cou, tu pourras m'aider à trouver un moyen de me faire pardonner.

Bouleversé par ses larmes qui coulaient maintenant sans retenue, il la serra plus fort et s'empara de ses lèvres.

Elle lui rendit son baiser avec passion, sans se soucier des sanglots qui la secouaient tout entière. Il lui caressait les cheveux, les épaules, le dos.

– Je t'en supplie, ma chérie, ne pleure plus. Je t'en supplie...

Elle était incapable de s'arrêter.

– Tu me déchires le cœur, dit-il d'une voix étranglée par ses propres larmes.

Un instant plus tard, il s'aperçut qu'elle avait cessé de pleurer, pour ne pas lui faire de peine. Il la berça longtemps contre lui, se reprochant amèrement sa propre attitude.

Elle était venue ici pour échapper à l'horrible vengeance du divorce, et pourtant elle l'attendait. Jamais, depuis qu'elle l'avait quitté dans son bureau en déclarant qu'elle ne se laisserait pas chasser de sa vie, jamais il n'avait imaginé qu'elle puisse souffrir autant.

Elle l'aimait. En retour, Charles avait exigé le divorce, l'avait méprisée en public, humiliée, poussée vers la solitude.

– Voudrais-tu monter dans la chambre avec moi ? demanda-t-il presque humblement.

Elle acquiesça, et il la souleva dans ses bras. Il allait lui donner tant de plaisir qu'elle oublierait, au moins pour cette nuit, les tourments qu'il lui avait infligés.

Lorsqu'il la déposa sur le lit et entreprit de la déshabiller tendrement, Élizabeth sut que quelque chose était différent. Il la caressait, l'embrassait avec une infinie douceur, mais quand elle s'apprêta à en faire autant, il la repoussa contre les oreillers et lui immobilisa les poignets.

– Non, souffla-t-il.

Il l'amena au bord de l'extase par ses caresses, ses baisers, et au moment où elle croyait ne pouvoir en supporter davantage, il la pénétra d'un coup, profondément. Élizabeth poussa un cri de joie pure et se cambra contre lui, ses ongles griffant son dos. Charles accéléra progressivement le rythme. Des ondes de plaisir se propageaient en elle, de plus en plus fortes, puis elle explosa dans un grand cri, secouée tout entière par l'exquise violence de sa passion.

Elle revint lentement à elle, encore éblouie par la splendeur de leur amour. Elle sentait l'effort surhumain de Charles pour s'empêcher de bouger en elle, de chercher sa propre jouissance. Dressé sur ses coudes, il gardait les yeux fermés, et un petit muscle jouait sur sa mâchoire.

Ils avaient connu une telle harmonie durant les mois de leur mariage qu'Élizabeth comprit tout de suite ce qu'il souhaitait : il tentait de faire durer leur union le plus longtemps possible... C'était un geste d'amour, mais il était inutile. Ce n'était pas ce qu'elle voulait, or Charles lui avait appris à montrer ce qu'elle voulait. Il lui avait aussi enseigné le pouvoir qu'elle possédait sur lui... et comment s'en servir. Élizabeth mit cet enseignement en pratique – avec succès.

Sous son poids, elle ne pouvait bouger, aussi dut-elle le séduire de la voix et des mains. Elle commença par caresser son dos en murmurant d'une voix tendre :

– Je t'aime. J'ai rêvé si longtemps de cet instant, de la façon dont tu me serres contre toi après l'amour. J'ai rêvé de me reposer alors que tu es encore en moi.

Elle prit son visage entre ses mains et l'attira vers sa bouche.

– Mais surtout, murmura-t-elle, j'ai rêvé de te sentir bouger au plus profond de moi...

Charles fut incapable de se contrôler plus longtemps. Avec un grondement presque sauvage, il s'empara de ses lèvres et plongea de nouveau en elle. Tandis que son plaisir le submergeait avec une violence inouïe, il continuait à onduler, jusqu'à ce qu'il la sentît enfin trembler de nouveau sous lui et crier son nom.

Lorsque ses forces revinrent, il la fit rouler sur le côté avec lui, sans se retirer. Ce fut l'instant le plus intense de toute sa vie

– Je t'aime, souffla-t-il. Je n'ai jamais cessé de t'aimer.

– Je sais...

– Comment le sais-tu, mon amour ?

– Je désirais tellement que ce soit vrai ! Or tu m'as toujours donné ce que je désirais. Il fallait que tu le fasses encore une fois. Juste une fois.

Elle se dégagea légèrement, et il la retint.

– Ne bouge pas, ma chérie. Notre bébé est en train de se former.

– Pourquoi le penses-tu ?

Il lui caressa doucement les cheveux.

– Je désire tellement que ce soit vrai ! Et tu m'as toujours donné ce que je désirais.

Un sanglot lui échappa et il serra Élizabeth plus fort. Elle aussi voulait que ce fût vrai, et *c'était* vrai, Charles en était sûr.

Le soleil jouait à travers les rideaux lorsque Charles sortit d'un profond sommeil. Il fut immédiatement empli d'une sensation de bien-être et, persuadé que c'était grâce à un rêve, il ferma les yeux afin de le retrouver.

Mais il ne put se rendormir. Le lit lui paraissait étroit, dur. Sans doute s'était-il assoupi sur le sofa de son bureau, comme cela lui arrivait souvent depuis quelques mois lorsqu'il avait bu.

Charles sentit remonter en lui ce chagrin, ce douloureux regret. Il ouvrit enfin les yeux et soudain tout s'éclaira dans son esprit. Au souvenir de la nuit qu'il venait de passer, une immense joie l'envahit.

Une odeur de bacon grillé lui chatouillait les narines, et il sourit. Il était prêt à avaler du carton bouilli, ce matin !

Vêtue d'un peignoir vert tendre, debout devant le fourneau, Élizabeth se servait une tasse de thé. Sans se rendre compte que Charles s'était assis dans un fauteuil derrière elle, elle demanda à Ombre :

– Que penses-tu de ton maître ? Je t'avais bien dit qu'il était beau, n'est-ce pas ? Et encore, j'avais oublié à quel point !

– Merci, répliqua doucement Charles.

Elle se retourna et sourit devant le spectacle de parfait contentement qu'il offrait dans le sofa, vêtu d'une chemise chamois et d'un pantalon brun, les mains nouées derrière la tête, les pieds posés sur une table basse.

– Tu as l'air d'un pacha ! s'exclama-t-elle.

– J'ai en effet l'impression d'en être un...

Elle lui apporta une tasse de café.

– Le déjeuner ne peut-il attendre un peu ? continua-t-il, sérieux.

– Pourquoi ?

– Nous avons à parler...

Élizabeth prit peur. Au cours de la nuit, étendue près de Charles, elle lui avait tout raconté, depuis l'arrivée de Robert à Havenhurst. À la fin de son récit, épuisée, elle s'était endormie. À présent, il voulait certainement lui donner sa version des faits, et elle ne tenait guère à gâcher cette belle journée en revenant sur cette période douloureuse.

– Nous nous sommes trompés mutuellement, dit-il. Si nous fuyons, si nous ignorons ce passé, il nous hantera tous les deux. Une seule parole risquerait de rouvrir les blessures et de créer de nouveaux malentendus. Tu m'as parlé hier soir, je te dois à présent des explications.

– Qu'est-ce qui t'a rendu si sage ?

– Si j'étais sage, j'aurais mis un terme à notre séparation depuis longtemps. J'ai passé des semaines à me demander comment nous nous sortirions de cette situation insupportable – à condition que je te retrouve – et je suis parvenu à la conclusion qu'il fallait avant tout discuter franchement.

Élizabeth se rappelait le regard de haine qu'il lui avait lancé le jour de son acquittement. Si l'évocation de cette période l'irritait, mieux valait peut-être l'éviter.

Charles l'attira à ses côtés sur le sofa, et elle arrangea nerveusement les plis de son peignoir.

– Donne-moi la main, ma chérie. Tu peux me poser toutes les questions. Ne crains rien, je ne me fâcherai pas.

Un peu rassurée, elle risqua timidement :

– Pourquoi ne m'as-tu pas dit que Robert avait par deux fois tenté de te tuer ? Et pourquoi m'as-tu laissée croire qu'il avait purement et simplement disparu ?

Il ferma les yeux un instant avant de répondre, la voix teintée de regret :

– Jusqu'au jour où tu es partie d'ici et où Duncan m'a dressé la liste de mes torts envers toi, je croyais qu'il était rentré en Angleterre après s'être enfui de l'*Arianna*. Je ne me doutais pas que tu avais vécu seule à Havenhurst depuis son départ, ni que tu étais bannie de la société. J'ignorais aussi que tu n'avais plus de parents, plus d'argent. Il faut me croire, chérie.

– Je te crois. Nous avons déjà évoqué cela avant notre mariage. Mais pourquoi n'as-tu pas alors abordé le sujet de Robert ?

– Quand aurais-je pu le faire ? Tu imaginais déjà que je t'épousais par pitié ou remords. Cela t'aurait renforcée dans cette opinion. En outre, tu n'avais guère confiance en moi, à cette époque. Tu m'aurais lancé notre contrat à la figure si je t'avais avoué la vérité. Et il y a une autre raison, avoua-t-il. Je désirais que tu m'épouses et j'aurais tout fait pour y parvenir.

Elle lui adressa un délicieux petit sourire en coin.

– Plus tard, quand tu as su que je t'aimais, pourquoi ne pas avoir parlé ?

– D'abord, je craignais que tu ne changes d'avis... Et puis, nous étions si bien ensemble, je ne voulais pas gâcher ce bonheur. Enfin, je ne savais pas ce qu'était devenu ton frère. Mes détectives – oui, j'ai engagé une équipe à peu près en même temps que toi – mes détectives n'ont pas trouvé sa trace, et j'ai imaginé qu'il se cachait simplement de ses créanciers. Mais il pouvait aussi avoir trouvé la mort en tentant de regagner l'Angleterre, et dans ce cas, j'en aurais été un peu responsable.

– Si nous n'avions eu aucune nouvelle, aurais-tu fini par me dire pourquoi il avait quitté l'Angleterre ?

– Oui, répliqua-t-il après un petit silence. Peu avant ta disparition, j'avais décidé d'accorder encore six mois à mes enquêteurs. Ensuite, je t'aurais tout raconté.

– J'en suis heureuse, dit-elle doucement. Je n'aimais pas l'idée que tu sois capable de me mentir pour toujours.

– Ce n'était pas uniquement par grandeur d'âme. J'avais aussi peur que Woodworth ne t'apporte un beau jour la preuve que j'avais causé un tort irrémédiable à ton frère. Parfois, vers la fin, je souhaitais vraiment que l'on apprenne ce qui lui était arrivé, pour être délivré de mon incertitude. J'ignorais comment tu réagirais vis-à-vis de moi.

Comme elle ne répondait pas, il poursuivit :

– Il est très important pour moi, et pour notre avenir, que tu me croies.

– Je te crois.

– Merci.

– Ne me remercie pas, lança-t-elle pour alléger l'atmosphère. J'ai épousé un homme fort brillant qui m'a enseigné à me mettre à la place de mon adversaire. Et j'ai alors deviné les raisons qui t'avaient empêché de me parler de Robert. J'avais aussi deviné comment tu te comporterais, avant même de te voir à la Chambre des lords. Je savais que tu aurais du mal à me pardonner de t'avoir blessé, humilié. Mais je n'aurais jamais imaginé que tu irais si loin dans les représailles.

Remarquant la douleur dans son regard, Charles se mordit la lèvre.

– Vois-tu, poursuivait-elle lentement, j'avais pensé que tu me chasserais juste le temps que ta colère s'apaise. Tu m'avais tellement dit que tu m'aimais...

– Et c'était vrai ! coupa-t-il. C'est toujours vrai !

– Je le sais, répliqua-t-elle tendrement. Sinon, je n'aurais pas pu te blesser à ce point. Tu as tenté de te protéger contre moi pour l'avenir. Si je ne l'avais pas compris quand tu m'as annoncé que tu demandais le divorce, je n'aurais jamais eu le courage de lutter.

– Je te jure que je ne recommencerai jamais.

– Tant mieux. Je n'aurais pas la force de subir à nouveau une telle épreuve.

– Comment as-tu fait pour comprendre ma réaction ?

– Duncan m'avait raconté ce que tu as fait après la mort de ta famille.

– Alors ?

– Tu t'es privé du seul être qui te restait, un labrador appelé Ombre. Pour te prémunir contre la souffrance. Tu as agi de même avec moi.

– À ta place, dit Charles, je détesterais mon mari...

Élizabeth embrassa la paume de sa main.

– Mais c'est si bon de se sentir tant aimée !

Elle secoua la tête, cherchant une meilleure façon de s'exprimer.

– Sais-tu ce que je remarque, chaque fois que nous sommes ensemble ?

Charles la serra contre sa poitrine.

– Non...

– Je remarque la façon dont les autres hommes traitent leurs épouses. Et tu sais quoi ?

– Parle.

– Je suis la seule, avec Alex, dont le mari ne se gêne pas pour montrer son amour à la face du monde. Et je sais aussi que je suis *absolument* la seule que son mari ait tenté de séduire devant tout un comité de bienfaisance !

Charles éclata de rire et essaya – avec succès – de séduire son épouse sur un sofa !

La neige tombait doucement, et une bûche glissa des chenets, envoyant une gerbe d'étincelles. Drapée dans une couverture, les bras de Charles autour d'elle, Élizabeth songea au bacon qu'elle n'avait toujours pas servi. Elle se leva en soupirant et se dirigea vers la cuisinière.

Il s'approcha pour jeter un coup d'œil par-dessus son épaule.

– Mais cela m'a l'air horriblement mangeable ! plaisanta-t-il. Je m'attendais à notre « traditionnel » petit déjeuner.

Elle lui fit face en souriant.

– Combien de temps pouvons-nous rester ici ? demanda-t-elle.

– Que dirais-tu de deux mois ?

– Ce serait merveilleux ! Mais ne risques-tu pas de t'ennuyer ? Et tes affaires ?

– Si elles devaient souffrir de ma négligence, nous aurions les poches vides après ces trois derniers mois. D'autre part, Jordan m'avertira en cas de problème grave.

– Duncan m'a prêté une centaine de livres, mais tu les as sans doute tous lus. Et dans le cas contraire, tu les auras terminés avant mercredi... J'ai peur que tu ne trouves le temps long.

– Certes, je vais avoir beaucoup de difficultés à rester ainsi enfermé avec toi. Voyons, à quoi pourrais-je m'occuper ?

Elle rougit et répondit, sérieuse :

– Si tu n'étais pas devenu si riche, tu aurais vécu heureux ici, n'est-ce pas ?

– Avec toi ? Évidemment ! Mais toi, tu ne voudras peut-être pas t'attarder quand tu apprendras que tes émeraudes sont de retour dans leurs écrins à Montmayne.

Élizabeth leva vers lui un regard d'amour et de reconnaissance.

– J'en suis heureuse. J'ai eu si mal de les avoir vendues !

– Tu auras plus mal encore quand tu sauras que ton billet à ordre était nettement insuffisant. J'ai dépensé quarante-cinq mille livres pour récupérer les pièces déjà vendues, et cinq mille pour racheter les autres au bijoutier.

– Quel... quel escroc ! Il m'avait donné cinq mille livres !

Elle secoua la tête, navrée.

– Il a affreusement profité de toi ! rugit-elle.

– Ce n'est pas très grave, parce que je compte me rembourser sur *tes* rentes. Avec intérêts, bien sûr...

Il s'interrompit pour un rapide calcul mental.

– Aujourd'hui, tu me dois cent cinquante et une livres cent vingt-six.

– Cent cinquante... quoi ? s'écria-t-elle.

– Il y a aussi Havenhurst...

Des larmes de joie lui montèrent aux yeux.

– Tu l'as racheté à cet horrible Demarcus ?

– Oui. Et je lui ai conseillé de s'associer à ton oncle. Ils ont tous les deux une mentalité de marchands de tapis. J'ai payé cent mille livres pour Havenhurst.

– Cent mille livres ? Ô Charles...

– J'adore t'entendre prononcer mon nom.

Elle sourit, pleine d'admiration pour le talent de son mari.

– Je n'aurais pas fait mieux ! C'est exactement le prix qu'il l'a payé, et il m'a avoué, une fois les papiers signés, être sûr d'en tirer cent cinquante mille d'ici un an.

– Ça ne m'étonne pas.

– Mais pas de toi ! déclara-t-elle fièrement.

– Non, pas de moi. Bien qu'il ait commencé à deux cent mille.

– Tu as dû déployer des trésors d'intelligence pour le contraindre à baisser autant.

Charles réprima une furieuse envie de rire.

– Je lui ai montré qu'il existait une chose plus importante qu'un bénéfice, même énorme.

– Vraiment ? Et de quoi s'agissait-il ?

– Sa vie !

ÉPILOGUE

Appuyé à la balustrade de la terrasse, Charles observait Élizabeth et leur petite Caroline de trois ans, accroupies près d'une plate-bande de géraniums.

Derrière lui, le duc et Duncan disputaient une partie d'échecs.

Le soir même, Montmayne se remplirait des sept cents invités que Charles avait conviés à un bal pour célébrer l'anniversaire d'Élizabeth.

Le silence fut soudain brisé par l'arrivée d'un petit garçon de six ans qui ressemblait énormément à son papa, accompagné de son précepteur. Ce dernier paraissait au bord du désespoir. Il trouvait bien difficile de faire l'éducation d'un enfant à l'intelligence exceptionnelle !

– Je vous prie de m'excuser, dit le pauvre homme à Duncan. Mais Jonathan et moi nous sommes engagés dans une discussion à laquelle vous pourriez participer de façon efficace, mon père.

Le prêtre eut un sourire compatissant pour le précepteur visiblement dépassé.

– En quoi puis-je vous aider ? demanda-t-il avec un coup d'œil au garçon qui s'intéressait à l'échiquier.

– C'est au sujet du paradis, expliqua M. Twindell. J'en ai fait à Jonathan une description qu'il trouve pleine d'incohérences.

Les mains dans le dos, le petit garçon raconta, en réprimant un fou rire :

– M. Twindell pense que les rues du paradis sont en or. Mais c'est impossible !

– Pourquoi ? intervint le duc.

– Parce qu'elles seraient trop chaudes en été pour les sabots des chevaux, répondit Jon, un peu choqué par la naïveté de son arrière-grand-père. Mon oncle, n'êtes-vous pas de cet avis ?

Duncan conseilla au petit, avec un sourire malicieux :

– Demande plutôt à ton père.

Jon murmura quelques mots à l'oreille du duc puis s'approcha de Charles.

– Pourquoi n'avez-vous pas répondu à sa question, Duncan ? s'étonna le duc. Une description du paradis me semble tout à fait dans vos cordes !

– Quand Charles avait six ans, il avait l'habitude de m'entraîner dans ce genre de débats théologiques, expliqua le pasteur. Et je perdais toujours, ce qui m'agaçait profondément. J'attendais ce jour depuis des lustres ! ajouta-t-il, ravi. Au fait, que vous a dit le petit ?

Le vieux monsieur rougit légèrement.

– Il... euh... il m'a dit que si je ne bougeais pas mon cavalier, vous mettriez ma reine en échec en quatre coups.

L'éclat de rire des deux joueurs attira l'attention de Charles. Il aperçut près de lui le petit garçon conçu un soir de neige en Écosse...

– Qu'as-tu en tête, jeune homme ? Encore une discussion avec M. Twindell ? De quoi s'agit-il, cette fois ?

Jon lui offrit un sourire radieux. Si les autres étaient déconcertés par ses questions, son père, lui, comprenait toujours, et savait trouver les réponses qu'il attendait.

– C'est au sujet du paradis, déclara-t-il sur le ton de la confidence. M. Twindell voudrait me faire croire que les rues y sont pavées d'or. Pouvez-vous imaginer, papa, la température qu'elles atteindraient quand le soleil brille pendant dix heures au mois de juillet ? Personne ne pourrait y marcher !

– Et qu'a répondu M. Twindell ?

– Il a dit que nous n'aurions probablement pas de pieds.

– C'est une idée très inquiétante ! répliqua Charles avec une feinte gravité. Toi, comment imagines-tu le paradis ?

– Je ne sais pas très bien. Et vous, papa ?

Charles s'accroupit et posa la main sur l'épaule de son fils.

– J'ai une idée, mais elle est très personnelle, dit-il en montrant le jardin.

À cet instant, Élizabeth et Caroline se tournèrent vers la terrasse et leur adressèrent de joyeux signes de la main, leurs chevelures brillant dans le soleil, leurs yeux verts emplis d'amour.

– À mon avis, continua solennellement Charles, le paradis, c'est ça.

– Il n'y a pas d'anges, objecta le petit garçon.

– J'en vois deux, et même trois, ajouta-t-il en se tournant vers lui.

L'enfant hocha la tête.

– Vous voulez dire qu'au paradis il y a ce qu'une personne souhaite le plus ?

– C'est bien possible.

– Je le crois aussi.

Après un coup d'œil aux trois hommes qui le regardaient, Jon murmura à son père, avec un sourire désarmant :

– Ils vont me demander ce que vous avez répondu. Et si je dis à M. Twindell que le paradis c'est comme ici, il sera horriblement déçu. Il tient vraiment aux rues en or, aux anges et aux chevaux ailés, vous savez.

– C'est un problème, en effet, acquiesça tendrement Charles. Alors, raconte-lui que j'ai dit : c'est *presque* le paradis.

Aventures et Passions

BALOGH Mary
Duel d'espions
4373/4 Inédit

BITTNER Rosanne
Pionnière au Montana
3970/6 Inédit
Tendre trahison
4127/7 Inédit
Lors d'un séjour dans le Connecticut, Audra rencontre Lee Jeffreys, dont elle tombe éperdument amoureuse. Mais la guerre de Sécession éclate, rendant leur bonheur impossible. Un livre bouleversant dans un contexte tragique, proche d'*Autant en emporte le vent.*
Sous les cendres de la passion
4424/4 Inédit
A la fin de la guerre de Sécession, le Sud est à feu et à sang. Parmi les survivants, Anna tente en vain de retrouver son mari, Darryl, qui a disparu. Quelques années plus tard, elle croit le reconnaître parmi une bande de hors-la-loi. Entre-temps, son chemin a croisé celui de Kevin, un shérif qui traque les bandits. Entre ses bras, Anna a retrouvé le goût de vivre. Lorsque Darryl réapparaît...

BLAKE Jennifer
Sérénade en Louisiane
3169/5
Les chaînes de l'amour
3240/5
Un éden sauvage
3347/6
Le vengeur créole
3415/5
Le temps d'une valse
3758/5

BRADSHAW Emily
La puritaine et le voyou
4089/5 Inédit
Par peur de l'aimer
4478/5 Inédit

BRANDEWYNE Rebecca
La lande sauvage
3018/5 Inédit
Duel sur la lande
3055/4 Inédit
Pour l'amour d'un comanchero
3159/7 Inédit
La passion du conquistador
3285/5
Pour échapper aux intrigues perverses de Don Rodolfo, Aurora est prête à s'enfuir au bout du monde !
Les amants hors la loi
3397/6
Un mari en héritage
3543/5
La prisonnière du drakkar
3907/5 Inédit
A l'ombre des jacarandas mauves
4149/4 Inédit
Seule survivante d'un naufrage, alors qu'elle se rendait en Australie, Arabella est recueillie sur une côte sauvage par un homme farouche et solitaire. Elle découvre bientôt qu'il s'agit d'un ancien forçat, condamné au bagne pour le meurtre de sa femme. Mais Lucien Sinclair possède pourtant un charme indéniable...

BUSBEE Shirley
Le quiproquo de minuit
2930/5
Au-delà du pardon
2957/5
L'appel de la passion
3056/8
Sous le sceau de l'amour
3287/7 Inédit

CAMDEN Patricia
Sous la coupe du Sultan
3704/6 Inédit
Le fils du diable
3868/5 Inédit

COPELAND Lori
Hannah l'indomptable
3260/2
Les traîtrises de l'amour
3414/5
La piste de la vengeance
4061/4 Inédit
Lorsqu'on est jeune et jolie, on ne s'attend pas à se faire plaquer le jour de son mariage, au pied de l'autel ! C'est malheureusement ce qui arrive à Wynne et, pour se venger, cette dernière décide de partir vers l'Ouest, à la poursuite de son fiancé peu scrupuleux.

COULTER Catherine
Esclave du Viking
4023/5 Inédit
Le fiancé infidèle
4506/5 Inédit
Ayant inopinément hérité d'un titre et d'un château supplémentaires en Ecosse, le duc Ian Carmichael décide de se rendre dans son nouveau domaine, malgré l'opposition de sa fiancée, Felicity. Ian veut surtout faire la connaissance de ses cousines éloignées, dont il est désormais le tuteur. L'aînée, Brandy, possède un charme fou et, près d'elle, Ian oublie peu à peu Felicity. Qui n'entend pas se laisser supplanter par une petite provinciale !

CRISWELL Millie
Un fiancé sur commande
4195/4 Inédit

Aventures et Passions

DEVERAUX Jude

La saga des Montgomery

- Les yeux de velours
2927/5 Inédit

- Un teint de velours
3003/5 Inédit

- Une mélodie de velours
3049/4 Inédit

- Un ange de velours
3127/4 Inédit

- Le pays enchanté
3372/5 Inédit

Duel de femmes
3447/4 Inédit

L'homme au masque
3523/4 Inédit

Les entraves de l'amour
3643/5

La duchesse infidèle
3683/6 Inédit

Un mari par procuration
3794/4 Inédit

La tentatrice
3889/5 Inédit

L'éveil d'Amanda
4045/4 Inédit

Princesse sans trône
4105/5 Inédit

Dernier volume de la saga Montgomery. En 1942, le lieutenant Montgomery sauve une ravissante jeune femme que menacent des inconnus. Elle lui révèle être la princesse Aria, héritière du royaume de Lanconie, enlevée alors qu'elle était en voyage officiel aux Etats-Unis !

La brute apprivoisée
4274/4

Troublante écuyère
4450/4 Inédit

Les dames de Virginie

- Kidnappée par erreur
3180/5

- La fiancée délaissée
3181/4

- Mariage forcé
3182/5

FEATHER Jane

La favorite du sérail
3448/6

La nuit de Saint-Pétersbourg
3560/6 Inédit

La favorite afghane
3664/7 Inédit

Un cœur à vendre
4172/6 Inédit

FINCH Carol

Aveuglée par l'amour
3777/6

Séduction au clair de lune
3946/6 Inédit

Amante d'une nuit
4273/6 Inédit

Pour enquêter sur la mort de son père, Sabrina se déguise en veuve austère et embauche un guide pour se rendre au Nouveau-Mexique. Ridge est un sang-mêlé, grand amateur de femmes. Le stratagème de Sabrina ne le trompe pas .

GARLOCK Dorothy

Le métis apache
3594/5

Chassée de ses terres
4423/4 Inédit

GARWOOD Julie

Sur ordre du roi
3019/5

Un ange diabolique
3092/5 Inédit

Un cadeau empoisonné
3219/5

Désir rebelle
3286/5

La fiancée offerte
3346/5

Le secret de Judith
3467/5

Un mari féroce
3662/6 Inédit

Le voile et la vertu
3796/5

Prince charmant
4087/5 Inédit

Une lady en haillons
4372/6 Inédit

Abandonnée dans une poubelle new-yorkaise alors qu'elle n'avait que quelques mois, Marie-Rose a été adoptée par quatre gamins des rues. Protégée par ses «frères», elle grandit et devient une superbe jeune fille. Mais n'est-elle pas en réalité la fille d'un lord anglais ? Harrison MacDonald, un séduisant juriste, est chargé d'éclaircir ce mystère.

GRAHAM Heather

La fugitive des bayous
4170/7 Inédit

HAEGER Diane

La femme clandestine
4126/5 Inédit

Interdits d'amour
4297/6

En 1857, Charlotte épouse Edward, un séduisant officier anglais de l'Empire des Indes, tué peu de temps après, au cours d'une révolte. Désespérée, Charlotte retourne en Angleterre. Quelques années plus tard, elle découvre qu'Edward est toujours vivant et qu'il s'est marié avec une autre...

HAGAN Patricia

Gloires et passions
3326/6

Fureurs et passions
3398/5

Splendeurs et passions
3541/5

Rêves et passions
3682/6 Inédit

Aventures et Passions

Honneur et passions
3756/5
Triomphe et passions
3847/5
L'esclave blanche
4171/6 Inédit
L'héritière de l'amour
4505/5

HANNAH Kristin

Pépites d'or
4004/7 Inédit

HAZARD Barbara

L'aventurier des Bermudes
3703/7 Inédit
Coup monté
3811/6

HENLEY Virginia

La colombe et le faucon
3259/5
La fleur et le faucon
3416/6
La rose et le corbeau
3522/5
Les amants secrets
3641/7 Inédit
Mariage à l'essai
3866/7 Inédit
La travestie de Venise
3969/7 Inédit
Le chevalier bâtard
4104/6
Cœurs farouches
4255/4 Inédit
Royce Cockburn devient le chef d'un clan écossais turbulent. Il apprend que son père versait tous les ans une somme importante à un orphelinat et rencontre Tabby, une ravissante orpheline. Lorsque Tabby décide de se marier, Royce enlève la belle le soir de ses noces.
La gitane irlandaise
4337/6
Esclave à travers les siècles
4479/6 Inédit
Elevée par un oncle et une tante cupides, Diana va se fiancer lorsqu'elle fait la connaissance de Mark, un homme à la réputation sulfureuse. Ayant trouvé un casque romain, Diana le coiffe pour s'amuser... et se trouve transportée vingt siècles en arrière ! Elle est alors destinée à devenir l'esclave du beau Marcus, un valeureux centurion - en qui elle reconnaît Mark !

JOHANSEN Iris

Prince de cœur
3757/7
Le guerrier de minuit
4217/4
Les Normands viennent de débarquer en Angleterre, semant la mort et la destruction sur leur passage. Parmi eux, le chevalier Thibault Dumont, un colosse d'une force et d'une habileté redoutable. Lorsque le meilleur ami de Thibault est blessé au combat, ce dernier fait appel aux talents de guérisseuse de Brynn. Une entente fragile se noue entre le guerrier et la jeune femme, mais Brynn est déjà mariée à une brute odieuse.
Le seigneur arrogant
4477/5 Inédit

JOHNSON Susan

Proposition malhonnête
3542/5
Le séducteur sauvage
3642/6 Inédit
Les enchères de la passion
3705/7 Inédit

JOYCE Brenda

Le fier conquérant
3222/5
Des feux sombres
3371/5
Candice la rebelle
3684/7 Inédit
Tendre abandon
4399/5 Inédit

KLEYPAS Lisa

Par pure provocation
3945/5 Inédit
L'ange de minuit
4062/4 Inédit
Condamnée à mort pour le meurtre de son fiancé, Tasia s'enfuit de Russie et gagne l'Angleterre. Elle devient gouvernante de Lord Stokehurst qui succombera à son charme.
Prince de l'éternité
4426/4 Inédit
Abandonnée par son fiancé, Emma accepte d'épouser Nicolas, un mystérieux prince russe. Elle ignore que c'est lui qui a tout manigancé !

LANDIS Jill Marie

L'héritage de Jade
3449/6
La sudiste criminelle
4088/4 Inédit
Durant la guerre de Sécession, Dake tombe sur une étrange sauvageonne. Cara a pourtant d'ambitieux projets et décide de se servir de Dake pour y arriver.
La danseuse de saloon
4215/3 Inédit
La maîtresse audacieuse
4451/4 Inédit

LINDSEY Johanna

Samantha
2533/3
Esclave et châtelaine
2925/4 Inédit
La révoltée du harem
2956/6
La fiancée captive
3035/4

3521

Achevé d'imprimer en Europe (France)
par Brodard et Taupin à La Flèche (Sarthe)
le 28 novembre 1997. 1653T-5
Dépôt légal nov 1997. ISBN 2-290-03521-1
1er dépôt légal dans la collection : août 1993

Éditions J'ai lu
84, rue de Grenelle, 75007 Paris
Diffusion France et étranger : Flammarion